子集興替

中古学术著述方式的转型

伏煦 —— 著

北京大学出版社
PEKING UNIVERSITY PRESS

图书在版编目(CIP)数据

子集兴替：中古学术著述方式的转型 / 伏煦著. —— 北京：北京大学出版社，2025.6. —— ISBN 978-7-301-36162-7

Ⅰ. I206.2

中国国家版本馆 CIP 数据核字第 2025RA4029 号

书　　　　名	子集兴替：中古学术著述方式的转型 ZI JI XINGTI: ZHONGGU XUESHU ZHUSHU FANGSHI DE ZHUANXING
著作责任者	伏　煦　著
责任编辑	张文礼
标准书号	ISBN 978-7-301-36162-7
出版发行	北京大学出版社
地　　　　址	北京市海淀区成府路 205 号　100871
网　　　　址	http://www.pup.cn　新浪微博：@北京大学出版社
电子邮箱	编辑部 wsz@pup.cn　总编室 zpup@pup.cn
电　　　　话	邮购部 010-62752015　发行部 010-62750672 编辑部 010-62767315
印刷者	北京溢漾印刷有限公司
经销者	新华书店
	730 毫米×1020 毫米　16 开本　14.25 印张　309 千字 2025 年 6 月第 1 版　2025 年 6 月第 1 次印刷
定　　　　价	88.00 元

未经许可，不得以任何方式复制或抄袭本书之部分或全部内容。
版权所有，侵权必究
举报电话：010-62752024　电子邮箱：fd@pup.cn
图书如有印装质量问题，请与出版部联系，电话：010-62756370

国家社科基金后期资助项目
出版说明

　　后期资助项目是国家社科基金设立的一类重要项目,旨在鼓励广大社科研究者潜心治学,支持基础研究多出优秀成果。它是经过严格评审,从接近完成的科研成果中遴选立项的。为扩大后期资助项目的影响,更好地推动学术发展,促进成果转化,全国哲学社会科学工作办公室按照"统一设计、统一标识、统一版式、形成系列"的总体要求,组织出版国家社科基金后期资助项目成果。

全国哲学社会科学工作办公室

目 录

绪 论 ……………………………………………………………（ 1 ）
　一、子书之变与文集之兴 ……………………………………（ 1 ）
　二、子集兴替与子集相通：相关学术史命题概况 …………（ 3 ）
　三、思想学术文本的文学研究视角 …………………………（ 6 ）
　四、"建构"与"还原"：中古学术著述方式转型的研究理路 ……（ 9 ）

上编　中古子书著述方式的新变

第一章　傅玄《魏书》底本与"三史故事"考论 ………（ 19 ）
　一、《魏书》底本所立纪传考 …………………………………（ 20 ）
　二、关于《三国志》裴注引《傅子》文本属性的若干臆测 …（ 27 ）
　三、"三史故事"探原 …………………………………………（ 32 ）

第二章　论《金楼子》"兼备众体"的著述性质 ………（ 39 ）
　一、子书与类书之别：以《兴王》与《艺文类聚》帝王部的比较
　　　为例 …………………………………………………………（ 40 ）
　二、体近小说：《捷对》与《世说新语》的比较 ………………（ 44 ）
　三、作为萧绎读书笔记的《立言》 ……………………………（ 48 ）
　四、"记事"与魏晋南北朝子书的特质 ………………………（ 51 ）

第三章　论汉魏六朝子书的私人写作与知识趣味
　　　　——以《颜氏家训》为中心 ……………………………（ 54 ）
　一、"家训"的私人写作与笔记的萌蘖 ………………………（ 54 ）
　二、汉魏六朝子书的考辨传统与知识趣味 …………………（ 59 ）
　三、《颜氏家训》的文体选择与子书的衰变 …………………（ 63 ）

中编　子书与文集兴替的历史进程

第四章　"秦汉诸子即后世之文集"说平议
　　——兼论西汉文章存录方式的演变 ……………………（71）
　　一、"秦汉诸子即后世之文集"说的学理依据 ……………（71）
　　二、西汉文章的著录与《汉书·艺文志·诸子略》…………（74）
　　三、子书体制与汉人观念："诸子之文"与"文集之文"的边界 …（82）
　　四、"改子为集"：《隋书·经籍志》所著录的西汉文集 ……（86）

第五章　"论"体文的存录方式与汉魏六朝子集兴替……（90）
　　一、作为"论"的汉魏子书………………………………（90）
　　二、玄学与佛教"论"体文及其存录方式………………（94）
　　三、子书之变与文集之兴："论集"成立的内在理路 ……（100）

第六章　"以集为子"：论六朝子书写作方式的文集化……（107）
　　一、"以集为子"说溯源…………………………………（107）
　　二、模拟与言志之间：《抱朴子外篇》的写作模式 ………（109）
　　三、"意陈而词丽"：《刘子》与骈文的论说方式 …………（115）
　　四、著述观念与子书文体形式的演变…………………（120）

下编　论子、集关系的学术史建构

第七章　选子入集：论总集采撷子书篇章的方法………（127）
　　一、问题的提出及概念的界定…………………………（127）
　　二、汉魏子书"入集"的文本来源与编纂方法 …………（130）
　　三、先秦诸子的"入集"的困境及出路 …………………（136）

第八章　章学诚"子史衰而文集之体盛"说发微…………（144）
　　一、从诸子到文集：立言宗旨的有无 …………………（144）
　　二、史学的衰落：专门之学的丧失……………………（149）
　　三、"子史衰而文集之体盛"说的延展性：价值判断标准、二元
　　　　对立思维和"言公"之旨………………………………（154）

第九章 刘师培"反集为子"说发覆 …………………………（160）
　　一、"反集为子"说成立的内在理据 …………………………（160）
　　二、作为一种学术批评话语的"反集为子"说及其思维方式 ……（165）
　　三、作为名家的清代考据学 …………………………………（170）
　　四、刘师培"反集为子"说的突破 …………………………（174）

附录　论《史通》的文体拓展：以自注与外篇为中心 …………（180）
　　一、《史通》的自注与刘知幾的史注观——兼与六朝自注
　　　　比较 …………………………………………………（180）
　　二、论《史通》外篇的成立及其撰述方式 …………………（192）

参考文献 …………………………………………………（209）

后记 ………………………………………………………（217）

绪　　论

一、子书之变与文集之兴

　　魏晋以降流行的四部分类法，将古往今来的所有典籍分为经、史、子、集四大部类。相对于经、史而言，子、集两部大抵可视作私人著述，尤其是子书与文集这两种最具代表性的著述方式①。两汉至魏晋南北朝的子书，其著述出于一人一手，尤与先秦诸子九流百家的集体创作为主不同，两汉之后的子书作者，将写作子书视作"成一家之言"的方式；而集部源于个人文集，本来就是个人单篇诗赋文章的汇集，从诞生伊始，就有着非常明显的个人著述色彩。

　　在中古时代，子书与文集经历了一个兴替升降的历史进程，具体而言，就是子书在著述性质上发生了极大的变化，逐渐趋同于后世的文集与笔记，追求立言之旨不再是作者最重要的目的，记录个人情志、逸闻琐事、知识考据乃至追求文辞，成为子书更加普遍的写作方式。在这种情况下，"论"体文等文集文体，在一定程度上承担着子书的学术与思想表达功能，在辞章之学以外，文集也在子书的写作消歇之后，部分具备了子书著述的性格与理想。

　　以子书的著述方式为视角，来审视两汉以降诸子学衰变的学术史，或许是一个可行的研究路径，西汉及后世的子书虽然被《汉书·艺文志》《隋书·经籍志》归类于先秦九流十家，实际上不出于儒、杂二家②，尤其是两汉子书，普遍尊奉六经与儒家义理，以此作为其思考历史和现实问题的理论依据；魏晋南北朝的新学与显学，即玄学与佛学，并未选择子书作为著述方式，或许正

---

① 目录学意义上的子部与集部包含的著述形式无疑远多于子书与文集，本书所言"子"与"集"，一般指"子书"与"文集"，"子书"兼有先秦西汉诸子和汉魏六朝子书，"文集"在大部分情况下指的是"别集"，仅在第五章《"论"体文的存录方式与汉魏六朝子集兴替》和第七章《选子入集：论总集采撷子书篇章的方法》指的是文章总集。

② 详见程千帆《子之余波与论之杰思》，载《闲堂文薮》，《程千帆全集》第七卷，石家庄：河北教育出版社，2000年，第147页。程千帆与程章灿合著的《程氏汉语文学通史》第八章《子书的衰落与论说、文论的勃兴》，亦提及两汉以后子书的发展趋势，即内容上与论说、体制上与文集的密切关系，《程千帆全集》第十二卷，第90—93页。

是尊重两汉以来的子书写作传统,玄学的"论"体文,与梁代僧祐和唐代道宣纂集的《弘明集》《广弘明集》,亦是"集"在学术与思想表达功能上取代"子"的学术史表征。因此从思想史发展的外缘因素,如儒家定于一尊、经学的兴起等,来解释子书的衰变,未必能看到历史的真相;而从著述方式内部来思考子书衰变,并渐为文集所取代的内在理路,找出若干关键的"节点",由现象入手,尝试还原作者选择一种著述方式的内在动因,或许是我们今天接近"子集兴替"真相的必由之路,亦是本书的研究与写作的旨趣所在。

"子集兴替"的历史进程本身,大约可以对应我们熟知的"中古",具体而言可以对应"魏晋南北朝隋唐",即三至九世纪的历史时期,亦有学者将秦汉划入"中古"时代①。本书研究以魏晋南北朝为主体而上溯至西汉,使用"中古"这一概念,可以较为简洁地概括这一历史时期。西汉虽无文集编纂之实,但从现存的子书及《汉书·艺文志》的著录来看,西汉中前期子书很可能多汇集了作者奏议书疏之文,某种意义上与后世文集相通。东汉子书多以"论"为名,其著述形态更是以连缀单篇的"论"体文为主。魏晋南北朝子书的作者,或选择遵从这一传统,或别开生面,为子书的文体形式带来了全新的变化:虽然在形式上已经颇为接近文集、笔记等文学和学术著述,但魏晋南北朝子书依然保留了子书这一外壳。如果将子书这一著述方式视作一种文学与学术文体,借用传统的文体学批评术语,那么,这一现象可用"以集为子"②来描述,与"以文为诗""以词为诗"一样,虽然使用了另外一种文体的写作技巧,形成了独特的风格和体制,但我们并不能否认其体在本质上依然是诗歌或者子书。在南北朝末期,《金楼子》《刘子》《颜氏家训》的诞生,为子书的写作带来了最后的高潮,幸运的是,《刘子》和《颜氏家训》较为完整地保存至今,而《金楼子》的辑本亦在某种程度上反映出其书的体制和写作方式,为我们今天接近"子衰"的真相提供了重要的依据。

到了唐代,除了《史通》延续《文心雕龙》的写作方式,借助子书这一外壳,总结了《尚书》《春秋》至唐初官修史书的源流得失之外,子书的写作趋于衰亡。中唐以后的古文复兴,韩愈文集中的"杂著"之体,在因事而立题目成

---

① 谢伟杰《何谓"中古"?——"中古"一词及其指涉时段在中国史学中的模塑》一文指出,"中古"(medieval)作为史学的时间概念,基本上源自欧洲史学对"中古"或是"中世纪"的认识,并将其安排在一个从"中古"走向"近代"的历史演进框架之中。在中国近代史学中,以"中古"来指称中国史上某一固定时期,特别是魏晋南北朝隋唐,实始于近代中国历史教科书。将秦汉至隋唐划为中古一段的中日学者有夏曾佑和桑原骘藏。张达志主编:《中国中古史集刊》第二辑,北京:商务印书馆,2016年,第12—17页。
② 此概念由民国学者刘咸炘提出,见于《旧书别录·魏晋六朝诸子》,黄曙辉编校《刘咸炘学术论集·子学编》,桂林:广西师范大学出版社,2007年,第460页。本书第六章《"以集为子":论六朝子书写作方式的文集化》对此有详论。

文,不拘于特定体制,其内在精神上又与先秦诸子颇有相通之处,"文集"兼容学术与思想表达的功能,部分具备子书的撰述理想与性质,与作者自身的学术取向有着很大的关系。宋代以后,文集作为个人著述的汇集,辞章之学可能仅仅是其中一部分,魏晋南北朝以文体分类作为叙次的体例也随着现实的需要而打破,如清代的学者文集大多为考据之作,篇目未必标注"论""说""议""辨"等①。同时,清代学者的目录史与学术史研究,亦开始关注子集兴替的历史进程,并尝试讨论私人著述方式变化的历史表象及内在动因,在这种情况下,本书副标题拟定为"中古学术著述方式的转型",虽然以"中古"作为限定,仅仅指的是"子衰集盛"的历史进程本身发生在魏晋南北朝,而本书的研究并不局限于此,清代与近代的学者如何认识子集兴替与中古著述方式的转型,包括宋代之后的文章总集如何从观念和技术两个层面突破《文选》所设置的藩篱,以此采摭子书的篇章进入文章总集,扩大了古文的内涵,树立了集部以外的文学典范,都在本书的讨论范围之内。还原历史进程本身之外,关注这一进程的先贤前哲,也参与了学术史的建构,提供了具有启发意义的意见,厘清他们的得失,亦是本课题的应有之义。

二、子集兴替与子集相通:相关学术史命题概况

在学术史上,将中古时代子书与文集的升降兴替,视作著述方式重大变革的学者不乏其人,清代学者章学诚在《文史通义·诗教上》中提出"子史衰而文集之体盛"的命题,概况了战国以降学术发展的大势。章氏将子学的衰落与文集的兴起,视作立言宗旨与学有专门的丧失,著述方式的改变也是学术自身的沦落。不少晚近学者在关注"子集兴替"这一问题之时,颇受章学诚之说的启发,如刘师培在《论文杂记》中指出:

> 六朝以前,文集之名未立。及属文之士日多,后之君子,欲观其体势,以见性灵,乃汇萃成编,颜曰文集。且古人学术,各有专门,故发为文章,亦复旨无旁出,成一家言,与诸子同。……虽集部之书,不克与子书齐列,然因集部之目录,以推论其派别源流,知集部出于子部,则后儒有作,必有反集为子者,是亦区别学术之一助也。会稽章氏、仁和谭氏稍知此

---

① 详见何诗海、胡中丽《从别集编纂看"文""学"关系的嬗变》,《华南师范大学学报》2020年第3期。

义,惟语焉未精,择焉未详。故更即二家之言推论之,以明其凡例焉。①

刘师培所谓"反集为子"的论断,乃是以后世文章家有专门之学者,成一家言,有诸子之风,故刘氏以唐宋八大家、近代(即清代)文儒、六朝唐宋诗人与历代学术为例,相继论述了有立言宗旨的文集,何以成一子。如:韩愈为儒家、柳宗元为名家、苏洵为兵家、苏轼为纵横家、王安石为法家的观点,直接来源即章学诚《校雠通义·宗刘》,刘氏以清代文儒、六朝唐宋诗歌等为例,对章说加以详论,并在一定意义上揭示了子书衰落以后,思想和学术的主要著述方式变而为文集,而旨无旁出的文集与诸子在著述理念上颇多相通之处,并非仅仅是辞章之作的汇集,无疑在章学诚与刘师培二氏眼中,"反集为子"也是一种理想文集形态的代表。

江瑔《读子卮言》第二章《论诸子与经史集之相通》则论证了"子"与"集"的相通之处,亦在刘师培之后关注后世文集亦可通于诸子这一问题:

> 至若子之与集,尤难区别。古人无文集之名,魏晋以后始有"集"称。大抵诸子之学既衰,而后文集之名繁起。然古之诸子亦皆文也。贾谊《新书》,本子书也,昭明《文选》则采其《过秦论》而入论类。骚赋为文章之祖,本文体也,而《荀子》之中亦有赋。韩、柳提倡古文,为后世文士所宗,而韩氏《原道》、《原性》、《原毁》诸篇,纯然子体,柳氏亦有辩论诸子之作。是可见子可为文,文亦可为子,原无界限可定。②

尽管从《荀子》《新书》与韩柳古文的个例,推出子与集之间"原无界限可定",稍有以偏概全之嫌,但江瑔之说还是揭出子书与文集在体制与著述宗旨上的相通之处。此后,江瑔进一步论述了六朝子书体制之变与子书之衰的学术史现象:"惟自周、秦、两汉以后,子学失传,后世子书,惟如《傅子》、《物理论》、《抱朴子》、《金楼子》、《刘子》、《文中子》、《因论》、《两同书》、《谭子化书》,及

---

① 刘师培《中国中古文学史 汉魏六朝专家文研究》附录,北京:商务印书馆,2010年,第180—183页。
② 江瑔《读子卮言》,上海:华东师范大学出版社,2012年,第11页。类似的观点,署名山渊(即江瑔之号)的《省嚣斋文话》中亦有申述:"诸子体裁各殊,亦为文体所从出。赋为文之一端,而荀子有《赋篇》,开后代骚赋之先河。诔文则出于《庄》,答辨、客难则出于《韩》,论辨则出于《孟》。汉代诸子中,如扬雄、东方朔、刘向、主父偃、庄助之畴,又皆宏于文章,成为绝响。盖子之体裁,殊非限界可定。自周秦诸子及汉代诸子外,后代罕有得子之真,是虽名子书,实即文集。惟唐《潜书》一二种,颇具子体,然不可多觏,是子与文不言合而自合矣。"黄霖主编、闫娜等编著《现代(1912—1949)话体文学批评文献丛刊·文话卷》一,南京:凤凰出版社,2020年,第40页。

近代之唐子《潜书》、贺氏《激书》诸种,稍具子体,然廖廖不可多观。此外则罕有得子之真者,虽强附子类,实即文集,是子与文集不言合而自合矣,此子与集相通之证也。"①

余嘉锡在《古书通例》卷二《明体例》中提出"秦汉诸子即后世之文集"之说,指出"西汉以前无文集,而诸子即其文集。非其文不美也,以其为微言大义之所托,言之有物,不徒藻绘其字句而已"。② 此外,余氏将秦汉子书中诸多文体,以《文选》分类为序排比罗列,共有赋、诗、诏(策)、令、教、上书(疏)、书、设论、序、颂、论、箴、铭、对等十四种文体,所涉子书既有《荀子》《韩非子》《新书》等传世之作,亦有《汉书·艺文志》诸子略所著录而后世亡佚的子书,如儒家的《贾山》八篇、纵横家的《徐乐》一篇、杂家的《东方朔》二十篇等,进一步证明了秦汉子书在体制上与后世文集的相通之处。总体而言,刘师培、江瑔、余嘉锡等诸家的说法,总体上倾向于较为客观地讨论子集兴替这一著述方式的变化,而非有意借此确立理想的学术著述方式和相应的价值判断标准。

刘咸炘《旧书别录》对六朝子书典籍颇多精见,并从六朝子书著述体制变化这一角度,审视中古时代学术著述方式转型,如《金楼子》与《魏晋六朝诸子》两则指出:

> 章先生谓诸子衰而文集盛,盖谓专门变为总杂,词胜而理乏也。诸子既衰,而子书变为杂记,其所以变者,记载溷之也。诸子引事,皆以明理,《韩非·储说》属词比事,亦云繁矣,而旨无旁出,非泛论杂钞,若史论、传记、类书也。自扬雄《法言》始作史论,桓谭《新论》始记杂事,傅玄记载遂侵史职,《抱朴》词藻,几灭质体,至于梁元《金楼》,遂成类书矣。③

> 又东汉以降,品藻之风盛行,儒家书由扬雄《渊骞篇》而推广之,臧否当时人物,若周明《周子》、殷基《通语》、袁准《正书》《正论》之类,开史论之先,**侵记事之职**,张俨《默记》至全载《出师表》,至傅玄而遂成史料,至《金楼》而遂成类书焉。此一类也。宗旨既浅,词采方兴,以集为子,若顾谭《新言》、陆景《典语》,皆**意陈而词丽**,其稍有名理者若秦菁《秦子》,已属罕觏。葛洪、刘昼由此出焉,又一类也。自袁准《正书》、裴夷《新言》兼考证名物制度,至王婴《古今通论》多记故实,虞喜《志林》

---

① 《读子卮言》,第11页。
② 余嘉锡《目录学发微 古书通例》,北京:中华书局,2009年,第230页。
③ 《刘咸炘学术论集·子学编》,第457—458页。

《广林》则**兼记事考证**,王劭《读书记》、刘杳《要雅》遂专考经、史谬误矣。此则六朝人纂类以备词料之风,上承《独断》,下开唐、宋杂记,又一类也。①

从刘咸炘的论述中,我们可以看出,在刘氏心中,子书著述应以议论明理为正宗,以此成一家之言,记事(包括史论)、杂抄(类书)、文章、考证等不同的因素加入子书,实则改变了子书最本质的著述性质,而记事、文辞和考据,恰是影响中古子书新变的三个主要因素。

子书以说理为本,著书立说以表达有宗旨的学术与思想,以此成一家之言;而文集以追求辞藻为本,将抒发个人情志的诗赋等各体文章加以汇集,并不追求统一的宗旨与特别的著述理想。尽管如此,子书与文集皆为私人著述,在叙次某些文章而成书的编纂体制上颇有相通之处;子书文采斐然,文集中论说奏议等诸体有为而作,得以成专门之学者亦不罕见,这就构成了两者相通的现实基础,亦是刘师培、江瑔、余嘉锡等先贤诸多学术史命题成立的因由。

三、思想学术文本的文学研究视角

子书与文集兴替这一学术史历程背后隐藏着一个重要问题,即学术著述的体制与思想表达之间的关系问题。近年来,学术界已有此方面的专门研究,刘宁的《汉语思想的文体形式》即是其中的典范之作。虽然此书篇幅不长,但业已提出并解决了一些重要的问题,前三章分别讨论了汉唐子学"论著"、"论"体文的形成与演变,以及经与子、注经与著论文体互动等论题,涉及了先唐几种重要的思想表达形式,即子书、"论"体文和经学注疏。刘宁指出了作为专论的《荀子》"述说"与"辨析"的特色,以及《荀子》对于东汉之后专论体子书基本格局的奠定;南北朝末期的《文心雕龙》《颜氏家训》等著作,改变了传统子书包罗万有的面貌,呈现出了专门化倾向。值得注意的是,刘宁注意到章学诚"子史衰而文集之体盛"说,将子学论著的衰变放在"子史"和"文集"的消长之中进行观察,指出了以汉代以后"罢黜百家"的时代背景来解释子书的衰落,实际上忽略了学术思想的复杂性以及士人欲"成一家之

---

① 《刘咸炘学术论集·子学编》,第460页。黑体为引者所加。

言"所展示出的独特的学术追求。①

陈桐生的先秦散文研究,同样以文体形式作为研究的视角和方法,对经、史、子三部传统上属于思想与学术著述的内容进行了颇具开拓意义的研究,陈氏指出《尚书》与《国语》在叙事框架中包含了说理内容,而七十子后学著述的《论语》、大小戴《礼记》、《孝经》、《仪礼》等传世经传和"郭店简""上博简"等出土文献中的儒家文献,兼有语录体、问答体和专论体,记事进一步减少而以说理为主,内容也转向较为务虚的礼学讨论,为战国诸子的语录体、对话体和专题论文说理散文奠定了基础。② 陈氏的研究打破了以往文学史研究将先秦历史散文与诸子散文割裂的模式,建立了新的先秦说理散文发展观念,让我们注意到《尚书》《国语》等属于记言类的历史著作的说理因素。

从子书自身著述方式的变化来寻找子书走向衰亡的因素,或许是在刘咸炘之说的基础上,靠近"子集兴替"的历史真相的途径之一,学界业已注意到萧绎《金楼子》对于讨论子书著述形式新变的重要意义,田晓菲《诸子的黄昏:中国中古时代的子书》③一文认为,相比于魏晋时代的硕果累累,五世纪及之后,子书的创作突然衰落,原因在于五世纪的士人自编文集,诗歌创作越来越个人化,"集"代替"子"成为表达自我的唯一方式。④ 而到了五世纪后期,刘勰把"论"的专题性和子书的长度这两种特点结合起来,创作了《文心雕龙》,其书仅讨论广义与狭义的"文",而两个世纪之后的《史通》实际上是历史学家的《文心雕龙》。另外,六朝末期的《颜氏家训》实际上具备了子书的形式,而在讨论范围内仅限于教育子孙与整肃家门,作者颜之推在《序致》篇中对魏晋子书"理重事复"的批评,也说明了其时士人为何放弃写作子书。但在这些形式上保持着子书形态而在内容上走向专门的著作之外,依然有《金楼子》这种例外之作的出现,作者萧绎充当了收藏家、裁判和编辑的角色,以一部子书形式为外壳而实则为笔记的子书,宣告了子书的"黄昏"。陈宏怡的《六朝子学之变质——以〈金楼子〉为探讨主轴》⑤将六朝子书与先秦子书和两汉子书进行比较,从发展变化的眼光看待六朝子书的转变:相对于先秦诸子"述道言治"和两汉子书"咸叙经典,或明政术"(《文心雕龙·诸子》)而言,魏晋南北朝子书在思想原创性上确实无法与之前相比,魏晋南北

---

① 详见氏著《汉语思想的文体形式》,上海:华东师范大学出版社,2012年,第1—54页。
② 详见氏著《先秦文学十论》(北京:人民出版社,2016年)中的《〈国语〉的性质和文学价值》《从出土文献看七十子后学在先秦散文史上的地位》《新的先秦说理散文发展观》等论文。
③ 《中国文化》第27期,2008年。
④ 田晓菲在《陶渊明的书架和萧纲的医学眼光——中古的阅读与阅读中古》一文中亦提及子书衰落与类书和文集兴起的关系,《国学研究》第37卷,北京:北京大学出版社,2016年,第134—136页。
⑤ 是书为作者在台湾大学的硕士学位论文,2012年由新北的花木兰出版社出版。

朝诸子如曹丕、葛洪等表现出著述的自觉意识,在关注的议题方面,在两汉子书已经出现的重视"历史"与"史料",关注"学术"与"学风",以及"人物品鉴""杂事杂记"等成分增加的基础之上,六朝子书"历史"与"治道"的联系更加薄弱,从援引历史故事作为讨论政治的基础,变为关注历史本身;学术研究与个人兴趣也代替了家国天下和社会政治的传统主题,内容的变化也促使子书本身在形式上近似文集与类书。① 在此前提下,《金楼子》归纳前人四部之学的著述方式,体现的是六朝子书对历史和学术的重视,与将撰述子书视为个人价值实现手段的自觉意识,不能简单将其看作沿袭前代成言的"稗贩"之作。

在子书著述形式的新变之外,文集的编纂、集部的成立与文集的体例,亦是本书解决"子集兴替"内在动因的重要基础。近年来,学界对"集部"编纂的实践与观念颇为关注,打通了文学、文献学与文学批评史等多个学科,吴光兴《以"集"名书与汉晋时期文集体制之建构》②主要探讨两汉之际文集编纂惯例的形成,与魏晋之际以"集"名书的现象,以此将"集部"确立这一中国文学文献史的关键问题与文学观念连贯起来,形成新的论述系统;李成晴《"集部之学"与中古别集体例研究的拓展》③将文集体例视为古典文学研究作家与作品之外的第三条路径,并指出传统体例研究法在"集部之学"中运用的意义;何诗海、胡中丽《从别集编纂看"文""学"关系的嬗变》一文梳理了六朝至明清别集编纂体例发展变化的历史,指出六朝隋唐别集仅录单篇辞章而不录学术著作,而宋代以后尤其是清代别集大量收录学术论著,反映了"辞章"与学术著作地位的升降以及古人文集观念的变化;林锋《章学诚的文集论与清代学人文集编纂》④则注意到章学诚力主改进文集编纂体例,使得"诸子家数行于文集"。这些论文从不同的角度关注了文集编纂的体例、观念与"集部"的确立等重要问题,将文献形态与学术观念加以结合,为本书的研究奠定了良好的学术基础。

总体而言,子书与文集在中古时代的升降兴替,在章学诚及其影响下的晚近学者之后,并没有得到学界的系统论述。无论是子书衰变的内在动因,还是文集何以在子书著述消歇之后,部分取代了子书表达思想与学术、以此成一家之言的著述宗旨,对于文学史和学术史,皆是非常重要的研究论题。专门研究汉魏六朝子书,以及文集编纂、集部成立的论著虽不缺乏,然而两个

---

① 见是书第二章《传统子学之定位及其演进历程》,分为先秦诸子、两汉诸子和六朝诸子三节论述,第11—81页。
② 《文学遗产》2016年第1期。
③ 《四川大学学报》2019年第2期。
④ 《文学遗产》2020年第6期。

领域基本上处于各自为战的状态,与中古学术史上实际经历过的子书与文集衰亡兴盛的历史进程并不相合,又未能充分评析章学诚以降诸家对于子、集源流与兴替关系的理解,不免令人感到遗憾。本书的研究和写作,也正是尝试在诸多子书的个案研究、相关学术史命题的辨析,以及子书、文集形态的比较的基础上,尽可能地勾勒中古时代学术著述方式转变这一历史进程,并以此丰富现有的中古文学史、学术史研究。

四、"建构"与"还原":中古学术著述方式转型的研究理路

由于文献的散佚,我们今天只能依据现存的史料、文献,对于中古的历史进行有建构性质的还原,这种"还原"与历史真相必然有着相当的距离,本书不可能在最后得出一个确凿无疑的结论,告诉读者以及学界,子书的衰亡与文集的代兴确切发生在什么时候,以哪个事件或者哪位学者的观点为标志,毕竟,汉魏六朝的子书大部分业已亡佚,《隋书·经籍志》的著录让后世知道这些典籍曾经存在过,后又消失在历史的长河中;处于历史现场的中古知识人也极少留下可供参考的意见,刘勰《文心雕龙·诸子》中对汉代之后子书"虽明乎坦途,而类多依采"的评价,与颜之推《颜氏家训·序致》对魏晋以降子书"理重事复",犹如"屋下架屋,床上施床"的批评,并未指出子书著述体制发生变化的原因,也许正是身在庐山之中,才不能识其真面目吧。

尽管如此,"还原"的过程本身亦可视作继续建构学术史,在面对同样的史料、文献的前提下,如何能在先贤的基础上,更为全面而细致地寻找解决"子集兴替"这一问题的角度,并以现代的学术论文和著作为相应的"著述方式",呈现给当代学术界,正是本书研究和写作应当达成的目标。为了达成这一目标,本书确立三个侧重点不同而又密切关联的主题,每个主题之下再设计三个专书或者专题研究,尝试从不同角度来解决"子集兴替"的历史进程及其对于之后学术史的影响。如果把每一章视作拼图的一块碎片的话,那么现有的"碎片"并不能拼出一幅完整的图画,但我相信这幅残破的图画,也呈现了片段的、不完整的部分学术史,即便是"碎片"或者片段,依然是迷人的风景。可能也正是这种不确定性,一方面让人担心持论过于危险,同行很可能质疑"有没有另外一种可能性";另一方面又吸引学者不断为此投入精力,努力在现有条件下,不断地思考并提出新的可能性。

本书上编为"中古子书著述方式的新变",主要以《傅子》《金楼子》《颜

氏家训》三部六朝子书为个案研究,讨论了中古子书在著述形态和文本性质方面的新变。在现存的两晋南北朝子书中,《傅子》和《金楼子》仅有辑本,《抱朴子》《刘子》和《颜氏家训》相对完整地保留至今。其中,《抱朴子》和《刘子》延续了汉魏以"论"为名的子书连缀数十篇论体文成书的著述体制,而《傅子》与《金楼子》《颜氏家训》则发生了重要的变化:根据《晋书·傅玄传》的记载和严可均的推论,《傅子》一书由内、中、外篇三部分组成,其中内篇延续了汉魏子书的写作传统,主要由讨论社会政治的诸多议论文组成,唐初的《群书治要》保留了一些篇目。中篇则很有可能是傅玄在曹魏正元年间参与国史修撰的"《魏书》底本",依据《三国志》裴注所引用的《傅子》,可以大致推测傅玄所立纪传;而外篇则是所谓"三史故事",很可能是傅玄所作的一部两汉及前代制度史专书,现存《傅子》的佚文中某些可与正史史志相参的内容,或属外篇。总体而言,《傅子》三篇更像是傅玄三部个人著述的集合,而非传统意义上的子书,在厘清其著述性质的前提下,我们才能理解《傅子》对于中古子书独特的意义,以及记事因素在其中的真实作用。

萧绎《金楼子》在学术史上有着体近类书与稗贩之作的苛评,但将其篇目与类书进行比较,我们还是能发现其中的本质区别,类书无疑更关注社会与自然的万事万物,而子书的篇章则以政治、道德、情志等更为理论性的话题为主,在编纂方式上,类书只需要抄撮前代典籍中与类目有关的内容,而《金楼子》尽管也选择了以前代典籍为写作资源,但仍需将材料进行一定的整合,以此表达出作者的某种思想倾向。此外,《金楼子》中《捷对》篇,体近《世说新语》,《立言》篇则类似萧绎个人的读书笔记。虽然多有取材四部典籍之处,但不能简单将《金楼子》视为类书之作,兼备多种著述方式的《金楼子》显示了萧绎个人的写作趣味,也代表了子书到了六朝具有极强的包容性,甚至可以作为私人著述的集合。

《颜氏家训》在六朝子书之中,亦颇具后世笔记之体的因素,这一点或许受到了《金楼子》的影响。颜之推记载当世逸闻与礼仪规范,《颜氏家训》兼备知识考据的内容,亦有与个人生命经历的感触,这些传统上不属于先秦诸子和两汉子书的内容,大量出现在《颜氏家训》之中,无疑改变了六朝子书的风貌,也暗示了子书这一著述方式在此后走向衰落的原因:学者私人著述的趣味,尤其是个人情感的抒发与经历的记述,还有知识考据的爱好,已经没有必要在"子书"这种外壳下进行写作,反而是笔记和文集中的各体文章,可以承担相应的著述功能。以《颜氏家训》为子书在历史上最后一个高潮的代表作,较未能完全保存至今的《金楼子》,似乎更为合适。颜之推在批评魏晋以降子书的情况下,依旧选择了以子书的外在形式来写作《颜氏家训》,而《颜氏家训》的内容又不仅限于教育子孙,亦多有篇章涉及社会、政治、道德等传统的子书内容,将其放在子书自身发展的历史中加以审视是十分必要的。

本书中编为"子书与文集兴替的历史进程"。著录于《汉书·艺文志》诸子略的西汉子书虽大部分已经亡佚,但晚近的学者多以《汉书》等文献引录或者记载的篇目为依据,并结合存世的贾谊《新书》与董仲舒《春秋繁露》所收录两家奏议之文的情况,来推测西汉子书的内容并在此基础上辑佚,如贾山、晁错、东方朔等人的子书。考虑到西汉时期未有文集编纂的实践,这些子书应当是西汉文章主要的存录方式。余嘉锡"秦汉诸子即后世之文集"这一论断,亦是建立在此基础上的。不过,西汉中后期传世的子书,如桓宽《盐铁论》,刘向《说苑》《新序》与扬雄《法言》《太玄》,其体制皆有异于前,诸家的各体文章之作亦不可能编入子书,而班固、王充等东汉初期的学者亦有意区分了子书与"上书奏记"之文,说明汉代子书并非等同于后世文集。根据《隋书·经籍志》的著录,大部分西汉子书在梁代以前亡佚,而六朝人所编西汉文集的作者,与西汉子书多有重合,这条线索也暗示了子书在中古时代为文集所取代,文集成为西汉文章存录的新方式。

汉魏子书多以"论"为名,按照王充《论衡》确立并实践的"论"这一撰述方式,有别于"作"和"述","论"的本质特征在于"有本于前"和"辩照然否"。然而在《论衡》之后的汉魏子书,如王符《潜夫论》、徐幹《中论》等作,其论题的选择大多符合儒家和六经所倡导的知识体系和价值观念,很少设置有争议性的话题加以讨论。而魏晋玄学的"论"体文诸如"有无""才性""养生""言意"等命题,不同学者展开了激烈的辩论,观点亦是针锋相对,更能体现"辩照然否"这一"论"的本质特征。一方面,"论"体文而非子书成为玄学这一魏晋时代新学与显学的重要著述体制,而另一方面诸多"论"体文的纂集,根据《隋书·经籍志》的记载,亦多以"论集"的方式,汇集同一主题的多篇文章。虽然魏晋玄学的"论集"并未流传至今,但南北朝兴盛的佛学,却有《弘明集》的编纂,为我们今天考察六朝"论集"提供了范式。《弘明集》涉及"夷夏论""神不灭论""沙门不敬王者论"等多个有关佛教与中国传统政教、礼仪、思想观念发生冲突的主题,僧祐汇集了多篇论说、书疏与问难之作,其宗旨在于弘扬佛法,从这一点来看,《弘明集》无疑具备了传统子书"立一家之言"和学有专门的特质,以"集"为名既是著述方式转变的结果,也是多篇各体文章出于众多僧俗学者之手的考虑。整体而言,魏晋南北朝的"论"体文与"论集",成为适应玄学和佛学思想表达需要的著述方式,在论辩与思辨色彩上胜于汉魏子书,子衰集盛这一学术史历程,在与"论"这一撰述方式有关的诸种著述方式中,得到了充分的体现。

　　子集兴替的又一学术史表征,则是子书写作方式的文集化,即刘咸炘在《旧书别录·魏晋六朝诸子》中所提出的"以集为子",其具体表现形式是"宗旨既浅,词采方兴",其代表作《抱朴子》与《刘子》,亦"意陈而词丽",无疑"言人间得失,世事臧否"的《抱朴子外篇》和《刘子》一样,延续了汉魏子书的写作传统。《抱朴子外篇》兼备赋、史论、设论和连珠诸多文学文体,诸篇不仅继承了前代相关体裁的写作模式,葛洪亦借此抒发个体的人生选择和著述理想,使得《嘉遁》《应嘲》等篇,在宗旨上与诗赋等辞章之作无异。可惜缺乏更多的六朝子书与《抱朴子外篇》进行比较,因而很难将葛洪的写作方式视为一种普遍的做法,以此来审视各体文章的写作方式对于当时子书的影响;而《刘子》全为骈俪之文,各篇在思想内容上多延续先秦汉魏诸子既有的主旨,从这些方面来看,更符合刘咸炘"意陈而词丽"之评。《刘子》的作者甚至在书中隐藏了个人的生活经历与情感体验,也为后世考证其作者带来了障碍。尽管《刘子》在理论阐发和事例列举方面,均不免"理重事复",然而骈文长于二元概念辨析和隶事用典的文体特性,使得《刘子》对已有的学术文本进行了再创造,整合理论概念与历史故事,形成更为精致而集中的理论论述。"文集化"作为六朝子书著述形式的新变,在《抱朴子外篇》与《刘子》两书中有着不同的呈现方式。如果我们将子书和辞赋、诗词等文学文体等量齐观的话,六朝之于子书,犹如唐之于赋、宋之于诗,元明之于词,不免为后世视作衰变之时,但对于这些非"一代之文学"的评价与研究,似乎不必试图寻找一个使之可以与"一代之文学"齐驱并驾的角度,关注"变"的现象本身及其内在动因,则是我们全面理解文学史、文学批评史的重要途径与必经之路。

　　本书下编为"论子、集关系的学术史建构",则主要将章学诚、刘师培所提出的有关子、集关系的学术史论断,结合二氏自身的理论体系与学术史本身加以审视和评述。首先是章学诚在《文史通义·诗教下》中对《文选》选录贾谊《过秦论》和曹丕《典论·论文》入"论"体的现象,提出了"其例不收诸子篇次者;岂以有取斯文,即可裁篇题论,而改子为集乎?"的质疑。萧统《文选序》声称:"老庄之作,管孟之流,盖以立意为宗,不以能文为本,今之所撰,又以略诸。"将诸子排除在选文的范围以外,而《过秦论》与《典论·论文》被视作"论"体文入选,是否一定和《文选序》所确立的原则相悖? 毕竟,西汉前中期与汉魏之际的子书,在著述体制上常以连缀多篇"论"体文为主,《过秦论》和《典论·论文》从子书中独立出来,被视作单篇的"论"体文,或许与"老庄之作,管孟之流"在文体形式上有着很大的不同。然而我们今天很难确定

《文选》采摭两文入集的来源，《过秦论》在六朝已经是公认的经典文章，以单篇的形式在知识界流传是很有可能的，但也不能排除《文选》从《新书》或者《史记》《汉书》抄撮其文的可能。由于记载阙如，《典论·论文》是否以单篇的形式在两晋南朝广泛传播，我们今天无法得知，因而也就无法进一步推测，在萧统的时代诸如《过秦论》和《典论·论文》等采摭自子书的名篇，是否更接近一般的单篇"论"体文，而非被视作子书的篇章，因而不能分隔或独行，并被选入文章总集。

《文选》在选文观念和编纂体例上，无疑不具备较多地采摭子书篇章的条件，因而讨论"选子入集"这一现象，应该将眼光投向后世的文章总集。南宋真德秀《文章正宗》选录徐幹《中论·法象》，并以注释的形式引录王符《潜夫论》、仲长统《昌言》和崔寔《政论》的篇目，为此后的《文选补遗》《广文选》等通代文章总集和明代专选秦汉文的断代文章总集，确立了汉魏子书篇章的经典篇目。这些选自子书的篇章，与《论六家要旨》《养生论》《辨亡论》《运命论》等汉晋名作同列，共同构成汉魏六朝"论"体文的经典序列。

与汉魏子书篇章多归入"论"体的情况有所不同的是，从文章形态上为先秦诸子确立其文体归属，难度要大得多，以叙次文体为主要体例的《文选》类总集，很难适应经、史、子三部文章"入集"的需求，一方面，某些以时代序次典籍或作者的总集，规避了"定体"的困难；而另一方面，姚鼐的《古文辞类纂》和曾国藩的《经史百家杂钞》确立了以文体功能为大类的编纂体例，使得经、史、子三部避免了被强制归入某种文集文体的困境，又为其确立了一个相对明确的属性，如《古文辞类纂》认为"论辨类"源于诸子，虽不录先秦诸子，亦为其"入集"预留了空间；而《经史百家杂钞》将诸子纳入"著述门"的"论著之属"，采摭《庄子》《孟子》《荀子》《韩非子》，而汉晋至唐宋的论说文典范，亦归入此类，既尊重了诸子论辩说理的本质属性，又明确了其体并非严格意义上的"论"体文，同时构建了诸子与后世论说文的源流关系，为后学理解文学史和学术史提供了可靠的参考，也解决了经、史、子三部的学术之文，进入属于辞章之学的文章总集的困境。

在《文史通义·诗教上》中，章学诚提出了"子史衰而文集之体盛"说，将其视作战国以后学术发展的大势，即作为专门之学的诸子衰微，而文集与辞章之学兴起。表面上看，"诸子—文集"是私人学术著述方式的变化，而章学诚却指出，这一变化蕴含了立言宗旨和专门之学的丧失，诸子有其宗旨是其与文集本质上的区别，而义理皆为人所知、追求文采的某些汉魏子书，没有不得已而为之的撰述目的，在章氏眼中，此乃后世文集之滥觞。同样，若史学仅追求事实，则与后世之类书无别，史学之"事"与诸子之"文"虽有差别，但在

"成一家之言"的著述宗旨皆为两者之高境,也是章氏将"子史"并列的理由,也是"子史"与"文集"构成一组二项对立概念的根本原因。此外,史学之衰在章学诚的论述中还有其他意义,即唐初确立的监修制度代表了正史修撰的官方化,史学作为专家之学而彻底衰落;而文集所包含的文人传记,以及对应经部的经义、诸子的论辩,尽管在某种意义上综合了经、史、子三部之学,但章学诚依然将这种综合视作专门之学的丧失。"子史衰而文集之体盛"这一学术史论断,无疑带有十分强烈的个人色彩,章学诚以立言宗旨和专门之学为标准,区别了"子史"与"文集"等不同的著述形态,并为相关的学术畛域提供了价值判断标准,如《文史通义·诗话》将后世诗话与《文心雕龙》和《诗品》区别,因其不同的著述性质与宗旨而做出高下有别的评判。在此基础上,"子书"与"文集"及其背后所蕴含的"著作"与"辞章"等二项对立概念,对于我们理解章学诚的思维方式亦有非常重要的意义,也暗含着"子史衰而文集之体盛"说有着极强的延展性。

刘师培在《论文杂记》中提出的"反集为子"说,在章学诚将唐宋八大家文集视作儒、名、兵、纵横、法等先秦诸子九流百家的基础上,亦从近代文儒、六朝唐宋诗歌与历代学术等角度进行论证,从而强调后世文集有其立言宗旨亦可视其为一子的观点。"反集为子"说的理论依据在于以唐宋八大家为代表的文章著述,在宗旨和风格上与诸子颇有相通之处,其文集的思想学术价值,亦代表了章、刘二氏眼中理想的文集形态。而以有限的诸子家派,将十数家乃至数十家文集统摄于其中,以此构建"子"与"集"的关系,这种学术批评话语与学术史和文学批评史上出现的"诸子源于六艺""文章源于五经"等命题相似,包含了"举本统末"的批评方法,在努力厘清学术史脉络的同时,建构了四部学术之间具有隐喻性质的关系。对于清代的文学与学术文集而言,刘师培尝试论述了考据学何以为名家,如江永、金榜等以礼学为专家之学,而《汉志》以为名家出于礼官,故礼学亦出于名家;考据学以小学为基础,古人以字为名,名家必以正名析词为首。虽然与历史上先秦与魏晋名家在理论主张上大相径庭,但刘师培这一具有建构意义的说法,突破了"反集为子"说限于文章风格和思想倾向的局限,尤其回应了章学诚反对将考据学视作一家之学的主张,亦凸显了清代学术最重要的特质,体现了刘师培本人对清代学术的理解,使得这一命题兼具了义理、辞章和考据之学。

本书上编以个案研究为基础,讨论了中古子书著述方式的新变,揭示子书自身著述旨趣的变化从内部结构了这一著述形式,从西晋成书的《傅子》,到南北朝末期的《金楼子》与《颜氏家训》,子书不仅兼容了纪传体史书、史志、笔记、小说等不同性质的学术著述,而且体现出知识考辨的趣味,并用以记载个人经历,出现了很明显的私人倾向,这与先秦诸子向外关注社会政治、向内关注道德修为的著述意图有着很大的不同,与汉魏以"论"为名的连缀若干篇专题论文的著述体制亦有较大差异。子书自身的变化自然是"子集兴替"内在动因的一方面,中编是对这一历史进程本身的专题研究,更多地关注两汉的子书与早期文集编纂的实践及其观念,西汉时代尚未有文集出现,《汉书》引录的诗赋以外的各体文章以子书篇章的形式存录,并著录于《汉书·艺文志》的"诸子略"。然而仅有部分西汉文章家曾有子书之作,其他没有子书之作的文章家,其作则不为《汉书·艺文志》著录,何况在汉人的观念中,一般的文章著述也无法等同于诸子,西汉后期桓宽、刘向、扬雄等人子书著述的体制也决定了不再可能容纳作者的单篇文章之作。六朝人为西汉文章家包括子书作者重新编纂文集以存录西汉文章,实际上是一个"改集为子"的过程,这一实践亦证明西汉以降发展起来的各体文章之作,需要一种与诸子性质完全不同的著述形式加以汇编。类似地,魏晋南朝的玄学家和佛学家不再撰述子书,而是选择以"论集"的形式按主题汇编相关的"论"体文,亦是其学不合于东汉子书依傍六经和儒家的著述旨趣,而汉魏子书出于一人之手、一题一篇的体制也与汇集玄学或佛教诸多有论辩性质话题的"论"体文有一定冲突。由此可见,子书为文集所取代一方面的原因是子书写作自我解构,六朝子书的写作方式接近后世的文集和笔记,另一方面则是子书不再适应特定的文献存录需要,与新兴学术的表达方式有所抵牾,子集兴替的内在动因即是如此。在六朝子书专书研究与子书、文集兴替专题研究的基础至上,下编论子书与文集关系的学术史建构,则从文学批评史的视角讨论了历代总集采摭子书篇章的问题,反映出文章总集选文观念和编纂实践的变化与发展,章学诚与刘师培所关注的"子史衰而文集之体盛""反集为子"等说,则折射出具备学者个人的价值观念,提出子史代表着立言有宗旨和学有专门的学术著述,理想的文集形态亦应具备一家之言的特质,而不止于概述学术史演进自身。三编以不同的视角切入子集兴替以及子书与文集在著述形式上的区别与联系,先以专书研究和专题研究讨论子书衰变,和文集何以取代子书成为新的文献存录方式与学术表达方式,再从文学批评史的视角讨论后世的学术观念。

此外,作为文史理论著作的《文心雕龙》和《史通》,也应该放在汉魏六朝子书如《傅子》《抱朴子》《金楼子》《颜氏家训》《刘子》等作的"延长线"上,对其著述方式和学术思想表达之间的关系加以讨论。《文心雕龙》和《史通》不仅连缀数十篇专题论文而成,与汉魏六朝子书在形式上颇具相通之处,而且刘勰和刘知幾的著述理想,以及两书所具备"体大虑周"的理论系统,是一般的汉魏子书难以企及的。对《文心雕龙》和《史通》整体上延续汉魏子书撰述方式的讨论，本书暂付阙如，姑且以附录的形式编入有关《史通》自注和外篇著述形式上的研究。《史通》是较早的附有作者自注的学术著作，其主要作用在于补充作为骈体文的正文，详述正文受体制所限无法完整引述的史传文本，或者作为一种引证的手段，用来佐证正文所描述的现象或得出的结论，前者是《史通·补注》篇中"委屈叙事，存于细书"，后者则有效避免了正文"毕载则言有所妨"。从形式上看，《史通》自注与现存的六朝赋自注皆以"异体"而"言事"，而在扩展正文内容方面，则与《洛阳伽蓝记》自注相似，且避免了六朝自注烦冗琐碎的弊端，与刘知幾本人的史学注释观念高度一致。《史通》外篇在学术史上获得的评价不高，《四库全书总目》与晚近学者认为其与内篇颇有"重出"或"抵牾"之处。但追溯《史通》的学术渊源，并从理论体系的角度审视内外篇的关系，可以发现内篇效法《文心雕龙》骈体专题论文的文体形式及其理论体系，外篇则在文本考证方法和述学文体两方面继承了《论衡》，同时弥补了内篇所缺乏的专书的专题研究。《史通》内篇重在讨论"近代之史"，而外篇留意于《尚书》和《春秋》经传，亦是刘知幾为《史通》设置的"断限"。因此，《史通》外篇的成立，由史学需要专书研究的性质与骈文在论述文本考证方面的不足等撰述目的方面的因素决定，亦包括《史通》自身继承六朝子书的学术渊源。将其视作刘知幾著书的初稿或者读书札记，实际上忽视了《史通》文体形式及其学术表达之间互相作用的深刻意蕴。无论自注还是以札记体为主的外篇，都是对于《史通》内篇以骈体文为主的专题论文这一文体形式的拓展。

上编 中古子书著述方式的新变

第一章　傅玄《魏书》底本与"三史故事"考论

西晋学者傅玄所作的子书《傅子》，实际上是一部兼备纪传体正史与子书的学术著作，其书的散佚无疑极大地影响了后世全面而准确地认识其著述性质。《晋书·傅玄传》记载了《傅子》的基本信息："撰论经国九流及三史故事，评断得失，各为区例，名为《傅子》，为内、外、中篇，凡有四部、六录，合百四十首，数十万言，并文集百余卷行于世。"①《隋书·经籍志》子部杂家类著录"《傅子》百二十卷"，并未区分内、外、中篇。《晋书·傅玄传》记载了傅玄在曹魏预修国史的经历："玄少孤贫，博学善属文，解钟律。……州举秀才，除郎中，与东海缪施俱以时誉选入著作，撰集《魏书》。"②结合《三国志》裴注所引《傅子》多为史传之文的情况，严可均对《傅子》三篇做出了这样的推测："内篇撰论经国九流；外篇三史故事，评断得失；中篇《魏书》底本，而以《自叙传》终焉。四部六录莫考，《崇文总目》作'四篇无录'，盖误。"③其中，《傅子》内篇范围明确④，且因《群书治要》与《永乐大典》的引录，保留下较为完整的专题政论文，学界对于其著述性质并无争议。而"《魏书》底本"和"三史故事"两篇的具体内容，尚需进一步厘清⑤。本章尝试在廓清《傅子》中、外两篇现存佚文的基础上，与汉魏晋相关子史著述进行比较，以此加深对《傅子》各篇著述性质的认识，从而为正确评价《傅子》的学术史地位奠定基础。

---

① 〔唐〕房玄龄等《晋书》卷四十七《傅玄传》，北京：中华书局，1974年，第1323页。
② 《晋书》卷四十七《傅玄传》，第1317页。
③ 〔清〕严可均《铁桥漫稿》卷六《傅子序》，《清代诗文集汇编》第470册影印清道光十八年（1838）四录堂刻本，上海：上海古籍出版社，2011年，第651页。
④ 《晋书·傅玄传》记载："玄初作内篇成，子咸以示司空王沈。沈与玄书曰：'省足下所著书，言富理济，经纬政体，存重儒教，足以塞杨墨之流遁，齐孙孟于往代。每开卷，未尝不叹息也。'"《晋书》卷四十七，第1323页。
⑤ 李晓明《傅玄〈魏书〉蠡考》（《文献》2007年第3期）指出《三国志》裴注所引《傅子》当指傅玄所作《魏书》，对于从史学的角度重新评价裴注所引《傅子》的部分具有开创意义。但李文似乎没有参考严可均的说法，认为裴注所引"《傅子》曰"当为"傅子曰"，将其排除在《傅子》之外；且未将"三史故事"与《魏书》底本的内容加以区分。

一、《魏书》底本所立纪传考

与内篇遵循了汉魏子书传统的写作方式有所不同的是，《傅子》中篇是傅玄参与修撰的《魏书》底本。《史通·古今正史》对曹魏国史的修撰情况有着更为详细的记载，与《晋书》颇有差异："魏史，黄初、太和中始命尚书卫觊、缪袭草创纪传，累载不成。又命侍中韦诞、应璩，秘书监王沈，大将军从事中郎阮籍，司徒右长史孙该，司隶校尉傅玄等，复共撰定。其后王沈独就其业，勒成《魏书》四十四卷。其书多为时讳，殊非实录。"①由此可知，正元年间(254—256)傅玄参与修撰曹魏国史，其最终成果为王沈《魏书》②，即《隋志》史部正史类著录"《魏书》四十八卷晋司空王沈撰"③。根据严可均的推断，傅玄所作的《魏书》底本被编入《傅子》④。与王沈《魏书》一样，所谓"中篇《魏书》底本"经由《三国志》裴松之注的引录得以部分保存。根据裴注的"《傅子》曰"⑤，可以推测傅玄《魏书》底本所立纪传：

1.《武帝纪》：《三国志·魏书·武帝纪》裴注引《傅子》："太祖又云：

---

① 〔唐〕刘知幾著，〔清〕浦起龙通释《史通通释》卷十二《古今正史》，上海：上海古籍出版社，2009年，第321页。浦起龙以为缪施或即缪袭。
② 据《晋书·王沈传》记载，王沈正元年间："典著作。与荀顗、阮籍共撰《魏书》。"《晋书》卷三十九，第1143页。朱维铮《王沈〈魏书〉的考证》(《复旦学报》2013年第2期)在刘汝霖《汉晋学术编年》与杨翼骧《三国两晋史学编年》的基础上，指出正元中修史的具体时间应该在二年二月司马昭任大司马到次年六月改元甘露之间。
③ 〔唐〕魏徵等《隋书》卷三十三《经籍二》，北京：中华书局，1973年，第955页。
④ 然而，清代以降辑录《三国志》裴注引书的学者，大抵将裴注所引《傅子》视作一般子书，逯耀东《〈三国志注〉引用的魏晋材料》(文载氏著《魏晋史学的思想与社会基础》，北京：中华书局，2006年，第273—287页)一文在辨证钱大昭《三国志辨疑·自序》(《傅子》等子书在"杂书"类)、赵翼《廿二史札记》"裴松之《三国志注》"条和沈家本《古书目四种》之《〈三国志注〉所引注书目》(《傅子》在子部杂家类)的基础上，重新整理了裴注的引书情况，《傅子》被列入"史料以外的材料"之属。
⑤ 裴注引用文献往往称书而不称人，部分史部文献第一次一般录"作者+书名"，此后省略作者，仅题书名，如《魏书·武帝纪》裴注引王沈《魏书》、司马彪《续汉书》、张璠《汉纪》、王粲《英雄记》等等；而不题作者，径题书名的情况也很多，就魏晋子书而言，《傅子》《杜氏新书》皆称书名，另引西晋袁准《袁子正书》与《袁子政论》皆作"《袁子》曰"。称人而不称书的情况较为罕见，如"孙盛曰"。裴注所引"异同评"或"异同杂语""杂记""异同记录"等等，皆指《新唐书·艺文志》著录的孙盛《魏阳秋异同》。乔治忠在《孙盛史学发微》(《史学史研究》1995年第4期)一文中指出，《三国志》注中凡引为《异同评》或题为"孙盛评曰"者，均带有对不同历史记载何者属实的辨定，而引为"杂语""杂记"者，皆为传闻异事，没有是否属实的辨定。

'汤、武之王,岂同土哉? 若以险固为资,则不能应机而变化也。'"①表达了"在德不在险"的看法。裴注引此则针对袁绍:"吾南据河,北阻燕、代,兼戎狄之众,南向以争天下,庶可以济乎?"的战略规划,在陈寿的记载中,曹操的回答是:"吾任天下之智力,以道御之,无所不可。"②比较委婉地表达了对袁绍依靠地势之便的批评。篇末记曹操遗令"敛以时服,无藏金玉珍宝"之语③,述其节俭,裴注引《傅子》"太祖愍嫁娶之奢僭,公女适人,皆以皂帐,从婢不过十人"④。如裴氏在《上三国志注表》中所言:"其寿所不载,事宜存录者,则罔不毕取以补其阙。或同说一事而辞有乖杂,或出事本异,疑不能判,并皆抄内以备异闻。"⑤

值得注意的是,裴注所引《傅子》中有内证说明傅玄《魏书》底本包括《武帝纪》,据《郭嘉传》裴注所引《傅子》:"太祖欲速征刘备,议者惧军出,袁绍击其后,进不得战而退失所据。语在《武纪》。太祖疑,以问嘉。嘉劝太祖曰:'绍性迟而多疑,来必不速。备新起,众心未附,急击之必败。此存亡之机,不可失也。'……"⑥查《三国志·魏书·武帝纪》的相关记载,曹操面对诸将"绍乘人后"的担忧,主张"夫刘备,人杰也,今不击,必为后患。袁绍虽有大志,而见事迟,必不动也"⑦。这与傅玄的记载完全不同,裴松之亦有辩证,兹不赘述。可见,行文中的"语在《武纪》"当指傅玄《魏书》底本,而非裴氏所加,以指代《三国志》。

2.《明帝纪》:《三国志·魏书·明帝纪》裴注引《傅子》:"时太原发冢破棺,棺中有一生妇人,将出与语,生人也。送之京师,问其本事,不知也。视其冢上树木可三十岁,不知此妇人三十岁常生于地中邪? 将一朝欻生,偶与发冢者会也?"⑧此事亦见于《宋书·五行志》与《晋书·五行志》"人痾"之属,《晋书·五行志》曰:"凡草木之类谓之妖。妖犹夭胎,言尚微也……及人,谓之痾。痾,病貌也,言浸深也。"⑨所谓"人痾",正是人的病态与畸形,死而复生的故事亦在其属。根据《宋书·五行志》序可知:"王沈《魏书》志篇阙,凡厥灾异,但编帝纪而已。"⑩与陈寿《三国志》一样,王沈《魏书》无志,这表明

---

① 〔晋〕陈寿撰,〔南朝宋〕裴松之注《三国志》卷一《武帝纪》,北京:中华书局,1982年,第26页。
② 《三国志》卷一《武帝纪》,第26页。
③ 《三国志》卷一《武帝纪》,第53页。
④ 《三国志》卷一《武帝纪》,第54页。
⑤ 《三国志》附录《上三国志注表》,第1471页。
⑥ 《三国志》卷十四《郭嘉传》,第433页。
⑦ 《三国志》卷一《武帝纪》,第18页。
⑧ 《三国志》卷三《明帝纪》,第101页。
⑨ 《晋书》卷二十七《五行上》,第818页。
⑩ 〔南朝梁〕沈约《宋书》卷三十《五行一》,北京:中华书局,2018年,第961页。

曹魏官修国史不立史志,而傅玄《魏书》底本也极有可能遵从此例,并将曹魏时期的灾异系于其年之下,而太原发家得一生妇人,正发生于魏明帝青龙元年(233)。

3.《韩嵩传》:韩嵩在《三国志·魏书》无传,《三国志·魏书·刘表传》记载韩嵩劝刘表归顺曹操,刘表遣嵩出使事,裴注引《傅子》的相关记载,补充了韩嵩在出使前的一段剖白,尤其是"嵩使京师,天子假嵩一官,则天子之臣,而将军之故吏耳。在君为君,则嵩守天子之命,义不得复为将军死也。唯将军重思,无负嵩"①。韩嵩所述君臣名分之定,实际上是曹操"挟天子以令诸侯"的结果,也是陈寿传文所述韩嵩说辞未能明确点出的内容。此段记载表现了韩嵩的深谋远虑与刘表的刚愎自用,也不乏为傅玄《魏书》所立《刘表传》文字的可能。

4.《傅巽传》:傅巽在《三国志·魏书》无传,据《傅嘏传》可知,巽为嘏伯父,北地泥阳人,与傅玄同族。《刘表传》记载傅巽劝说刘琮归降曹操事:"越、嵩及东曹掾傅巽等说琮归太祖……巽对曰:'逆顺有大体,强弱有定势。以人臣而拒人主,逆也;以新造之楚而御国家,其势弗当也;以刘备而敌曹公,又弗当也……'"②裴注引《傅子》曰:"巽字公悌,瑰伟博达,有知人鉴。辟公府,拜尚书郎,后客荆州,以说刘琮之功,赐爵关内侯。文帝时为侍中,太和中卒……及在魏朝,魏讽以才智闻,巽谓之必反,卒如其言。巽弟子嘏,别有传。"③从裴注所引的部分可以看到一篇正史人物传的框架,裴氏的引录显然有大量缩减,主要展现了傅巽"有知人鉴"的才能,这与其在《刘表传》中劝诫刘琮归顺曹氏的表现一致;最后还点出传主之侄傅嘏别有传,亦提供了傅玄《魏书》底本的相关信息,殊为宝贵,傅嘏在《三国志·魏书》中与王粲等建安文学家、学者合传。

5.《蒯越传》:同为刘表属下的蒯越在《三国志》中亦无专传,裴注所引《傅子》的相关部分亦极为简练地概述其生平事迹及性格:"越,蒯通之后也,深中足智,魁杰有雄姿。大将军何进闻其名,辟为东曹掾。越劝进诛诸阉官,进犹豫不决。越知进必败,求出为汝阳令,佐刘表平定境内,表得以强大。……荆州平,太祖与荀彧书曰:'不喜得荆州,喜得蒯异度耳。'建安十九年卒。临终,与太祖书,托以门户……"④由裴注的引录我们可知某些原为刘表麾下而后归降且卒于曹魏禅代前的士人,其传记曾经进入了曹魏官修国史

---

① 《三国志》卷六《刘表传》,第213页。
② 《三国志》卷六《刘表传》,第213—214页。
③ 《三国志》卷六《刘表传》,第214页。
④ 《三国志》卷六《刘表传》,第215页。

的系统,裴注所引的《傅子》文字,保存了对傅巽和蒯越的简介,据此基本可以认定二人在《魏书》底本中有传,但韩嵩的相关文字却缺乏相关的人物简介,故而韩嵩出使曹操之事未必能证明《魏书》底本为韩嵩立传。陈寿修撰《三国志》之时将荆州人士的传记省略,相关事迹则在《刘表传》中记述,亦是《三国史》简约风格的又一明证①,裴注引之,正是"传所无之人,附以同类"②。

6. 《张绣传》:《三国志·魏书·张绣传》裴注引《傅子》记载了张绣降而复叛的原因:"绣有所亲胡车儿,勇冠其军。太祖爱其骁健,手以金与之。绣闻而疑太祖欲因左右刺之,遂反。"③从《三国志·魏书》可知,张绣复叛的记载,必互见于《武帝纪》与《贾诩传》,裴氏所录未必出自傅玄《魏书》的《张绣传》,张绣作为归降曹氏的汉末群雄,在曹魏官方国史中应当有一席之地。

7. 《曹仁传》:曹仁在《三国志》与夏侯氏、曹氏诸人合传,裴注引《傅子》一则,曰:"曹大司马之勇,贲、育弗加也。张辽其次焉。"④这一品评过短,且未知何人所发,故而无法确定是否属于傅玄《魏书》的《曹仁传》,姑且存疑。

8. 《祢衡传》:陈寿亦未在《三国志·魏书》为祢衡立传,但作为荆州士人的一员,祢衡与地位更加核心的傅巽、蒯越一样,在傅玄《魏书》底本中有传,《三国志·魏书·荀彧传》裴注引《典略》:"彧为人伟美。"后又引《平原祢衡传》记载祢衡因荀彧有仪容而讽刺其可"借面吊丧"⑤。裴氏则曰:"以本传不称彧容貌,故载《典略》与《衡传》以见之。"⑥《平原祢衡传》当为祢氏别传,裴氏又引《文士传》与《傅子》中的祢氏传记,《傅子》则曰:"衡辩于言而克于论,见荆州牧刘表曰,所以自结于表者甚至,表悦之以为上宾。衡称表之美盈口,而论表左右不废绳墨。于是左右因形而潜之:……衡以交绝于刘表,智穷于黄祖,身死名灭,为天下笑者,潜之者有形也。"⑦此则述祢衡的性格缺陷与悲剧命运,虽有夹叙夹议的色彩,似与现存《傅子》内篇"撰论经国九流"的主题不太吻合,更可能是《祢衡传》的一部分。

9. 《贾诩传》:《贾诩传》裴注引《傅子》一则,曰:"诩南见刘表,表以客礼

---

① 胡宝国《汉唐间史学的发展》(北京:北京大学出版社,2014年)第四章《〈三国志〉裴注》讨论了两晋史学崇尚简略之风,而南朝之后这一风气有所改变。第71—85页。
② 〔清〕永瑢等《四库全书总目》卷四十五《〈三国志〉提要》,北京:中华书局,1965年,第403页。
③ 《三国志》卷八《张绣传》,第263页。
④ 《三国志》卷九《曹仁传》,第276页。
⑤ 《三国志》卷十《荀彧传》,第311页。
⑥ 《三国志》卷十《荀彧传》,第312页。
⑦ 《三国志》卷十《荀彧传》,第312页。

待之。诩曰：'表，平世三公才也；不见事变，多疑无决，无能为也。'"①此段贾诩对刘表的评价，亦有可能引自傅玄《魏书》的《刘表传》，毕竟贾诩是汉魏时代智计无双之士，他对刘表的评价亦有写入刘表传记的价值；同时他出使荆州，联合张绣与刘表之事，对于其个人生平亦较为重要，出使中的见闻也很可能在其本传记中详述。

10.《袁谭传》：《王修传》裴注引《傅子》一则，曰："太祖既诛袁谭，枭其首，令曰：'敢哭之者戮及妻子。'于是王叔治、田子泰相谓曰：'生受辟命，亡而不哭，非义也。畏死忘义，何以立世?'遂造其首而哭之，哀动三军。军正白行其戮，太祖曰：'义士也。'赦之。"裴氏辩证曰："臣松之案《田畴传》，畴为袁尚所辟，不被谭命。《傅子》合而言之，有违事实。"②哭袁谭之人乃王修，并无田畴，《傅子》的记述亦未偏向任一主体，笔者做一猜测，此则乃裴氏引自《魏书》底本的《袁谭传》，很可能为附于《袁绍传》后。傅玄在传末记述了袁谭身后事的一则逸闻，但未注意征辟田畴之人乃袁尚，若此为《田畴传》之文则去事实太远；若《王修传》之文，则未必提及田畴，故为《袁谭传》之文的可能性较大，只是傅玄混淆了田、王二人的相似事迹③。

11.《管宁传》：《管宁传》裴注所引《傅子》的条目较多，有六则，在逸事与人物品评之外，涉及了管氏家系、管宁上书、陈群表荐等正史列传所常见的内容。或许正是这些列传本质因素的相关内容因裴注的引录而保存，严可均才做出"中篇《魏书》底本"的推测，而不是简单将逸事和史论的内容，视作《傅子》杂记前代史事，而有悖于子书说理之本质。

12.《胡昭传》：《胡昭传》裴注所引《傅子》是一则评语："胡征君怡怡无不爱也，虽仆隶，必加礼焉。外同乎俗，内秉纯洁，心非其好，王公不能屈，年八十而不倦于书籍者，吾于胡征君见之矣。"④裴注省略了此则评价的主体，然假借他人之口，对历史人物做出评价亦是史传的惯常做法，不过在《胡昭传》之外，亦可能是对汉魏晋人物的专门评价，列于内篇，说详见下节。

13.《徐奕传》：《徐奕传》裴注引录《傅子》一则，亦是人物品评："武皇帝，至明也。崔琰、徐奕，一时清贤，皆以忠信显于魏朝；丁仪间之，徐奕失位而崔琰被诛。"⑤此则评价以谥号称呼曹操，不似时人之论，考虑到陈寿《三国志·魏书》以崔琰与徐奕同传，此则或是傅玄《魏书》底本卷末的总评之语，

---

① 《三国志》卷十《贾诩传》，第330页。
② 《三国志》卷十一《王修传》，第347页。
③ 《三国志》卷十《田畴传》记载："辽东斩送袁尚首，令'三军敢有哭之者斩'。畴以尝为尚所辟，乃往吊祭。太祖亦不问。"第343页。
④ 《三国志》卷十一《胡昭传》，第363页。
⑤ 《三国志》卷十二《徐奕传》，第378页。

然亦不乏为汉魏晋人物评论专篇文字的可能。

14.《郭嘉传》:《郭嘉传》裴注所引《傅子》的多达八则,篇幅亦较长,值得注意的是郭嘉对曹操与袁绍的比较,所谓"绍有十败,公有十胜",是对《三国志》所述与曹操论天下事,而曹氏以之为使其成大业者的有力补充①。若无裴注引录傅玄的记载,《三国志》正文不免于空言,后世无从得见郭嘉之见识谋略;此外,在对待刘备的策略上,裴注所引王沈《魏书》与傅玄的记载完全相反,前者以为"今备有英雄名,以穷归己而害之,是以害贤为名",后者则认为"备终不为人下,其谋为可测也。……宜早为之所"。②

15.《刘晔传》:《刘晔传》裴注所引《傅子》有五则,篇幅亦较长,简述征辟刘晔等扬州名士、未可击蜀之策、预言魏讽谋反等事③。而傅玄的《魏书》底本对文帝时东吴称藩和明帝时预谋伐蜀二事有较为详细的记载,通过裴注的引录有力地补充了陈寿《三国志》的史文,尤其是陈寿未载伐蜀之策及刘晔见疑于明帝,后以忧而卒的最终结局,因而傅玄的记载与裴松之的采录无疑是相当重要的。

此外,傅玄《魏书》在《刘晔传》之后附其少子刘陶之事,亦是《三国志·魏书》所无。傅玄记载了曹爽当权之时,刘陶有意攀附之事:"曹爽时为选部郎,邓飏之徒称之以为伊吕。当此之时,其人意陵青云,谓玄曰:'仲尼不圣。何以知其然? 智者图国;天下群愚,如弄一丸于掌中,而不能得天下。'玄以其言大惑,不复详难也。谓之曰:'天下之质,变无常也。今见卿穷!'爽之败,退居里舍,乃谢其言之过。"④据《晋书·列女传·杜有道妻严氏传》记载:傅玄"与何晏、邓飏不穆,晏等每欲害之,时人莫肯共婚。及宪许玄,内外以为忧惧。……宪曰:'……晏等骄侈,必当自败,司马太傅兽睡耳……'遂与玄为婚。晏等寻亦为宣帝所诛。"⑤由此可见傅玄的政治立场⑥,然而这段事关傅玄自己的逸事,被记入当朝国史多有不妥之处,应当是傅玄将《魏书》底本纳入个人著作《傅子》之后的增益,司马迁在《史记》中亦记载自己与西汉当朝将相及其子孙的交往,傅玄为此亦无不可。

16.《杜畿传》:《杜畿传》裴注引《傅子》五则,涉及杜氏家系、交游等情况,篇幅不长。杜畿为西晋名将、学者杜预祖父,亦是傅玄继室杜氏的祖父。

---

① 详见《三国志》卷十四《郭嘉传》,第431—432页。
② 《三国志》卷十四《郭嘉传》,第433页。
③ 详见《三国志》卷十四《刘晔传》,第444—446页。
④ 《三国志》卷十四《刘晔传》,第449页。
⑤ 《晋书》卷九十六《列女传》,第2509页。
⑥ 廖兰欣《裴松之〈三国志注〉所见〈傅子〉佚文探讨》(《华人文化研究》2017年第2期)一文重点分析了傅玄对曹氏、司马氏、蜀汉等政治集团的态度,可参。

《晋书·列女传·杜有道妻严氏传》记载严氏十八岁嫠居,子植有从兄预,预为秦州刺史而被诬,严氏与预书以戒之。严氏之夫应该是杜恕(即杜预之父)早卒的弟弟杜理,裴注引《杜氏新书》曰:"恕弟理,字务仲。少而机察精要,畿奇之,故名之曰理。年二十一而卒。"①有道或为杜理的另外一字。

17.《张辽传》:《张辽传》裴注引《傅子》一则,为辽劝谏曹操征柳城而未果事,《蜀书·关羽传》引《傅子》:"辽欲白太祖,恐太祖杀羽,不白,非事君之道,乃叹曰:'公,君父也;羽,兄弟耳。'遂白之。太祖曰:'事君不忘其本,天下义士也。度何时能去?'辽曰:'羽受公恩,必立效报公而后去也。'"②此事虽涉及关羽之取舍,然以张辽为主体叙之,当为《魏书》底本《张辽传》的文字。

18.《刘廙传》:《刘廙传》裴注引《傅子》一则:"表既杀望之,荆州士人皆自危也。"望之为刘廙兄。此后为傅玄本人对此事的议论:"夫表之本心,于望之不轻也,以直迕情,而谗言得入者,以无容直之度也。据全楚之地,不能以成功者,未必不由此也……"③此段史论乃引文的主体部分,亦可能是《刘表传》传末评论部分。

19.《傅嘏传》:《傅嘏传》裴注引《傅子》五则,述傅氏家系与傅嘏交游,以及对夏侯玄、李丰、钟会的评价。傅嘏去世于正元二年(255),若其传并非傅玄出于同宗之谊而私立,则其进入曹魏官方国史,必在其去世之后,由此亦可知正元年间的集体修撰活动,起于建安时期曹操集团名臣,讫于当时去世的、历经文帝、明帝、齐王、高贵乡公四朝的魏臣。

20.《陈群传》:《陈群传》裴注引《傅子》:"寔亡,天下致吊,会其葬者三万人,制缞麻者以百数。"④此记陈群祖父陈寔去世时的境况,为建安之前事,姑且认为是《魏书》底本叙陈群家世之语。

21.《自叙》:《蜀书·先主传》裴注引《傅子》,记录了傅玄之父傅幹对刘备集团的评价:"刘备宽仁有度,能得人死力。诸葛亮达治知变,正而有谋,而为之相;张飞、关羽勇而有义,皆万人之敌,而为之将:此三人者,皆人杰也。以备之略,三杰佐之,何为不济也?"⑤傅幹当时未出仕曹魏,此段评价乃反驳丞相掾赵戬对刘备伐蜀必败的议论而发,考虑到子史作者自叙尝记述作者家世及先代事迹,将其视作傅玄《自叙》的内容,当去事实不远。

---

① 《三国志》卷十六《杜畿传》,第508页。
② 《三国志》卷三十六《关羽传》,第940页。
③ 《三国志》卷二十一《刘廙传》,第615页。
④ 《三国志》卷二十二《陈群传》,第634页。
⑤ 《三国志》卷三十二《先主传》,第883页。

二、关于《三国志》裴注引《傅子》文本属性的若干臆测

《三国志》裴注所引"《傅子》曰"所记传主的家世与生平大事,自可认定其文字出自傅玄《魏书》底本之传,部分对曹仁、胡昭、徐奕等人的评语存疑,然而三人所处时代,符合曹魏官修国史及傅玄《魏书》为正元二年之前去世的曹魏名臣立传的断限,本文姑且将其视作傅玄《魏书》的相应传记。不过,裴注所引《傅子》亦有若干佚文归属不详的情况,本节将结合《傅子》各篇的著述性质,试作觕解:

其一,主体不明的人物品评,如《诸葛诞传》《姜维传》与《吴主传》裴注引《傅子》的三则:

> 宋建椎牛祷赛,终自焚灭。文钦日祠祭事天,斩于人手。诸葛诞夫妇聚会神巫,淫祀求福,伏尸淮南,举族诛夷。此天下所共见,足为明鉴也。①
> 维为人好立功名,阴养死士,不修布衣之业。②
> 孙策为人明果独断,勇盖天下,以父坚战死,少而合其兵将以报仇,转斗千里,尽有江南之地,诛其名豪,威行邻国。及权继其业,有张子布以为腹心,有陆议、诸葛瑾、步骘以为股肱,有吕范、朱然以为爪牙,分任授职,乘间伺隙,兵不妄动,故战少败而江南安。③

根据《晋书·王沈传》的记载,可知其修撰《魏书》在曹魏高贵乡公正元年间,而诸葛诞之叛败于甘露三年(258);根据《史通·古今正史》叙述的曹魏国史修撰情况可知,傅玄与王沈一并参与官方的国史修撰,而由王沈最后完成。如果傅氏在王沈《魏书》之后,继续修撰作为《傅子》一部分的《魏书》底本,那么为文钦、诸葛诞等人立传,亦是有可能的,毕竟其《晋书》本传记载"后虽显贵,而著述不废",《傅子》包括中篇《魏书》的撰述可能随着魏晋禅代而延续到傅玄的晚年。

《姜维传》裴注所引的评语,则可能是曹魏人物的议论,由于引文的不完

---

① 《三国志》卷二十八《诸葛诞传》,第774页。
② 《三国志》卷四十四《姜维传》,第1063页。
③ 《三国志》卷四十七《吴主传》,第1149页。

整而无法推测出自何人之传。《吴主传》裴注所引的评语,对孙策、孙权兄弟在江东立国的功业进行了总评,很可能不是某个曹魏士人根据一时一事而做出的,而正是《魏书》底本的史论。孙权卒于公元252年,当曹魏嘉平四年,在正元年间修撰国史之前。无论是曹魏的官修国史,还是王沈《魏书》、傅玄《魏书》底本,都存在为敌国君主立传的可能①。这一做法在后代史书中是存在的,如沈约《宋书》有《索虏传》、萧子显《南齐书》有《魏虏传》,传北魏君主;魏收《魏书》有《僭晋司马睿传》《岛夷刘裕传》《岛夷萧道成传》与《岛夷萧衍传》,传东晋南朝君主。不过《蜀书·先主传》与《吴书·吴主传》裴注所引《魏书》与《傅子》的内容太少,证明曹魏所修国史为蜀、吴二主立传的证据并不充足。

类似地,《意林》保留了一则《傅子》对诸葛亮的评语:"傅子曰:'诸葛亮诚一时之异人也。治国有分,御军有法,积功兴业,事得其机;入无遗刃,出有余粮;知蜀本弱而危,故持重以镇之。若姜维欲速立其功,勇而无决也。'"②若此则佚文出自《魏书》底本,而《意林》引之以"傅子曰",似是傅玄在蜀国君臣传记篇末的评语。

其二,傅玄本人对汉魏晋人的评价,《荀彧传》《何夔传》与《华歆传》裴注引《傅子》:

  或问近世大贤君子,答曰:"荀令君之仁,荀军师之智,斯可谓近世大贤君子矣。荀令君仁以立德,明以举贤,行无谄黩,谋能应机。孟轲称'五百年而有王者兴,其间必有命世者',其荀令君乎!太祖称'荀令君之进善,不进不休,荀军师之去恶,不去不止'也。"③

  傅子称曾及荀颛曰:"以文王之道事其亲者,其颍昌何侯乎!其荀侯乎!古称曾、闵,今曰荀、何。内尽其心以事其亲,外崇礼让以接天下。孝子,百世之宗;仁人,天下之令也。有能行仁孝之道者,君子之仪表矣。"④

  《傅子》曰:敢问今之君子?曰:"袁郎中积德行俭,华太尉积德居顺,其智可及也,其清不可及也。事上以忠,济下以仁,晏婴、行父何以

---

① 徐冲推测根据《蜀书·先主传》载刘备为平原相事,《吴书·孙坚传》载孙坚为长沙太守事,裴注引王沈《魏书》对两人早年事迹的记载,推测其中原有刘备与孙坚本人之传,而非在本纪或者他人之传中顺带叙及。详见《中古时代的历史书写与皇帝权力起源》第二单元"开国群雄传"第一章"《开国群雄传》小考",上海:上海古籍出版社,2017年,第72—79页。
② [唐]马总编纂,王天海、王韧校释《意林校释》卷五,北京:中华书局,2014年,第544—545页。
③ 《三国志》卷十《荀彧传》,第325页。
④ 《三国志》卷十二《何夔传》,第382页。

加诸?"①

三则引文乃傅玄对荀彧荀攸叔侄、何曾(何夔子)与荀𫖮(荀彧子)、袁涣与华歆等人的评价。其中,何曾与荀𫖮皆入晋,其传不可能在《魏书》之中,另外两则评价皆为问答之体,不似史传之末的赞论,更类似子书。今存《傅子》的佚文中,亦有以问答形式对古人做出评价之例,如:"或问刘歆、刘向孰贤?傅子曰:向才学俗而志忠,歆才学通而行邪。"②考虑到《傅子》内篇《问政》《问刑》《矫违》等篇皆有问对;子书品评古今人物的传统,可以上溯至扬雄《法言》,《法言》模拟《论语》,多为语录及问答之体,扬雄自序曰:"仲尼以来,国君将相,卿士名臣,参差不齐,一概诸圣,撰《重黎》《渊骞》。"③东汉以来人物品评之风盛行,亦有刘劭《人物志》、姚信《士纬》等名家子书传世,《傅子》内篇为人物品评设立专篇,兼容"九流"之一的名家,亦是合情合理的做法。

因此,"撰论经国九流"亦可能包含对近世名人的品评,不妨将这三则评语视作内篇的佚文。严可均的《傅子》辑本共四卷,首两卷为《群书治要》《永乐大典》所引录的较为完整的专题论文;而后两卷以"补遗"为题,上卷多为辑自《意林》《太平御览》等杂抄与类书的佚句,下卷则《三国志》裴注所引的内容为主,似乎有意将"《魏书》底本"区别开来,傅子对荀氏叔侄与袁、华二人的评语,严氏均辑入《补遗上》,似乎不将其视作傅玄《魏书》的文字④;而裴注所引傅玄对何曾及荀𫖮的评价,根据《晋书·何曾传》可知:"初,司隶校尉傅玄著论称曾及荀𫖮曰"⑤,为傅玄所作专论的部分文字,《晋书》引录的部分较裴注为多,严可均将其辑录,并题为《何曾荀𫖮传论》,编入《补遗下》,或将其视作傅玄《魏书》的文字,似有不妥。《晋书》称此段文字为"论",或许并非《傅子》内篇的内容,应将其视作傅玄文集的"论"体文。

其三,汉魏奇闻异事,《三少帝纪》记载景初三年(239)二月,西域重译献火浣布事,裴注引《傅子》记载梁冀以火浣布为单衣之事以证明实有此物,时为东汉桓帝朝;裴注引《搜神记》曰:"至魏初,时人疑其无有。文帝以为火性酷烈,无含生之气,著之《典论》,明其不然之事,绝智者之听。"⑥《意林》引

---

① 《三国志》卷十三《华歆传》,第404页。
② 《全晋文》卷四十九,严可均辑《全上古三代秦汉三国六朝文》,北京:中华书局,1958年,第1740页。
③ 汪荣宝《法言义疏》卷二十《法言序》,北京:中华书局,1987年,第571页。
④ 《曹仁传》裴注所引《傅子》对曹仁之勇、贲、育弗如的评价,亦被严氏辑入《补遗上》。
⑤ 《晋书》卷三十三《何曾传》,第997页。
⑥ 《三国志》卷四《三少帝纪》,第118页。

《傅子》:"西国胡言苏合香是兽便,中国兽便而臭,忽闻西极兽便而香,则不信矣。"①这两段《傅子》所记异事,涉及对传闻真伪的辩证,应该不是傅玄《魏书》纪传的文字。笔者猜测两事或为《傅子》内篇之文,其篇专门讨论见闻以外之事未必不可信,如颜之推在《颜氏家训·归心》中提出:"凡人之信,唯耳与目;耳目之外,咸致疑焉……山中人不信有鱼大如木,海上人不信有木大如鱼;汉武不信弦胶,魏文不信火布;胡人见锦,不信有虫食树吐丝所成;昔在江南,不信有千人毡帐,及来河北,不信有二万斛船:皆实验也。"②亦可能是汇集"耳目之外"的异事,如萧绎《金楼子·志怪》篇,其序曰:"夫耳目之外,无有怪者,余以为不然也。水至寒,而有温泉之热;火至热,而有萧丘之寒。"③虽然《金楼子》与《颜氏家训》成书较晚,但考虑到汉魏六朝子书多有模拟与借鉴之作,兹以两书的相关内容为参照,对《傅子》这两则佚文的归属做一点推测。

与之情况类似的是,《三国志·魏书·董卓传》裴注引《傅子》记载的一则汉末史事,即"灵帝时榜门卖官,于是太尉段颎、司徒崔烈、太尉樊陵、司空张温之徒,皆入钱上千万下五百万以买三公。颎数征伐有大功,烈有北州重名,温有杰才,陵能偶时,皆一时显士,犹以货取位,而况于刘嚣、唐珍、张颢之党乎!"④笔者认为,裴注所引此事,涉及汉末诸臣,应不在《魏书》底本之中,或为《傅子》内篇《授职》在讨论"况帝王之佐,经国之任,可不审择其人乎!"⑤所列举的历史例证。

另外需要辩证的是,《方技传》裴注所引傅玄为马钧所作之序,似非《傅子》之文,一方面,裴注原文称:"时有扶风马钧,巧思绝世,傅玄序之曰……"⑥未云《傅子》;另一方面,其文体制不类史传,甚至有傅子所发议论,代替马钧立言。故而此文收入其文集似乎更接近实际情况,严可均将其题为《马先生传》,置于《三国志》裴注所引诸传之间,似有不妥。

由于裴注的引述以《傅子》即全书总名指代傅玄《魏书》底本,《晋书·傅玄传》未能点明《傅子》包括了傅玄所修的《魏书》部分,故而后人对《傅子》中包括《魏书》底本的认识颇有不足,如刘咸炘认为:

---

① 《意林校释》卷五,第542页。
② 王利器《颜氏家训集解(增补本)》卷五《归心》,北京:中华书局,2013年,第459页。
③ 〔南朝梁〕萧绎撰,许逸民校笺《金楼子校笺》卷五《志怪》,北京:中华书局,2011年,第1131页。
④ 《三国志》卷六《董卓传》,第179页。
⑤ 《全晋文》卷四十七,《全上古三代秦汉三国六朝文》,第1728页。
⑥ 《三国志》卷二十九《方技传》,第807页。

今存逸文，部录篇第皆不具，评断故事，多详记载，如记舆服乐器形式及冢中妇人、火浣布事，又驳相者术家之言，亦与桓谭、王充书类，故《三国志》注引之，子侵史职，已非立言之本体矣。①（《旧书别录》卷四《傅子》）

又东汉以降，品藻之风盛行，儒家书由扬雄《渊骞篇》而推广之，臧否当时人物，若周明《周子》、殷基《通语》、袁准《正书》《正论》之类，开史论之先，侵记事之职，张俨《默记》至全载《出师表》，至傅玄而遂成史料，至《金楼》而遂成类书焉。②（《魏晋六朝诸子》）

实际上，《傅子》之中记事的部分，本为史传之体，与其认定傅玄"子侵史职"，不如考虑他将《魏书》底本编入《傅子》的做法有何意义。

无疑，傅玄《魏书》底本首先是曹魏的官修国史，虽然最终成果是冠名王沈的《魏书》，《傅子》中篇对应的部分应是傅玄所参与的部分纪传，在正元年间的官修活动之后，傅玄也许继续为曹魏末期的历史人物立传，如诸葛诞；同时在部分传记中加入与自己经历有关的内容，如《刘晔传》中与刘陶的对问；或许还修正了王沈的某些说法，如《郭嘉传》所载处置刘备的建议。由于《傅子》原书的亡佚，我们没有更多的证据去推断傅玄在集体修史之后所做的具体工作，尤其是《傅子》中的《魏书》底本与王沈《魏书》的关系，但从裴注所保留的吉光片羽中，可以推测《魏书》底本颇有傅玄个人色彩，若非如此，傅玄何必将其编入《傅子》之中呢？

虽然在借故事、历史以明理并提供借鉴的功能上，子书与史传具有一致性，汉魏以来的子书，又多在说理之外，兼有记事与史论的内容③；原名为《太史公书》的《史记》作为纪传体正史之首，又是作者司马迁"成一家之言"的著述，具有强烈的个人色彩。但《傅子》包括傅玄《魏书》底本，在学术史上依然是十分特殊的情况，如果傅玄的《自叙》没有亡佚，我们相信傅玄会对这一安排有所解释。余嘉锡在《古书通例》卷二《明体例》"汉魏以后诸子"指出："傅玄选入著作，撰集《魏书》，亦以其史传之稿，编入《傅子》，颇有西汉以前人以文章为著作之意。"④或许部分解释了《傅子》包含作者各种性质著作的

---

① 黄曙晖编校《刘咸炘学术论集·子学编》，桂林：广西师范大学出版社，2007年，第456—457页。
② 《刘咸炘学术论集·子学编》，第460页。
③ 吴光兴从魏晋"论"书与子书可以兼有记事体的角度，来解释《傅子》中包含史书这一现象。《"文"与"论"：文本位"文章"新概念的一次分化——著述"文章"向修辞"文章"观念的演变》第四节"论"书与"史"书——兼及中国古代史学的构建与"独立"问题的探讨》，《中国社会科学院文学研究所学刊（2011）》，北京：中国社会科学出版社，2012年，第168—175页。
④ 余嘉锡《目录学发微　古书通例》，北京：中华书局，2009年，第250页。

缘由。同书卷三《论编次》论及"古书之分内外篇"："凡以内外分为二书者，必其同为一家之学，而体例不同者也。"《傅子》之所以分为内、外、中篇，正因各篇体例不同。然而余先生以东晋葛洪《抱朴子》内外篇宗旨不一，批评了"汉、魏以后著书，本可自命书名，不必效颦周、秦，称为某子。即欲刻意摹古，而二书所言，非既一事，何妨别为题目。而乃通为内外篇"①的现象。从这个角度看，编入《傅子》的《魏书》底本与"三史故事"，符合余先生所谓的"非既一事"，似乎应当"别为题目"。遗憾的是，由于《傅子》本身的散佚，我们无从得知傅玄主观的用意；学术史上也没有出现类似兼备史体的子书以供参考，若以汉魏子书的传统来审视《傅子》，评价《魏书》底本和"三史故事"，难免有偏颇之处。

《魏书》底本包括"三史故事"的加入，使得《傅子》具备了与先秦以来诸子完全不同的特性，兼备子史是其表征，全书三部分更像是作者傅玄个人学术著述的汇编，内篇是传统的子书，无妨名之曰《傅子》；外篇与中篇都是专门的史学著作，尤其是中篇《魏书》底本，脱胎于曹魏官修国史，傅玄将其纳入个人著述之中，不妨视作魏晋时代作者个体意识高涨的具体体现，子书不仅仅是作者的经国修身之论，亦能涵盖文集之外的多种性质的学术著述，在这一背景下，魏晋子书本身的性质也在悄然发生变化，南北朝之后子书著述方式的诸多新变，亦肇始于此。

三、"三史故事"探原

由于《群书治要》和《永乐大典》的引录，《傅子》内篇有较多相对完整的章节保存下来，就其著述性质而言，与时代稍早的诸多汉魏子书在撰述旨趣上非常一致。而中篇和外篇的情况有所不同，《三国志》裴松之注所引录的《傅子》大多为记事性质，不少文字具备纪传体史书的某些特点，结合傅玄曾参与曹魏国史的修撰，严可均推断"中篇《魏书》底本"，确为的论；《晋书》本传所提及的"三史故事"，则没有《傅子》内篇和《魏书》底本那样相对明确的范围或较为完整的篇目保留。但通览严可均辑本，排除属于内篇的政论内容和属于中篇的史传文字，我们可以发现一些与礼仪制度和刑事案件判决相关

---

① 《目录学发微　古书通例》，第279、281页。

的佚文,很有可能属于所谓的"三史故事"①。

《隋书·经籍志》史部有"旧事"一类,《旧唐书·经籍志》则称为"历代故事",著录了两汉魏晋南北朝的故事类著作,《隋志》在小序中指出:"古者朝廷之政,发号施令,百司奉之,藏于官府,各修其职,守而弗忘。《春秋传》曰'吾视诸故府',则其事也。《周官》,御史掌治朝之法,太史掌万民之约契与质剂,以拟邦国之治。然则百司庶府,各藏其事,太史之职,又总而掌之。"②由此可见,"旧事"或"故事"类著作与制度法令有关。《三国志》裴注引录了未著录于《隋志》的《魏武故事》六则,皆为曹操本人的政令③。所谓"三史故事"之"三史",即六朝人对《史记》《汉书》与《东观汉记》的总称。《傅子》辑本中涉及制度、法律的佚文,也多述两汉之事,部分涉及曹魏事由《三国志》裴注的引录而保存,或为连带提及。

关于两汉"故事"的具体含义与内容,学界已有较为翔实的研究:邢义田《从"如故事"和"便宜从事"看汉代行政中的经常与权变》一文指出,汉人称述的"故事"范围十分广泛,经典与汉制俱可为故事,故事有时指法律。"故事"又可称之为"旧事""旧制"等,从内容上看,包括律令、仪制、百官的章奏、历朝的注记、行政中不成文的惯例、君臣理事而成的典故、君臣之间的誓约或与外族的约束等等。④阎晓君《两汉"故事"论考》一文指出:"一般来说,'故事'指朝廷的典章制度,是'法令'、'法度'、'制度'的同义词。……有时'故事'指某一时期朝廷关于某一方面的政策、原则或具体做法。"如《王吉传》:"是时,宣帝颇修武帝故事,宫室车服盛于昭帝。"另有第三种含义是指某一具体事例。如《汉书·元后传》:"是日,诏尚书奏文帝时诛将军薄昭故事。"⑤所谓"宣帝颇修武帝故事",具体则是礼仪制度方面,而"诛将军薄昭故事"则是法律判决。日本学者冈田和一郎《"汉魏故事"考》则特别指出西晋时期的"汉魏故事"原则上来说都与泰始新礼有关,说明"汉魏故事"是作

---

① 清代学者浦起龙《史通通释》认为刘知幾在《史通·核才》篇所引傅玄对班固《汉书》的评价,"其言即所撰三史故事,评断得失中语也",《史通通释》卷九,第237页。张蓓蓓《〈傅子〉探颐》(《台大中文学报》第12期,2000年)一文则认为《傅子》佚文中汉代人物评价以及轶事,应当属于"三史故事"。
② 《隋书》卷三十三《经籍二》,第967页。
③ 严可均将相对完整的五段辑入《全三国文》卷二与卷三题作《加枣祇子处中封爵并祀祇令》(《任峻传》裴注引)、《表刘琮令》(《刘表传》裴注引)、《让县自明本志令》(《武帝纪》裴注引)、《曹植私出开司马门下令》(《陈思王植传》裴注引)、《敕王必领长史令》(《武帝纪》裴注引)。另《武帝纪》裴注引《魏武故事》:"岱字公山,沛国人。以司空长史从征伐有功,封列侯。"或为封刘岱等人之令的节选,《三国志》卷一《武帝纪》,第18页。
④ 文载氏著《治国安邦:法制、行政与军事》,北京:中华书局,2011年,第382—383页。
⑤ 文载《中国史研究》2000年第1期,第29—30页。

为检讨泰始新礼的规范而被定型化的。① 傅玄对"三史故事"的关注或与这一时代背景相关,可惜《晋书·礼志》与《傅玄传》皆未留下相关记载,故无法进一步坐实。

辑本《傅子》的相关内容,以礼仪制度和法律判决两方面为主。今以严可均辑本为主②,辅以叶德辉辑本,辑录《傅子》外篇"三史故事"的佚文,并以此为基础,尝试对其著述性质进行考察:

其一,舆服制度。

1. 汉世贱轺车,而今贵之。(《意林》)

2. 夏曰余车,殷曰胡奴,周曰辒车。辒车,即辇也。(《续汉·舆服志》上注,《宋书·礼志》五)③

3. 天子出,多乘舆车。(《北堂书钞》)

4. 以云母饰车,谓之云母车,以下不得乘,时赐王公。(《御览》七百七十五)

5. 有追锋车,施通幰车。(《御览》七百七十五)④

6. 金根车,天子亲耕乘之,蹋楮车,畋猎乘之。(《御览》八百二十二)

7. 青与赤谓之文,赤与白谓之章,白与黑谓之黼,黑与青谓之黻,五色谓之绣。(《意林》)

8. 汉末王公名士,多委王服,以幅巾为雅,是以袁绍、崔钧之徒,虽为将帅,皆著缣巾。魏太祖以天下凶荒,资财乏匮,拟古皮弁,裁缣帛以为帢,合于简易随时之义,以色别其贵贱,于今施行,可谓军容,非国容也。(《三国魏武纪》注《宋书·礼志》五,又《五行志》一)⑤

9. 帢本未有岐,荀文若巾行触树枝成岐。时人慕之,谓之为善,因而弗改。今通为庆吊之服,白纱为之,或单或夹。初婚冠送饯亦服之。(《宋书·礼志》五,《御览》六百八十八)⑥

---

① 王璐译,文载《中国中古史集刊》第5辑,北京:商务印书馆,2018年,第102—108页。
② 见《全晋文》卷四十九,《全上古三代秦汉三国六朝文》,第1741页。
③ 同上。《后汉书·舆服志》上李贤注:"《傅子》曰:周曰辒车,即辇也。"〔晋〕司马彪撰,〔南朝梁〕刘昭补注《后汉志》卷二十九,北京:中华书局,1965年,第3647页。《宋书》点校本原文为:"傅玄子曰:'夏曰余车,殷曰胡奴,周曰辒车。'辒车,即辇也。"标点有误。《宋书》卷十八,第543页。
④ 叶德辉辑本《傅子》在其下有"遽则乘之"(《编珠》四)。王云五主编《丛书集成初编》,长沙:商务印书馆,1940年,第37页。
⑤ 《三国志》卷一《武帝纪》,第54页。《宋书》标点本有误,以"魏武以天下凶荒"另起一段,作为《宋书》原文,《宋书》卷十八《礼志五》,第566页。
⑥ 《宋书·礼志》作徐爰曰,文字多有不同。

10. 魏明帝以高山制似通天、远游,乃毁变先形,令行人使者服之。(《御览》六百八十五)

11. 魏明帝疑三公衮冕之服似天子,减其采章。(《御览》六百九十)

12. "此服妖也。"按:魏何晏好服妇人之服。夫衣裳之制,所以定上下,殊内外也。《大雅》云:"玄衮赤舄,钩膺镂锡。"歌其文也。《小雅》云:"有严有翼,共武之服。"咏其武也。若内外不殊,王制失叙,服妖既作,身随之亡。妺喜冠男子之冠,桀亡天下;何晏服妇人之服,亦亡其家。其咎均也。(《宋书·五行志》一。按:此条严本只首四字,今增补。)

13. 侍中冠武弁。(《文选》曹植《通亲表》注)①

此外,另有一条宫室制度的佚文:"汉武世,王侯观殿重阶,金枢紫墀。"(《御览》一百八十四)②

从今存的佚文来看,这部分内容体例近似正史中的《舆服志》,涉及辂车、辎车、舆车、云母车、追锋车、金根车和帊、皮弁、高山冠等诸多具体的车服类型。尽管佚文的零章散句呈现出一种碎片化的文本形态,然而正史《舆服志》亦是连缀诸多解释具体车服制度及礼仪规范的章节而成篇,与纪传之体差异很大,刘知幾《史通·书志》指出其出于三礼之学:"夫刑法、礼乐、风土、山川,求诸文籍,出于三礼。及班、马著史,别裁书志。考其所记,多效《礼经》。且纪传之外,有所不尽,只字片文,于斯备录。"③《史记》《汉书》并未立《舆服志》,由《书志》篇可知,谢承《后汉书》立始《舆服志》:"若乃《五行》《艺文》,班补子长之阙;《百官》《舆服》,谢拾孟坚之遗。"④然今存最早的《舆服志》乃司马彪《续汉书·舆服志》,时代晚于傅玄。此后沈约《宋书·礼志》"合郊祀、祭祀、朝会、舆服,总为一门,以省支节"⑤,唐修《晋书》则恢复了将《舆服志》独立成篇的做法。尽管我们现在无从得知傅玄所作"三史故事"确切的篇目及其体例,但从这些佚文中可以看出,"三史故事"在某种意义上弥补了曹魏官修国史,与《魏书》底本未做史志的缺憾。不过,沈约《宋书》八志包括魏晋之事,似是弥补了陈寿《三国志》和东晋南朝所修《晋书》无志的缺憾,《礼志》的舆服部分引录过《傅子》的内容,但《傅子》外篇的"三史故事"

---

① 《傅子》,第39页。《宋书·五行一》原作:"魏尚书何晏,好服妇人之服。傅玄曰:'此服妖也。'"《宋书》卷十八,第969页。未知《傅子》原文是否只有"此服妖也"四字。
② 《全晋文》卷四十七,《全上古三代秦汉三国六朝文》,第1738页。
③ 《史通通释》卷三《书志》,第51页。
④ 《史通通释》卷三《书志》,第52页。
⑤ 《四库全书总目》卷四十五《〈宋书〉提要》,第405页。

终究只是傅玄个人著述的一部分,难以进入正史序列。

其二,丧服制度。严可均辑本从《意林》与《通典》辑出两条,叶德辉辑本则辑出三条:

1. 《礼》云:"继父服齐衰。"《傅子》曰:"母舍己父,更嫁他人,与己父甚于两绝天也。父无可继之理,不当制服,又制服恐非周孔所制,亡秦焚书以后,俗儒造之。"(《通典》九十,引"父无"以下至末作也,《意林》)①

按:《意林》无"父无可继之理,不当制服"十字,而《通典》以"傅玄著书以为"领起引文,不言《傅子》。

2. 征南军师、北海矫公智父,前取夹氏女,生公智,后而出之。未几重取王氏女,生公曜。父终之日,谓公智曰:"公曜母年少,必当更嫁,可迎还汝母。"及父卒,公智以告其母,母曰:"我夹氏女,非复矫氏妇也。今将依汝居,然不与矫氏家事。"夹氏来至,王氏不悦,脱缞绖而求去。夹氏见其如此,即还归夹舍。三年丧毕,王氏果嫁。夹氏乃更来,每有祭祀之事,夹氏不与。及公智祖母并姑亡,夹氏并不为制服。后夹氏疾困,谓公智:"我非矫氏妇,乃汝母耳,勿葬我矫氏墓也。"公智从其母令,别葬之。公智以父昔有命母还,于是为服三年。公曜以夹氏母,始终无顺父命,竟不为服。(《通典》九十四,按:此条严本未载。)

按:《通典》卷九十四"出母,父遗命令还,继母子服议"以"晋傅玄曰"领起,亦不言《傅子》,但由《意林》所引"《傅子》曰",似可排除傅玄另有文章讨论丧服制度,而不在《傅子》之中的可能。

《续汉书》与《宋书》的《礼志》所述丧服制度,全为皇家、宗室之事,并不涉及士大夫与民间的规则,《晋书·礼志》记载了晋太康元年(280),关于东平王相王昌追服前母之事的争议,最后朝廷的制书认为:"凡事有非常,当依准旧典,为之立断……必义无两嫡……昌故不应制服也。"②由此可见,得以进入正史详加讨论之事,必为颇有争议而难以决断之事。王昌父之前妻因汉末战乱滞留于东吴,昌父在北方另娶昌母,虽与《傅子》所记录的矫父先后娶夹氏与王氏带来的争议有所不同,但都涉及了父亲是否与前妻"义绝"、前妻

---

① 《傅子》,《丛书集成初编》本,第32页,下同。
② 详见《晋书》卷二十《礼中》,第638页。

是否为正嫡的名分问题。在传统的礼法社会中,服丧又是极为重要的问题,这些非常态的事例,便有了讨论并加以记载的必要,以便后人在遇到类似情况的时候,有成例可以遵循。毕竟所谓"故事"只有经过后人援引,才可能与一般的旧事有所区别,而惯常之事已有制度和法令可依,只有非常之事,才有必要以相似的旧事作为依据①。这也是在整理一般的礼仪与制度之外,傅玄做"三史故事"的意义所在。

> 3. 先王之制礼也,使疏戚有伦,贵贱有等,上下九代,别为五族。骨肉者,天属也,正服之所经也;义立者,人纪也,名服之所纬也。正服者,本于亲亲;名服者,成于尊尊。名尊者服重,亲杀者转轻,此近远之理也。尊崇者服厚,尊降者转薄,此高下之叙也。《记》曰:"其夫属乎父道者,妻皆母道也。夫属乎子道者,妻皆妇道也。"人纪准之,兄不可以比父,弟不可以为子。嫂之与叔,异族之人,本之天属,嫂非姊,叔非弟也,则不可以亲亲理矣。校之人纪,嫂非母也,叔非子也,稽之五服,体无正统,定其名分,不知所附。(《通典》九二)

按:《通典》卷九十二"嫂叔服"引"晋傅玄云",亦不言《傅子》。所谓《记》,乃《仪礼·丧服》,《丧服》亦涉及了继父、出母和叔嫂服丧的相关问题。这部分与上一则有所不同的是,对"嫂叔服"的讨论基于伦理,似乎不涉及实际情况,或许《傅子》原文有一实际案例,而《傅子》以"体无正统"为由加以反对,正是《晋书》本传所描述的《傅子》"评断得失"的体现。

其三,民事、刑事案件的判决。《意林》保存两则判例,也应当属于"三史故事":

> 1. 昔燕赵之间有三男共娶一女,生四子,后争讼,廷尉延寿奏云:"禽兽生子逐母,宜以四子还母,尸三男于市。"(《意林》,《御览》三百六十,又三百六十一。)

按:《初学记》十二引谢承《后汉书》曰:"范延寿,宣帝时为廷尉。时燕赵之间,有三男共娶一妻,生四子,长各求离别,争财分子。至闻于县,县不能决断。谳之于廷尉。于是延寿决之,以为悖逆人伦。比之禽兽生子属其母。以子并付母。尸三男于市,奏免郡太守、令长等,无率化之道,天子遂可其言。"《汉书·百官公卿表》:"成帝河平二年,北海太守安

---

① 吕丽《汉魏晋"故事"辨析》(《法学研究》2002 年第 6 期)在定义"故事"的时候指出:"故事属于旧事,但旧事却不都是故事,旧事只有被援引时才称为故事。"遇到罕见重大之事和礼仪之事,则有必要援引故事。

成范延寿子路为廷尉,八年卒。"《初学记》作宣帝,误也。①

2. 汉末有管秋阳者,与弟及伴一人,避乱俱行。天雨雪,粮绝。谓其弟曰:"今不食伴,则三人俱死。"乃与弟共杀之,得粮达舍。后遇赦,无罪。此人可谓善士乎?孔文举曰:"管秋阳爱先人遗体,食伴无嫌也。"荀侍中难曰:"秋阳贪生杀生,岂不罪邪?"文举曰:"此伴非会友也。若管仲啖鲍叔,贡禹食王阳,此则不可。向所杀者,犹鸟兽而能言耳。今有犬啮一狸,狸啮一鹦鹉,何足怪也!昔重耳恋齐女,而欲食狐偃;叔敖怒楚师,而欲食伍参。贤哲之忿,犹欲啖人,而况遭穷者乎!"(《意林》)②

两个案件均属于非常之事,依照当时的律令难以判决,无疑具有记录并作为后人援引之"故事"的价值。就《初学记》所引谢承《后汉书》可知,廷尉范延寿的判决发生于西汉宣帝朝(根据《汉书·百官公卿表》可知实为成帝河平年间事),那么谢承引此事必然是因后汉发生了类似案件,以前汉的判例为"故事"。后一案件则保留了建安年间,孔融和荀彧在对此案的不同意见,但《意林》所引没有傅玄自己的看法,或者汉廷对此案的结论。也未知魏晋之时是否有类似的案件,使得傅玄援以为"故事"。

在正史的《刑法志》中,《汉书·刑法志》只记载律令本身,未记录特殊案件的判例,供后人作为"故事"援引。唐修《晋书》的《刑法志》则记载了毋丘俭谋反,其子妇荀氏和已出嫁的孙女芝,因魏法"犯大逆者诛及已出之女"而应坐死,后在荀𫖮、何曾的推动下修改律令,规定未婚女从父母之罪,而已婚妇则从夫家之罚。由此可见,尽管《刑法志》偶尔记载案件及其判例,但因其推动了律令本身的修订,而非判例依然具有作为"故事"的价值。从这一点来说,就佚文保留的内容而言,《傅子》"三史故事"与正史《刑法志》的体例差异极大。

遗憾的是,在今存的《傅子》佚文中,我们很难找到更多的条目来考证"三史故事"的具体篇目和体例,但根据汉魏时代"故事"的含义,以及相关的佚文,我们可以发现,"三史故事"是傅玄所著的关于汉魏礼仪与制度旧例的一部著作,其中舆服与丧服的部分与相关的史志在内容和体例上有相通之处;而特殊案件的判例,则是在律令之外供后人援引的旧事。整体而言,"三史故事"是对《魏书》底本纪传部分的补充,可能部分替代了《魏书》未立的史志的功能,作为魏晋时期研究礼仪、法律制度的专门著作,不应该因为傅玄将其编入《傅子》与《傅子》本身的散佚,而湮没在学术史之中。

---

① 《全晋文》卷四十九《傅子》三,《全上古三代秦汉三国六朝文》,第 1738 页。
② 《全晋文》卷四十九《傅子》三,《全上古三代秦汉三国六朝文》,第 1740 页。

第二章　论《金楼子》"兼备众体"的著述性质

　　对于先秦诸子而言，无论采用格言、语录、对话还是专题论文的文体形式，"载之空言"，即说理都是最核心的著述方式；与之相对的则是"见于行事"，即记事，则是诸子百家说理的一种特殊方式①。子书记事的传统可上溯至《韩非子》的《说林》与内外《储说》，正如刘咸炘所言："诸子引事，皆以明理，《韩非·储说》属词比事，亦云繁矣，而旨无旁出，非泛论杂钞，若史论、传记、类书也。"②降至西汉刘向所著《说苑》，依然有一定的思想系统③，作者的理念先于所记载的古人行事本身。真正改变记事以明理这种做法，即刘咸炘所谓"诸子既衰，而子书变为杂记，其所以变者，记载淆之也"④。从子书之变的角度来看，魏晋南北朝子书无疑值得关注："自扬雄《法言》始作史论，桓谭《新论》始记杂事，傅玄记载遂侵史职，《抱朴》词藻，几灭质体，至于梁元《金楼》，遂成类书矣。"⑤从刘氏对中古子书的评述可以看出，"子书变为杂记"，对于诸子衰变有着重要的意义，《金楼子》现存的内容尤其是记事的因素，具备与多种性质的学术著述进行比较的意义，以此揭示中古时代子书日趋综合化的倾向。

　　《四库全书总目》子部杂家类《金楼子》提要认为，在《金楼子》的十四篇中："其篇端序述，亦惟《戒子》《后妃》《捷对》《志怪》四篇尚存，余皆脱逸。

---

① 徐复观在《〈韩诗外传〉的研究》一文中提出了"中国思想表达的另一方式"，相对于"属于《论语》《老子》的系统。把自己的思想，主要用自己的语言表达出来，赋予概念性的说明"，这种方式"可以说是属于《春秋》的系统。把自己的思想，主要用古人的言行表达出来；通过古人的言行，作自己思想得以成立的根据。这是诸子百家用作表达的一种特殊方式"。《两汉思想史》第三卷，上海：华东师范大学出版社，2001年，第1页。

② 《旧书别录》卷四《金楼子》，黄曙晖编校《刘咸炘学术论集·子学编》，桂林：广西师范大学出版社，2007年，第457—458页。鲁迅在《中国小说史略》第七篇《〈世说新语〉与其前后》中指出："世之所尚，因有撰集，或者掇拾旧闻，或者记述近事，虽不过丛残小语，而俱为人间言动，遂脱志怪之牢笼也。记人间事者已甚古，列御寇韩非皆有录载，惟其所以录载者，列在用以喻道，韩在储以论政。"桂林：广西师范大学出版社，2010年，第34页。

③ 徐复观指出"就《说苑》二十卷而言，其篇题由《君道》而至《反质》，反映出刘向的时代，并组成一个思想系统，此已可见其经营构造的苦心。且除《君道》外，其余十九篇，篇首皆有刘向所写的总论性的一段文章，以贯穿全篇"。详见《两汉思想史》第三卷《刘向〈新序〉〈说苑〉的研究》一文，第41页。

④ 《旧书别录》卷四《金楼子》，《刘咸炘学术论集·子学编》，第457页。

⑤ 《旧书别录》卷四《金楼子》，《刘咸炘学术论集·子学编》，第458页。

然中间《兴王》《戒子》《聚书》《说蕃》《立言》《著书》《捷对》《志怪》八篇,皆首尾完整。其他文虽挽乱,而幸其条目分明,尚可排比成帙。"①整体而言,除了《终制》与《自序》两篇延续了专题论文的体式之外,其余篇目均有"条目":每篇连缀多个相对独立的事例,或作者萧绎的自述与议论,并非以某个具体的论点为中心而举例论证的文章;同时抄撮前代典籍的情况较多②,故而刘咸炘讥之"遂成类书",类书无疑由抄撮众书而成。但这种"取诸子之言汇而为书"③的著述方式是否能简单等同于类书,则是应当进一步讨论的,就辑本《金楼子》而言,现存较为完整的八篇之间,亦有必要分为不同的情况进行讨论。本章将以《兴王》《捷对》《立言》等篇,与类书、小说、读书笔记等不同性质的学术著作进行比较,以此更加深刻地认识《金楼子》"兼备众体"的综合特性。

一、子书与类书之别:以《兴王》与《艺文类聚》 帝王部的比较为例

刘咸炘在评述汉魏六朝子书之时,以"遂成类书"描述《金楼子》,清代学者谭献亦批评萧绎:"自谓切齿于不韦、淮南之借人,而杂采子史,取《淮南》者尤多,又与《文心雕龙》、《世说新语》相出入,未免于稗贩也。"④谭献与刘咸炘二氏的意见,恐怕是阅读《金楼子》的普遍感受,只有厘清《金楼子》在著述方式上与类书的异同,才可能理解其"杂采子史"与记事因素较多的意义所在。

就《金楼子》的篇目而言,仅有《兴王》《后妃》《说蕃》⑤三题与中古时代类书的部类有一定的对应关系,若以《艺文类聚》为例,三者分别对应帝王部、后妃部与职官部的诸王类。其中,《兴王》是《金楼子》的第一篇,萧绎汇

---

① 〔清〕永瑢等《四库全书总目》卷一一七,北京:中华书局,1965年,第1010页。
② 根据陈志平的统计,《金楼子》今存十四篇共549条,可以找到出处的有345条,剽袭他书的比例高达62.84%。氏著《魏晋南北朝诸子学研究》第五章《〈金楼子〉研究》第二节"一家之言"与〈金楼子〉》,讨论了《金楼子》的编述方式。武汉:武汉大学出版社,2017年,第250—264页。
③ 〔清〕顾炎武著,〔清〕黄汝成集释《日知录集释(全校本)》卷十九"著书之难",上海:上海古籍出版社,2013年,第1083页。
④ 〔清〕谭献著,范旭仑等整理《复堂日记》,石家庄:河北教育出版社,2001年,第107页。
⑤ 辑本《金楼子》的《说蕃》包括了周公和召公"二南",与齐桓公、晋文公、秦穆公、楚庄王和宋襄公等"五霸"事,应当隶属于《二南五霸》篇,这两篇实际区分了两周诸侯与汉代之后的诸侯。

集从上古到梁朝诸多立德建功的帝王事迹,与《箴戒》所列昏主暴君一并,颇有为当代及后世君王提供镜鉴之意。毋庸置疑的是,《兴王》乃抄撮整合前代典籍而成,在具体对象的选取上,与《艺文类聚》的帝王部颇有相近之处:就上古帝王而言,《兴王》所述为太昊帝庖牺氏、炎帝神农氏、黄帝有熊氏、少昊金天氏、帝颛顼高阳氏、帝喾高辛氏、帝尧陶唐氏、帝舜有虞氏、帝禹夏后氏、成汤、周文王、周武王;而《艺文类聚》帝王部以"总载帝王"为首,其后列天皇氏、地皇氏、人皇氏、有巢氏与燧人氏五个类目,较《兴王》有所不同①;余者仅在庖牺氏后有帝女娲氏、周武王后有周成王而已。如果将今本《兴王》篇视作《金楼子》中比较完整的一篇,那么萧绎对上古帝王的概括,当与欧阳询高度一致。

不过,就汉代以降的帝王而言,二书的认识则存在着较大的差异:《兴王》偏重于历朝开国之君,在汉高祖、汉世祖(光武帝)、魏武帝、晋世祖(晋武帝)、宋高祖(宋武帝)、梁高祖(梁武帝)之外,余者仅述汉太宗(汉文帝)与宋太祖(宋文帝),或因二人缔造了史称"文景之治"与"元嘉之治"的"盛世"而不容忽视。这些开国之君和盛世之主,共同体现了"兴王"之"兴",有别于古代帝王的圣德与神迹,他们代表的是现实的功业;而《艺文类聚》的帝王部纳入的范围较广,两汉为汉高帝、汉文帝、汉景帝、汉武帝、汉昭帝、汉宣帝、汉光武帝、汉明帝与汉和帝,西汉十二帝有半数列入;而魏晋南北朝则为魏武帝、魏文帝、吴大帝、晋武帝、晋元帝、晋成帝、晋康帝、晋穆帝、晋简文帝、晋孝武帝、宋武帝、宋孝武帝、齐高帝、齐武帝、齐明帝、梁武帝、梁元帝、北齐文宣帝、陈武帝、陈文帝、陈宣帝②。比较而言,《艺文类聚》帝王部列入的人选更多,颇有兼述古今帝王之意,反映了唐初一般士人需要掌握的历史知识,作为诗文用典的资料而言,其广度亦绝非《兴王》篇可比。

从写作方式上而言,作为子书篇章的《兴王》,在依靠前代典籍文献这一点上,与类书是相通的;不同的是,萧绎在抄撮的基础上必须对资料加以整合,形成首尾完整而相对独立的段落,类书虽有对原始材料的剪裁与删削,然而直接引录并在类目之下聚合即可,无须经过进一步加工而形成新的文本,可以比较《金楼子》与《艺文类聚》"少昊金天氏"的有关文字:

---

① 《兴王》篇首有一段总述:"粤若稽古天皇氏、地皇氏、人皇氏,分有十纪。"〔南朝梁〕萧绎撰,许逸民校笺《金楼子校笺》卷一,北京:中华书局,2011年,第27页。
② 其中比较令人费解的是,孙吴与高齐作为偏安与非正统政权,其开国君主得以列入;东晋列入的皇帝亦较多,然而却遗漏了成帝与康帝之父明帝,如果在位时间太短的帝王不予采录,那么晋康帝在位时间仅有两年多,较明帝更短;晋成帝长子哀帝虽然在位时间不长,但不应该仅录康帝之子穆帝,而舍弃本为大宗长子的哀帝;刘宋不录文帝而录孝武帝,萧梁仅录元帝而舍弃简文帝,这些纰漏或许沿袭自前代类书,亦可能由于编者欧阳询的疏忽所致。

少昊金天氏，一号穷桑，二曰白帝朱宣帝，黄帝之子，姬姓。母曰女节，黄帝时有大星如虹，下流华渚，意感，生少昊于穷桑，是为玄嚣。姓姬氏，或云己氏。降居江水，以登帝位，以金承土，都曲阜。有凤鸟之瑞，以鸟纪官，凤鸟氏以为司历正，玄鸟氏为司分，伯赵氏为司至，青鸟氏为司开，丹鸟氏为司闭，祝鸠氏为司徒，雎鸠氏为司马，鸤鸠氏为司空，爽鸠氏为司寇，鹘鸠氏为司事，五雉氏为五工正，九扈为九农正，天下大治焉。①

《左传》曰：郯子曰：我高祖少昊挚之立也。凤鸟适至，故纪于鸟，为鸟师而鸟名焉。

《帝王世纪》曰：少昊帝名挚，字青阳，姬姓也。降居江水，有圣德，邑于穷桑，以登帝位，都曲阜，故或谓之穷桑，即图谶所谓白帝朱宣者也，故称少昊，号金天氏，在位百年而崩。②

《兴王》的"少昊金天氏"由两部分组成：前半部分为其生平简述，后半部分则援引《左传·昭公十七年》记载的"以鸟纪官"之事。而《艺文类聚》帝王部的相应部分，则省略了具体的官职与鸟名，仅录郯子介绍这一典章制度的综述；引录《帝王世纪》的部分有一些关键信息与《金楼子》的记述重合，比如"穷桑"和"白帝朱宣帝"二号的来源，"登帝位，都曲阜"等。虽然在信息量方面，《金楼子》与《艺文类聚》几乎是等同的，但文本的形式有所不同；作为子书的篇章，即便以汇集前代典籍为成书的主要手段，却不能像类书一样，保持引录材料的原始状态，必须整合成一个新的文本，对于《兴王》篇而言，每段有关帝王的条目近乎传记之体。

另外两者有所不同的是，子书的写作不可能是简单的材料堆砌，即便以记事为主，作者也不会抄撮所有的相关材料，而是选择某一个有兴趣的部分以表达出一定的主题与倾向。《兴王》与《艺文类聚》帝王部有关汉文帝的部分，亦多取自《史记·孝文本纪》，《兴王》的相关内容重点表现了汉文帝节俭与宽仁的品格，在"汉太宗恒即位，宫室苑囿、车骑服御，无所增益。有不便，辄弛以利民"的综述之后，采录《孝文本纪》记载的罢露台、慎夫人衣不曳地等节俭之事，以德行感化称帝的南粤王、恐烦百姓而避免攻打匈奴、吴王刘濞诈病则赐以几杖等宽仁之事。③而《艺文类聚》则共取三段，第一段为文帝的即位过程，即吕后去世之后，群臣迎立时为代王的文帝，而代王臣属对此有不同意见；第二段为文帝节俭的品质，以及对待匈奴进犯的保守态度；第三段则

---

① 《金楼子校笺》卷一，第58—59页。
② 〔唐〕欧阳询撰，汪绍楹校《艺文类聚》卷十一，上海：上海古籍出版社，1999年，第211页。
③ 详见《金楼子校笺》卷一，第172—173页。

摘录司马迁"太史公曰"的部分,作为对汉文帝的整体评价。虽然第二段在信息量上,与《兴王》中的章节大致相当,亦体现了文帝的帝王形象和个人品行,但《艺文类聚》呈现给读者的是有关汉文帝的零散资料,无法构成一个有机整体,就文献的引录方式而言,子书或可依靠前代典籍而成书,但其写作方法和著述形态,皆与类书有本质上的差异。

学术史上曾有将类书溯源至子书的说法,如清代学者汪中《吕氏春秋序》指出:"司马迁谓不韦使其客人人著所闻,以为备天地万物、古今之事,然则是书之成,不出于一人之手,故不名一家之学,而为后世《修文御览》、《华林遍略》之所托始。《艺文志》列之杂家,良有以也。"[1]刘勰《文心雕龙·诸子》所谓"博明万事为子",子书所关注的对象一般为与社会政治、道德修养有关的抽象概念,其范围与类书所具备的"天地万物"非常不同,以《艺文类聚》为例,大部分自然与社会的人、事、物皆具备一定的实体意义,如"岁时部"所列的春、夏、秋、冬四季,与元正、人日、正月十五日、月晦、寒食、三月三、五月五、七月七、七月十五、九月九等节日;礼部、乐部、职官部、封爵部等,则对应着现实的社会生活。从这些部类及其下属的类目中,我们可以看出类书所展示的"天地万物、古今之事",对应的是客观而具体的现实世界,而子书的作者通常抱有较强的理论兴趣,子书所展示的亦是形而上的精神世界,热衷于抽象概念与义理的讨论。

这种本质的区别决定了子书与类书的交集非常有限,在类书的类目中,偏于人类社会活动的部分,才有可能在主题上与子书的篇章一致,如《艺文类聚》的人部(绝交、鉴诫)、治政部(论政)、刑法部(刑法)等,在汉魏六朝子书中皆有迹可循,甚至作为"文"的部分得以引录:如绝交包括交友是汉魏六朝子书颇为关注的问题,王符《潜夫论》有《交际》篇,徐幹《中论》有《谴交》篇,《艺文类聚》亦引录,葛洪《抱朴子外篇》亦有《交际》篇;《艺文类聚》人部"鉴诫"引录诸多诫子与家诫之作,亦是中古子书关注的话题,如曹丕《典论·内诫》和颜之推《颜氏家训·教子》二篇,另外亦引录吴陆景《典语》之《诫盈》篇,类似主题亦见于《刘子》。

论政和刑法亦是汉魏六朝子书所关注的话题,《艺文类聚》治政部亦引录了东汉崔寔《政论》"自尧舜之帝,汤武之王,皆赖明哲之佐、博物之臣",与王符《潜夫论·务本》"夫为国者,以富民为本,以正学为基"。[2] 从不同角度讨论了君主治理国家的关键所在,类似从宏观角度讨论政治的篇目,亦有荀悦《申鉴·政体》和傅玄《傅子·治体》;以刑法为主题相关中古子书篇章则

---

[1] 李金松校笺《述学校笺·述学补遗》,北京:中华书局,2014年,第535页。
[2] 《艺文类聚》卷五十二,第938、939页。

有《傅子·法刑》《抱朴子外篇·用刑》《刘子·法术》等。同时值得注意的是,类书的类目往往是名词性的,这与子书篇目常为某个动作或者倾向不同,亦与类书存录客观知识和子书表达作者主张的著述目的相配合,如《艺文类聚》人部有"贤"这一类目,汇集了有关贤者品德特质的表述,以及前代典籍对诸多具体的贤人的评价,然而子书中的相关话题,如《潜夫论·思贤》《傅子·举贤》《抱朴子外篇·贵贤》与《颜氏家训·慕贤》,皆表达了子书作者对贤人所采取的态度。同样的情况亦见于"言语"这一类目,《艺文类聚》所引录的材料,虽然明确了言语的定义,亦涉及诸多古人对言语的态度,但表达"贵言""慎言"等观念,还需要依靠子书或者论体文,如《中论》与《刘子》有《贵言》篇,《抱朴子外篇》有《重言》篇。由此可见,类书本身是材料的分类汇集,并不通过材料的整合表达思想,虽然分类本身也可以视作一种思想体系①;而子书即便大量利用前代典籍,甚至以记事改变了子书"立言"的性质,表达思想始终是这类著述的应有之义。

二、体近小说:《捷对》与《世说新语》的比较

辑本《金楼子·捷对》保存得相对完整,其序曰:"夫三端为贵,舌端在焉;四科取士,言语为一。虽谍谍利口,致戒嚚夫;便便为嘲,且闻谑浪。聊复记言,以观捷对。"②虽然这段文字未必完整,但萧绎作《捷对》篇的宗旨已经非常明确:在承认言语对于社会政治的重要性这一前提下,劝诫与戏谑在言说态度上虽有严肃与轻松之别,都是此篇所要汇集的内容。由此我们很容易联系到成书早于《金楼子》约一个世纪的《世说新语》,"言语"作为"孔门四科"之一,亦是《世说新语》的篇目;而反映魏晋士人巧言机变的"记言",亦根据主题分散在相关篇目中。尽管现存的篇序很可能不完整,条目的排列也较为散乱,但仔细分析我们不难看出萧绎在编纂《捷对》之时,有特定的兴趣与倾向。

(一)君臣奏对是作为藩王的萧绎非常重视的一个主题,尤其是臣下随机应变,化解君上所面对的尴尬局面,如:

---

① 葛兆光在《中国思想史》第一卷第四编第七节《目录、类书和经典注疏中所见七世纪中国知识与思想世界的轮廓》中提出在类书的分类及其次序背后,对知识与思想的整合与规范,重视类书集录的文献究竟提供了多少知识和思想的资源。上海:复旦大学出版社,2015年,第411—415页。

② 《金楼子校笺》卷五,第1102页。

晋武帝受禅,探得"一"字,朝士失色。裴楷对曰:"天得一以清,地得一以宁,侯王得一以为天下贞。"①

宋文帝尝与群臣泛天渊池,帝垂纶而钓,回旋良久,竟不得鱼。王景文乃越席曰:"臣以为垂纶者清,故不获贪饵。"此并风流闲胜,实为美矣。②

许逸民指出:"据'此并'二字可知,此条与上'晋武帝'条原当属同一条。"③《世说新语·言语》亦记载晋武帝"探策得'一'"之事,正所谓"王者世数,系此多少"。④ 而裴楷以《老子》第三十九章所述之"一",消解了作为"王者世数"的"一",同时以"侯王得一以为天下贞",祝福了新生的晋朝政权及皇帝本人,堪称"捷对"。王景文"垂纶者清"一事见于《南史》本传记载,此回应固然没有裴楷之对具有政治意义,但也化解了宋文帝"竟不得鱼"的尴尬。类似的事例亦有:

宋武帝登霸陵,乃眺西京,使傅亮等各咏古诗名句,亮诵王仲宣诗曰:"南登霸陵岸,回首望长安。"⑤

孤立地看这条记载,或许体会不到傅亮咏诗的意义。据许逸民《校笺》可知,在刘裕面前诵王粲《七哀诗》之人,一为郭澄之(见《晋书》本传),一为谢晦(见《南史》本传)。前者劝诫刘裕攻克长安后继续西进,乃晋安帝义熙十三年(417)事;翌年长安陷落,谢晦劝止刘裕二次北伐,"于是登城北望,慨然不悦,乃命群僚诵诗,晦咏王粲诗曰:'南登霸陵岸,回首望长安,悟彼下泉人,喟然伤心肝。'帝流涕不自胜"⑥。在后一历史语境下,王粲《七哀诗》的名句更契合宋武帝得而复失的心情,似有助其悲哀之意。

(二)六朝人所重视的"家讳"在《捷对》篇中有非常显著而集中的反映,萧绎汇集了众多汉魏以来士人为此针锋相对的故事,如"卢志问陆士衡:'陆抗、陆逊,是卿何物?'答曰:'如卿于卢珽、卢毓相似。'"⑦此事亦见于《世说新语·方正》,比《金楼子》多出论陆氏昆仲优劣的内容:"士龙失色。既出

---

① 《金楼子校笺》卷五,第1104页。
② 《金楼子校笺》卷五,第1105页。
③ 《金楼子校笺》卷五,第1106页。
④ 〔南朝宋〕刘义庆著,〔南朝梁〕刘孝标注,余嘉锡笺疏《世说新语笺疏》卷上之上,北京:中华书局,2015年,第88页。
⑤ 《金楼子校笺》卷五,第1115页。
⑥ 〔唐〕李延寿《南史》卷十九,北京:中华书局,1975年,第522页。
⑦ 《金楼子校笺》卷五,第1106页。

户,谓兄曰:'何至如此,彼容不相知也?'士衡正色曰:'我父祖名播海内,宁有不知,鬼子敢尔?'"①类似的故事亦有:

> 陈大、武该问钟毓曰:"皋繇何如人?"对曰:"君子周而不比,群而不党也。"②
>
> 安成公何勖,与殷元喜共食。元喜,即淳之子也。勖曰:"益殷莼羹。"元喜徐举头曰:"何无忌讳。"勖乃无忌子。③
>
> 刘悛劝谢瀹酒,曰:"谢庄儿不得道不能饮。"对曰:"苟得其人,自可沈湎。"悛乃沔之子。④

这三个故事较卢志与陆机之事而言,火药味减少许多,除了刘悛之外,前两例触犯"家讳"皆以较为隐蔽的方式,如陈泰、武该之问以皋繇之名触犯钟毓父钟繇,而钟毓则以引《论语》"周而不比""群而不党"之说,在正面回应问题的同时,并巧妙地以此触犯武该父名周、陈泰父名群。何勖与殷元喜之事亦有类似之处,且殷氏的反驳更为直接有力,萧绎的记载更是直接指出其父名,以免读者缺乏相应的背景知识,无法领悟"捷对"的意义。整体而言,三个故事的问答皆有表里两层不同意义,比之卢志与陆机而言,锋芒有所收敛。值得注意的是,《捷对》中另有两则与姓氏相关的故事,亦可视作同一类型:

> 崔正熊诣都郡,都郡将姓陈,问正熊曰:"君去崔杼几世?"答曰:"正熊之去崔杼,如明府之去陈恒也。"⑤
>
> 杨氏子年七岁,甚聪慧。孔君平诣其父,父不在,乃呼儿出,为设果,有杨梅。孔指示儿曰:"此真君家果。"儿应声答曰:"未闻孔雀是夫子家禽。"⑥

两则故事亦见于《世说新语·言语》,虽不直接涉及家讳,然而将崔正熊视作崔杼之后,杨姓之杨等同于杨梅之杨,依然是稍嫌过分的玩笑。崔、杨二氏的回应,颇有以其人之道,还治其人之身的意味。尤其是前者,虽然崔杼与陈恒

---

① 《世说新语笺疏》卷中之上,第329页。
② 《金楼子校笺》卷五,第1107—1108页。
③ 《金楼子校笺》卷五,第1110页。
④ 《金楼子校笺》卷五,第1112页。
⑤ 《金楼子校笺》卷五,第1109页。
⑥ 《金楼子校笺》卷五,第1116页。

皆为春秋时代齐国弑君之臣，但陈氏后篡齐，较之崔氏为更甚。

（三）出使敌国、两国君臣之间的交锋，亦是萧绎在《捷对》中有意汇集的故事类型，如蜀汉费祎使吴，以"凤凰来朝，麒麟吐哺，钝驴无知，伏食如故"嘲笑东吴君臣，而诸葛瑾以"爰植梧桐，以待凤凰。有何燕雀，自称来翔"①反嘲之事；东吴张温聘蜀，与蜀汉秦宓之间的问对②，与东吴纪陟使魏，以"譬如八尺之身，其护风寒不过数处"，来回应"道里甚远，难以坚守"③的质问。

君臣、士人、敌国三方面之间的"捷对"，无论是化解君上的窘境，或是捍卫家族与国家的尊严，实则在一定程度上代表了魏晋南北朝士人在政治、社会、外交等方面所需要的基本素质。当然，在《捷对》全篇中，亦有"祖士言与钟雅相调""羊戎好为双声"等难以归入这三方面的故事，但这些例外并不影响我们理解萧绎选编之时的倾向性。或许，萧绎曾在篇序或者故事的排列中，明确表达这些倾向，不同类型的故事皆汇集在《捷对》中，实质上与《世说新语》作为一部志人小说集，按照一定主题或类别汇集魏晋士人逸事的做法是类似的；两者所使用的篇题，亦是形容士人德行、才能、性格与情感的概念，如《世说新语》以"孔门四科"为首，又有识鉴、赏誉、品藻、规箴、捷悟、夙惠、豪爽，以至企羡、伤逝、任诞、简傲等名目，这与类书以自然万物、社会身份、人工器物等偏于实体的人、事、物有着本质的区别，虽然同为抄撮前代典籍的编著之书，但难以将其视作类书。

《捷对》之外的《志怪》篇，则是对《博物志》与《搜神记》的继承。④《杂记》上下两篇亦汇集了一些见于前代典籍的故事，如《韩非子·内储说下》的"卫人有夫妻祝神者"事，与燕人李季之妻与人私通之事⑤；魏晋与南朝士人的逸闻亦时见，如"有人以人物就问司马徽者"、刘穆之乞食槟榔、颜师伯与宋孝武帝摴蒲之事等⑥，但由于《杂记》篇中还存在一些较为碎片化的杂抄和议论，亦包括萧绎记录的某些当代人的逸事，如孔翁归"但愿仲秋之时，犹观美月；季春之日，得玩垂杨，有其二物，死所归矣"⑦。故而难以将其视作与《捷对》《志怪》类似的志人与志怪小说，这种杂抄前代典籍，并不时加以个人观点的写作，不妨将其视作萧绎的读书笔记，而《立言》比之《杂记》，几无汇

---

① 见《金楼子校笺》卷五，第1121页。
② 见《金楼子校笺》卷五，第1124—1125页。
③ 见《金楼子校笺》卷五，第1127页。
④ 刘叶秋在《历代笔记概述》（北京：北京出版社，2011年）中将笔记分为"小说故事类""历史琐闻类"和"考据、辨证类"，而《博物志》与《搜神记》即魏晋志怪笔记的代表。
⑤ 见《金楼子校笺》卷六，第1236页。
⑥ 见《金楼子校笺》卷六，第1229—1231页。
⑦ 《金楼子校笺》卷六，第1277页。

集故事与逸闻的内容,应当将其作为其他性质的著作进行分析。

三、作为萧绎读书笔记的《立言》

辑本《金楼子·立言》篇幅较大,内容亦较为庞杂,某些抄撮前代典籍并加上作者萧绎个人意见的内容,亦与《杂记》相通;只是《立言》中保留了一些萧绎抒发个人情志的长篇文字,可以视作其"三不朽"之一"立言"志向的剖白,又切合篇题,使其与《杂记》有所区别。

综观《立言》全文,可以看出萧绎所采用的写作方式,最基本的即直接摘录原文①,如"与人善言,暖于布帛;伤人以言,深于戈戟。赠人以言,重于金石珠玉;观人以言,美于黼黻文章;听人以言,乐于钟鼓琴瑟。"②此段前半部分录自《荀子·荣辱》篇,后半部分则取自《非相》篇,主题具有一致性,皆论述言论的重要性。类似地,《杂记》亦有若干直录原文的例子,如从东吴陆凯的上疏中节录"吉凶在天,犹影之在形,响之应声也。形动则影动,声出则响应。此分数乃有所系,非身口之进退也",此条近似先秦西汉诸子中的格言。从曹植《求自试表》中摘录"盖闻骐骥长鸣,伯乐昭其能;卢狗悲号,韩国知其壮。是以效之齐、秦之路,以逞千里之任",亦是如此。③ 如果不考虑《金楼子》在传抄过程中的文字脱漏,那么这些片段直接摘抄自前代典籍,而萧绎并未加以议论。

在《立言》中,在直接抄录的基础上适当加以议论,或者有意识地汇集数条相关的材料,可以看出萧绎所采用的写作方式是以直接摘录原文为基础。如"俭约之德,其义大哉"条之下,即节录《左传·闵公二年》:"齐之迁卫于楚丘也,卫文公大布之服,大帛之冠,务材训农,敬教劝学。元年,有车三十乘;季年,三百乘也。"并加上"岂不宏之在人"④的议论。"明月之夜,可以远视,不可以近书。雾露之朝,可以近书,不通以远视"⑤则取自《淮南子·说林》,此语引发了萧绎"人才性亦如是,各有不同也"的议论。类似地,《列子·汤

---

① 日本学者兴膳宏在《梁元帝萧绎的生涯和〈金楼子〉》一文中指出《立言》中的文字大多数并非萧绎原作,只不过是从过去的典籍里断章取义、排比而成;而这种做法在六朝是具有普遍性的。文载戴燕选译《异域之眼——兴膳宏中国古典论集》,上海:复旦大学出版社,2006年,第158—162页。
② 《金楼子校笺》卷四,第762页。
③ 《金楼子校笺》卷六,第1241页。
④ 《金楼子校笺》卷四,第763页。
⑤ 《金楼子校笺》卷四,第765页。

问》所记载的孔子遇两小儿争论日初出与日中距人远近的故事,则引发了萧绎"为政亦如是矣"的思考:"须日用不知,如中天之小也。须赫赫然,此盖落日之治,不足称也。"①实际上,萧绎所思离故事本身的题旨已经很远,如果就此撰写专题论文,则很难将这个故事作为论据;而在读书笔记这种灵活自由的写作中,思想火花的迸发无须严密的论证,反而能留下作者宝贵的灵光乍现。

值得注意的是,《立言》亦保存了一些带有材料整理性质的段落:

> 夫言行在于美,不在于多。出一美言美行,而天下从之;或见一恶意丑事,而万民违之,可不慎乎!《易》曰:"言行,君子之枢机。枢机之发,荣辱之主也。"昔成汤教民去三面之网,而诸侯向之。齐宣王活衅钟之牛,而孟轲以王道求之。周文王掘地得死人骨,哀悯而收葬,而天下嘉之也。②

此段先引桓谭《新论·言体》所论美言美行的重要性,再以成汤、齐宣王与周文王的例子证之。除了齐宣王活衅钟之牛事见于《孟子·梁惠王上》,其余两事皆见于《吕氏春秋·孟冬纪·异用》,所谓"异用",乃"万物不同,而用之于人异也,此治乱存亡死生之原。故国广巨,兵强富,未必安也;尊贵高大,未必显也,在于用之。桀、纣用其材而以成其亡,汤、武用其材而以成其王"③。成汤去三面之网,而四十国归之;周文葬无名白骨,而天下归心,都是这种治国之术的体现。萧绎将此两例用以证明"言行在美",对《吕氏春秋》所用的材料进行了不同的解读,亦是某种意义上的"异用",这种做法证明《金楼子》抄撮前代典籍并非食古不化。此外,在著述体式上,这种以若干故事证明某种义理的写作模式,也非常接近《吕氏春秋》。汇集主题相关的故事这一做法,亦可追溯至《韩非子·储说》,韩非以"经"的形式提出论点并概述论据,而在"说"中汇集若干相关故事,《立言》类似于《储说》的"经"文,而对论据的概述更加简洁明确。这种形式的笔记与其说是读书过程中的随手记录,不如说是作者经过精心思考并为之后的写作而有意准备的素材。实际上,《立言》中亦保留了若干节有明确主题的议论,不同于杂抄加随感式的读书笔记,比如对九流百家之学的总结:

---

① 《金楼子校笺》卷四,第 829 页。
② 《金楼子校笺》卷四,第 767 页。
③ 许维遹《吕氏春秋集释》卷十,北京:中华书局,2009 年,第 234 页。

> 天下一致而百虑,同归而殊途,何者? 夫儒者列君臣父子之礼,序夫妇长幼之别。墨者堂高三尺,土阶三等,茅茨不剪,采椽不斫,冬日以鹿裘为礼,盛暑以葛衣为贵。法家不殊贵贱,不别亲疏,严而少恩,所谓法也。名家苛察侥幸,检而失真,是谓名也。道家虚无为本,因循为务,中原丧乱,实为此风。何、邓诛于前,裴、王灭于后,盖为此也。①

此节乃萧绎节抄《史记·太史公自序》所引录的司马谈《论六家要旨》,但对儒、墨、法、名、道五家的评价并没有继承原作的旨意,其中儒家仅录正面评价,墨、法二家录负面评价,而"虚无为本,因循为务"则是对道家思想的概况,以此引出萧绎对魏晋玄学空言义理的批评。表面上看,这一段节抄前代典籍的读书笔记,但绝对不是简单的省略,作者自身的观点和用意贯穿其中,使得节抄成为一种特殊的再创作方式。但在《立言》之中,亦有主张诸子百家各有其用的通达之说:"世有习干戈者,贱乎俎豆;修儒行者,忽行武功。范宁以王弼比桀、纣,谢混以简文方赧、献,季长有显武之论,文度有废庄之说。余以为不然。余以孙、吴为营垒,以周、孔为冠带,以老、庄为欢宴,以权实为稻粮,以卜筮为神明,以政治为手足。"②萧绎并不认同"儒行"和"武功"之间的互相轻忽,以及范宁等人否定老庄、玄学等观点,而是指出儒、道、兵、释等家,乃至卜筮等方技皆各有其用,不可偏废。此论虽对前人诸多观点有所汇集,但更值得注意的是萧绎自己对此的反思、总结与升华,才有了这些需要知识和学养积累的观点,也正因如此,《立言》作为读书笔记,才不仅仅停留在简单地抄撮史料,并以按语或随感的形式,记录下作者某些思想的火花。

尽管《金楼子》全书或者《立言》本身并未形成较为严密或者有系统的思想体系,现存的章节很难按照主题进行归类。但这些近乎碎片化的内容却涉及一个士人读书与修身的方方面面,《立言》中亦不乏萧绎自述情志之语,如"君子以宴安为鸩毒,富贵为不幸"③一节,表达了对勤学的追求、对淫乐的厌恶;"哲人君子,戒盈思冲者"一节,以诸侯王的身份表达了对"骄""富""淫""忌"四中不良品行的警惕。④ 而"立德"之外,萧绎在《立言》亦表达了建立现实功业的渴望:"吾尝欲棱威瀚海,绝幕居延,出万死而不顾,必令威振诸夏。然后度聊城而长望,向阳关而凯入,尽忠尽力,以报国家。此吾之上愿

---

① 《金楼子校笺》卷四,第805—806页。
② 《金楼子校笺》卷四,第854页。
③ 详见《金楼子校笺》卷四,第775—776页。
④ 详见《金楼子校笺》卷四,第788页。

焉。"①而著述之事,则是退而求其次的:"次则清浊一壶,弹琴一曲,有志不遂,命也如何。……著《鸿烈》者,盖为此也。"②由此可见,《立言》这一标题似有以"立言"贬"三不朽"之义,至少在纸面上抒发"立德"与"立功"之志。而读书勤学对于六朝士人而言则为"立言"之基石,故将《立言》视作萧绎的读书笔记并无不妥。

四、"记事"与魏晋南北朝子书的特质

对于《金楼子》而言,尽管抄撮前人成书的部分中含有记事因素,但我们依旧可以从记事中尝试总结萧绎著述的主题与感情倾向,比如《捷对》所关注的若干主题;这些可能存在的价值判断在某种意义上延续了《韩非子》至《说苑》的传统,即记事以明理。然而,作为杂家类子书的《金楼子》,明理或者"空言"的色彩是比较淡薄的,全书没有体系性,亦并无统一的思想主张,尤其是与《韩非子》的内外《储说》相比,萧绎的写作缺乏表达某种观念的目的性,至少缺乏明确的意图。同时值得注意的是,无论记事还是抄撮前代典籍,皆非某种学术著述所独有的写作方式——从这个角度而言,"记事"因素的加入确实在某种程度上改变了子书"立言"的方式。

《金楼子》在《隋书·经籍志》中隶属子部杂家类,其类序指出:"古者,司史历记前言往行,祸福存亡之道。然则杂者,盖出于史官之职也。放者为之,不求其本,材少而多学,言非而博,是以杂错漫羡,而无所指归。"③这一描述从史官传统这一角度,为杂家类子书寻找依据,就《金楼子》而言,记事因素正是"记前言往行"以明"祸福存亡之道",所谓"我欲载之空言,不如见之于行事之深切著明也"(《史记·太史公自序》引孔子之语)。然而,抄撮前代四部典籍的写作方式,又难免使之"杂错漫羡"而"无所指归",亦是记事因素加入之后带来的弊病,何况对于《金楼子》的不同篇目而言,记事以明理作为先秦诸子以来的传统的贯彻程度是非常不一致的,诸如《兴王》与《捷对》之类的篇目较为明确,而《立言》与《杂记》则相对隐晦,这就表明了各篇在著述性质上的差异,将《金楼子》视作一部"兼备众体"的子书,带有笔记与小说因素,当去事实不远。

---

① 《金楼子校笺》卷四,第810—811页。
② 《金楼子校笺》卷四,第811页。
③ 〔唐〕魏徵等《隋书》卷三十四,北京:中华书局,1973年,第1010页。

尽管《金楼子》的写作十分依赖前代典籍，但其书又与南朝流行的诸多在旧书的基础上编纂而成的著述有所不同，胡宝国在《东晋南朝的书籍整理与学术总结》一文中将这种著述分为集注、抄书与汇聚众书为一书等三种情况①，其中抄书多指某书或某类书的摘抄，如葛洪《汉书钞》、张缅《晋书钞》、庾仲容《子抄》、谢灵运《诗集钞》，在没有"类书"概念的情况下，《皇览》等魏晋以后的类书亦归入《隋志》的子部杂家类，列于《杂事钞》《子钞》等著作之后。而汇聚众书为一书的情况，主要是谱牒书、地理书、杂传等。其他带有学术总结性质的著述，如钟嵘《诗品》与刘勰《文心雕龙》，在著述性质上亦与萧绎《金楼子》有着显著的区别，由此可见，无论是在汇集前代典籍的材料上，还是"兼备众体"上，《金楼子》在南朝的学术著作中是独树一帜的，将其视作书抄或类书显然忽视了它的综合性与复杂性。

子书"兼备众体"亦是先秦诸子以来的传统，如《荀子》和《韩非子》虽以论说文为主，但前者亦包括作为诗赋体的《成相》与《赋篇》，亦有论者指出《大略》为荀子的读书笔记②；后者则有《说林》与内外《储说》，汇集历史故事与民间传说，为韩非表达政治主张的写作素材。为何在一部著作之内，不同篇目的文体形式与写作方式会有不同，笔者认为，这是不同的思想表达需要不同的著述形式与之配合的必然结果，亦是子书"博明万事"的体现。就魏晋南北朝子书的实际情况而言，我们很难定义子书是什么，但却可以大致排除一些绝难融入子书的著述方式，如经传诸子与正史的注疏、正史与杂传，此外则是文集。

若将《金楼子》与其《著书》篇中所序的其他著作进行比较可以发现，诸如六经和诸子注疏（《周易义疏》《礼记私记》《老子义疏》）、史注（《注前汉书》）、杂传（《孝德传》《忠臣传》《研神记》）、类书（《语对》）等著述有着明确的性质，即便早已亡佚，我们很容易根据书名了解其属性，亦可依据现存的同类型著述推断其性质和体例。《金楼子》作为一部子书，其宗旨和写作方式与这些体制明确的著述不同，作者的选择与主观意愿可以更多地灌注其中，也可以在一部书中选择不同的著作体式。两种著作的区别如同现代学者的专著和论文集，前者往往围绕着一个主题设置相应的章节，后者则未必有统一的主题，也未必全部为学术论文，可能包括诸如读书札记、书评、校勘记、年谱等不同性质的述学文体，乃至随笔、回忆录等体现作者治学经历与个性的内容。

---

① 《中国史研究》2017年第1期，又载氏著《将无同——中古史研究论文集》，北京：中华书局，2020年，第252—261页。
② 详见俞志慧《〈荀子·大略〉为荀子读书笔记说》（《文学遗产》2012年第1期）一文的论述，而《荀子》的注者唐代学者杨倞以之为"弟子杂录荀卿之语，皆略举其要，不可以一事名篇，故总谓之《大略》也"。〔清〕王先谦《荀子集解》卷十九，北京：中华书局，1988年，第485页。

记事因素的大量加入,无疑极大程度上解构了先秦诸子以来确立的"立言"传统,"空言"明理的写作方式被《金楼子》一类的子书边缘化,这种情况实际上也暗示了子书在魏晋至南北朝后期面对的困境,正如刘勰《文心雕龙·诸子》批评两汉之后的子书"明乎坦途",颜之推《颜氏家训·序致》批评"魏、晋已来,所著诸子,理重事复,递相模斅,犹屋下架屋,床上施床耳"①。在义理方面,汉魏以来的子书难以有所创见,学者也很难在六经与诸子之外建立新的学派及相应的理论体系;魏晋玄学又以注经和著论作为思想的主要表达方式,并未涉足子书②。那么"理重"而"事不复"能否成为子书新的出路,在记事方面追求新意,一方面不妨记载近闻,萧绎在《金楼子·后妃》中为其母阮修容立传,《志怪》篇记载初婚之日所遇怪事,都是非常私人化的写作,这一特性在此后的《颜氏家训》中有更加明显的体现。另一方面则是评论与考辨史事,将前代典籍视作研究对象,比较重复六经和诸子的义理而言,这两种写作方式对应的是无穷无尽的题材,也使得子书从关注社会政治、天道人伦等方面,转向了作者的人生体悟与知识趣味,子书几乎是无可避免地走向了笔记、文集等更加私人化的著述形式。

　　写到最后,笔者不禁想起萧绎在《金楼子·杂记》中记载的一段发生于梁朝当代的逸事:

> 丘迟出为永嘉郡,群公祖道于东亭,敬子、沈隐侯俱至。丘云:"少来搜集书史,颇得诸遗书,无复首尾,或失名,凡有百余卷,皆不得而知。今并欲焚之。"二客乃谓主人云:"可皆取出,共看之。"傅金紫末至,二客以向诸书示之。傅乃发摘剖判,皆究其流,出所得三分有二,宾客咸所悦服。③

根据《梁书·文学传·丘迟传》的记载,丘迟于天监三年(504)出为永嘉太守,此事距萧绎出生仅有四年。萧绎不会想到,一千四百多年之后的人们看到的辑本《金楼子》,与丘迟搜集的百余卷失去首尾或标题的"遗书"亦有相似之处。本章的论述,在某种意义上也是一种"发摘剖判,皆究其流"的工作吧。

---

① 王利器《颜氏家训集解(增补本)》卷一,北京:中华书局,2013年,第1页。
② 刘宁《汉语思想的文体形式》一书第三章《文体互动:经与子、注经与著论》对此有所阐发,指出了论体文的内容,往往就是清谈反复讨论的话题,如人物品评和玄学义理;而经注更好地体现了玄理在体用层面上的贯通性。上海:华东师范大学出版社,2012年,第86—100页。
③ 《金楼子校笺》卷六,第1302—1303页。傅金紫即傅昭,为傅玄子傅咸七世孙,《梁书》卷二十六有传。

第三章　论汉魏六朝子书的私人写作与知识趣味

——以《颜氏家训》为中心

子书在汉魏六朝出现了诸多与先秦诸子不同的特征，其中，个人经历、当代逸闻、知识考辨等因素的出现，固然为子书带来了新的面貌，但同时在一定程度上消解了子书这一著述形式。在完整保存下来的六朝子书中，《颜氏家训》是一部具有子书性质的家训之作，然而学界甚少将《颜氏家训》置于汉魏六朝子书的序列中加以研究①，不免忽视其书在中古子书衍变的学术史历程中的重要地位。本章尝试从"私人写作"与"知识趣味"两方面入手，以此观照子书在文体形式与写作旨趣方面的变革。

一、"家训"的私人写作与笔记的萌蘖

与西汉之后子史著作多以末篇为自叙的作法有所不同的是，《颜氏家训》的自叙是全书首篇，在《序致》的开篇，颜之推就如此定位己作：

> 夫圣贤之书，教人诚孝，慎言检迹，立身扬名，亦已备矣。魏、晋已来，所著诸子，理重事复，递相模斅，犹屋下架屋，床上施床耳。吾今所以复为此者，非敢轨物范世也，业以整齐门内，提撕子孙。②

在个人道德修养方面，"圣贤之书"（六艺经传）堪称完备，魏晋以来的子书无

---

① 田晓菲《诸子的黄昏：中国中古时代的子书》（文载《中国文化》第 27 期，2008 年）提及《颜氏家训》，认为《颜氏家训》"代表了六朝晚期对传统子书形式的另一种变形"，其形式接近子书，"因为每一章都专门论述一个特定的题目"，颜之推在"自序"里明确提到魏晋子书，有意识地把自己的作品放在子书的传统中；同时田晓菲指出，颜之推对魏晋子书的批评，"也很能说明为什么人们不再写作子书"。第 69—70 页。

② 王利器《颜氏家训集解（增补本）》卷一，北京：中华书局，2013 年，第 1 页。

非重复其事理的效仿之作。在此前提下,颜氏"复为"《家训》,一方面承认自己依然继承了魏晋子书的著述传统,阐发义理亦祖述圣贤;另一方面,与魏晋以来子书不同的是,己作的撰述目的在于教育家族之内的子孙,而非为当时与后世提供堪为典范的立身与行事准则。

此后颜之推指出:"夫同言而信,信其所亲;同命而行,行其所服。禁童子之暴谑,则师友之诫不如傅婢之指挥;止凡人之斗阋,则尧、舜之道不如寡妻之诲谕。吾望此书为汝曹之所信,犹贤于傅婢寡妻耳。"①对于子孙而言,自己作为父祖留下的训诫比古今圣贤之人的教诲更加容易信服。由此可见,在阐发儒家义理方面,不妨将《颜氏家训》视作魏晋子书的延续之作,尽管《序致》开篇批评了魏晋以降子书,但我们不可能脱离这一撰述传统来讨论《颜氏家训》;同时其书具体的内容,必然带有颜氏及其家族的印记。②

若细心品味颜之推训诫子孙的内容,可以感受到《序致》中所谓"非敢轨物范世也,业以整齐门内,提撕子孙"之语的意味。比如《勉学》所谓"夫明《六经》之指,涉百家之书,纵不能增益德行,敦厉风俗,犹为一艺,得以自资。父兄不可常依,乡国不可常保,一旦流离,无人庇荫,当自求诸身耳。谚曰:'积财千万,不如薄伎在身。'伎之易习而可贵者,无过读书也"③。无疑,颜之推将六经等经典的传习视作一种便于谋生的技艺,通过研习经典提高修养之类的精神追求与以此带来的社会效益,则相对是次要的。这种不带遮掩的、极其现实和功利的说法,自然与颜之推饱经离乱的人生经历有关,在此段训诫之前,颜氏描述了"上车不落则著作,体中何如则秘书"的萧梁贵游子弟追求逸乐、不学无术的生活状态,而这些子弟在离乱之后失去了家族和整个士族阶层的荫庇,转死于沟壑之间。与之相对的是,"有学艺者,触地而安。自荒乱已来,诸见俘虏。虽百世小人,知读《论语》、《孝经》者,尚为人师;虽千载冠冕,不晓书记者,莫不耕田养马。以此观之,安可不自勉耶?"④颜之推身历数次亡国,正所谓"予一生而三化,备荼苦而蓼辛"(《观我生赋》)⑤。凭借学识苟全性命于乱世,对颜氏而言绝非空言,则是极为深刻的人生体验。以

---

① 《颜氏家训集解(增补本)》卷一,第1页。
② 日本学者守屋美都雄认为,《颜氏家训》开头的《教子篇》《兄弟篇》《后娶篇》《治家篇》"分析研究了家族生活中极有可能发生的所有纠纷,具体情形上看不到与前代进行比较。重视自己的生活体验超过了重视观念上的德目,这一态度明显强于前代","在南北朝时代,照搬古圣贤的教诲已经不能通用,各个家庭产生了各不相同的生活态度",氏著《中国古代的家族与国家》"家族篇"第五章《关于六朝时代的家训》,钱杭、杨晓芬译,上海:上海古籍出版社,2010年,第362—363页。
③ 《颜氏家训集解(增补本)》卷三,第189页。
④ 《颜氏家训集解(增补本)》卷三,第178页。
⑤ 〔唐〕李百药《北齐书》卷四十五,北京:中华书局,1972年,第625页。

这种个人的经历见闻作为训诫子孙的依据,相对于诸多高头讲章,有着切近现实的特质,乃至失去了理想主义的色彩,在某种意义上,与先秦以来诸子"迂远而阔于事情"的一面截然不同,在《颜氏家训》中,个人经验在一定程度上取代了被视作普遍真理的六经与儒家所主张的义理,个人与家族在乱世中苟全性命取代了立德立功立言等传统士人的追求。

除了个人经验之外,家族传统亦是《颜氏家训》私人化与个性化的应有之义,也是训诫子孙的重要依据。如《止足》所谓"先祖靖侯戒子侄曰:'汝家书生门户,世无富贵;自今仕宦不可过二千石,婚姻勿贪势家。'吾终身服膺,以为名言也"①。琅琊颜氏的这一态度,竭力避免子孙登高跌重,于险中求取富贵。同样,《诫兵》首述颜氏先代贤达,指出"未有用兵以取达者",并批评颜氏中"自称好武,更无事迹"与"皆罹祸败"的"无清操者",深诫子孙"顷世乱离,衣冠之士,虽无身手,或聚徒众,违弃素业,徼幸战功。吾既羸薄,仰惟前代,故置心于此,子孙志之"②。《止足》与《诫兵》的具体训诫虽有不同,但在教育子孙不贪图富贵,不贪功冒进,以此维系家族世代绵延的意图则是一致的。实际上,颜氏从东晋至唐代绵延十数代而人才辈出,未尝不是《颜氏家训》所述的家族经验带来的成果。

正如日本学者吉川忠夫所指出的那样:"在根本上支撑着《家训》的,就是颜之推自己的体验。艰难地渡过了乱世的他,在触及其富于波澜的生涯的时候,肯定是感到了想要把耳闻目睹到的情形——当做活生生的见证而写下来的一种冲动。"③不妨将包含个人经历与家族传统的《颜氏家训》视作一种私人写作,何况在训诫子孙之外,《家训》中亦多有倾诉感情的成分,如《序致》中深情回忆少时"昔在龆龀,便蒙诱诲;每从两兄,晓夕温清,规行矩步",早失父母后,"慈兄鞠养,苦辛备至;有仁无威,导示不切",而自己"少知砥砺,习若自然,卒难洗荡","追思平昔之指,铭肌镂骨,非徒古书之诫,经目过耳也"④。从这段人生经历的概述中,我们不难读出颜之推早失父母的孺慕之情,以及因缺乏严格教养而未能砥砺性格产生的悔恨之意。也正是因为这种个人经历与情感而构成的私人写作,《颜氏家训》才避免了重蹈魏晋以来子书"理重事复"的覆辙。

《颜氏家训》的私人写作亦体现在记录当世逸闻这一点上。载录汉魏六朝时期士人逸闻的专书,其代表作无疑是《世说新语》,其书的渊源可以追溯

---

① 《颜氏家训集解(增补本)》卷五,第415页。
② 《颜氏家训集解(增补本)》卷五,第421页。
③ 氏撰《六朝精神史研究》,王启发译,南京:江苏人民出版社,2012年,第208页。
④ 《颜氏家训集解(增补本)》卷一,第5页。

到西汉末刘向的《说苑》①。颜之推所记载的逸闻,颇有与《世说新语》相类之处,以《文章》所记载有关文学批评的逸事为例,如"近在并州,有一士族,好为可笑诗赋"事,清干之士席毗嘲刘逖事,祖孝征评邢劭、魏收事,王籍诗与萧悫《秋诗》在南北士人中获得不同评价之事等②,往往以谈话作为批评的背景与表达形式,就颇有与《世说新语·文学》相类之处。不过,《世说新语》的编纂乃是依傍前代记载,以汉末建安至东晋人事为主,刘宋当代之事极少。③而《颜氏家训》中所载的颜之推在萧梁与北齐之时的见闻比比皆是,私人色彩浓重。

以个人见闻书诸子书的做法,最早可以追溯到曹丕《典论》,其中《奸谗》与《内诫》等篇,以曹丕所历袁绍与刘表败亡之事为主要例证。不过,颜之推直接受到的很可能是萧绎《金楼子》的影响④。根据《北齐书·文苑传》的颜之推本传,其父颜勰曾任湘东王镇西府咨议参军,颜之推十二岁时,"值绎自讲《庄》、《老》,便预门徒"⑤。《颜氏家训》中多次提及梁元帝⑥,《勉学》篇记载的"江南有一权贵,读误本《蜀都赋》注,解'蹲鸱,芋也'乃为'羊'字",⑦即《金楼子·杂记》所谓"(王)翼即是于孝武座呼羊肉为蹲鸱者"⑧。而关于《金楼子》是一部私人化子书的特征,学术界已有较为充分的认识,田晓菲《诸子的黄昏:中国中古时代的子书》一文指出:"《金楼子》是一部非常私人化的著作,这种印象因为萧绎在书中屡屡谈到很多有关个人生活的细节而得

---

① 范子烨在《魏晋风度的传神写照——〈世说新语〉研究》一书第一章《〈世说新语〉原名与体例考论》中指出,《世说新语》的体例渊源有:刘向《说苑》、应劭《风俗通义》的《愆礼》《过誉》《十反》就事论人的部分,以及东晋的志怪小说。西安:世界图书出版西安有限公司,2014年,第33—35页。
② 详见《颜氏家训集解(增补本)》卷四,第308、321、330、357—358页。
③ 日本学者川胜义雄在《〈世说新语〉的编纂——元嘉之治的一个侧面》一文提出,《世说新语》中可以看到五例《宋书》中立传的人物,但除了《言语》载谢灵运事以外,其他宋人并非故事的主要人物,仅为配角。文载氏著《六朝贵族制研究》,李济沧、徐谷芃译,上海:上海古籍出版社,2018年,第241—243页。范子烨指出,《世说新语》不载生人之事,书中由晋入宋之士共有谢灵运等八人,见上揭书第二章《〈世说新语〉成书考》,第97—99页。
④ 日本学者兴膳宏在《梁元帝萧绎的生涯和〈金楼子〉》一文末提及《金楼子》与《颜氏家训》之间的关系,如《金楼子》有《终制》篇、《教子》篇,《颜氏家训》也有相似的篇目。文载戴燕选译《异域之眼——兴膳宏中国古典论集》,上海:复旦大学出版社,2006年,第166—167页。
⑤ 《北齐书》卷四十五,第617页。
⑥ 《风操》记载孝元帝少时每逢生日常设斋讲,而生母去世后亦绝,见《颜氏家训集解(增补本)》卷二,第139页;《慕贤》记载孝元帝在荆州时,有一善属文、工草隶的书记名叫丁觇,见《颜氏家训集解(增补本)》卷二,第160—161页;《勉学》记载"元帝在江、荆间,复所爱习,召置学生,亲为教授,废寝忘食"事,见《颜氏家训集解(增补本)》卷三,第226页;《文章》记载元帝编纂《西府新文》不录之推父颜协之文事,见《颜氏家训集解(增补本)》卷四,第326页。
⑦ 《颜氏家训集解(增补本)》卷三,第250页。
⑧ 许逸民《金楼子校笺》卷六,北京:中华书局,2011年,第1266页。

到印证和加强。在这一方面,他很有可能是受到曹丕《典论》的影响,曹丕在《典论》中提供了很多生动的个人生活细节。"①在此基础上,田晓菲进一步讨论了《金楼子》一书著述方式的改变:《金楼子》"充斥着萧绎从前代文本中,包括从他自己的作品中,摘取下来的文字,种种趣闻轶事,'志怪'叙述,名言警句和俗语谚语",萧绎所承担的是收藏家、裁判和编辑的角色,从他手中诞生的《金楼子》,"不再是传统意义上的子书,而是一种在后代日益盛行的全新形式:笔记"。②

笔记是一种叙议兼备的著述形式,而其起源或可追溯至子书。《四库全书总目》子部杂家类序将此类著作分为六个子类,《金楼子》与《颜氏家训》虽然被归入"立说者谓之杂学",但从著述方式与文体上,则更接近"议论而叙述者"的"杂说":"杂说之源,出于《论衡》,其说或抒己意,或订俗讹,或述近闻,或综古义。后人沿波,笔记作焉。大抵随意录载,不限卷帙之多寡,不分次第之先后,兴之所至,即可成编。故自宋以来,作者至夥,今总汇之为一类。"③"抒己意""订俗讹""述近闻"和"综古义"四者作为"杂说"的特征,是《论衡》《风俗通义》,以至于《金楼子》《颜氏家训》等汉魏六朝子书与后世笔记所共同具备的,尽管四库馆臣未将《颜氏家训》置于"杂说"一类,但实际上已经注意到汉魏六朝子书在记录逸闻、考辨古事等方面表现出的私人写作倾向和知识趣味。

如果不考虑亡佚的部分可能存在萧绎私人化写作的内容,从现存的辑本《金楼子》的整体情况看,"抒己意"与"述近闻"数量上不占据优势地位,远不及成书较晚的《颜氏家训》。《金楼子》"综古义"的色彩非常浓重,甚至更为接近"类辑旧文,途兼众轨"的"杂纂"④。但从辑本《金楼子》和《颜氏家训》的内容来看,笔记的因素已经渗入子书的外壳,至少部分改变了两书的著述形态。四库馆臣的分类、溯源与定义,实际上已经注意到了本应"立一家之言"的子书,在汉魏六朝出现了记载逸事、考订旧闻等新的因素,代表了子书作者私人写作的倾向与对知识的兴趣。而与其他"博明万事"的子书相比,

---

① 田晓菲《诸子的黄昏:中国中古时代的子书》,《中国文化》第 27 期,第 71 页。此外,陈志平《魏晋南北朝诸子学研究》第五章《〈金楼子〉研究》第三节《〈金楼子〉与"私人化"写作》则进一步从"个人形象的凸显""谈学论道之书"和"'自比诸葛亮、桓温'的野心"这三个方面,得出《金楼子》以子书的形式为自己的政治野心张目,其实乃是作者萧绎矛盾焦虑心境的无意流露,故而《金楼子》是焦虑的产物,是私人化的写作"这一结论。武汉:武汉大学出版社,2017 年,第 273—293 页。
② 详见田晓菲《诸子的黄昏:中国中古时代的子书》,《中国文化》第 27 期,第 72—73 页。
③ 〔清〕永瑢等《四库全书总目》卷一一七、一二二,北京:中华书局,1965 年,第 1006、1057 页。
④ 《四库全书总目》卷一一七,第 1006 页。"采摭众说以成编者,以其源不一,故悉列之杂家。《吕览》《淮南子》《韩诗外传》《说苑》《新序》,亦皆缀合群言,然不得其所出矣,故不入此类焉。"《四库全书总目》卷一二三,第 1063 页。

《颜氏家训》的主题缩小到家庭教育的范围,《颜氏家训》与专门研究文学的《文心雕龙》一样,由综合性的、包罗万有的子书,走向了"专门化"①,但《教子》《兄弟》《后娶》《治家》《风操》等最富有"家训"特色的内容之外,《勉学》《文章》《书证》《音辞》等篇多涉文史小学知识,《名实》《涉务》《省事》《止足》《诫兵》言及仕宦与政治。从这个角度看,《颜氏家训》的"专门化"也只是相对而言的。在诸多个人与家族经验之外,《勉学》《文章》《书证》《音辞》等篇体现的知识考据与学术研究的趣味,则应当放置于汉魏六朝子书的特点之中加以考量。

二、汉魏六朝子书的考辨传统与知识趣味

《颜氏家训》所包括的笔记因素并非仅有"抒己意"与"述近闻"等私人写作的特点,"订俗讹"这一考据辩证的因素亦非常重要。《四库全书总目》子部杂家类以汉末应劭《风俗通义》为"杂说"这一子类之首,并指出"杂说之源,出于《论衡》……后人沿波,笔记作焉"。在议论兼叙述,尤其是辨订俗讹这一方面,《颜氏家训》颇有远绍《论衡》《风俗通义》二书之处。如《勉学》中,颜之推批评"闭门读书,师心自用"之时,列举了《汉书·王莽传赞》的例子:

> 《汉书·王莽赞》云:"紫色蛙声,余分闰位。"谓以伪乱真耳。昔吾尝共人谈书,言及王莽形状,有一俊士,自许史学,名价甚高,乃云:"王莽非直鸱目虎吻,亦紫色蛙声。"②

此例亦见于《书证》,"盖谓非玄黄之色,不中律吕之音也"③,解释了"紫色蛙声"何以"伪乱真"。某俊士将王莽居于不正统的比喻误解为对其外貌的描绘,殊为可笑,颜之推入《家训》,正是希望子孙避免类似的尴尬。若就事论事的话,颜氏此例亦可视作对"紫色蛙声"的辩证,这与《论衡·书虚》篇所着力辩证的"齐桓公负妇人而朝诸侯"事,王充认为,此为"桓公朝诸侯

---

① 刘宁在《汉语思想的文体形式》一书中提出了南北朝时期子学论著的"专门化"趋势,上海:华东师范大学出版社,2012年,第39页。
② 《颜氏家训集解(增补本)》卷三,第250页。
③ 《颜氏家训集解(增补本)》卷六,第536页。

之时,或南面坐,妇人立于后也。世俗传云,则曰负妇人于背矣。此则夔一足、宋丁公凿井得一人之语也"①。"夔一足"和"宋丁公凿井得一人"两事,皆出自《吕氏春秋·慎行论·察传》,夔为舜之乐正,得一而足,非其仅有一足;而丁氏穿井得一人,乃"得一人之使,非得一人于井中也"②。应劭在《风俗通义·正失》中则引录《吕氏春秋》对两事的辩证,以领起以下诸多对汉代传言之失的辩证。

王充针对的是"世信虚妄之书,以为载于竹帛上者,皆贤圣所传,无不然之事"③之风,应劭则描绘了"昔仲尼没而微言阙,七十子丧而大义乖。……并以诸子百家之言,纷然殽乱,莫知所从"④的背景,初唐史学家刘知幾在《史通·自叙》中追溯己作汉魏子书方面的学术渊源时,亦提及扬雄《法言》和二书辩证之功:"由是百家诸子,诡说异辞,务为小辨,破彼大道,故扬雄《法言》生焉。儒者之书,博而寡要,得其糟粕,失其菁华。而流俗鄙夫,贵远贱近,传兹牴牾,自相欺惑,故王充《论衡》生焉。民者,冥也……或讹音鄙句,莫究本源,或守株胶柱,动多拘忌,故应劭《风俗通》生焉。"⑤颜之推在《勉学》《文章》《书证》诸篇涉及具体知识考据的内容,莫不继承了汉魏子书考辨的传统,绝非以罗列知识为主,如《四库全书总目》归入杂家"杂考"类的《白虎通义》《独断》与《古今注》等汉晋著作。

相对于《论衡》《风俗通义》着重辩证诸子传说与汉代当时的流言,《颜氏家训》所着重追求的,无疑偏重于文章言谈中运用典故的得体与准确,《文章》有多个事例涉及:

> 北面事亲,别舅摘《渭阳》之咏;堂上养老,送兄赋《桓山》之悲,皆大失也。
>
> 陈思王《武帝诔》,遂深永蛰之思;潘岳《悼亡赋》乃怆手泽之遗:是方父于虫、匹妇于考也。⑥

后者出自《文心雕龙·指瑕》篇:"陈思之文,群才之俊也;而武帝诔云,尊灵永蛰;明帝颂云,圣体浮轻。浮轻有似于胡蝶,永蛰颇疑于昆虫,施之尊极,岂其当乎?……潘岳为才,善于哀文,然悲内兄,则云感口泽;伤弱子,则云心如

---

① 黄晖《论衡校释》卷四,北京:中华书局,1990年,第195页。
② 许维遹《吕氏春秋集释》卷二十一,北京:中华书局,2009年,第618—619页。
③ 《论衡校释》卷四,第167页。
④ 《风俗通义序》,〔汉〕应劭撰,王利器校注《风俗通义校注》,北京:中华书局,2010年,第1页。
⑤ 〔唐〕刘知幾著,〔清〕浦起龙通释《史通通释》卷十,上海:上海古籍出版社,2009年,第270页。
⑥ 《颜氏家训集解(增补本)》卷四,第332、340页。

疑。礼文在尊极,而施之下流,辞虽足哀,义斯替矣。"①对"永蛰"与"浮轻"的批评,亦见于《金楼子·立言》②,三者一脉相承,皆以为"永蛰"之词施之于君父乃为不敬;《礼记·玉藻》云:"父没而不能读父之书,手泽存焉尔。母没而杯、圈不能饮焉,口泽之气存焉尔。"③"手泽""口泽"之辞因接触父母遗物之气息而产生的悲伤,潘岳用以形容妻子与内兄,亦属不恭。

刘勰与颜之推所强调的是,词语和典故的使用要充分考虑原始含义或语境,否则作文便会出现不得体之处。类似地,《渭阳》和《桓山》的原始语境则是失去父母,若双亲在堂,以此送舅别兄,则与原意大为抵牾。提醒后人在一个讲究礼法的社会中,社交时的言谈和文章需要准确而得体的表达,实乃《颜氏家训》的应有之义,从这一意义上来看,知识的趣味与家训训诫子孙的著述目的是可以合而为一的,况且对学问本身的追求,亦符合颜之推在《勉学》中不断流露出的对子孙的殷切期待。

此外,颜氏列举了诸如潘尼《赠卢景宣诗》"九五思飞龙",孙楚《王骠骑诔》"奄忽登遐"等将出自《周易》《礼记》的形容天子的语词施之于人臣的例子,并以之为"朝廷之罪人"④,其关注点在于合于身份,避免用典不当带来的僭越。在不涉及礼法与人际关系的情况下,颜之推亦不乏单纯地追求典故使用的准确性,如《文章》所举的以下事例:

《异物志》云:"拥剑状如蟹,但一螯偏大尔。"何逊诗云:"跃鱼如拥剑。"是不分鱼蟹也。

《汉书》:"御史府中列柏树,常有野鸟数千,栖宿其上,晨去暮来,号朝夕鸟。"而文士往往误作乌鸢用之。

《抱朴子》说项曼都诈称得仙,自云"仙人以流霞一杯与我饮之,辄不饥渴。"而简文诗云:"霞流抱朴碗。"亦犹郭象以惠施之辨为庄周言也。

《后汉书》:"囚司徒崔烈以银铛锒。"银铛,大锁也。世间多误作金银字。武烈太子亦是数千卷学士,尝作诗云:"银锁三公脚,刀撞仆射头。"为俗所误。⑤

---

① 〔南朝梁〕刘勰著,范文澜注《文心雕龙注》卷九,北京:人民文学出版社,1958年,第637页。
② 见《金楼子校笺》卷四,第892页。
③ 〔清〕孙希旦《礼记集解》卷三十,北京:中华书局,1989年,第830页。
④ 《颜氏家训集解(增补本)》卷四,第340页。
⑤ 《颜氏家训集解(增补本)》卷四,第348页。

上述四例中，前两者为名物之误，其三实为引述之误，最后一例乃用字之误。类似的批评亦见于《文心雕龙·事类》对用典谬误的批评：

> 陈思，群才之英也。报孔璋书云：葛天氏之乐，千人唱，万人和，听者因以蔑韶夏矣。此引事之实谬也。按葛天之歌，唱和三人而已。相如上林云：奏陶唐之舞，听葛天之歌，千人唱，万人和。唱和千万人，乃相如接人，然而滥侈葛天，推三成万者，信赋妄书，致斯谬也。陆机园葵诗云：庇足同一智，生理合异端。夫葵能卫足，事讥鲍庄；葛藟庇根，辞自乐豫。若譬葛为葵，则引事为谬；若谓庇胜卫，则改事失真：斯又不精之患也。①

司马相如《上林赋》所谓"推三成万"的夸饰，为曹植《报孔璋书》所继承；陆机"庇足同一智"实际上把《左传·成公十七年》的"葵犹能卫其足"与《文公七年》的"葛藟犹能庇其本根"②两个典故混而为一，若以葛藟的典故描写园葵，则亦属"引事之谬"，而将"卫其足"改为"庇"，亦有失真之嫌。无论刘勰还是颜之推，都是追求用事与原始文本的语境相合，下字精确，避免以主观臆断，随意篡改文字。

这种征实的思维方式，不仅体现在批评用事之误方面，颜之推亦提出"文章地理，必须惬当"③，并列举简文帝《雁门太守行》和萧子晖《陇头水》为例，前者中出现的康居、大宛和月氏等地在西域，与地处并州的雁门相距甚远。后者则有在北之黄龙与西南之白马两地，又与西北之陇头无关。文学批评的征实思维，可以追溯到左思《三都赋序》对《上林赋》"卢橘夏熟"和《甘泉赋》"玉树青葱"④的批评，刘勰《文心雕龙·夸饰》亦继承了左思之说。但颜氏所批评的现象，在唐代边塞诗中并不鲜见⑤，不仅是地理问题，批评家时常以近于史家的征实思维，否定文学世界中的浪漫想象，《颜氏家训》"文章地理，必须惬当"的要求，可以作为宋人批评诗歌不合史实之先声，如：

> 杜牧华清宫诗云："长安回望绣成堆，山顶千门次第开。一骑红尘

---

① 《文心雕龙注》卷八，第616页。
② 杨伯峻编著《春秋左传注》，北京：中华书局，2009年，第899、557页。
③ 《颜氏家训集解(增补本)》卷四，第354页。
④ 〔南朝梁〕萧统编，〔唐〕李善注《文选》卷四，上海：上海古籍出版社，1986年，第173页。
⑤ 程千帆《论唐人边塞诗中地名的方位、距离及其类似问题》一文分析立论唐代边塞诗中不顾地理实际，作品中出现的地名方位不同或距离过远的现象及其原因，文载《古诗考索》，北京：商务印书馆，2014年，第167—192页。

妃子笑,无人知是荔枝来。"尤脍炙人口。据唐纪,明皇以十月幸骊山,至春即还宫,是未尝六月在骊山也。然荔枝盛暑方熟,词意虽美,而失事实。《遁斋闲览》①

无论荔枝还是骊山,作为玄宗和杨妃故事的重要符号,在诗歌之中构成了一个与历史本身完全不同的空间,一味以符合事实的眼光看待,杜牧的《华清宫》乃至白居易《长恨歌》则无法成篇。② 同理,将《论衡》《风俗通义》所批判的流俗传闻一概抹杀,恐怕也失去了很多精彩的奇闻异事。

值得注意的是,《颜氏家训》所关注的知识考辨,未必限于用典得体与精准等非常实用的领域,作者颜之推的个人见闻与经历亦成为讨论具体问题的背景,如《勉学》篇载录的若干事例:颜之推随齐主幸并州,对上艾县的"猎闾村"和"亢仇城"两个地名的考证;在赵州对徐整碑文"洎流东指"中"洎"字的讨论;之推子愍楚的连襟得一青鸟,俗谓之为鹖,而之推亲身所见鹖为黄黑色,并以《说文》"鸐雀似鹖而青"纠正了俗说③。《颜氏家训》考辨订正的内容,亦能代表南朝追求知识的学风④,上承汉魏子书的考据传统,下开宋人笔记与诗话的考据风气,与记述士人逸闻与社会风气的内容一道,都代表了后世笔记的因素在子书的外壳之中悄然滋长。

三、《颜氏家训》的文体选择与子书的衰变

在《颜氏家训》二十篇中,第二篇《教子》及以下的《兄弟》《后娶》《治家》《风操》等五篇,以家庭生活、家族关系、社会风俗与人际交往规则和礼节为主题,亦从士人的个人的道德与知识素养,延伸到处理各种社会政治关系,最能体现"家训"之作最基本的特点,故而我们以此为例,来分析《颜氏家训》的

---

① 〔宋〕魏庆之《诗人玉屑》卷七,北京:中华书局,2007年,第219页。
② 陈寅恪在《〈长恨歌〉笺证》辨正了"七月七日长生殿"的两处谬误,其一是玄宗与贵妃临幸骊山的时间,其二是长生殿作为祀神斋宫的功能。文载氏撰《元白诗笺证稿》,北京:生活·读书·新知三联书店,2009年,第41—43页。黄永年《〈长恨歌〉新解》一文则指出七夕节之日誓约,难以用其他节日代替,骊山又象征着玄宗时代的淫乐,白居易未能免俗而违背史实。文载《黄永年文史论文集》第三册《文献钩沉》,北京:中华书局,2015年,第299—304页。
③ 见《颜氏家训集解(增补本)》卷三,第272、275、280页。
④ 胡宝国《知识至上的南朝学风》从聚书风气,儒、玄、文、史中的知识崇拜和"名士"到"学士"的称谓变化,以描述历史事实的方式,论证晋宋之际以降学术风气的变化。文载氏著《将无同——中古史研究论文集》,北京:中华书局,2020年,第163—200页。

文体特点。

《教子》《兄弟》《治家》与《风操》诸篇先述义理，其后以逸事佐证，又以颜氏见闻为主，历史故事较少，唯《后娶》一篇以吉甫、曾参和王骏后娶与否的旧事，代替纯粹的义理阐发作为开篇，指出"后妻间之，伯奇遂放……假继惨虐孤遗，离间骨肉，伤心断肠者，何可胜数"①之后，颜氏比较了"江左不讳庶孽"和"河北鄙于侧出"的南北风俗差异②，并且详细描述了因后娶产生的家庭纠纷，以此表明自己慎于后娶的态度。复次，颜氏指出"后夫多宠前夫之孤，后妻必虐前妻之子"的根源及其后果③；最后，记其姻亲殷外臣后娶事，并录《后汉书》记载的孝子薛包之事④，完结全篇。

从整体来看，《后娶》似乎是首先提出后妻往往虐孤，因此慎于后娶的论点，再以"河北鄙于侧出"的风俗之害，殷外臣与薛包等今古逸事作为例证，中间插入关于后夫和后妻对待继子不同态度的议论。不过细察之下，我们可以发现，《后娶》并非一篇有着严密论证过程的论体文，若干记事亦并非仅仅围绕开篇所提出的观点，如与"后妻必虐前妻之子"相对的是"后夫多宠前夫之孤"，颜氏不仅指出原因在于"前夫之孤，不敢与我子争家，提携鞠养，积习生爱"，同时也指出了"异姓宠则父母被怨"的后果，由此指出了以父权为中心的家庭必然以父系血缘为主来荫庇子女，颜氏提及此种社会现象，似荡开一笔，而对于严谨的论体文来讲，则稍嫌枝蔓；殷外臣后妻不忍继子"每拜见后母，感慕呜咽，不能自持"而主动求去之事，亦不涉及虐孤之惨痛；后汉薛包之事，则以孝子而非后妻为主角，其文后一半篇幅则述及包与弟子分家之事，更与后娶之题旨无关。由此可见，若我们不把《后娶》看作一篇拙劣的论体文的话，颜之推实际上杂糅了社会风俗与古今逸事，在一个相对明确的范围内，羼入相关而又没有特别密切联系的记事或议论。

类似地，《治家》亦采取了这种松散而不失灵活的写作方式，颜之推在开篇点出"风化"具有"自上而行于下"和"自先而施于后"的特性；其次，谈及治家宽猛："笞怒废于家，则竖子之过立见；刑罚不中，则民无所措手足。治家之宽猛，亦犹国焉。"⑤之后，则论及治家"可俭而不可吝已"的经济调度与衣食等物质生活问题，文不具引。这些偏于事理的议论，其间并无任何承接或转折的逻辑关系，此后虽以事例证之，亦不时夹杂议论：

---

① 《颜氏家训集解（增补本）》卷一，第37—38页。
② 《颜氏家训集解（增补本）》卷一，第41页。
③ 《颜氏家训集解（增补本）》卷一，第45页。
④ 《颜氏家训集解（增补本）》卷一，第46—47页。
⑤ 《颜氏家训集解（增补本）》卷一，第49—50页。

梁孝元世,有中书舍人,治家失度,而过严刻,妻妾遂共货刺客,伺醉而杀之。

　　世间名士,但务宽仁;至于饮食饷馈,僮仆减损,施惠然诺,妻子节量,狎侮宾客,侵耗乡党:此亦为家之巨蠹矣。

　　齐吏部侍郎房文烈,未尝嗔怒,经霖雨绝粮,遣婢籴米,因而逃窜,三四许日,方复擒之。房徐曰:"举家无食,汝何处来?"竟无捶挞。……①

　　无疑,某中书舍人事与房文烈事佐证了治家过严与过宽之弊,正对应开篇"治家之宽猛"的议论,"世间名士,但务宽仁"的一段叙述在房文烈事之前,又强调了治家失于宽仁之害。房文烈事之后,颜之推记述了裴子野为周济亲族而俭省之事,与邺下某领军和南阳某人极端吝啬以说明治家"可俭不可吝"之则。之后便另外引起四个女性与婚姻为主的话题,四者与开篇所论并无直接关联:颜氏首先提及"妇主中馈,惟事酒食衣服之礼耳"②,并描述了南北妇女社会活动方面的风俗差异;继而述及"女之为累",批评"世人多不举女,贼行骨肉"③的做法;此后则是批评"妇人之性,率宠子婿而虐儿妇";最后,则是反对"近世嫁娶,遂有卖女纳财,买妇输绢"④的不良风气。颜氏着意妇职、杀婴等话题,针对的是当世不良的社会风气,以及这种风气对家庭生活的影响,如嫁女娶妇之时"比量父祖,计较锱铢,责多还少,市井无异。或猥婿在门,或傲妇擅室,贪荣求利,反招羞耻"⑤。这些话题虽有共性,然而其间并无清晰的逻辑关系,难以视作一个问题的若干层面。但我们也可以看出,尽管缺乏条理性或者系统性,但批评社会风俗、确立子孙修身齐家规范的现实目的,在这种松散甚至随意的行文中业已达到。

　　可见,颜之推的著述目的极为实用,他并未在《治家》开篇纯述义理的部分确立某一个明确的中心话题或者集中的论点,下文记述的逸事中,虽有对应者却不尽然,这就为灵活地表达预留了相当的空间。既不纠缠义理层面的问题,也非采用大量引证历史典故作为经典例证,虽有相当的说服力然而脱离了所处时代的问题。相反,他只是以现成的儒家教诲置于篇首,为后文描述当时的风俗和礼仪规范寻找一个理论依据而已,成熟而严谨的论证不一定是有意与必要的,反而限制了自由灵活地表达。从这个角度看,《颜氏家训》

---

① 《颜氏家训集解(增补本)》卷一,第53—54页。
② 《颜氏家训集解(增补本)》卷一,第57页。
③ 《颜氏家训集解(增补本)》卷一,第62页。
④ 《颜氏家训集解(增补本)》卷一,第64页。
⑤ 《颜氏家训集解(增补本)》卷一,第64页。

没有继承汉魏子书以论体文为主而连缀成书的写作方式①,每篇的主题确定了一个大致的范围,表面上与以论体文为主的子书相似,这个主题亦是某个概念、品质或者社会政治生活的一部分,然而实际上可以统摄更多的相关话题,且话题之间并列而存,不需要非常严格的逻辑层次。毕竟《家训》有着非常实用的写作目的,缺乏纯粹理论研究的兴趣,无论是直接述说训诫与规范本身,还是以亲身见闻的逸事作为证明。

从《后娶》与《治家》等篇的情况来看,颜之推改变了汉魏子书以论体文为单篇而连缀成书的文体选择,而这种改变则是与《家训》所要表达的内容高度适应的,纷繁复杂的家庭生活及人际交往固然可以按照主题划分为不同的类别,然而很难为每个类别找出某一个观点明确的准则,各种具体的风俗与规范都能为之笼罩。何况在《家训》中,颜氏带有个人抒怀色彩的训诫随时而发,也不免与逻辑层次清晰的论体文发生冲突;《教子》篇末记录北齐士大夫教子鲜卑语和琵琶以事公卿、《治家》篇末述"借人典籍,皆须爱护"与禁绝巫觋祷请②,亦与所在篇目前文的话题相差甚大。如果不是编撰之时的权宜之计,便是颜氏在谋篇布局之时本就不将每篇视作首尾连贯的论体文,连缀训诫、规范、逸事等诸多小节成文,才是接近真实情况的写作过程。值得注意的是,颜之推在《风操》的开篇,透露出了己作著述所效法的典范:

  吾观《礼》经,圣人之教:箕帚匕箸,咳唾唯诺,执烛沃盥,皆有节文,亦为至矣。但既残缺,非复全书;其有所不载,及世事变改者,学达君子,自为节度,相承行之,故世号士大夫风操。③

由于《礼记》等经典的亡佚("非复全书")与遗漏("有所不载"),以及近代形成的新规则("世事变改"),士人需要自己酌情施行。正是基于这种考虑,颜之推作《风操》以至于《家训》,纵观《风操》全文,避讳、名字、称谓、丧事等话题占据主导地位,也正反映了六朝崇尚礼法的社会风气。所谓"箕帚匕箸,咳唾唯诺",则见于《礼记·曲礼》与《内则》诸篇,《曲礼》《内则》在叙述

---

① 刘宁在《汉语思想的文体形式》一书中指出:"秦汉以后,直到魏晋时期,子学论著的写作,吸引了士人浓厚的兴趣,而专题论文也逐渐成为子书写作的主要形式。"第35—36页。
② 《颜氏家训集解(增补本)》卷一,第25、66、68页。
③ 《颜氏家训集解(增补本)》卷二,第70页。

礼仪规范方面①，与《家训》在文体形式方面相通的是，两者皆非"论"体，而是"记"。若从思想内容与表达方式的关系来解释，根本原因在于礼仪规范与概念辨析和理论阐发不同，相对而言，礼仪规范来自约定俗成和人伦道德，无论是针对普罗大众还是族中子弟，皆具有一定的权威性，这种权威性不适合用论证的方式来进行讨论。对于接受者而言，规范与约定俗成之事只需要遵守，在实践中体会"礼"的精神。正如今天的种种学校纪律、行业规范和法律条文，绝对不会选择专题论文的体式表达。当然，历代亦不乏"礼"与"法"的操作细节与合理性的讨论，以专题论文的方式表达，但这些专论与呈现规则本身还是有所区别的。

从另一方面来看，颜之推叙述生平见闻以弥补子孙生于战乱之时无法受到南朝礼法社会熏染的遗憾②，这一点与《礼记》只述规范本身而不涉及具体事例完全不同。毕竟，颜氏"复为此者"的目的，在于以近代逸事和风气佐证自己总结的规范，使门内子孙"信其所亲"，亦弥补了《礼记》本身与近代社会生活变化而造成的缺失。这些内容与礼仪规则本身，皆属于"记"的范畴，在家庭生活与人际交往的规范方面，《颜氏家训》无疑具有从六朝士大夫社会生活的现实出发来补充《礼记》的意义。

总体而言，无论是训诫子孙的社会规范、切近现实的当代士人逸闻，还是考辨知识与典故，《颜氏家训》的私人写作之中蕴含了对知识的兴趣，而追求知识又是他重要的生存经验，以此写入训诫子孙的家训之作。相较于论点集中、结构严谨的专题论文，"记"体或"笔记"体是一种更为灵活的表达方式，高度适应了《颜氏家训》诸多内容的表达需求。这些内容则相应地促进了新的著述形式的诞生，与此同时，子书自身的变异甚至衰落，则是中古学术史的又一大问题，现有的研究却仅仅把目光聚焦于《金楼子》③。近代学者刘咸炘认为"诸子既衰，而子书变为杂记，其所以变者，记载淆之也"④，将子书衰变

---

① 王锷在《〈礼记〉成书考》中提及，《礼记》四十九篇，"有些篇目内容相对集中，侧重于某一方面，如《月令》《奔丧》《冠义》等；有些杂乱无次序，每节各有独立内容，互不相关，如《曲礼》《檀弓》《杂记》等"。"《曲礼》记载的内容虽然杂乱无章，但兼容吉、凶、兵、军、嘉五礼，涉及到先秦礼制的各个方面，因此，《礼记》的编纂者将其置于全书之首，可能有总括全书之意。"北京：中华书局，2007年，第2、104页。
② 《风操》篇称"昔在江南，目能视而见之，耳能听而闻之；蓬生麻中，不劳翰墨。汝曹生于戎马之间，视听之所不晓，故聊记录以传示子孙"，《颜氏家训集解（增补本）》卷一，第70页。
③ 陈宏怡在《六朝子学之变质——以〈金楼子〉为探讨主轴》一书第二章《传统子学之定位及其演进历程》第三节《六朝诸子——转型与变质》中总结了六朝"子书自觉"（以自我为中心的议题）、"历史事件、人物之记载与评论"、"学术研究"与"个人兴趣"等关注议题的改变，以及子书形式近似文集与类书的变化。并以《金楼子》作为较为完整的六朝子书，涵盖辑佚所得的、其他六朝子书所反映的众多新的特质。新北：花木兰出版社，2012年，第52—82页。
④ 黄曙辉编校《刘咸炘学术论集·子学编》，桂林：广西师范大学出版社，2007年，第457页。

的原因归结为记事因素的混杂,并指出"至于梁元《金楼》,遂成类书矣"①。田晓菲也认为《金楼子》"正式宣告了诸子的黄昏",同时论述了自编文集与诗文写作成为可以代替子书的自我表达方式。实际上完整流传至今的《颜氏家训》,可以为我们考察中古子书的新变提供更多的因素及例证:《颜氏家训》中私人写作与知识考据相关内容的大量加入,在很大程度上解构了子书"入道见志之书"(《文心雕龙·诸子》)②的性质,原本面对天道人世、"立一家言"的子书,到了颜之推手中,竟然充满了现实生活的趣味与无奈,书本知识的博雅与烦琐。子书甚至变成了一种完全转向自我的著述方式,在这种情况下,笔记包括文集的取而代之变得顺理成章,而《颜氏家训》恰恰处于转折点之上,犹如一枚硬币的两面:正面是汉魏六朝子书的传统,反面则是后世笔记乃至类书与文集的兴盛。

相较于先秦西汉诸子关注社会政治与道德自省,私人写作和知识趣味无疑是汉魏六朝子书出现的新的因素,而《颜氏家训》因其训诫子孙的撰述宗旨,这两方面的内容特为显著,在某种程度上更接近后世笔记这一著述形式。一方面,个人经验与家族传统这些私人写作作为"家训"的应有之义,更适合较为松散而灵活的"笔记"体,而非汉魏以降子书多采用的专题论文体,知识考辨的内容亦是如此;另一方面,颜之推所重视的诗文典故的精准,往往体现了士族在礼法社会中所需要掌握的知识,亦是他教诲子孙立身处世的一部分。由此可见,《颜氏家训》在吸纳汉魏六朝子书传统的同时,又在著述旨趣和文体选择方面,走上了一条截然不同的道路;此后子书这种著述形式鲜有后继之作,似乎也可以从《颜氏家训》中找到一种合理的解释。

---

① 《刘咸炘学术论集·子学编》,第458页。
② 《文心雕龙注》卷四,第307页。

中编

子书与文集兴替的历史进程

第四章 "秦汉诸子即后世之文集"说平议

——兼论西汉文章存录方式的演变

一、"秦汉诸子即后世之文集"说的学理依据

"秦汉诸子即后世之文集"是余嘉锡在《古书通例》卷二《明体例》中提出的论断。表面上看,"秦汉诸子即后世之文集"说与既有的目录学与文学观念背离,毕竟诸子与文集在中国传统目录学的四部分类法中,长期居于"子"与"集"两大不同的部类;文集编纂的行为及观念不早于两汉之交。① 若经由此命题来理解作为"前文集"时代的西汉诸子与文章之间的关系②,以及诸子与文集兴替的学术史历程,首先应当梳理此说的学理依据和与之有关的其他表述:

其一,古书的题名方式。在《古书通例》卷一《案著录》中,余嘉锡指出《史记》《汉书》记载韩非、邹衍、董仲舒等人的著述,仅列举篇目而无书名的现象,或如老子、慎到、荀卿、贾谊、公孙贺、严君平等,只言著书若干篇若干言而不云所著何书,说明古人著书不自名,后学"以人名书"的现象。③ 在此背景下,"《汉志》诸子诗赋二略,题某人或某官某者,居十之九。古人之学,专门名家,所作杂文,皆在诸子,独于诗赋,别为一略。及至东京专家之学衰,而后别集兴,又追为西汉以前人编集。《隋志》自楚兰陵令《荀况集》以下,凡四百三十七部,皆题某官某人,与《汉志》诸子诗赋之例同……汉、魏以后,学者著书,无不自撰美名者,独至文章,多由后人编定。……古之诸子,即后世之文集也。出于门弟子所编,其中不皆手著,则题为某子。出于后人所编,非其门弟子,则书其姓名……东汉以后人著书,皆手自编定,其称某子,乃其人自

---

① 详见吴光兴《以"集"名书与汉晋时期文集体制之建构》(《文学遗产》2016年第1期)一文。吴文梳理了班固之后的汉魏时代文学作品编集的情况,并指出以"集"名书、"文集"的观念,始于魏晋之际的校书编目活动;到了齐梁时代,"文集"成为图书部类的名称。
② 本书使用"文章"这一概念,一般指不包括诗赋的各体文章。
③ 余嘉锡《目录学发微 古书通例》,北京:中华书局,2009年,第213—214页。

子之耳"①。由《隋书·经籍志》的著录可知,文集本无书名,与诸子"以人名书"有着一致的命名方式。

其二,古书的编纂方式。在《古书通例》卷三《论编次》中,余嘉锡指出诸子与文集成书方式相似:"既是因事为文,则其书不作于一时,其先后亦都无次第。随时所作,即以行世。……其编次也,或出于手定,或出于门弟子及其子孙……后世之文集亦多如此。"②

其三,诸子与文集的源流关系。章学诚《文史通义·诗教上》提出"至战国而后世之文体备"一说,拓展了刘勰《文心雕龙·宗经》"文源五经"的体系建构,并以《文选》诸体为例:"京都诸赋,苏、张纵横六国,侈陈形势之遗也。《上林》《羽猎》,安陵之从田,龙阳之同钓也。《客难》《解嘲》,屈原之《渔父》《卜居》,庄周之惠施问难也。韩非《储说》,比事征偶,《连珠》之所肇也。而或以为始于傅毅之徒,非其质矣。孟子问齐王之大欲,历举轻暖肥甘,声音采色,《七林》之所启也;而或以为创之枚乘,忘其祖矣。邹阳辨谤于梁王,江淹陈辞于建平,苏秦之自解忠信而获罪也。《过秦》《王命》《六代》《辨亡》诸论,抑扬往复,诗人讽谕之旨,孟、荀所以称述先王,儆时君也。"③章氏此说,从《战国策》《庄子》《韩非子》等战国子史典籍中,为汉赋、骚、设论、连珠、七、书、论等"后世之文",寻找形式与内容上的渊源。而余嘉锡则更进一步,"取子书中诸文体,略依《文选》分类序次",涉及赋、诗、诏(策)、令、教、上书(疏)、书、设论、序、颂、论、箴、铭、对等十四体④,以此证明了"秦汉诸子"中已经包含与"后世文集"体制相同之作。

在章学诚之外,余嘉锡还参考刘师培《论文杂记》有关诸子和文集的相关论述,刘氏指出:"西汉之时,总集、专集之名未立……观班《志》之叙艺文也,仅序诗赋为五种,而未及杂文;诚以古人不立文名,偶有撰述,皆出入《六经》、诸子之中,非《六经》、诸子而外,别有古文一体也。"⑤此说则将诗赋之外的"杂文"视作六艺与诸子之附庸,即便是独立于诸子而别为"诗赋略"的诗赋,"本当附入六艺诗家,故班固曰赋者古诗之流也。其所以自为一略者,以其篇卷过多,嫌于末大于本,故不得已而析出。此乃事实使然,与体制源流之说无与也"⑥。这种观念的实质是将包括诗赋在内的一切"后世文集"之文,

---

① 《目录学发微 古书通例》,第215页。
② 《目录学发微 古书通例》,第265页。
③ 〔清〕章学诚著,叶瑛校注《文史通义校注》,北京:中华书局,1985年,第61—62页。
④ 详见《目录学发微 古书通例》,第231—240页。
⑤ 刘师培《中国中古文学史 汉魏六朝专家文研究》附录,北京:商务印书馆,2010年,第172页。
⑥ 《目录学发微 古书通例》,第241页。

都视作六艺与诸子之流,而"秦汉诸子"则是诸子变为文集的关键环节。

综上,著述形态与文体发展为"秦汉诸子即后世之文集"说的成立确立了学理依据。此外必须说明的是,余嘉锡提出的"秦汉诸子"并非完全对应历史上的秦汉时期(前221—220),在其论证的过程中,所涉及的诸子,上溯至《荀子》与《韩非子》,下限则在西汉中期,"著作之文儒,弟子门徒,不见一人,凡所述作,无不躬著竹帛"①。东汉以降的子书则具有"自撰美名"与"手自编定"等特点,余先生将其作为"汉魏以后诸子"讨论。② 本章的讨论亦上溯荀、韩二家,以西汉诸子和文章作为研究的主体。

类似于"秦汉诸子即后世文集"的表述,在近现代学术史上并不鲜见:江瑔在《读子卮言·论诸子与经史集之相通》泛论"子""集"关系:"至若子之与集,尤难区别。古人无文集之名,魏晋以后始有'集'称。大抵诸子之学既衰,而后文集之名繁起。然古之诸子亦皆文也。"③并以《过秦论》入《文选》,和《荀子》有《赋篇》为例。饶宗颐《论战国文学·散文中诸子书相当于后代的"集"》一节,则在章学诚说的基础上,从战国思想综合与著述结集的角度,说明某一学派成为某子,与后世文人作品纂录为集在本质上的相通之处。④这些讨论初步勾勒了战国至魏晋间诸子与文集交替的历程,概述"子""集"两部的源流关系。其中,章学诚将战国视作学术转变的关键时代,而余嘉锡的论述则集中于秦汉,比起章学诚提出"子史衰而文集之体盛"说,把诸子与文集的兴替,视作立言宗旨的从有到无与专门之学丧失的学术退化⑤,"秦汉诸子即后世之文集"说则是以具体的学术史现象为标准,较少掺杂带有个人色彩的价值判断,同时又将时代相对集中于西汉:文集在实践和观念中尚未成立,而各体文章创作业已十分兴盛的"前文集"时代,又是诸子遗风存续的"后诸子百家"时代。从目录学、文学观念史和文章体制等方面,重新审视"秦汉诸子即后世之文集"这一命题所建构的学术观念,同时在现有研究充分认识到西汉文章在文学与思想学术两方面的价值之外,回归历史语境来定位其著述性质,亦为今天深入理解"诸子"—"文集"这一四部之学升降的历程,提供某种启示。

---

① 《目录学发微 古书通例》,第244页。
② 杨思贤在《从诸子到子书:概念变迁与先唐学术演进》(《江苏社会科学》2018年第4期)一文中指出,"诸子"一般指先秦诸子及其著作,而"子书"则指汉魏之后的子学,这一核心概念的转变背后是学派的消失、著作意识的觉醒与平民学术的特征。
③ 氏著《读子卮言》,上海:华东师范大学出版社,2012年,第11页。
④ 文载氏著《文辙——文学史论集》,台北:台湾学生书局,1991年,第212页。
⑤ 详见本书第八章《章学诚"子史衰而文集之体盛"说发微》的论述。

二、西汉文章的著录与《汉书·艺文志·诸子略》

在余嘉锡所列举的秦汉诸子所包含的诸多文体中,以上书(疏)一体为最多,计有以下七家:《韩非子·存韩》、《汉志》儒家"贾山八篇"、又"贾谊五十八篇"、《汉志》儒家"《钩盾冗从李步昌》八篇,宣帝时数言事"、又纵横家"《秦零陵令信》一篇,难秦相李斯"、又"《徐乐》一篇,《庄安》一篇"。① 以上书(疏)为代表的诸多西汉文章,通过《汉书》的采录流传至今②,其中有一部分见于《汉书·艺文志》诸子略著录的诸家,但正如余先生所言,《汉志》并没有全部著录这些奏议类文章③:

> 《汉书》诸传章奏多矣,何以不尽见于《志》,以此例彼,深以为疑。及读《文心雕龙·章表》篇云:"按《七略》《艺文》,谣咏必录。章表奏议,经国之枢机,然阙而不纂者,乃各有故事,而在职司也。"然后知其不列九流者,学不足以名家,而其文则副在官守,故不暇为之校雠著录也。④

类似刘勰所提出的"乃各有故事,而在职司也"之解,亦见于章学诚《校雠通义》解释"萧何律令,张苍章程"不见于《汉志》著录的原因:"刘向校书之时,自领《六艺》《诸子》《诗赋》三略,盖出中秘之所藏也。至于《兵法》《术数》《方技》,皆分领于专官,则兵、术、技之三略,不尽出于中秘之藏,其书各存专官典守,是以刘氏无从而部录之也。"⑤

不过,"专官典守"的解释效力却是有限的,一方面,奏议之外的西汉文章以及诗赋,亦多有不见于《汉志》者;另一方面,如刘师培指出的那样,"推

---

① 《目录学发微 古书通例》,第 233—236 页。
② 根据吴福助《汉书采录西汉文章探讨》的统计,《汉书》引录西汉文章(含诗赋)共 1220 篇,其中有重复者 50 篇,实际为 1170 篇。其中诏令类 539 篇,奏议类 487 篇,为数量最多的两类。台北:文津出版社,1988 年,第 15—16 页。
③ 根据《文心雕龙·章表》"降及七国,未变古式,言事为主,皆称上书,秦初定制,改书曰奏。汉定礼仪,则有四品:一曰章,二曰奏,三曰表,四曰议。"〔南朝梁〕刘勰著,范文澜注《文心雕龙注》卷五,北京:人民文学出版社,1958 年,第 406 页。曹丕在《典论·论文》的"四科八目"中以"奏议"概括,《文心雕龙》的《章表》《奏启》《议对》等篇则有更为详尽的区分,本章以"奏议"作为汉代上书"四品"的省称。
④ 《目录学发微 古书通例》,第 242 页。
⑤ 《文史通义校注》,第 993—994 页。

之奏议之体,《汉志》附列于《六经》"①,即六艺略各家著录了一部分奏议体文章,如《书》家著录《议奏》四十二篇(宣帝时石渠论)、《礼》家著录《议奏》三十八篇(石渠)、《春秋》家著录《议奏》三十九篇(石渠论)。由此可知,宣帝时石渠阁会议的相关奏议得以汇编而著录。《汉志》仅著录刘向父子所整理的中秘藏书,无法完全代表西汉末期实有的图书,秘府未藏或刘向父子未校勘者,则不见于《汉志》。尽管如此,《汉志》却反映了当时传世文献的主要类型②,故西汉文章以何种形式著录于《汉志》,依然是我们理解两汉文章存录方式及汉代学者文学观念的重要途径。

(一) 西汉前中期子书中的各体文章

从"秦汉诸子"中撷取诸多"后世文集"中的各体文章,无疑是"秦汉诸子即后世文集"说成立的基石。《汉志》诸子略著录诸家中,存世的如儒家《贾谊》五十八篇,即流传至今的贾谊《新书》,其内容分为"事势""连语"和"杂事"三个部分,余嘉锡认为"凡属于事势者,皆为文帝陈政事"③,从其文自称"臣",亦有"陛下"之语,所论内容涉及汉初政治、经济、军事等多个方面,可知其为贾谊奏议。班固从五十八篇中采撷切要之言,汇集贾谊多次上疏内容的精华,编入《汉书·贾谊传》④,传中"谊数上疏陈政事,多所欲匡建,其大略曰"与传赞"凡所著述五十八篇,掇其切于世事者著于传云"⑤的描述,即是明证。亦有论者认为,贾谊的奏议草稿和上奏到中央而保存下来的文书档案,可能分别是《新书》与《汉书》所录贾谊奏议的重要文献来源。⑥

无疑,《汉志》著录的《贾谊》五十八篇和今本的《新书》,包括了以奏疏为主的贾谊文章。但考虑到秦汉诸子大多亡佚的实际情况,我们无法确切得知,亡佚的子书是否包括其作者传世的各体文章。在余嘉锡之前的诸多目录学家,几乎都选择了在两者之间建立一种密切的联系,使得亡佚的秦汉诸子

---

① 《论文杂记》,《中国中古文学史 汉魏六朝专家文研究》附录,第 173 页。
② 徐建委《文本革命:刘向、〈汉书·艺文志〉与早期文本研究》(北京:中国社会科学出版社,2017 年)上篇《周秦汉学术研究中的〈汉志〉主义及其超越》对《汉志》作为刘向父子所校中秘藏书类目,而非西汉末期实有图书目录的性质进行了辩证,可参。
③ 氏著《四库提要辨证》卷十子部一,北京:中华书局,2007 年,第 548 页。
④ 《四库全书总目》认为,今本《新书》"多取谊本传所载之文,割裂其章段,颠倒其次序,而加以标题,殊瞀乱无条理"。对此,余嘉锡有辩证,详见《四库提要辨证》卷十子部一,第 541—551 页。
⑤ 〔汉〕班固撰,〔唐〕颜师古注《汉书》卷四十八,北京:中华书局,1962 年,第 2230、2265 页。
⑥ 说见余建平《贾谊奏议的文本形态与文献意义——兼论〈新书〉〈汉书·贾谊传〉与〈贾谊集〉的材料来源》,《文学遗产》2018 年第 3 期。余文引用王充《论衡·对作》篇作为汉人奏疏与子书关系的旁证:"上书奏记,陈列便宜,皆欲辅政。今作书者,犹[上]书奏记,说发胸臆,文成手中,其实一也。夫上书谓之奏,奏记转易其名谓之书。"

在现有的文献条件下有迹可循,以下列举部分作为例证:

1. 儒家:《贾山》八篇。马国翰《玉函山房辑佚书》云:"《至言》一卷……《汉艺文志》儒家《贾山》八篇,今只传《至言》一篇,若谏文帝除铸钱、讼淮南王无大罪、言柴唐子为不善三疏,当在八篇中,而世不传。本传全载此篇之文,据录为卷,即以《至言》标目,书言治乱之道,借秦为喻。"①尽管马氏以《至言》标目贾山之书,但仍然将其视作《汉志》所著录的《贾山》八篇之一,并将《汉书》本传所记载的贾氏数次上书,视作八篇余下的内容。此外,《汉书》本传记载:"章下诘责,对以为'钱者,亡用器也,而可以易富贵。富贵者,人主之操柄也,令民为之,是与人主共操柄,不可长也。'"②至少汉廷就"谏文帝除铸钱"疏诘问贾山,而贾山另作一对,严可均《全汉文》辑录其语,并以《对诘谏除盗铸钱令》为题③。与之类似的是,《兒宽》九篇④、《公孙弘》十篇、《终军》八篇、《吾丘寿王》六篇、《庄助》四篇等,《汉书》皆为作者立传,并采摭其奏议、对策之文,马国翰据此辑佚。

2. 法家:《晁错》三十一篇。据《汉书》本传记载:"错又言宜削诸侯事,及法令可更定者,书凡三十篇。孝文虽不尽听,然奇其材。当是时,太子善错计策,爰盎诸大功臣多不好错。景帝即位,以错为内史。错数请间言事,辄听,幸倾九卿,法令多所更定。"⑤可知晁错在文帝在位时,已经汇集自己的上书与对策之作,定为三十篇。晁氏削诸侯与更定法令的主张不为文帝所用,到了景帝之时才得以施行。笔者在此做一大胆推测,晁错于景帝即位后的"数请间言事",即先前所整理的三十篇之中的内容,一方面晁错不可能在较短的时间内变更自己的主张,另一方面,景帝在做太子时已认可晁错之才,继位后自然会加以重用。景帝即位不久,错"迁为御史大夫,请诸侯之罪过,削其支郡",另上一奏,成为吴楚七国之乱的导火索⑥。此奏连同之前的三十篇,正合于《汉志》著录的三十一篇之数。由本传的线索可知,晁错之书几乎出自手定,其内容则为《汉书》本传所部分采录的上书与对策。毕竟,《汉书》描述的晁错书三十篇"宜削诸侯事,及法令可更定者"的旨趣,与班固引录的

---

① 〔清〕马国翰辑《玉函山房辑佚书》卷六十六子编儒家类,上海:上海古籍出版社,1990年,第2474页。
② 《汉书》卷五十一,第2337页。
③ 《全汉文》卷十四,〔清〕严可均辑《全上古三代秦汉三国六朝文》,北京:中华书局,1958年,第207页。本章所提及西汉文章的标题,一般来自严可均《全汉文》,以下不一一注明。
④ 姚振宗指出,兒宽《议封禅对》与《封泰山还登明堂上寿》二文当在礼家《封禅议对》十九篇中,而不预《汉志》诸子略著录的《兒宽》九篇之列。氏著《汉书艺文志条理》,《二十五史补编》第二册,上海:开明书店,1937年,第1595页。
⑤ 《汉书》卷四十九,第2299页。
⑥ 《汉书》卷四十九,第2300页。

晁错之作相合。

同样,纵横家著录了《邹阳》七篇、《主父偃》二十八篇、《徐乐》一篇、《庄安》一篇,四家亦在《汉书》中有传。纵横家以游说人主为业,其本传载录的上书奏议之作,当在其书之内。其中,与主父偃同传的徐乐、庄安,《汉书》未载其生平事迹仅录其"上书言事务"之作,刘向父子校书之时,依然将仅存一篇上书的徐、庄二子视作"一家之言",殊为可贵。

3. 杂家:《东方朔》二十篇,与前述儒、法、纵横三家著述以奏议为主的情况有所不同的是,根据《汉书》本传的采录及记述,可知《东方朔》二十篇兼备众体:

> 朔之文辞,此二篇最善。其余有《封泰山》,《责和氏璧》及《皇太子生禖》,《屏风》,《殿上柏柱》,《平乐观赋猎》,八言、七言上下,《从公孙弘借车》,凡[刘]向所录朔书具是矣。世所传他事皆非也。①

班固援引刘向《别录》,于《东方朔传》篇末直接记录了其作篇目,所谓"二篇最善",即《答客难》与《非有先生论》;本传亦载其《上书自荐》《谏除上林苑》《化民有道对》三篇,计有上书、书(《从公孙弘借车》)、设论、论等体,亦包括《汉志》未著录的诗赋之作。然本传所引录的十六篇,未满《汉志》著录的二十篇之数,"朔上书陈农战强国之计……辞数万言"②,或亦包括在内。其余诸篇为何者,诸家颇有争议:王先谦《汉书补注》引沈钦韩说:"《楚词章句》有东方朔《七谏》,疑即八言、七言,不然不应遗于刘向也。又《御览》三百五十有东方朔《对骠骑难》。"③顾实则指出:"然本传俱述刘向所录朔书,无《七谏》。本志诗赋略无《楚辞》,亦无东方朔赋,盖有漏略。"④《七谏》篇数与"八言、七言上下"不合,亦未见以此指代楚辞及后拟之作的例子。梁启超指出,东方朔另有《北堂书钞》、《文选》注和《艺文类聚》所引的四篇作品,余下两篇待考。⑤ 诸说都未考虑本传采录的三篇奏议。在《汉志》诸子略的诸家之中,东方朔之书无疑最接近后世文集的,甚至包括在《汉志》中别为一略的诗赋之体,正如余嘉锡所说:"如《东方朔书》之类,乃全与文集相等。篇目具

---

① 《汉书》卷六十五,第 2873 页。
② 《汉书》卷六十五,第 2863—2864 页。姚振宗认为,"上书陈农战数万言即《艺文志》杂家《东方朔》二十篇也"。《汉书艺文志拾补》,《二十五史补编》第二册,第 1491 页。
③ 〔清〕王先谦《汉书补注》,北京:中华书局,1983 年,第 1286 页。
④ 顾实《汉书艺文志讲疏》,上海:上海古籍出版社,2009 年,第 156 页。
⑤ 氏著《汉志诸子略考释》,《二十五史艺文经籍志考补萃编》第五卷,北京:清华大学出版社,2012 年,第 306—307 页。

在,可复案也。"①

4. 与上述情况有所不同的是,《汉志》诸子略儒家著录的"《陆贾》二十三篇"和"《董仲舒》百二十三篇",二者的篇数皆大于今本《新语》十二篇和《春秋繁露》八十三篇。顾实指出"此作二十三篇,盖兼他所著者计之"②。而《董仲舒》百二十三篇与今本《春秋繁露》的关系较为复杂,班固在《汉书·董仲舒传》记载了董氏著述的情况：

> 仲舒所著,皆明经术之意,及上疏条教,凡百二十三篇。而说《春秋》事得失,《闻举》、《玉杯》、《蕃露》、《清明》、《竹林》之属,复数十篇,十余万言,皆传于后世。掇其切当世施朝廷者著于篇。③

根据这段记述,董氏的著述分为两个部分,其一是合于《汉志》诸子略著录的百二十三篇,"皆明经术之意,及上疏条教";其二是"说《春秋》事得失"的部分,班固列举了《闻举》等五篇之篇名,然其书无总名,具体篇数亦不详。从今本《春秋繁露》的实际内容看,今存《玉杯》《竹林》之篇,内容亦是"说《春秋》事得失";同时《汉书》本传的贤良对策,未见录于今本《春秋繁露》,《对胶西王越大夫不得为仁》与《郊事对》等"上疏条教"之作存焉。从这一情况可知,苏舆"(《汉志》)百二十三篇者已佚,疑是后人杂采董书,缀辑成卷,以篇名总全书耳"④。可能部分说明了董仲舒著述流传的真实情况。今本《春秋繁露》不见于《汉志》著录,出于后人撷拾百二十三篇"上疏条教"和"说《春秋》事得失"的数十篇的残篇编成,《隋书·经籍志》经部春秋家著录为十七卷。班固所见的"百二十三篇"本为"上疏条教"之作,这种情况与贾谊《新书》载录其奏议一样,皆是"秦汉诸子"包含"后世文集"之体的直接证据。

从以上实例可知,因属于"后世文集"的书疏奏议等文体,在"秦汉诸子"中有迹可循,"秦汉诸子即后世之文集"这一命题才拥有了重要的史实与理论基础。贾谊《新书》和董仲舒《春秋繁露》中的诸篇奏议之作,以及《汉书·晁错传》记载的晁错之书的情况,《东方朔传》引录刘向《别录》的著录情况,为后世目录学家从《汉书》诸传所引录的文章来推测《汉书·艺文志》诸子略著录的已亡佚的西汉诸子书的内容,提供了较为可靠的依据;据此推断《汉

---

① 《目录学发微 古书通例》,第 244 页。
② 《汉书艺文志讲疏》,第 104 页。
③ 《汉书》卷五十六,第 2525—2526 页。
④ 氏撰《春秋繁露义证》卷一,北京:中华书局,1992 年,第 1 页。

志》诸子略著录的诸多已经亡佚子书的内容,又反过来扩大了"秦汉诸子即后世之文集"说的适用范围。尽管此命题仅仅适用于武帝朝及其之前的情况,但我们应当把西汉后期子书的情况与文章的存录方式,纳入本章的讨论范围,以此形成对西汉文章及其与子书关系的全面理解。

(二) 西汉后期子书的著述性质演变

西汉武帝朝之后的文章,有不少经《汉书》采摭得以保留至今,然而西汉中后期的文章,在《汉志》中几无迹可寻,一方面,应该考虑诸子略著录的武帝朝之后的子书数量较少,属儒家的有:

《臣彭》四篇。
《钩盾冗从李步昌》八篇。宣帝时数言事。
《儒家言》十八篇。不知作者。
桓宽《盐铁论》六十篇。
刘向所序六十七篇。《新序》《说苑》《世说》《列女传颂图》也。
扬雄所序三十八篇。《太玄》十九,《法言》十三,《乐》四,《箴》二。①

其中,臣彭未知其身份及时代,姚振宗以为大抵为武帝时人②;《儒家言》未以人名书,作者亦不详,姚氏推测"此似刘中垒裒录无名氏之说以为一编。其下道家、阴阳家、法家、杂家皆有之,并同此例"③。臣彭与李步昌之书或与此前的陆贾至庄助之书在著作性质上更为接近,只是现存的文献未能提供更多的信息加以佐证。

道家的情况也有相似之处,按照李零的分类,在"排头书""《老子》书""先秦道家书"和"黄帝书"之外,另有"其他道家书"。④ 根据班固自注,"其他道家书"的七种之中,有"六国时"的《孙子》与《郑长者》,也有武帝时的

---

① 《汉书》卷三十,第 1727 页。
② 《汉书艺文志条理》,第 1596 页。李零认为,儒臣多举于武帝时,诸子略中所列举的河间献王、董仲舒、兒宽、公孙弘、终军、吾丘寿王、庄助皆为武帝时人,推测虞丘和臣彭亦是。《兰台万卷:读〈汉书·艺文志〉》,北京:生活·读书·新知三联书店,2011 年,第 81 页。
③ 《汉书艺文志条理》,第 1596 页。张舜徽在此基础上指出:"昔之读诸子百家书者,每喜撮录善言,别抄成帙。……证之隋唐史志,梁庾仲容、沈约皆有《子钞》。……《汉志》悉将此种抄纂之编,列诸家之末,犹可考见其类例。古人于此类摘抄之书,不自署名,且未必出于一手,故不知作者也。"《广校雠略 汉书艺文志通释》,武汉:华中师范大学出版社,2004 年,第 277 页。
④ 《兰台万卷:读〈汉书·艺文志〉》,第 84—91 页。

《捷子》《曹羽》和《郎中婴齐》①,《臣君子》(蜀人)与《楚子》的时代不详,《道家言》亦不著作者,可以确定为武帝之后的著作付之阙如。

类似时代不明或作者不详的情况另有:阴阳家所著录的《卫侯官》和《于长天下忠臣》,班固分别注明"近世,不知作者"与"平阴人,近世"②,并不明确具体时代;法家著录的《燕十事》"不知作者"③;杂家《博士臣贤对》为"汉世,难韩子、商君"之作,亦对策之体,由《汉书·武帝纪》建元元年冬十月,丞相卫绾奏"所举贤良,或治申、商、韩非、苏秦、张仪之言,乱国政,请皆罢"④的史实可以推测,《博士臣贤对》或以此而作;《解子簿书》和《推杂书》却无可靠的时代或作者信息⑤;而名、墨、纵横三家确未著录任何武帝朝之后的著作;班固在农家著录《宰氏》《尹都尉》《赵氏》《王氏》等作之下注明"不知何世",而《董安国》"汉代内史,不知何帝时",此外有《氾胜之》与《蔡癸》二家时代明确,分别为"成帝时为议郎""宣帝时,以言便宜,至弘农太守",确为武帝之后的著作。⑥ 不过从整体上看,无论是道、阴阳、法、杂等家无法确定时代及其作者的著作,还是儒家与农家可以确定成书于武帝朝以后的著作,在性质上很可能不同于已经编入作者奏议之文的诸子之书,尤其是未能以人名书的著作或许不成于一人,更难以想象其中收录了个人文章。

另一方面,《汉志》诸子略儒家著录的诸子中,有几种确实不可能收入作者的其他单篇文章,如河间献王《对上下三雍宫》三篇。其书有专名,无疑是《汉书·景十三王传》记载的"武帝时,献王来朝,献雅乐,对三雍宫,及诏策所问三十余事。其对推道术而言,得事之中,文约指明"⑦。马国翰从刘向《说苑·君道》《建本》中辑录"河间献王曰"四则佚文。"及诏策所问三十余事"确已成文,显然不在《对上下三雍宫》三篇之中,这种情况说明,与同著录于儒家的《陆贾》二十三篇与《董仲舒》百二十三篇中,可能包含《新语》与《春秋繁露》之外的文章情况完全不同,有可能是刘向父子整理中秘藏书之时,未见河间献王其他对问之作,只有《对上下三雍宫》三篇别本另行。

河间献王之书不可能包括其他对策之作,正因为《汉书》著录其书有专名,由此可见,子书自身的著述形态,是我们考量子书是否能够容纳作者各体文章的重要因素。在西汉武帝朝之后的子书中,《盐铁论》乃桓宽汇集昭帝

---

① 《汉书》卷三十,第 1731 页。
② 《汉书》卷三十,第 1734 页。
③ 《汉书》卷三十,第 1735 页。
④ 《汉书》卷六,第 156 页。
⑤ 《汉书》卷三十,第 1741 页。
⑥ 《汉书》卷三十,第 1742—1743 页。姚振宗认为,宰氏即范蠡之师计然;又根据《汉书·百官公卿表》孝文帝十四年董赤,推测其人字安国,即此书作者。《汉书艺文志条理》,第 1635 页。
⑦ 《汉书》卷五十三,第 2411 页。

时盐铁会议"贤良文学"与"大夫"两方辩论之语而成,此后"扬雄之徒,发愤著书,乃欲于文章之外,别为诸子。子书之与文集,一分而不可复合"①,《汉志》诸子略诸家著录"刘向所序六十七篇"与"扬雄所序三十八篇"正反应了"文集之文"脱离"秦汉诸子"。班固的自注明确了两者分别为"《新序》、《说苑》、《世说》、《列女传颂图》也"和"《太玄》十九,《法言》十三,《乐》四,《箴》二"。《汉书·楚元王传》记载了刘向个人著述的情况:"(向)采取《诗》《书》所载贤妃贞妇,兴国显家可法则,即孽嬖乱亡者,序次为《列女传》,凡八篇,以戒天子。及采传记行事,著《新序》、《说苑》凡五十篇奏之。数上疏言得失,陈法戒。书数十上,以助观览,补遗缺。"②本传提及和引述的数十篇刘向上书,并不在《汉志》诸子略"刘向所序六十七篇"之列;"扬雄所序三十八篇"由班固补入,并注明《太玄》《法言》等四部著作的篇数,《太玄》《法言》皆为拟经之作且流传至今,与刘向序次《新序》等著作一样,皆未容纳作者其余的文章。值得注意的是,诗赋略著录扬雄赋十二篇(班固入八篇),顾实认为:

> 盖《七略》据《雄传》,言作四赋,止收《甘泉赋》、《河东赋》、《校猎赋》、《长杨赋》四篇,班氏更益八篇,故十二篇也。其八篇,则本传《反离骚》、《广骚》、《畔牢愁》三篇,《古文苑》《蜀都赋》、《太玄赋》、《逐贫赋》三篇,又有《覈灵赋》《文选》、《御览》,《都酒赋》即《酒箴》,亦作《酒赋》,详《全上古三代文》。二篇,凡八篇。然若益以《解嘲》、《解难》、《赵充国颂》、《剧秦美新》诸篇,则溢出十二篇之数矣,岂此诸篇不在内耶?③

顾氏提及的《解嘲》等四篇并不属于赋作,《解嘲》《解难》与东方朔《答客难》皆为设论之体,《剧秦美新》与司马相如《封禅书》皆入《文选》"符命"之体。而诗赋略"荀卿赋之属"著录李思《孝景皇帝颂》十五篇,《赵充国颂》作为颂体,似有收录于诗赋略的资格。不过,十二篇之数不可能也不应当覆盖已知的扬雄赋作与文章的篇目,诗赋以外的文章也不应被著录于诗赋略,刘向与扬雄的文章,应该被排除在诸子与诗赋二略的著录之外。

---

① 《目录学发微 古书通例》,第244页。
② 《汉书》卷三十六,第1957—1958页。
③ 《汉书艺文志讲疏》,第176页。

三、子书体制与汉人观念:"诸子之文"与"文集之文"的边界

《汉书·艺文志》既有的分类体系,实际上无法充分反映西汉一朝兴盛的文章创作情况,目录学作为一种后发的总结,不可避免地与学术史本身存在抵牾。从这个角度看,西汉文章"寄生"于诸子作为一种学术史现象是可以理解的,但由此认定"秦汉诸子即后世之文集",也未能考虑到诸子在文体形式上的多样性与综合性,以及西汉诸多文章家不预于诸子之列的情况,这一命题实质是启发今人重审"诸子之文"和"文集之文"的界限,以及子、集两部的兴替过程。尤其是,西汉后期诸子之书的式微及其体式的变化,决定了各体文章难以在"诸子略"中找到一席之地。为了深入理解其间的原因,我们应当对西汉诸子的文体形式加以分析。

余嘉锡在提出"秦汉诸子即后世之文集"说之时,上溯至战国末期的《荀子》与《韩非子》,两者的共同点是以连缀专题论文为主,而又杂以其他文体:《荀子·成相》与《赋篇》乃诗赋之体,其后的《大略》篇"盖弟子杂录荀卿之语,皆略举其要,不可以一事名篇,故总谓之《大略》"①。《大略》篇兼有格言与语录,内容多讨论礼制,并无核心主题。类似的,《宥坐》以下《子道》《法行》《哀公》与《尧问》诸篇,都有杂抄性质,载录的"杂事"以孔门师徒为主。由此可见,《荀子》的文体形式具有多样性与综合性,在主体部分的专题论文之外,又有弟子后学杂录的格言、语录,乃至汇集儒门杂事之篇,可以说,《荀子》在形式上综合了先秦诸子的诸多体式。同样的情况亦见于《韩非子》,在《孤愤》《说难》等典型的专题论文以外,《初见秦》《存韩》为上书,《说林》汇集民间传说与历史故事,内外《储说》则以"经"与"说"的形式,将义理与事例配合;②此外,《解老》《喻老》解释《老子》,为说经之体。

这种情况亦见于今本的贾谊《新书》,《新书》被分为三个部分:"事势"部分为陈政事之作,《过秦》篇在魏晋之后被视作论体,而《汉书》本传中,班固拼合而成《治安策》,所采撷的《宗首》等十数篇,又是奏议之体;"连语"则"不

---

① 〔清〕王先谦《荀子集解》,北京:中华书局,1988年,第485页。亦有论者指出,《大略》为荀子的读书笔记,详见俞志慧《〈荀子·大略〉为荀子读书笔记说》(《文学遗产》2012年第1期)一文的论述。
② 周勋初《历历如贯珠的一种新文体——储说》阐明"储说"体在形式上的特点及其渊源,载《〈韩非子〉札记》,南京:凤凰出版社,2021年,第217—223页。

尽以告君,盖有与门人讲学之语",如《傅职》至《容经》等篇;"其杂事诸篇则平日所称述诵说者。凡此,皆不必贾子手著,诸子之例,固如此也"。① 而同属于"连语"的《春秋》篇则纂录春秋杂事,《先醒》篇则是贾谊与梁怀王问对之体。对于格言、语录、问对与杂事诸体,"篇"不是一个在内容上具有区分意义的单位,"篇"下可分为诸多"章"。而以"篇"为单位的论说与奏疏之体,才是诸子中得以与后世文集之文相通的部分。

若以刘向、扬雄所撰为西汉后期诸子的代表,无论是前者的"说经"之体,还是后者的"拟经"之作,皆不合于《荀子》《韩非子》《新书》以专题论文或者能独立成篇的奏疏为主的情况。两者之作较诸子而言,与六经的关系更加密切,尽管隶于诸子略与后世的子部,但就其命名方式与论说方式而言,与战国之西汉前期诸子"立一家之言"有了本质上的区别:刘向的《说苑》《新序》,包括《列女传》,实际上接近西汉前期的《韩诗外传》,以具体的故事证明经书之义理②;扬雄的《法言》模拟《论语》为语录体,《太玄》模拟《周易》,班固在《汉书·扬雄传赞》提及"其意欲求文章成名于后世,以为经莫大于《易》,故作《太玄》;传莫大于《论语》,作《法言》"③,在著述意图上即将二作比拟于经传,暗含了区别于诸子的意味。这种有意识地区分,或许可以追溯到《汉书·董仲舒传》记载的董氏的著述情况,将"上疏条教"区别于"说《春秋》事得失",尽管今本《春秋繁露》又在一定程度上将二者杂糅。

此外应该注意的是问对之体,除了成书于宣帝之时的《盐铁论》,《汉志》诸子略儒家著录的《平原君》七篇朱建也"《刘敬》三篇"与纵横家"《蒯子》五篇名通"④,也有可能是问对之体。朱建的传记附于《史记·郦生陆贾列传》之后,其游说惠帝幸臣闳籍孺之言,马国翰辑录为《平原君》一卷。马氏辑录的刘敬《说都秦》《和亲》与《徙民》,亦即《史记》《汉书》刘敬本传所载录的问对之词;蒯通《说徐公》、《说韩信》三篇与《说曹相国》,亦见载于正史(标题从马书)。⑤ 考虑到司马迁曾经从《论语》取材,撰成《仲尼弟子列传》,主要内容为孔子对该弟子的评语和师徒之间的问对,结合《管晏列传》取材于《晏子春秋·杂篇》和《老子韩非列传》取材于《庄子·列御寇》等情况,或许

---

① 《四库提要辨证》,第550—551页。
② 徐复观曾提出了"中国思想表达的两种方式",一种属于《论语》《老子》的系统,把自己的思想,主要用自己的语言表达出来,赋予概念性的说明;另一种可以说是《春秋》的系统,把自己的思想用古人的言行表达出来;通过古人的言行,作自己思想得以成立的根据。说见《两汉思想史》第三卷第一章《〈韩诗外传〉的研究》,上海:华东师范大学出版社,2001年,第1页。
③ 《汉书》卷八十七下,第3583页。
④ 《汉书》卷三十,第1726、1739页。
⑤ 分别见《玉函山房辑佚书》子编儒家类,第2471、2473—2474页,子编纵横家类,第2717—2720页。

司马迁在为秦汉之际几位以游说见长的士人立传之时,以其书中的问对作为史传的主要材料,展示传主的言行与主张,同时保留诸子撰述的吉光片羽。

由此可见,"诸子之文"与"文集之文"具备源流关系,或在晚近学者眼中得以相通的部分,实际上是诸子中得以独立成篇亦可别为一体的诸多文章,如赋、论、书、疏之文。"秦汉诸子即后世之文集"说限于战国末期至西汉中期,实际上也是专题论文为主的子书较为盛行的时期。如刘宁指出:"秦国统一前夕成书的《吕氏春秋》是典型的专论体,今传汉初贾谊所撰《新书》、陆贾《新语》以及刘安主编《淮南子》,也是以专论连缀而成。《淮南子》之后,西汉子书对专论的运用有所减少,《盐铁论》是问答体,刘向《说苑》、《新序》是语录体和集事体,扬雄《法言》模仿《论语》为语录体,《太玄》模仿《周易》亦非专论体。"①这种情况证明,至少到了西汉末年的刘向与扬雄,有着明确著述意图并出个人手定的著作,是有别于其他文章的,至于这些文章为何在《汉书·艺文志》的体系中未能占据一席之地,应该给予它们怎样的学术定位,则是这些学者留给后世的问题了。②

此外,汉代人如何定位自己的著作,如何看待"诸子"与各体文章的区别和联系,亦是重审"秦汉诸子即后世之文集"说的另一角度。虽然,文集编纂的实践及其观念迟至班固之后,但将诸子与其他文章撰述区分的做法,稍长于班固、又曾师事班固之父班彪的王充(见《后汉书·王充传》)③,在《论衡》中已有详细论述,其书《超奇》篇曰:"通书千篇以上,万卷以下,弘畅雅闲,审定文读,而以教授为人师者,通人也。杼其义旨,损益其文句,而以**上书奏记,或兴论立说,结连篇章**者,文人、鸿儒也。好学勤力,博闻强识,世间多有;著书表文,论说古今,万不耐一。"④"著书表文,论说古今"实际上是"上书奏记"与"兴论立说,结连篇章"二者的总称,在此篇后文,王充以区分"文人"和"鸿儒"的方式,明确了二者的不同:"夫能说一经者为儒生,博览古今者为通人,采缀传书以上书奏记者为文人,能精思著文连结篇章者为鸿儒。故儒生过俗人,通人胜儒生,文人逾通人,鸿儒超文人。"⑤可见,"上书奏记"为"文人"之作,在王充的价值序列中,低于"兴论立说,结连篇章"的"鸿儒":

……或能陈得失,奏便宜,言应经传,文如星月。其高第若谷子云、

---

① 氏著《汉语思想的文体形式》,上海:华东师范大学出版社,2012年,第36页。
② 吴光兴提出,追溯"文集""别集"体制建构的缘起,可以将关注的重点放在"后班固"的时代,详见《以"集"名书与汉晋时期文集体制之建构》(《文学遗产》2006年第1期)一文。
③ 王充在《论衡·自纪》篇中自述其生于建武三年(27),长班固五岁。
④ 黄晖《论衡校释》,北京:中华书局,1990年,第606页。
⑤ 《论衡校释》,第607页。

> 唐子高者,说书于牍奏之上,不能连结篇章。或抽列古今,纪著行事,若司马子长、刘子政之徒,累积篇第,文以万数,其过子云、子高远矣。①

王充所列举的司马迁和刘向之作,"抽列古今,纪著行事",应当是指司马迁著《史记》,与刘向续之,但就"连结篇章"这一点来看,与诸子"兴论立说"亦有相通之处。在《佚文》中,王充列举"五文",将古今著述明确区分:

> 文人宜遵五经六艺为文,诸子传书为文,造论著说为文,上书奏记为文,文德之操为文。立五文在世,皆当贤也。②

除了明确将"上书奏记"区别于五经、诸子之外,"造论著说"也与诸子明确划分。考虑到王充对"论"这一撰述方式的特别兴趣和汉魏子书多以"论"为名的现实③,这一现象并不奇怪,也意味着即便同样归属于诸子略与后世四部分类法中的子部,汉代学者也有意识地将自己的著作与先秦诸子进行区分。正如《论衡·案书》篇所谓:"董仲舒著书,不称子者,意殆自谓过诸子也。"④

王充在《论衡》中的相关论述,似乎可以弥补刘向父子、扬雄、班固等两汉之际的学者在诸子与以"上书奏记"为代表的西汉文章的辨析和定位这方面的缺失。尤为值得注意的是,王充一再强调的"连结篇章",说明"上书奏记"之文以单篇流传的形式,亦有力地说明直到东汉初期,将某体某类文章编纂成书的做法并不流行。由此可见,在以王充为代表的汉代学者眼中,"诸子之文"与后世的"文集之文"并不能混为一谈,后者尚未被"集"为一书,自然与"连结篇章"的"诸子"有着极大的不同。若结合桓宽、刘向、扬雄等西汉中后期士人的子书的情况,两者在形式上的区别更加明显,并无产生交集的可能性。

---

① 《论衡校释》,第607—608页。
② 《论衡校释》,第867页。
③ 关于汉魏子书以"论"为名的现象,笔者将另外撰文讨论。另可参吴光兴《"文"与"论":文本位"文章"新概念的一次分化——著述"文章"向修辞"文章"观念的演变》第三节《"论"书与"子书"——汉魏晋"书论—子书—近世子家"名称的来龙去脉》,《中国社会科学院文学研究所刊(2011)》,北京:中国社会科学出版社,2012年,第162—168页。
④ 《论衡校释》,第1170页。

四、"改子为集":《隋书·经籍志》所著录的西汉文集

西汉后期的子书体制,已无法兼容作者的各体文章,而《汉志》的诗赋略亦不著录诗赋之外的各体文章,只有文集编纂的观念和实践在魏晋之后趋于成熟,目录学中的集部应运而生,才为子书之外的西汉文章预留一席之地。《隋书·经籍志》集部别集类著录了二十余家西汉文集,则为我们认识西汉文章在中古时期的存录方式,提供了一个窗口:

> 《汉武帝集》一卷梁二卷。
> 汉《淮南王集》一卷梁二卷。又有《贾谊集》四卷,《晁错集》三卷,汉弘农都尉《枚乘集》二卷,录各一卷,亡。
> 汉中书令《司马迁集》一卷
> 汉太中大夫《东方朔集》二卷梁有汉光禄大夫《吾丘寿王集》二卷,亡。
> 汉孝文园令《司马相如集》一卷
> 汉胶西相《董仲舒集》一卷梁二卷。又有汉太常《孔臧集》二卷,亡。
> 汉骑都尉《李陵集》二卷梁有汉丞相《魏相集》二卷,录一卷;左冯翊《张敞集》一卷,录一卷。亡。
> 汉谏议大夫《王褒集》五卷
> 汉谏议大夫《刘向集》六卷梁有汉射声校尉《陈汤集》二卷,丞相《韦玄成集》二卷,亡。
> 汉谏议大夫《谷永集》二卷梁有凉州刺史《杜邺集》二卷,骑都尉《李寻集》二卷,亡。
> 汉司空《师丹集》一卷梁三卷,录一卷。
> 汉光禄大夫《息夫躬集》一卷
> 汉太中大夫《扬雄集》五卷
> 汉太中大夫《刘歆集》五卷
> 汉《成帝班婕妤集》一卷梁有《班昭集》三卷,王莽建新大尹《崔篆集》一卷,保成师友《唐林集》一卷,中谒者《史岑集》二卷,后汉《东平王苍集》五卷,《桓谭集》五卷,亡。[1]

---

[1] 〔唐〕魏徵等《隋书》卷三十五,北京:中华书局,1973年,第1056—1057页。

除却《成帝班婕妤集》下注中的新莽与东汉诸家，《隋志》共著录西汉人别集二十六家，若以汉武帝为界，之前有武帝、淮南王安、贾谊、晁错、枚乘、司马迁、东方朔、吾丘寿王、司马相如、董仲舒、孔臧、李陵等十二家，而武帝之后则有魏相、张敞、王褒、刘向、陈汤、韦玄成、谷永、杜邺、李寻、师丹、息夫躬、扬雄、刘歆和班婕妤等十四家。前十二家中，《汉志》诸子略著录了贾谊、晁错、东方朔、吾丘寿王、董仲舒和孔臧之书，李陵之作不见于《汉书》本传，后世有疑为伪作者①，武帝、淮南王、枚乘、司马迁、司马相如之赋，《汉志》诗赋略著录，然其皆有其他文类之作，姑不论武帝诏策，《汉书·严助传》引录淮南王刘安《上书谏伐南越》，本传记载"（武帝）使为《离骚传》……又献《颂德》及《长安都国颂》"②。根据班固《离骚序》对《离骚传》的批评③，可知其为班氏所见知的重要文献，但诗赋略并未著录《离骚》或楚辞的注释之作；而其他二颂，或隶属于诗赋略著录的"淮南王赋八十二篇"。

枚乘、司马迁与司马相如三家亦无诸子书著录于《汉志》。其中枚乘在《汉书》与邹阳合传，亦有两篇给吴王的谏书，《文选》"上书"选录，标题为《上书谏吴王》与《上书重谏吴王》。班固赞曰："邹阳、枚乘游于危国，然卒免刑戮者，以其言正也。"④《汉志》诸子略只有"《邹阳》七篇"，而无枚乘之书，考虑到刘向曾经参与续写《史记》⑤，当有机会看到枚乘的两篇上书；同样，《汉书·司马迁传》采录司马谈《论六家要旨》与司马迁《报任安书》，考虑到其传在《史记·太史公自序》的基础上改写，《论六家要旨》即便不另外著录，也在《汉志》六艺略《春秋》所附的《太史公》百三十篇之中；而《报任安书》为班氏所录，与枚乘两篇上书一样，亦不在诗赋略之中。同样，《汉书·司马相如传》所采录的《喻巴蜀檄》《难蜀父老》《上书谏猎》与《封禅书》（四文亦为《文选》收录），亦不预于《汉志》诸子略之列；《封禅书》或许与儿宽之作的情况类似，在礼家《封禅议对》十九篇中⑥，其余三作则在《汉志》中无迹可寻了。

---

① 刘知幾《史通·杂说下》："《李陵集》有《与苏武书》，词采壮丽，音句流靡。观其文体，不类西汉人，殆后来所为，假称陵作也。迁《史》缺而不载，良有以也。编于《李集》中，斯为谬矣。"苏轼疑其出于齐梁人之手，浦起龙认为："江文通《上建平王书》已用'少卿摧心'之语，岂以时流语作典故哉？当是汉季晋初人拟为之。"〔唐〕刘知幾著，〔清〕浦起龙撰《史通通释》，上海：上海古籍出版社，2009 年，第 490 页。
② 《汉书》卷四十四，第 2145 页。
③ 详见王逸《楚辞章句》的引用，〔宋〕洪兴祖《楚辞补注》卷一，北京：中华书局，1983 年，第 49 页。
④ 《汉书》卷五十一，第 2372 页。
⑤ 刘知幾在《史通·古今正史》中记载："《史记》所书，年止汉武，太初已后，阙而不录。其后刘向、向子歆及诸好事者……相次撰续，迄于哀、平间，犹名《史记》。"《史通通释》，第 314 页。
⑥ 据《汉书·儿宽传》记载："及议欲放古巡狩封禅之事，诸儒对者五十余人，未能有所定。先是，司马相如病死，有遗书，颂功德，言符瑞，足以封泰山。上奇其书，以问宽，宽对曰……上然之，乃自制仪，采儒术以文焉。"可知司马相如《封禅书》，与儿宽二作有直接关系。《汉书》卷五十八，第 2630—2631 页。

《汉书·司马相如传》亦透露了长卿文章在西汉本朝的流传情况:"相如它所著,若《遗平陵侯书》、《与五公子相难》、《草木书篇》,不采,采其尤著公卿者云。"①所谓"尤著公卿者",即《子虚赋》《上林赋》《喻巴蜀檄》《难蜀父老》《上书谏猎》《哀秦二世赋》《大人赋》为《汉书》采录的诸篇,曾在西汉公卿之中流传,这正与流传至今的刘向的若干叙录所提及的"中外书"之"外"者相对应,《汉书·司马相如传》记载武帝在司马相如病危之时派人取其所著之书,然"家无遗书。问其妻,对曰:'长卿未尝有书也。时时著书,人又取去。长卿未死时,为一卷书,曰有使来求书,奏之。'其遗札书言封禅事"②。长卿所著文章在其生前未能成书,武帝遣使求取,仅得《封禅书》一篇,由此推测尽管相如文章曾在公卿中流传,为刘向所见知,然未入中秘,故而不见于《汉志》著录。考虑到文献流传过程中的偶然因素,与邹阳书性质相似的枚乘书、司马谈父子之作,亦可能因未入中秘而在刘向父子校书的范围之外,故不见录于《汉志》。在西汉中后期,它们或以单行的方式流传,或有好事者纂为一书,已经不得而知。

从《汉志》的著录可以推测,诸子虽然收录作者的各体文章之作,甚至今本贾谊《新语》的"事势"部分皆为奏议之作,但未入中秘的部分西汉文章,未必以编入作者子书的形式流传,或许时人并不将其视为诸子。从这一角度看,即便两者在早期的成书过程与文体形态上有相通之处,"秦汉诸子"也难以完全等同于"后世文集"。而六朝人为西汉诸子和文章名家编集的活动,说明文集在中古时代业已作为各体文章的主流存录方式,在某种意义上"取代"了子书,尽管重辑子书才是更加接近西汉著作体式的文献整理方法。

根据《隋书·经籍志》子部的著录可知,西汉前中期的子书大多在魏晋南北朝时期亡佚,仅有儒家类与法家类著录了"《贾子》十卷录一卷","《韩子》二十卷、目一卷"之下小注曰"梁有《朝氏新书》三卷,汉御史大夫晁错撰,亡"。③ 其余西汉诸子甚至未有"梁有"的著录,很可能在梁代皆已亡佚。相应地,《贾谊集》《晁错集》的编纂时间在梁代以前,前者与《贾子》(即《新书》)并行于世,除了奏疏之文,应该包括了贾谊的赋;而后者则可能因《汉志》所著录《晁错》三十一篇亡佚,六朝人拾掇晁错之文重编为集,毕竟《汉志》未著录晁错的诗赋之作,若其文章以子书形态保存,似乎没有必要另外编集。

---

① 《汉书》卷五十七下,第 2609 页。
② 《汉书》卷五十七下,第 2600 页。
③ 《隋书》卷三十四,第 997、1003 页。

同样，《汉志》著录的《吾丘寿王》八篇、《枚乘》七篇与《东方朔》二十篇不见于《隋志》的著录，它们的亡佚时间应当早于梁代；而相应的文集已见于《隋志》的著录，尽管不否认西汉诸子的文章同时以子书和文集的形态在六朝流传，但从《隋志》的相关著录与"不录"，我们可以看到"改子为集"的总体趋势，这一趋势亦是诸子衰亡与文集兴起的另一表征。西汉诸子之书在魏晋南北朝散佚之后，学者整理其旧文，并以文集的形态存录，正如蒋伯潜在《诸子通考》中所述："西汉时，儒家之书，已多集单篇而成，如孔臧吾丘寿王之书，后且径改称'集'矣。"①遗憾的是，由于文献的亡佚和相关记载的缺失，我们无法详细描述"改子为集"的过程，毕竟《汉志》与《隋志》的著录，只是开端与结果而已。

余嘉锡"秦汉诸子即后世之文集"说，接续章学诚、刘师培二氏之学，揭示了西汉文章在体制渊源和部类归属方面与诸子的联系。若以诸子体制为本位，即便是篇目近于论说与奏议之体的荀卿、韩非和贾谊之作，也兼备语录、问对与杂事诸体，在体制形态上呈现出多样与综合的特点，很难将其书完全视作单篇文章的集合。以西汉文章存录的实际情况，比照《汉书·艺文志》的部次分类，我们不难理解后世的文集编纂回应了汉代学术的实际需求。而从这个角度看，"秦汉诸子即后世之文集"说，恰恰反映了西汉中期以前"诸子之文"和后世"文集之文"尚未泾渭分明的关系，并启发我们重新认识诸子在西汉后期嬗变的进程，以及在同一历史时期各体文章的发展、文集编撰与文体辨析的萌芽，以此加深对汉魏六朝以降诸子与文集兴替这一学术史历程的理解。

---

① 蒋氏推测，《汉志》诸子略儒家著录《太常蓼侯孔臧》十篇，诗赋略有《孔臧赋》二十篇，《隋志》著录梁有《孔臧集》二卷。《孔臧集》以《太常蓼侯孔臧》十篇与《孔臧赋》二十篇各为一卷。《诸子通考》，长沙：岳麓书社，2010年，第302、304页。

第五章 "论"体文的存录方式与汉魏六朝子集兴替

一、作为"论"的汉魏子书

在汉魏六朝学术史上,子书与文集的兴替关涉私人学术著述方式转变,即学者单篇的学术与文学作品,主流的存录方式由子书转变为文集。在汉魏六朝流行的诸多文学文体中,"论"体文无疑具有极其重要的地位:无论是曹丕《典论·论文》提及的奏、议、书、论、铭、诔、诗、赋八种文体,还是陆机《文赋》所涉的诗、赋、碑、诔、铭、箴、颂、论、奏、说十种文体,"论"体皆据有一席之地;刘勰《文心雕龙》有《论说》篇专门探讨"论"体,在"笔"体中的序次,仅在《史传》与《诸子》之后。值得注意的是,"论"体文与先秦诸子和汉魏子书关系密切,东晋葛洪《抱朴子外篇·百家》所谓"惑诗赋琐碎之文,而忽子论深美之言"①,将"论"与"子"并列,符合两者属于论说之文特质,与葛洪心中处于价值序列中较低位置,而备受世人重视的诗赋相对;不录经、史、子三部之文的《文选》,亦在"论"体中选录《过秦论》与《论文》,两作实出于贾谊《新书》和曹丕《典论》。从学术源流上揭示"论"出于"子"的观点亦不少:如姚鼐《古文辞类纂序目》:"论辨类者,盖原于古之诸子,各以所学著书诏后世。"②章太炎《国故论衡·论式》:"其在文辞,《论语》而下,庄周有《齐物》,公孙龙有《坚白》、《白马》,孙卿有《礼》、《乐》,《吕氏》有《开春》以下六篇。前世著论在诸子,未有率尔持辩者也。九流之言,拟仪以成变化者,皆论之侪。"③刘师培《论文杂记》:"论说之体,近人列为文体之一者也,然其体实出于儒家。"④由此可见,"子""集"皆为"论"体的重要存录方式,以"论"体为

---

① 杨明照《抱朴子外篇校笺》卷四十四,北京:中华书局,1997年,第444页。
② 〔清〕姚鼐编《古文辞类纂》,《续修四库全书》,上海:上海古籍出版社,2002年,第1609册,第311页。
③ 章太炎撰,庞俊、郭诚永疏证《国故论衡疏证》中卷之五,北京:中华书局,2018年,第436—437页。
④ 刘师培《中国中古文学史 汉魏六朝专家文研究》附录,北京:商务印书馆,2010年,第172页。

例,讨论子集兴替这一学术著述方式的转变,应当具有代表性。

相较于秦汉诸子,汉魏子书的命名方式与著述性质均发生了根本性的变化,西晋荀勖《中经新簿》的乙部,"有古诸子家、近世子家、兵书、兵家、术数"①,乙部对应了后世成熟的四部分类法的子部,"近世子家"当为汉魏以后诸子。刘勰《文心雕龙·诸子》篇述及汉魏诸子:"若夫陆贾《典语》,贾谊《新书》,扬雄《法言》,刘向《说苑》,王符《潜夫》,崔寔《政论》,仲长《昌言》,杜夷《幽求》:咸叙经典,或明政术,虽标论名,归乎诸子。何者?博明万事为子,适辨一理为论,彼皆蔓延杂说,故入诸子之流。"②并指出汉魏子书"体势漫弱,虽明乎坦途,而类多依采"③,即思想上依傍六经与儒家的特征。荀勖认为"近世子家"有别于"古诸子家",正因为汉魏子书与先秦诸子具有不同的体制与宗旨。④ 清代学者章学诚则进一步指出了汉魏子书以"论"为名的命名方式及其与"论"体文的内在联系:"魏文《典论》,盖犹桓子《新论》、王充《论衡》之以论名书耳。《论文》,其篇目也。今与《六代》《辨亡》诸篇,同次于论。"⑤(《文史通义·诗教下》)余嘉锡《古书通例·明体例第二》"汉魏以后诸子",认为汉以后著作名为"子书"者,其实"论"也,而"详观子部体制之变迁,亦可知古今学术之得失矣"。⑥ 明确汉魏子书以"论"为名,并且"子"与"论"在学术源流上有着密切关系的前提下,认识到作为说理之文,两者在著述性质及其写作方式上一致,尽管汉魏子书中的篇章不标"论"体之名,但依然具有"论"体文的性质,如《过秦论》实本为《新书·过秦》⑦,其存录方式发生过明显的变化。

在现存的汉魏子书中,王充在《论衡》中反复提及己作的著述方式,在与六经、诸子、史传的比较中,有意揭示"论"作为著述方式的特征,以此明确

---

① 《隋书·经籍志》序,〔唐〕魏徵等《隋书》卷三十二,北京:中华书局,1973年,第906页。
② 〔南朝梁〕刘勰著,范文澜注《文心雕龙注》,北京:人民文学出版社,1958年,第309—310页。
③ 《文心雕龙注》,第310页。
④ 吴光兴《"文"与"论":文本位"文章"新概念的一次分化——著述"文章"向修辞"文章"观念的演变》一文第三节《"论"书与"子书"——汉魏晋"书论—子书—近世子家"名称的来龙去脉》指出了汉魏以"论"为名的著述,其作者并不认同其为诸子,"论"书绝大多数没有与儒家立异的学术目的,主要目标在于建立著作者个人的论述。《中国社会科学院文学研究所学刊(2011)》,北京:中国社会科学出版社,2012年。
⑤ 〔清〕章学诚著,叶瑛校注《文史通义校注》,北京:中华书局,1985年,第81页。
⑥ 详见余嘉锡《目录学发微 古书通例》,北京:中华书局,2009年,第250—251页。
⑦ 早在汉魏之际,《过秦论》已被视作单篇文章,并具有典范意义,曹丕云:"余观贾谊《过秦论》,发周秦之得失,通古今之制义,洽以三代之风,润以圣人之化,斯可谓作者矣。"曹丕此说今见于《太平御览》引录《典论》,严可均将其置于《论文》篇末,《全三国文》卷八,〔清〕严可均辑《全上古三代秦汉三国六朝文》,北京:中华书局,1958年,第1098页。类似的例子见于《三国志·吴书·阚泽传》记载:"权尝问:'书传篇赋,何者为美?'泽欲讽喻以明治乱,因对贾谊《过秦论》最善,权览读焉。"〔晋〕陈寿撰,〔南朝宋〕裴松之注《三国志》卷五十三,北京:中华书局,1959年,第1249页。

《论衡》的学术史地位。在《对作》篇中,王充指出:

> 五经之兴,可谓作矣。《太史公书》、刘子政序、班叔皮传,可谓述矣。桓山君《新论》,邹伯奇《检论》,可谓论矣。……造端更为,前始未有……故曰作也。……今《论衡》就世俗之书,订其真伪,辩其实虚,非造始更为,无本于前也。儒生就先师之说,诘而难之;文吏就狱卿之事,覆而考之,谓《论衡》为作,儒生、文吏谓作乎?①

在《超奇》篇中,王充称赞桓谭《新论》:"论世间事,辩照然否,虚妄之言,伪饰之辞,莫不证定。"②由此可见,作为一种撰述方式,"论"有两个最重要的特点,其一是与"造端更为,前始未有"的"作"不同,"论"辩证世间之事,世俗之书,必定有所依傍;其二则是与"述"不同,王充将司马迁《史记》、刘向《说苑》《新序》和班氏父子的《汉书》视作"述",虽然"累积篇第,文以万数……然而因成纪前,无胸中之造"③(《超奇》)。在王充的价值序列中,五经属于"无本于前"的"作",显然高于"述"与"论"。在后两者中,王充更加推崇"论"辩证真伪虚实的功能,即"辩照然否"。他在《论衡》一书中反复表白己作"论"的特质,如《对作》篇:"是故《论衡》之造也,起众书并失实,虚妄之言胜真美也。……故《论衡》者,所以铨轻重之言,立真伪之平,非苟调文饰辞,为奇伟之观也。"④《自纪》篇:"又伤伪书俗文多不实诚,故为《论衡》之书。"⑤并在《佚文》篇中以"疾虚妄"⑥一言概括《论衡》之宗旨。

《论衡》所谓"辩照然否"的特点,并不意味着其书以单篇"论"体文连结而成,如"九虚三增"诸篇近似札记,在引述"传书言"之后加以按语,由逻辑与经验两个层面,对诸子传说的虚妄之言加以辩证,数则札记缀连成篇。对于《论衡》而言,"论"的意义在于著述方式而非文体体制,故本章以"论"体文指代文体,以区别于"论"。

然而对于大部分汉魏子书,其著述特点正如刘勰所说"体势漫弱,虽明乎坦途,而类多依采",其宗旨不出于六经、儒家:"魏、晋已来,所著诸子,理重事复,递相模斅,犹屋下架屋,床上施床耳。"(《颜氏家训·序致》)⑦在学

---

① 黄晖《论衡校释》卷二十九,北京:中华书局,1990年,第1180—1181页。
② 《论衡校释》卷十三,第609页。
③ 《论衡校释》卷十三,第607—608页。
④ 《论衡校释》卷二十九,第1179页。
⑤ 《论衡校释》卷三十,第1194页。
⑥ 《论衡校释》卷二十,第870页。
⑦ 王利器《颜氏家训集解(增补本)》卷一,北京:中华书局,2013年,第1页。

术史上,亦不乏诸如"后汉诸子渐兴,讫魏初几百种。然其深达理要者,辨事不过《论衡》,议政不过《昌言》,方人不过《人物志》,此三家差可以攀晚周。其余虽娴雅,悉腐谈也"①。"东汉之后,藻绘日工,当世子书,亦多涂泽,其学既本无专门传受,但欲著书以图不朽,故谈道难穷远致,而行文正其素长"②的评价。对于汉魏诸多子书而言,"著述"本身即是著述的目的,道德训诫或是经验化的政治理论是其主要的内容。王充《论衡》所主张并实践的"辩照然否",并未受到之后汉魏子书作者的认可,名虽为"论",诸篇亦为分析、说明事理之作,但他们并不追求在圣人之作和六经之外"立一家言",亦没有以辩证经传诸子之真伪虚实,来实现维护六经与儒家义理的意愿。如王符《潜夫论·叙录》述其著述宗旨:"刍荛虽微陋,先圣亦咨询。草创叙先贤,三十六篇,以继前训。"③王符所谓"叙先贤""继前训",与刘勰"明乎坦途,类多依采"的评价相通。类似地,荀悦《申鉴·政体》开篇声称:"夫道之本,仁义而已矣。五典以经之,群籍以纬之,咏之歌之,弦之舞之。前鉴既明,后复申之。故古之圣王,其于仁义也,申重而已。笃序无疆,谓之'申鉴'。"④徐幹在《中论·治学》篇亦指出:"非唯贤者学于圣人,圣人亦相因而学也。孔子因于文武,文武因于成汤,成汤因于夏后,夏后因于尧舜。故六籍者,群圣相因之书也。其人虽亡,其道犹存。今之学者勤心以取之,亦足以到昭明而成博达矣。"⑤

由此可见,汉魏子书的立言宗旨不出于六经、诸子,"著书"的行为本身即是"成一家之言",如曹丕所言:"(伟长)著《中论》二十余篇,成一家之言,辞义典雅,足传于后,此子为不朽矣。"(《与吴质书》)⑥但在后人眼中却未必如此,章学诚对曹丕的评价颇为不满:"魏文论建安诸子,推徐幹著书成一家言;今观伟长《中论》,义理皆人所可喻,文辞亦不出黄初,盖效《法言》、《申鉴》诸家而有作尔;变其书记铭箴颂诔诗赋之规模音节,初无不得已而立言宗旨,遂谓所著足以成一家言,可乎?"(《文史通义·杂说》)⑦在章氏的理解中,著述的"立言宗旨"是"成一家之言"的基本条件,而非空有子书的

---

① 《国故论衡疏证》中卷之五,第438—439页。
② 程千帆《子之余波与论之杰思》,《闲堂文薮》,《程千帆全集》第七卷,石家庄:河北教育出版社,2000年,第144页。
③ 〔汉〕王符著,〔清〕汪继培笺,彭铎校正《潜夫论笺校正》卷十,北京:中华书局,2014年,第608页。
④ 〔汉〕荀悦撰,〔明〕黄省曾注,孙启治校补《申鉴注校补》,北京:中华书局,2012年,第1页。
⑤ 〔魏〕徐幹撰,孙启治解诂《中论解诂》,北京:中华书局,2014年,第14页。
⑥ 〔南朝梁〕萧统编,〔唐〕李善注《文选》卷四十二,上海:上海古籍出版社,1986年,第1897页。
⑦ 〔清〕章学诚著,仓修良编注《文史通义新编新注》内篇六,杭州:浙江古籍出版社,2005年,第355页。

形式。

　　有学者指出，汉魏子书大多系由单篇论文"连结"而成，不妨视作单篇论文的汇集。① 专题论文作为诸子主要的写作文体，可以追溯至《荀子》《韩非子》，之后的《吕氏春秋》以及汉初的《新书》《新语》等作直到《淮南子》，也都是连缀专题论文成书。② 而汉魏子书中，以专题论文为主的子书亦成为主流，除了《论衡》部分篇章连缀札记而成，《新论》《潜夫论》《政论》《昌言》《申鉴》《典论》《中论》等作皆汇集专题论文成书，而两晋南北朝的子书中，《傅子》《抱朴子》《刘子》以及具备子书性质的《文心雕龙》亦是类似的体制。南宋《文章正宗》以降的文章总集，采摭《潜夫论》《政论》《昌言》《中论》等汉魏子书的篇目，与《过秦论》《养生论》《辨亡论》《运命论》等汉晋名作一道列于"论"体文③，由此可见"论"体文在体制上与子书的关系之深。

二、玄学与佛教"论"体文及其存录方式

　　考虑到汉魏子书本身以九流百家之说为学术资源，"著述"的意义远大于"成一家言"，故而在汉魏子书中去寻求别具一格的立言宗旨，或者全新的学术思想，无异于缘木求鱼。值得注意的是，子书著述在以儒家为主、兼取九流诸子的传统之中，未能与新兴的学术思想，即玄学与佛教密切结合。对于魏晋玄学而言，注经与著论无疑是最重要的学术著述形式④，其中，"论"体文的主题亦即魏晋清谈所关注的话题⑤，如"有无""才性""力命""养生""言意"等。⑥ 友朋之间的往复论难，更能体现魏晋玄学"论"体文"辨正然否"的

---

① 详见杨明《〈典论·论文〉"书论宜理"解》，《汉唐文学辨思录》，上海：上海古籍出版社，2005年，第43—46页。
② 详见刘宁《汉语思想的文体形式》第一章《汉唐子书"论著"》，上海：华东师范大学出版社，2012年，第36页。
③ 详见本书第七章《选子入集：论总集采摭子书篇章的方法》第二节《汉魏子书"入集"的文本来源与编纂方法》的论述。
④ 刘宁《汉语思想的文体形式》第三章《文体互动：经与子、注经与著论》对玄学的表达方式有所关注，注经与著论最显著的差异，就是"论辩"内容的有无。王弼、郭象等人的经注，以解说发明为主，几乎没有辨析群言的内容；而这种辨析性的内容，显然是"论"体文不可或缺的成分。
⑤ 彭玉平《诗文评的体性》（北京：北京大学出版社，2012年）下编第六章《魏晋清谈论》，以清谈与论体文相互沟通与影响为视角，探讨了两者在文风、思维方式上的趋同，可参。
⑥ 程千帆《子之余波与论之杰思》第四节《论辩文题材之分析》对玄学论辩文的主题有所总结，《闲堂文薮》，第151—153页。王京州《魏晋南北朝论说文研究》（上海：上海古籍出版社，2014年）第三章《题材论（上）》对此亦有详论，可参。

特征,亦即王充所谓的"辩照然否",嵇康《养生论》、向秀《难养生论》与嵇康《答难养生论》乃典型之作。

《养生论》针对"世或有谓:神仙可以学得,不死可以力致者;或云:上寿百二十,古今所同,过此以往,莫非妖妄者;此皆两失其情"的观点,提出"(神仙)似特受异气,禀之自然,非积学所能致也。至于导养得理,以尽性命,上获千余岁,下可数百年,可有之耳",继而指出世人"惟五谷是见,声色是耽,目惑玄黄,耳误淫哇"。即在各种欲望的支配下,性命受到极大的戕害,而"善养生者则不然矣。清虚静泰,少私寡欲。……庶可与羡门比寿,王乔争年,何为其无有哉!"①向秀的"难"作,又针锋相对地指出:"且夫嗜欲,好荣恶辱,好逸恶劳,皆生于自然。""夫人含五行而生,口思五味,目思五色,感而思室,饥而求食,自然之理也。但当节之以礼耳。"②明确反对嵇康将一切欲望视作洪水猛兽的观点。嵇康《答难养生论》,则在承认嗜欲为人性之自然的前提下,进一步指出嗜欲不适宜于养生:"夫嗜欲虽出于人,而非道之正。犹木之有蝎,虽木之所生,而非木之宜也。故蝎盛则木朽,欲胜则身枯。然则欲与生不并久,名与身不俱存,略可知矣。"③

嵇康与向秀的往复论难,对嗜欲是否有害于养生这一颇具争议性的话题展开了争论:向秀指出嗜欲出于人性自然,不顺从自然欲望对于养生有害:"苟心识可欲而不得从,性气困于防闲,情志郁而不通,而言养之以和,未之闻也。"④嵇康在承认嗜欲乃人性自然的基础上,指出放任嗜欲之危害,并以木和蝎的关系譬喻养生与嗜欲,加强自己的论证。嵇康、向秀二人的论、难与答宛如一场精彩的纸面辩论赛,在学术与思想的表达方式上,与汉魏子书反复申说为世人认可的义理有着天壤之别。章太炎在《论式》中将大部分汉魏子书视作"腐谈",却标举魏晋"论"体文,指出"老庄刑名之学逮魏复作,故其言不牵章句,单篇持论,亦优汉世"⑤。而汉代的"论"体文主要见于子书,单篇之作较少,章氏以《文选》所选西汉"论"体为例述之:"由汉以降,贾谊有《过秦》,在儒家;东方朔设非有先生之论,《朔书》二十篇,则于杂家著录;及王褒为《四子讲德》,始别为辞人矣。晚周之论,内发膏肓,外见文采,其语不可增损。汉世之论,自贾谊已繁稠,其次渐与辞赋同流,千言之论,略其意不过百

---

① 〔三国魏〕嵇康著,戴明扬校注《嵇康集校注》卷三,北京:中华书局,2014年,第252、252—253、254、255页。
② 《嵇康集校注》卷四,第284、285页。
③ 《嵇康集校注》卷四,第296页。
④ 《嵇康集校注》卷四,第285页。
⑤ 《国故论衡疏证》中卷之五,第439页。

名。"①章氏认为,贾谊、东方朔之"论"体文作为其子书篇章,在文风上稍嫌繁缛,不及晚周诸子之"论"。刘咸炘指出两汉单篇之"论"在题名、体制等方面与后世的差异,并指出东汉以后的"论"体文近于诸子之处:"单篇之论,不知何始,今所见者,司马谈六家要旨篇,未知是否原题。吾丘寿王骠骑论功,则因事而作,体同扬颂。班彪《正前史得失论》,蔡邕《铭论》,实考辨之论之原。朱穆《崇厚》以下,则取诸子二字名篇之例而加以论字也。观《后汉·文苑传》数其著述多曰论,盖后汉已多加华于质,变子为单篇文矣。"(《文式附说·论著》)②

由此可见,魏晋"论"体文不同于汉魏子书之处,用现代学术的话语来表达就是两者有着不同的问题意识,魏晋玄学"论"体文倾向于选择具有争议性和思辨色彩的论题,有意识地针对既有的学术观点。刘勰所谓"博明万事"与"适辨一理"的区别,不单单指代子书与单篇"论"体文在题材广度上的差别,还暗含着所关注问题及其论说方式的不同,尤其是汉魏子书,其关涉的问题虽多,但基本接续前人陈说,缺乏新锐之见;单篇"论"体文虽集中论述"一理",却充满了思辨性与前沿性。今天的学术著作中,"概论""通史"性质的著作追求"博明万事",编著者往往不以提出新说为旨,在全面概述某一学科或领域发展情况的同时,不免以延续学界已有的、公认的"常论"为主,缺乏个性;而篇幅较小的期刊论文,多有明确的问题意识,直接针对已有研究存在的不足,"论"多于"述",新见时出。玄学作为魏晋时代的新学术,选择"论"体文而非子书作为主要的著述方式,似在有意无意之间,显现了私人学术著述在"子"与"集"之间的转变。

章太炎晚年更是推崇魏晋六朝"论"体文,在强调"汉人独行之文,皆有为而作,或为奏议,或为书札,鲜有以论为名者"的同时,以为"裴頠《崇有》,范缜《神灭》,斯为杰构。……此种析理精微之作,唐以后不可见"(《文学略说》)③。章氏提及的范缜《神灭论》见于《梁书·儒林传·范缜传》,《弘明集》收入萧琛《难神灭论》并序,引录范缜原作的问答,并以"难曰"引出反驳的文字,客观上亦收录了《神灭论》的原文。《弘明集》以"弘道明教"(僧祐《弘明集序》)为编撰目的,编者僧祐以《弘明集后序》所述"六疑"为旨,汇集了诸多主题的论说、书疏与问难之作。所谓"六疑",即"一疑经说迂诞,大而无征;二疑人死神灭,无有三世;三疑莫见真佛,无益国治;四疑古无法教,近

---

① 《国故论衡疏证》中卷之五,第437页。
② 刘咸炘《推十书(增补全本)·戊辑》第二册,上海:上海科学技术文献出版社,2009年,第904页。
③ 〔清〕章太炎讲演,诸祖耿、王謇、王乘六等记录《章太炎国学讲演录》,北京:中华书局,2013年,第287页。

出汉世;五疑教在戎方,化非华俗;六疑汉魏法微,晋代始盛。"①有论者将此"六疑"总结为三个方面:一是怀疑因果报应和神不灭说(一疑与二疑),二是怀疑佛教不利于封建政治和经济(三疑),三是怀疑佛教不是圣人之教,只适用于外国(四疑、五疑与六疑)。② 关于佛教和儒家、道家等传统思想的冲突,南齐人顾欢作《夷夏论》(《隋志》子部道家类著录),以崇道而摈佛,核心在于"夷夏"之别:

> 虽舟车均于致远,而有川陆之节,佛道齐乎达化,而有夷夏之别,若谓其致既均,其法可换者,而车可涉川,舟可行陆乎? 今以中夏之性,效西戎之法,既不全同,又不全异。下弃妻孥,上废宗礼。嗜欲之物,皆以礼伸;孝敬之典,独以法屈。悖礼犯顺,曾莫之觉。弱丧忘归,孰识其旧? 且理之可贵者,道也;事之可贱者,俗也。舍华效夷,义将安取? 若以道邪? 道固符合矣。若以俗邪? 俗则大乖矣。③

顾欢认为佛、道二教"其致既均""道固符合",在义理层面是相通的。但佛教不符合华夏习俗,如"翦发旷衣,群夷之服""火焚水沉,西戎之俗""毁貌易性,绝恶之学"④等礼仪、文化制度,故而不应"舍华效夷"。作为一部佛教文献汇编,《弘明集》保留了若干篇与顾欢论难的文章,即卷六明僧绍《正二教论》、谢镇之《折夷夏论》《重书与顾道士》,卷七朱昭之《难顾道士夷夏论》、朱广之《疑夷夏论咨顾道士》、释慧通《驳顾道士夷夏论》与释僧愍《戎华论折顾道士夷夏论》。其中,谢镇之《折夷夏论》:"人参二仪,是谓三才;三才所统,岂分夷、夏? 则知人必人类,兽必兽群。近而征之:七珍,人之所爱,故华、夷同贵;恭敬,人之所厚,故九服攸敦。"⑤谢氏此论,以佛教众生平等的观念,努力打破顾欢所持"夷夏之别"的成见;而针对顾欢所论夷夏之俗不同,朱昭之《难顾道士夷夏论》驳之以"东国贵华,则为衮冕之服,礼乐之容;屈伸俯仰之节,衣冠簪佩之饰,以弘其道,盖引而近之也。夷俗重素,故教以极质,髡落徽容,衣裳弗裁,闲情开照,期神旷劫,以长其心,推而远之也"⑥。以"贵华"和"重素"解释华、夷习俗差异,不带预设的偏见,消解夷夏之别及其对应的

---

① 〔南朝梁〕僧祐撰,李小荣校笺《弘明集校笺》卷十四,上海:上海古籍出版社,2013 年,第 795 页。
② 详见刘立夫《弘道与明教——〈弘明集〉研究》第一章《〈弘明集〉概论》,北京:中国社会科学出版社,2004 年,第 16 页。刘著同时指出,《颜氏家训·归心》篇也总结过当时社会对佛教的诸多质疑。
③ 〔南朝梁〕萧子显《南齐书》卷五十四《高逸传》,北京:中华书局,2017 年,第 1028 页。
④ 《南齐书》卷五十四《高逸传》,第 1027 页。
⑤ 《弘明集校笺》卷六,第 347—348 页。
⑥ 《弘明集校笺》卷七,第 363 页。

佛、道之高低优劣。

《弘明集》的编纂无疑有着明确的宗旨,所关注的问题亦反映了佛教传入中国以后,传统儒、道二家对它的质疑甚至攻讦。除了"夷夏论"之外,《弘明集》所汇编的论难之作,亦包括"白黑论""达性论""神不灭论""沙门不敬王者论""袒服论""报应论""辨惑论"等论题,虽然编纂于齐梁时期的《弘明集》未能依照主题进行分类,然而依照主题汇集相关作品,罗列或者说序次诸多主题"论"体文以成"集"的著述体制,已然可观。这种将某一论题之下的论难或问答之作汇编而并不明确分类的体例,其意义在于直接呈现历史的"现场感",编者个人的主观建构或有意识的总结反而相对"缺席"。这种单篇"论"体文的存录方式,无疑很好地保留了魏晋南朝新学与显学的第一手文献。

到了唐代道宣律师所编的《广弘明集》,将所辑文章依据性质分为十类(篇),每篇皆有小序,这种体例无疑进一步明确了所录佛学论文的具体旨意。道宣甚至以此十类为《弘明集》所录的部分论文进行了重新归类①,如反驳顾欢《夷夏论》的相关文章,均入《归正篇》第一;《辨惑篇》第二则包括了《弘明集》卷一的牟融《辨惑》(即《牟子理惑论》)与亡名《正诬论》(即未详作者《正诬论》),卷三宗炳《难何承天白黑论》,卷四何承天《达性论》及颜延之难,卷六释道恒《释驳论》、张融《门律》及周颙难,卷八释玄光《辨惑论》与刘勰《灭惑论》,卷十一李淼《难不现佛形论》及释高、明答与萧子良《释疑惑书》(即文宣王《书与孔中丞稚圭释疑惑》)。② 僧祐"六疑"的其余重要方面,如释慧远《报应论》(卷五)与梁武帝君臣反对《神灭论》的相关论辩文(卷九),被道宣归入《法义》篇第四,释慧远《沙门不敬王者论》(卷五)、慧远与郑道子、范伯伦争论"踞食"的问、答(卷十二),皆入《僧行》篇第五。同时,《广弘明集》在题材及所收入的文体,实际上亦超出《弘明集》以论、书、难,包括"答书""答难""难论"等在性质上与"论"体文较为相近的文类。《广弘明集·佛德篇》第三收录了像赞、铭、铭赞、序、诏、启、唱导文、发愿文、忏悔文、铭颂等诸多文体,《悔罪篇》第九则全为忏悔文,属于文体和主题高度一致的类别,《统归篇》第十除了檄魔文、露布等与《弘明集》卷十四类似,余则为赋诗之体。

---

① 李小荣指出两《弘明集》在体例上的区别:"《弘明集》主要是选辑,《广弘明集》则用自己观点来统摄被辑论文,由此更清楚地表明了道宣独特之佛学观……道宣是书显然继承《弘明集》而来,书名不曰'续'而曰'广',旨在体现撰者之创新特色。"《弘明集校笺·前言》,第23—24页。关于《广弘明集》的体例,可参刘林魁《〈广弘明集〉研究》第三章《〈广弘明集〉编纂体例和编纂思想》的相关论述,北京:中国社会科学出版社,2011年,第80—105页。
② 〔唐〕释道宣《宋思溪藏本广弘明集》卷五,北京:国家图书馆出版社,2018年,第二册,第63页。

从这个意义上看，《广弘明集》所具备的佛教文类总集的性质更为显著，在存录相关原始文献的基础上，道宣构建佛教正统意识的主观愿望更加强烈，如《归正篇》第一，首两篇《商太宰问孔子圣人》与《子书中佛为老师》，从《列子》与《老子》《符子》取材，宣扬佛为圣人，以此贬低儒道两家；此卷之后的篇目如《汉显宗开佛化法本内传》（未详作者）、《后汉书·郊祀志》（出范晔《汉书》）、《吴主孙权论叙佛道三宗》（出《吴书》）、《宋文帝集朝宰论佛教》（出《高僧》等传）、《元魏孝明召佛道门人论前后》（出《魏书》）等篇，或出史传，或出《高僧传》等佛教文献①，述东汉以降数朝帝王论佛教事，显然有意在儒道圣人之后，以世俗皇帝的权威为其说张目。卷二专录两篇与佛教有关的史志，魏收《魏书·释老志》与王邵《齐书·述佛志》，卷三则是江淹《遂古篇》、颜之推《归心篇》与阮孝绪《七录序》，其中，《归心篇》取自《颜氏家训·归心》，即此篇前半部分针对"俗之谤者，大抵有五"的"释"②，以颜之推作为南北朝学者的代表，以较为宏观的角度辩证了世人以佛教为迂诞、对因果报应的怀疑，并对僧尼的恶行、佛教对社会经济的影响等问题进行了辩解。而阮孝绪《七录》则在内篇经典、记传、子兵、文集、术伎之外，设置外篇佛法与仙道二录，在刘歆《七略》以降的目录学系统及其背后的知识体系中，从正面意义上确定了佛教在传统学术与知识谱系中的地位，故道宣认为《七录序》值得编入《归正篇》。从《归正篇》广泛取材史传、子书的情况看，道宣有意识地选择、截取较长历史时间段内不同性质的文献，以论证佛教的正统地位，其意义显然超出了一般的文献存录。

尽管如此，《广弘明集》无疑建立了一个更加清晰而完备的体系，将既有的佛学论文归入这一体系，也使得"集"兼备子书包罗并序次若干主题的著述形式，在某种程度上，为后世文集继承子书立言有宗旨和专门之学提供了一种样式。③ 与之相对的是，虽然《弘明集》并未进行系统分类，但依然以"集"的形式存录了诸多论题的相关问难之作，为我们了解六朝时期相关的"论"体文在以单篇形式流传之外，还能以怎样的方式存录，提供了可靠的文献依据，亦具备相当程度的典范意义。

---

① 刘林魁《〈广弘明集〉研究》第四章《〈广弘明集〉辑录文献考辨》对《归正篇》卷一、二辑录的部分文献进行了考辨，可参，第121—132、149—157页。
② 《宋思溪藏本广弘明集》卷三，第一册，第93页。《颜氏家训·归心》在五则"释"之后，还有数则告诫子孙不要杀生的故事，道宣将之编入《广弘明集·慈济篇》第六，并题名为《诫杀家训》，同卷其他四篇文章亦是同一主题。
③ 立言有宗旨与专门之学乃章学诚在价值判断层面，从本质上确认的子史之学不同于一般文集的特性，详见本书第八章《章学诚"子史衰而文集之体盛"说发微》的相关论述。

三、子书之变与文集之兴:"论集"成立的内在理路

若要理解玄学与佛教"论"体文以"论集"而非子书作为主要的存录方式,还必须考虑子书之变与文集之兴的学术史背景,以及子书、文集两种不同的学术著述方式的本质区别和兼容的可能性,才能更加全面而深入地理解"集"最终取代"子",成为"论"体文的主要存录方式,在子书趋于衰微之后,承担了子书的学术和思想表达功能。与先秦诸子九流百家不同的是,汉魏子书则是"主体不外儒杂二流。……推原其故,则自汉以来,儒学定于一尊,与九流互为影响之所致"①。重述"古今之常论"以至"理重事复"乃是主流,不过,六朝子书在文体体制和选题兴趣上,发生了一些值得瞩目的变化:类似汉魏子书连缀多篇专题论文的文体形式被改变,如萧绎《金楼子》和《颜氏家训》,《金楼子》虽然以前代典籍为重要的写作资源,但并非类书之作,如《捷对》更接近魏晋志人小说,有意整合了某一主题的相关逸事;《立言》则类似读书笔记,在摘录典籍的基础上,亦有作者个人随感与议论。此外,萧绎把个人经历写入了《金楼子》,使得子书的内容不限于社会政治与道德修为等公共领域的话题,《颜氏家训》私人写作的特征更为明显,后人可以看到颜之推记载的当世逸闻、礼仪规范,甚至个人知识考据的爱好与生命经历的独特体验,这些私人化的内容,使得《家训》的诸多篇目更类似于后世的笔记,子书作为一种著述方式,几乎被这种私人写作与知识趣味解构。在六朝末期至唐初,如果不包括作者不详的《刘子》,固守传统子书形式的著述中,《文心雕龙》与《史通》以子书的著述形式,论文衡史,走向了专门之学之路,在一定程度上改变了子书"博明万事"的传统。②

《隋书·经籍志》的著录,为我们今天考察玄学"论"体文及其存录方式,提供了诸多的线索:《隋书·经籍志》子部道家类著录"梁有《养生论》三卷,嵇康撰;《摄生论》二卷,晋河内太守阮侃撰;《无宗论》四卷,《圣人无情论》六卷。亡"③。其中,《养生论》三卷很可能为嵇康《养生论》、向秀《难养生论》与嵇康《答难养生论》三作,此次论辩无疑以嵇康为中心。根据《世说新语》

---

① 程千帆《子之余波与论之杰思》,《闲堂文薮》,第 147 页。
② 刘宁指出,传统子书包罗万有的格局,在南北朝时期至隋唐,出现了一些专门化的取向,如《颜氏家训》《文心雕龙》《齐民要术》《帝范》《臣轨》《史通》等,代表务实而经验化的子书论著,向实用化、专门化方向发展。《汉语思想的文体形式》,第 39 页。
③ 《隋书》卷三十四,第 1002 页。

注引《陈留志名》可知,阮侃为阮共少子,"有俊才,而饬以名理。风仪雅润,与嵇康为友。仕至河内太守"①。嵇康有《难宅无吉凶摄生论》与《答释难宅无吉凶摄生论》二作,其"难"与"答",回应的是《宅无吉凶摄生论》与《释宅无吉凶摄生论》,戴明扬认为,此二篇即《隋志》著录的阮侃《摄生论》二卷,而嵇康主张"宅有吉凶",《隋志》子部五行家类著录"《宅吉凶论》三卷"(未题撰人),当为嵇康之作。戴氏反对姚振宗《隋书经籍志考证》将《摄生论》视作张邈(辽叔)之作的观点:"张邈但有《自然好学论》,叔夜难之。至此二篇,则固阮侃之文,非张邈所论,而侃集之者,姚氏亦以归之张邈,盖承严氏(作者按:严可均)之误。其于叔夜二篇题名,冠以'难张辽叔''答张辽叔'等字,亦本于《全三国文》。"②《无宗论》③与《圣人无情论》不著撰人,圣人有情无情亦是魏晋玄学热衷讨论的话题之一,根据《三国志·魏书·钟会传》裴注引何劭所作《王弼传》可知:"何晏以为圣人无喜怒哀乐,其论甚精,钟会等述之。弼与不同,以为圣人茂于人者神明也,同于人者五情也。"④《隋志》著录的《圣人无情论》,可能汇集了何晏、钟会、王弼与其他魏晋玄学家之作,现已无考。

此外,《隋书·经籍志》子部儒家著录"梁有《去伐论集》三卷,王粲撰,亡",杂家著录"《论集》八十六卷殷仲堪撰。梁九十六卷。梁又有《杂论》五十八卷,《杂论》十三卷,亡"。⑤ 集部总集亦著录《论集》七十三卷,《杂论》十卷,不题撰人;另有《明真论》一卷,晋兖州刺史宗岱撰,《东西晋兴亡论》一卷,《陶神论》五卷,《正流论》一卷。⑥ 由此可见,"论"体文纂集为书,或隶子部,或属集部。名为"论集"的著作,已经出现在《隋书·经籍志》子部之中。除"去伐"和"东西晋兴亡"二题之外,其余"论集"基本以玄学和佛教为主题,也正是考虑到"论集"应该不是政论、史论主要的存录方式,这部分"论"体文与其他各体文章之作类似,主要存录于作者的别集和《文选》等文章总集之中,故而本章选择玄学与佛教"论"体文作为主要的研究对象。作为魏晋南

---

① 〔南朝宋〕刘义庆著,〔南朝梁〕刘孝标注,余嘉锡笺疏《世说新语笺疏》,北京:中华书局,2015年第3版,第741页。
② 《嵇康集校注》卷八,第458页。
③ 姚振宗根据慧皎《高僧传》记载"(释慧观)著《辩宗论》《论顿悟渐悟义》"(《义解》四《宋京师道场寺释慧观》),推测《无宗论》"即此书之缘起"。氏著《隋书经籍志考证》,《二十五史补编》第4册,上海:开明书店,1936年,第446页。
④ 〔晋〕陈寿撰,〔南朝宋〕裴松之注《三国志》卷二十八,北京:中华书局,1982年,第795页。
⑤ 《隋书》卷三十四,第998、1009页。《文心雕龙·论说》:"仲宣之《去代》。"范文澜注:《札迻》十二:"代当作伐,形近而误。《隋书·经籍志》儒家梁有《去伐论集》三卷,王粲撰,即此。去伐,言去矜伐。《艺文类聚》二十三引袁宏《去伐论》,仲宣论意,当与彼同。"《文心雕龙注》第338页。
⑥ 《隋书》卷三十五,第1087页。

北朝的新学与显学,玄学与佛教的"论"体文若是仅以单篇流传,或仅存于作者别集与一般的文章总集,势必不便于学术的传播和时人的专研。既然子书的传统形式与其格格不入,"论集"作为一种新的著述方式便应运而生。

这些介于"子""集"二部之间的、纂集"论"体文的著作,大致可以分为两种情况:其一是题为《论集》和《杂论》之作,其卷帙或多达数十卷,殷仲堪所编撰之作著于子部杂家的若干种子抄类著作之后,很可能汇集多家、多个主题的"论"体文,从《晋书·殷仲堪传》的记载"仲堪能清言,善属文,每云三日不读《道德论》,便觉舌本间强。其谈理与韩康伯齐名,士咸爱慕之"①来看,《论集》很有可能包括若干玄学论文,体现了殷氏本人的学术兴趣。《论集》《杂论》卷帙庞大,应当在汇集了出于众手的同一主题之作的基础上,罗列或序次多个主题的"论"体文而编成,显然与汉魏子书作为个人之作,每题一篇文章,不可能集结他人之作的情况不同,这也是"论集"和子书在著述体制上的最大区别。其二则是专题论集,如王粲、宗岱等人之作,包括名理与史论等多个方面,《隋志》子部道家著录的四种玄学论集,亦在此列,这类"论集"篇幅一般较小,甚至仅存一卷(未必仅有一篇)。虽然其书题名"某某论",看似与汉魏子书相似,但其专题性("适辨一理")决定了不能将其视作"博明万事"的汉魏子书。《隋志》的分类存在学术宗旨的考量,如儒家、道家、杂家皆有"论集"著录,而或入"子"或入"集"则说明其著述性质兼备子、集,由于文献的亡佚,我们很难推测其具体区别。②

遗憾的是,《隋书·经籍志》著录的诸多纂集"论"体文的著述均已亡佚,只能依据著录的部类及其名称推测其著述性质,不过可以确定的是,无论综合性或专题性的"论集",皆与作为个人著述、"博明万事"的汉魏子书有着本质上的差异。以"论"为名的佛教"论集"则有南朝宋齐学者陆澄所编《法论》,《出三藏记集》卷十二收录了《宋明帝敕中书侍郎陆澄撰法论目录序》,由此可知《法论》汇编的相关文献及其体例。其书共有十六帙,在罗列每帙的具体篇目以后,以小注的形式标明此帙的名称与卷数,如"右《法论》第一帙《法性集》十五卷"③,此后每帙的名称皆为"某某集",如第二帙《觉性集》、第三帙《般若集》、第四帙《法身集》等。考虑到僧祐编纂《弘明集》时曾参考过

---

① 〔唐〕房玄龄等《晋书》卷八十四,北京:中华书局,1974年,第2192—2193页。
② 姚振宗指出,《去伐论集》"亦可入总集",姚氏亦怀疑子部杂家与集部总集重复著录了《论集》与《杂论》。《隋书经籍志考证》,《二十五史补编》第四册,上海:开明书店,1937年,第415、856页。
③ 〔南朝梁〕释僧祐《出三藏记集》卷十二,北京:中华书局,1995年,第430页。

《法论》①，两者在篇目上有一定的重合，如第七帙《戒藏集》中收录的释慧远《沙门不敬王者论》与《沙门袒服论》，后者下有小注"何无忌难，远答"，相关"论""难"及"答"，亦为《弘明集》卷五所录，即慧远二论与何镇南《难袒服论》与释慧远《答何镇南》。虽然《法论》全书已佚，但其目录的保存不仅为我们了解其内容提供依据，亦为我们推测《隋志》著录的《论集》《杂论》等综合性"论集"的体制，提供了有意义的参考。

由《隋志》的著录可知，在魏晋玄学家中，仅钟会有子书著述，即《三国志》钟会本传记载的"会尝论《易》无互体、才性同异。及会死后，于会家得书二十篇，名曰《道论》，而实刑名家也，其文似会"②。而《隋志》子部杂家类著录钟会《刍荛论》五卷，未知与《道论》是否为一书③。不过，从《钟会传》的记述可知，《道论》名曰"道"而实为刑名之论，似未包括钟会"论《易》无互体、才性同异"④，与"圣人无情"等玄学名理之作；《刍荛论》又入杂家，故而钟会的玄学论文很可能并未编入《道论》或《刍荛论》。《隋志》子部道家所著录的玄学论集按所论主题编纂，毕竟魏晋玄学关注的若干命题，皆有多位学者参与讨论，从《养生论》与《摄生论》的情况看，往返论辩的情况当为常态。而汉魏子书出于一人之手，以著书成就"一家之言"，又以"古今之常论"为主，论点缺乏争议，论述亦缺乏思辨色彩。魏晋玄学家自身不著子书，子书自身在著述体制和选题旨趣亦在六朝末期发生了极大的变化，玄学尚能在先秦以来的九流之中据有一席之地，佛教则否。⑤ 在这些因素的共同作用下，玄学与佛教的"论"体文以其他著述方式存录，亦是必然的选择。

实际上，玄学与佛教"论"体文的存录，与作为个人著述的子书和文集皆有互斥之处：两《弘明集》的宗旨无疑可以视作子书"一家之言"的具体表述，

---

① 最直接的证据是卷五收录桓君山《新论形神》的时候，引录了"臣澄以为：君山未闻释氏之教，至于论形神，已设薪火之譬。后之言者，乃暗与之会，故有取焉尔"。《弘明集校笺》卷五，第247页。
② 《三国志》卷二十八，第795页。
③ 姚振宗对此存疑，《隋书经籍志考证》，第471页。尹玉珊则主张《刍荛论》与《道论》为一书，见氏著《汉魏子书研究》附录一《汉魏子书叙录》，北京：中国社会科学出版社，2018年，第300页。
④ 论"才性异同"即《世说新语·文学》记载的钟会所撰《四本论》，《世说新语笺疏》，第214页。
⑤ 《隋志》子部儒家类著录"《牟子》二卷后汉太尉牟融撰"，《弘明集》卷一所录《牟子理惑论》是否即该书，姚振宗认为："本志列是书于后汉之末，部居不误，题太尉则误。"《隋书经籍志考证》，第413页。《牟子理惑论》共三十七篇，涉及的内容包括了诸多佛教与儒家思想和中国习俗相冲突的问题；每篇由一问一答构成，在体制上较为接近《沙门不敬王者论》《神灭论》等作；其书真伪和撰写年代存在较大的争议，在篇幅和体制上又与卷数较多的、由专题论文组成的汉魏子书存在较大的差别，故笔者将其视作"论"体文。《隋志》子部杂家类最后著录的十三种佛教文献中，有"《净住子》二十卷齐竟陵王萧子良撰"，《广弘明集·戒功篇》第七辑录了节略的《净住子·净行法门》，主要内容是守戒修行的法门，与子书和"论"体文关系较远。

但僧祐和道宣汇集不同时代僧俗学者的不同主题之作,尤其与汉魏之后子书为一人之著述的情况不合,在汉魏六朝长达四个多世纪的学术史上,并没有出现一"子"折中群言,为玄理与释教"著一部子书"①以"成一家言",这与汉魏子书难以在义理层面跳出六经与儒家义理的窠臼,固守"博明万事"而又申述"古今之常论"的著述特点有关,到了六朝末期,子书的著述又趋于私人化与专门化,更加不适宜汇集"论"体文的需求。但文集作为汇集辞章之作的著述,又不追求专门的立言宗旨。在子书的传统被扬弃的情况下,只有改变"集"的著述体制,才可能适应存录玄学与佛教"论"体文的现实需要。

作为汇编与存录各体文章之作的"集",时代可上溯至《汉书》成书之后,毕竟《汉书·艺文志》仅有"诗赋略",其名称和体制与后来的文集均有差异②。从《后汉书》列传著录传主所作各体文章的情况看,东汉时代编纂之"集"应当以文体分类序次,郭英德在《〈后汉书〉列传著录文体考述》一文中指出:"《后汉书》列传中传主各种文体著述的著录,大抵隐现出这种编纂文集的实践活动;而《三国志》列传著录传主的各种文体著述,则无疑是这种时代风气的产物。"③东汉时代文集编纂以文体分类序次为主,与汉魏子书罗列诸多主题的篇章而不标文体之名,在体制上大相径庭。在子书这一著述方式无法存录玄学和佛教"论"体文的情况下,"论集"亦不可能遵循依照文体分类序次的编纂方式:《弘明集》在"论"体文之外,亦包括"难""答""书"等其他文体,但按照文体分类无助于某个思想观念的集中表达,尤其是往复辩难的系列文章,更不能按照文体分入不同类别。因此,《弘明集》将同一主题的文章集中成了必然选择,到了《广弘明集》,甚至确定了相关主题的名称,再将相关的文章编入相应的主题之下。

两《弘明集》按照主题汇集相关文章的做法,似乎可以追溯到西晋初期陈寿编纂的《诸葛亮集》。陈寿《进诸葛亮集表》自陈其编纂过程:"删除复

---

① 《抱朴子外篇》卷十五《自序》,第 710 页。
② 吴光兴在《以"集"名书与汉晋时期文集体制之建构》(《文学遗产》2016 年第 1 期)中指出,追溯"文集""别集"体制建构之缘起,可以将关注的重点放在"后班固"时代。
③ 文载氏著《中国古代文体学论稿》,北京:北京大学出版社,2005 年,第 69 页。郭文还指出,尽管不确定《后汉书》是否有更早的史料来源,但史传中详细著录各种文体著述的体例,至迟形成于西晋时期,而且是编纂文集实际活动的客观记录。石雅梅《〈后汉书〉文章著录方式与东汉别集编纂理念》(《文艺理论研究》2020 年第 1 期)一文通过具体史料的考察与辨析,指出《后汉书》著录的文体或篇目符合东汉而非南朝的观念,并进一步论证了《后汉书》采用的分体记篇的著录方式,实际上与东汉的编集实践密不可分,显现了这些作品的结集形态。

重,随类相从,凡为二十四篇"①,"随类相从"即按主题区分类别,汇集相关文章归入某类之下。章学诚《文史通义·文集》认为其集"亦子书之体"②,在已知的汉魏六朝文集中是一个特例,或与《诸葛亮集》脱胎于《诸葛亮故事》相关③。清代学者张澍指出,《诸葛亮集》"各以事类相附,不以文体次比也",并对流传至后世的诸葛亮所作各体文章,归于陈寿所编文集的事类,相应做出了合理的推测,如"常璩《华阳志》纪《开府作牧》,多言用人,则《与杜微书》《答蒋琬教》《奖姚伷教》《称吴济教》等文,宜在《开府作牧篇》。《绝盟好议》《正议》《答法正书》《答惜赦书》等文,宜在《权制篇》。……其余有不能缕分并入者,未知系陈氏删芟,抑仍在二十四篇之内,莫得其审矣"④。考虑到诸葛亮遗文与蜀汉政治、军事关系密切,不同于一般的文士或学者之作,陈寿在整理《诸葛亮集》时,选择按照主题分类汇集相关文章的方式,一定程度上有利于后人了解诸葛亮的事功,可惜其集原貌今已不可知。虽然陈寿整理的《诸葛亮集》未必直接影响了《弘明集》尤其是《广弘明集》,然而几部特殊的"集",在体例上确有比较的意义:无论陈寿是面对诸葛亮遗文,还是僧祐和道宣面对不同时空的僧俗学者弘扬佛法的各体文章,按照主题将相关的文章汇集为一类,罗列诸多主题,相对于东汉以来按照文体分类并序次的文集编纂方法,是一种更合理的选择。这使得以两《弘明集》为代表的"论集",在按照主题分类并序次的体例上,更接近先秦到汉魏六朝子书罗列诸多不同主题的篇章,序次以成书的著述形式,其意义不仅在于"论集"成为玄学与佛教"论"体文的主要存录方式,更在于子书衰变的历史背景之下,"集"以汇集众多单篇作品的基本功用,部分承担子书的学术与思想表达功能,仅以辞章之学和文学独立于学术的眼光看待"集"的功能与价值,难免忽视了学术史本身的复杂与多样。

汉魏子书的学术宗旨和著述体制与玄学、佛教的扞格难通,决定了"论"体文必须以"论集"为主要的存录方式,将其放入中古时代子集兴替的学术

---

① 《三国志》卷三十五,第930页。
② 《文史通义校注》,第296页。章氏认为:"陈寿定《诸葛亮集》二十四篇,本云《诸葛亮故事》,其篇目载《三国志》,亦子书之体。而《晋书·陈寿传》云,定《诸葛集》,寿于目录标题,亦称《诸葛氏集》,盖俗误云。"
③ 《诸葛亮集》包括"故事",即与该事、该文相关的他人之作亦纳入其集的特征,从裴松之《三国志注》的引文中可见,详见李大明《陈寿编辑〈诸葛亮集〉述考》(《四川师范大学学报》2014年第3期)的论述;刘明《汉魏六朝别集研究》第三章第三节《魏晋文人集的形成路径及文体辨析的关系》则将《诸葛亮集》视作"子书入集",北京:国家图书馆出版社,2021年,第89—94页。
④ 〔三国〕诸葛亮著,段熙仲、闻旭初编校《诸葛亮集》,北京:中华书局,2014年,第11—12页。

史背景之中,可以发现以主题分类序次的"集"作为一种学术著述方式,很好地实现了子书专门之学与"一家之言"的撰述理想,在子书衰变之后,"集"不仅作为辞章之作的汇编,亦是个人学术与思想表达的重要方式。由子书、"论"体文及"论集"在汉魏六朝的升降兴替,我们可以看到"子""集"两种学术著述方式的融通,以及学术著述方式如何随着思想表达的需要而不断演变。

第六章 "以集为子":论六朝子书写作方式的文集化

一、"以集为子"说溯源

到了汉魏六朝,子书著述由先秦的学派集体之作,变而为个人的学术著述,汉魏子书多以"论"为名,形式上亦是多篇专题论文连缀成书,意旨多重述六经与诸子之说。在相对完整保留至今的六朝子书中,成书于东晋的《抱朴子》与旧题为北齐刘昼所著的《刘子》①,依然延续了汉魏子书的基本体制,但在写作方式上两书颇具骈俪色彩,葛洪《抱朴子》分内、外篇,外篇《自叙》指明"《内篇》言神仙、方药、鬼怪、变化、养生、延年、禳邪、却祸之事,属道家;其《外篇》言人间得失,世事臧否,属儒家"②。《抱朴子外篇》在宗旨和体制上延续了汉魏子书以来的传统,甚至兼备赋、史论、设论和连珠等多种文学文体③,葛洪以此抒发个人情志,与诗赋无异,故而本章仅以外篇为讨论对象④。

《抱朴子外篇》与《刘子》的著述特点,在学术史上较早受到关注,晚清学者谭献评价汉魏六朝子书:"深婉周挚,自以为儒家之书。前则《鸿烈》、《论

---

① 关于《刘子》的作者,陈志平《魏晋南北朝诸子学研究》(武汉:武汉大学出版社,2017年)一书第六章〈刘子〉研究》总结了学术史上关于《刘子》作者的论争,亦指出作者的"隐退"是《刘子》给后世留下最大的困惑,原因是《刘子》延续了先秦传统子书作者基本不出现真实自我的传统,第294—299、321—322页。本章姑从旧说之一的"刘昼作者说",以刘昼代指《刘子》作者。
② 杨明照《抱朴子外篇校笺》下册卷五十,北京:中华书局,1997年,第698页。
③ 关于《抱朴子》的文学研究,王琳《魏晋子书研究》(北京:商务印书馆,2019年)第十三章《晋代杂家类子书》专门讨论了《抱朴子》的文学性,指出《抱朴子》诸篇有赋、论、辩难、连珠诸体与骈体特征;吴祥军《融汇众体与博明万事:〈抱朴子〉的文体形态及其典范意义》(《江苏社会科学》2020年第6期)指出《抱朴子》采用了语录与对话为主的篇章结构形式,或融合语录和对话,亦吸收了骈文和辞赋等文体。
④ 余嘉锡《目录学发微 古书通例》(北京:中华书局,2009年)认为《抱朴子》内、外篇应当各自独立命名,《隋志》分别著录,又有违《汉志》的传统:"夫汉、魏以后著书,本可自命书名,不必效颦周、秦,称为某子。即欲刻意摹古,而二书所言,非既一事,何妨别为题目。而乃通为内外篇。及《隋志》分著于录,随使道家有内而无外,杂家有外而无内。《七略》、《汉志》盖未尝有此。"详见第281页。

衡》,后则《金楼》《家训》,皆志在立言,文采粲然者矣。"①从《淮南子》以降到六朝末期的《金楼子》与《颜氏家训》,虽作为子书有着"立一家之言"的宗旨,然不乏对文辞的追求;民国学者刘咸炘在谭说的基础上,更加敏锐地注意到"志在立言,文采粲然"实乃六朝子书写作方式的一大新变:

> 宗旨既浅,词采方兴,**以集为子**,若顾谭《新言》、陆景《典语》,皆意陈而词丽,其稍有名理者若秦菁《秦子》,已属罕觏。葛洪、刘昼由此出焉。(《旧书别录·魏晋六朝诸子》)②

刘氏"意陈而词丽"的评价,亦指向葛洪、刘昼二氏之书,"意陈"则是汉魏六朝子书的共同特点,即颜之推所说"魏、晋已来,所著诸子,理重事复,递相模斅,犹屋下架屋,床上施床耳"③(《颜氏家训·序致》),"词丽"则指两书追求文采,尤其是《刘子》,全书五十五篇以骈文撰成,堪称此书文体形式上最重要的特点。

无论是"意陈而词丽"还是"宗旨既浅,词采方兴"的评价或论断,皆被刘咸炘概括为"以集为子",这显然借用了文学批评史上"以词为诗"式的批评话语,意在描述文集的写作手法在六朝时代影响了子书,是为六朝子书在著述方式上的新变。"以集为子"实际上是子书写作的文学化或者辞章化,尽管子书与文集属于不同的著作类型,与诗、词等文体属于不同范畴,但不妨以"文类"视之。子书旨在阐发义理,汉魏以降的子书连缀诸多不同主题的论说文而成,题目中一般不标文体名称,一题之下多为一篇文章;而文集的编纂则以文体分类为主要体例,每种文体之下序次多篇同体之作。在传统的文体观念中,词的地位显然低于诗歌,以词的手法作诗,降低了诗歌的品位④;类似地,文集的地位亦低于子书,故而"以集为子"虽非赞语,然其中暗含了六

---

① 〔清〕谭献著,范旭仑等整理《复堂日记》卷五,石家庄:河北教育出版社,2001年,第113页。
② 黄曙辉编校《刘咸炘学术论集·子学编》,桂林:广西师范大学出版社,2007年,第460页。
③ 王利器《颜氏家训集解(增补本)》,北京:中华书局,2013年,第1页。
④ 吴承学《中国古代文体学研究(增订本)》(北京:中华书局,2022年)上编第九章《文体价值谱系与破体通例》(原题为《从破体为文看古人审美的价值取向》,《学术研究》1989年第5期)指出了不同文体相互融合与吸收的通例,即以品位较低的文体为基础,吸收品位较高文体的体制,如"以诗为词""以古人律"等。蒋寅《中国古代文体互参中"以高行卑"的体位定势》(《中国社会科学》2008年第5期)则进一步指出,文体互参的直接目的并不是着眼于文体的提升和改造,而是表现力的拓展,核心问题是控制艺术表现力的机制。

朝子书衰变,最终为文集取代的历史趋势①。作为传统的文学批评话语,"以集为子"说需要以具体的文本分析加以证明,并结合六朝知识人自身的著述观念,将其放入整个中古时代子书新变与学术著述方式转型的历程中进行评价。"以集为子"说的意义并不在于批评以《抱朴子外篇》《刘子》为代表的子书出现了文集化的写作倾向,更在于这一现象从子书发展的内部揭示了子书与文集在中古时代升降兴替的历程,及其背后的著述观念。

二、模拟与言志之间:《抱朴子外篇》的写作模式

表面上,葛洪《抱朴子外篇》延续了汉魏以"论"为名子书的体制,即连缀数十篇专题论文成书,然而在写作方式上,《抱朴子外篇》倾向于使用对问的模式,但并非回归以《论语》《孟子》为代表的先秦诸子的文体形式,而是更类似于赋体,外篇开篇的《嘉遁》与《逸民》两篇,皆是典型的赋体作品,几乎可以视作魏晋隐逸赋的典型作品;而《应嘲》与《喻蔽》二篇,尽管被编入《抱朴子外篇》而不预于魏晋的"设论"之体,却合于西汉东方朔《答客难》、扬雄《解嘲》以降的写作传统。不过,葛洪在延续赋体和设论写作模式的同时,亦借此抒发自己的出处选择与著述之志,使得主要由诗赋表现的个人情志进入子书,从这个意义上看,"以集为子"的评价确合乎《抱朴子外篇》的写作方式。

(一)《嘉遁》与西晋隐逸赋

《嘉遁》与《逸民》两篇之题,实则来自陆机兄弟及其友朋的隐逸赋,《艺文类聚》人部"隐逸"类存录了陆机《幽人赋》《应嘉赋》、陆云《逸民赋》和孙承《嘉遁赋》,陆机《应嘉赋》开篇云:"友人有作《嘉遁赋》与余者,作赋应之,号曰'应嘉'云。"②考虑到建安文学以来,多有文学团体同题共作诗赋的传

---

① 刘咸炘在《旧书别录·刘子新论》中强调:"天下之理少于词,学者之修词易于求理,故文集盛而诸子之风衰……后世诸子之书,理不能过乎周、秦,徒能引申比类,衍而长之耳……至于葛洪,而词盛极矣。……刘昼之书,兼取儒、道,旨具《九流》一篇,其书词条丰蔚,而十九衍说,陈言尤多。"《刘咸炘学术论集·子学编》,第458—459页。
② 〔唐〕欧阳询撰,汪绍楹校《艺文类聚》卷三十六《人部·隐逸上》,上海:上海古籍出版社,1999年,第645页。

统①,陆机兄弟与友人孙承四篇隐逸题材的赋作,或为同时之作。《晋书·陆机传》记载:"时中国多难,顾荣、戴若思等咸劝机还吴,机负其才望,而志匡世难,故不从。"②据此可知,孙承《嘉遁赋》当亦为劝诫陆机退隐之词,而陆机必然在应和之作中表达"负其才望""志匡世难"之意③。葛洪与陆机皆出身东吴,这一背景或许是葛洪对陆机颇为推崇的原因之一,唐修《晋书》在《陆机传》末尾引用了葛洪对陆机的评价,"后葛洪著书,称'机文犹玄圃之积玉,无非夜光焉,五河之吐流,泉源如一焉。其弘丽妍赡,英锐漂逸,亦一代之绝乎!'"④由此可知,葛洪作《嘉遁》《逸民》二赋,未尝不是对陆机昆仲作品的模仿与致敬。

遗憾的是,《艺文类聚》存录的文本皆为节选,残篇仅有塑造隐士人格精神的部分,可与《抱朴子外篇·嘉遁》的第一段对读:

> 有怀冰先生者,薄周流之栖遑,悲吐握之良苦。让膏壤于陆海,爰躬耕乎斥卤。秘六奇以括囊,含琳琅而不吐。谧清音则莫之或闻,掩辉藻则世不得睹。背朝华于朱门,保恬寂乎蓬户。绝轨躅于金、张之间,养浩然于幽人之伍。谓荣显为不幸,以玉帛为草土。抗灵规于云表,独违今而遂古。⑤

葛洪以"怀冰先生"为隐士人格的代表,孙承则假托"嘉遁之玄人",陆机亦塑造了"傲世公子"这一形象,"意邈澄宵,神夷静波。仰群轨以遥企,顿骏翮以婆娑。寄冲气于大象,解心累于世罗"⑥。在追慕前代隐士与弃绝尘网的人生选择上,显然和"怀冰先生"背弃金、张之门,安于蓬户并以隐士为伴的形象一致。孙承笔下"有嘉遁之玄人,含贞光之凯迈。靡薜荔于苑柳,荫翠叶之云盖。挥修纶于洞澜,临崢嵘而式坠。溯清风以长啸,咏《九韶》而忘味"⑦,则与葛洪所描绘的幽静山林颇有相似之处:"庇峻岫之巍峨,藉翠兰之芳茵。漱流霞之澄液,茹八石之精英。"⑧无论是篇题还是写作方式,葛洪对

---

① 程章灿《魏晋南北朝赋史》(南京:江苏古籍出版社,2001年)第二章《建安赋》对此问题有所论述,并列表对相关作品进行了统计,第44—47页。
② 〔晋〕房玄龄等《晋书》卷五十四,北京:中华书局,1974年,第1473页。
③ 杨明推测《嘉遁赋》与《应嘉赋》作于司马伦被杀、惠帝反正的永宁元年(301)。杨明校笺《陆机集校笺》卷二,上海:上海古籍出版社,2016年,第114页。
④ 《晋书》卷五十四,第1481页。
⑤ 《抱朴子外篇校笺》上册卷一,第1页。
⑥ 《艺文类聚》卷三十六,第645页。
⑦ 《艺文类聚》卷三十六,第646页。
⑧ 《抱朴子外篇校笺》上册卷一,第1页。

前代同题材作品的模拟,在一定程度上符合"以集为子"的子书,在宗旨和修辞方面"意陈而词丽"的特征。

《抱朴子外篇·嘉遁》设计了一个与"怀冰先生"对立的"赴势公子",作为主客问答的客方,质疑作为隐士的"怀冰先生":"不能沾大惠于庶物,著弘勋于皇家,名与朝露皆晞,体与蜉蝣并化……窃为先生不取焉"①,从孙承和陆机之赋假设"嘉遁之玄人"和"傲世公子"的情况看,其原作应当也有类似"赴势公子"的客体,质疑选择隐居的抒情主体,在这种问答的结构中,作者个体以回应客方质疑的方式,更好地抒发个人的志向与选择,葛洪借"怀冰先生"之口,一方面,否定"苦形于外物",批评诸如要离、纪信、陈贾、子路、侯嬴、聂政、荆轲、樊於期等人杀身取义的做法,以其为"下愚之狂惑";另一方面,则盛赞尧舜之世,亦有许由之士,虽逢盛世,"诚以才非政事,器乏治民……若拥经著述,可以全真成名,有补末化;若强所不堪,则将颠沛惟咎,同悔小狐。故居其所长,以全其所短耳"。② 关于君王对待隐逸之士的态度,葛洪则在《逸民》篇褒扬历代礼敬隐士的君主,对《嘉遁》篇进行了补充,如汉高祖刘邦尊重商山四皓,因太子成功礼聘四皓,以其为羽翼丰满,而放弃了废黜太子的念头。更进一步地,葛洪以"立德立言",即"孝友仁义,操业清高"和"穷览《坟》、《索》,著述粲然",为"士之所贵"③,两者完全可能超越世俗意义上的建功立业,并非消极避世。将《逸民》与《嘉遁》结合起来④,我们可以更完整地了解葛洪的出处选择及人生理想。

《抱朴子》写定于东晋建国之初⑤,诸篇的草创当在西晋末年动乱之时,葛洪正值弱冠到而立的青年时代。无论史传的记述还是个人的剖白,葛洪在出处的选择上与陆机有很大的不同,在陆机去世前后的惠帝太安年间(302—303),葛洪在参与平定石冰叛乱后,"不论功赏,径至洛阳,欲搜求异书以广其学。洪见天下已乱,欲避地南土,乃参广州刺史嵇含军事。及含遇害,遂停南土多年,征镇檄命一无所就。后还乡里,礼辟皆不赴"⑥。这与《嘉遁》篇中描述的远离朝市而"拥经著述"的理想一致。后至建兴三年(315),时为琅邪王

---

① 《抱朴子外篇校笺》上册卷一,第 8 页。
② 《抱朴子外篇校笺》上册卷一,第 27、29、59 页。
③ 《抱朴子外篇校笺》上册卷二,第 87 页。
④ 王琳《魏晋子书研究》指出《抱朴子外篇》各篇之间的内在逻辑,即大多两两相应成文,如《嘉遁》与《逸民》、《勖学》与《崇教》、《汉过》与《吴失》、《博喻》与《广譬》等。笔者认为,《刘子》各篇之间也有这种两两相应的倾向,如《清神》与《防欲》、《崇学》与《专务》、《贵农》与《爱民》、《法术》与《赏罚》、《审名》与《鄙名》等。
⑤ 《抱朴子外篇·自叙》:"乃草创子书。……至建武中,乃定。"《抱朴子外篇校笺》下册卷五十,第 697 页。建武乃晋元帝称晋王时期的年号,仅使用一年,即 317 年三月至 318 年三月,愍帝去世后,元帝称帝并改元大兴。
⑥ 《晋书》卷七十二,第 1911 页。

的晋元帝进位丞相,葛洪被征辟、赐爵,据葛洪《自叙》所言,他接受了东晋朝廷的爵位:"讨贼以救桑梓,劳不足录,金紫之命,非其始愿。本欲远慕鲁连,近引田畴,上书固辞,以遂微志。……昔仲由让应受之赐,而沮为善,丑虏未夷,天下多事,国家方欲明赏必罚,以彰宪典。……故遂息意而恭承诏命焉。"①尽管如此,葛洪绝意于仕途而非不关注世事的人生选择,应该不是停留在纸面上的虚谈与空言,或许作为文学偶像的陆机以其卷入残酷的政治斗争而被害的结局,对青年葛洪有很深的影响乃至刺激,《嘉遁》作为《抱朴子外篇》的第一篇,不可能是随意安排的②,而是葛洪在致敬前辈陆机的基础上,表达个人志向,形成与最末篇《自叙》的首尾呼应。因此,尽管我们可以通过《嘉遁》包括《逸民》的文体形式与篇章结构,来推测孙承、陆机、陆云诸赋全篇的写法,甚至以《嘉遁》作为西晋隐逸赋的代表与典范之作,然而其意义不仅仅在于继承与效仿上一代人的写作方式。可以说葛洪采用了一种非常模式化的写作方式,使其成为个人抒情与言志的手段,不仅符合传统意义上的诗赋写作,又为子书从家派集体著述转型为个人著述注入了私人写作的因素,但也由于以诗赋之体为主的抒情言志之作,往往被编入别集,《抱朴子外篇》才被视作一部"以集为子"的子书。

(二) 作为设论体的《应嘲》与葛洪的著述观念

葛洪《抱朴子外篇》在延续以往各体文章写作模式的基础之上进行个体抒情与言志的代表作,不仅有《嘉遁》与《逸民》两篇近似于隐逸赋的作品,《应嘲》及其后的《喻蔽》,与《文选》中的"设论"体一脉相承③。设论体亦以主客问答为最重要的文体特征,主客问答的形式无疑源于楚辞和汉大赋,"虽然假设问对是大赋常见的形式因素之一,但只是在七、对问(设论)中,它才具有重要的结构意义,显示出理论思辨的主题倾向。对问体式的固定主题,一是辩明时移世异,为不遇于时自慰自嘲……二是阐述从事著述立说等

---

① 《抱朴子外篇校笺》下册卷五十,第714页。
② 《嘉遁》《逸民》为《抱朴子外篇》的第一、二篇,第三篇乃《勖学》,而前代的子书中,《荀子·劝学》、王符《潜夫论·赞学》和徐幹《中论·治学》等皆为其书篇首,由此可见,葛洪在继承传统的基础上,亦凸显了自己的性格。
③ 刘勰《文心雕龙·杂文》认为:"宋玉含才,颇亦负俗,始造对问,以申其志。"范文澜注《文心雕龙注》卷三,第254页。而此后东方朔《答客难》、扬雄《解嘲》、班固《答宾戏》皆为对问之体,但萧统《文选》将两汉的三篇作品另设"设论"之体。李乃龙《论〈文选〉"设论"类的文体特征》(《长江学术》2008年第4期)讨论了《文选》将"设论"独立于"对问"的原因:一是对问体、设论体之间一实一虚;二是对问贬世而设论颂世;三是对问以楚文化为主要渊源,而设论以纵横家为主要渊源。设论体形成了乱世才士得志和盛世才士失志的情感模式,为对问体所未具,故有独立存在的价值。

文化事业的重大意义和不朽价值"①。葛洪著《应嘲》篇并未像东方朔、扬雄、班固三人之作一样，着眼于"士不遇"的主题，而是借用客方的嘲问，来抒发个人著述的意义，《答客难》诸作所关注的重点，在于为何无法在当时建功立业，谋求高位，如果现存的《应嘲》篇是完整之作的话②，那么葛洪并未在篇中抒发"立功"之志难图的痛苦，毕竟这与他的人生境遇和理想有所冲突，故而客方问难的核心，亦集中于著述这一问题："今先生高尚勿用，身不服事，而著《君道》、《臣节》之书；不交于世，而作讥俗、救生之论；甚爱骭毛，而缀用兵战守之法；不营进趋，而有《审举》、《穷达》之篇。蒙窃惑焉。"③

在《逸民》篇中，葛洪已经通过确立"立德立言"对于士人的意义，来解决仕隐、出处、进退的矛盾，也就是说，"立言"与"立功"在葛洪看来不过是一枚硬币的两面，甚至不存在现实中难以实现理想，才选择退而著述的无奈。在《应嘲》篇的回应中，抱朴子亦主张"思乐有道，出处一情，隐显任时，言亦何系"，并以"老子无为者也，鬼谷终隐者也，而著其书，咸论世务"作为理据，强调"何必身居其位，然后乃言其事乎"，④反驳了客方"身不服事"而著述关切世事的疑问。葛洪又表达了对庄子"身居漆园，而多诞谈"，"狭细忠贞，贬毁仁义"⑤的不满，从反面加强了自己隐退无为而以著述的方式关心世务的论述。此后，葛洪又回应了"吾子所著，弹断风俗，言苦辞直，吾恐适足取憎在位，招揳于时，非所以扬声发誉，见贵之道也"⑥的疑惑和忧虑：

> 立言者贵于助教，而不以偶俗集誉为高。若徒阿顺诡谀，虚美隐恶，岂所匡失弼违，醒迷补过者乎？……非不能属华艳以取悦，非不知抗直言之多咎，然不忍违情曲笔，错滥真伪。欲令心口相契，顾不愧景，冀知音之在后也。否泰有命，通塞听天，何必书行言用，荣及当年乎？⑦

不得不承认，《抱朴子外篇》为解决"士不遇"与平衡"立功""立言"之间的关系，提供了一种理论上的可能性。

而《文选》所选的三篇两汉"设论"体代表作，在一定程度上亦与作者的著述志向有关，据《汉书·东方朔传》记载，《答客难》的写作背景是"朔上书

---

① 程章灿《魏晋南北朝赋史》，第78页。
② 刘咸炘指出今本《抱朴子外篇》"或有短促不成篇者，往往数篇义类相同，疑久有佚篇，明人并合卷数时妄分以足数，非其原目"。《刘咸炘学术论集·子学编》，第454页。
③ 《抱朴子外篇校笺》下册卷四十二，第408页。
④ 《抱朴子外篇校笺》下册卷四十二，第409页。
⑤ 《抱朴子外篇校笺》下册卷四十二，第411页。
⑥ 《抱朴子外篇校笺》下册卷四十二，第413页。
⑦ 《抱朴子外篇校笺》下册卷四十二，第414页。

陈农战强国之计,因自讼独不得大官,欲求试用。其言专商鞅、韩非之语也,指意放荡,颇复诙谐,辞数万言,终不见用"①。在《答客难》客方的问难中,亦提及"今子大夫修先王之术,慕圣人之义,讽诵《诗》、《书》百家之言,不可胜记,著于竹帛,唇腐齿落……然悉力尽忠,以事圣帝,旷日持久,积数十年,官不过侍郎,位不过执戟"。尽管面对不如意的人生境遇,东方朔依然强调"安可以不务修身乎哉?"②但著述尚未成为人生另外的选择或者出口。到了扬雄作《解嘲》,面对客方"顾默而作《太玄》五千文,枝叶扶疏,独说数十余万言……然而位不过侍郎,擢才给事黄门"的嘲谑,扬雄亦以七国和汉代形势不同,指出"世乱则圣哲驰骛而不足;世治则庸夫高枕而有余",坚持"爰清爰静,游神之庭;惟寂惟漠,守德之宅",自己无法如同本朝卿相那样见重于时,只能"默然独守吾《太玄》"。③扬雄坚持著述恐怕依然是一种无奈而非主动的选择。而到了班固《答宾戏》,面对"著作者前列之余事耳"的质疑,班固盛赞"近者陆子优游,《新语》以兴;董生下帷,发藻儒林;刘向司籍,辨章旧闻;扬雄谭思,《法言》《太玄》。皆及时君之门闱,究先圣之壶奥",以此表明自己"密尔自娱于斯文"④的选择。细究班固的情感倾向,著述自娱至少不是面临事功难成、退而求其次的选择⑤,但与葛洪《应嘲》篇在宗旨上依然有一定的差异。由此可见,葛洪著《应嘲》与作《嘉遁》一样,虽然也延续了前代文体的写作模式,但借用假设主客问答的形式抒发自己隐居著述,而又关怀世事的人生志趣。从这个意义上来说,简单将《抱朴子外篇》视作"宗旨既浅,词采方兴"有失公允。谭献"志在立言,文采粲然"应该是相对中肯的评价,而《抱朴子外篇》"以集为子"的特征,亦表现为将抒发个人情志的《嘉遁》《应嘲》等赋体、设论体作品编入子书,而非仅仅是表面上的、对文采的追求。

除了赋体和设论,《抱朴子外篇》亦兼备史论和连珠二体,前者即《汉过》和《吴失》两篇,后者即《博喻》和《广譬》两篇。其中,史论或可以论赞的形式依附于正史纪传,亦可作为一种特定题材的论体文,与诗赋奏议等文笔并行于文人别集,如陆机《辩亡论》;独立的史论作为子书篇章的传统,应可追溯至贾谊《新书》的《过秦》篇,在魏晋之后以《过秦论》名世,葛洪论汉、吴二代之过失,并编入《抱朴子外篇》,或有效仿贾谊《新书》之意。

---

① 〔汉〕班固撰,〔唐〕颜师古注《汉书》卷六十五,北京:中华书局,1962年,第2863—2864页。
② 〔南朝梁〕萧统编,〔唐〕李善注《文选》卷四十五,上海:上海古籍出版社,1986年,第2001、2002页。
③ 《文选》卷四十五,第2006、2008、2010、2012页。
④ 《文选》卷四十五,第2016、2020、2022页。
⑤ 吴沂澐《从〈文选〉设论三篇论文人著述观念的产生》(《江苏师范大学学报》2017年第3期)一文从东方朔、扬雄到班固的著述观念和人生选择有较为详细的分析,可参。

连珠体亦在子、集之间,虽然《文心雕龙·杂文》将扬雄视作连珠之体的首创者,然而据《北史·李先传》的记载可知"连珠"之体或有更早的渊源:"(明元)召先,读韩子《连珠论》二十二篇。"①所谓韩子《连珠论》,即《韩非子·储说》②,章学诚认为连珠体肇始于此:"韩非《储说》,比事征偶,《连珠》之所肇也。"(《文史通义·诗教上》)③钱锺书则指出"盖诸子中常有其体,后汉作者本而整齐藻绘,别标门类,遂成'连珠'"。如《邓析子·无厚篇》有三节为"连珠之草创",《淮南子》则更多。"后来如《抱朴子》外篇《博喻》,稍加裁剪,便与陆机所《演》同富;刘昼《刘子》亦往往可拆一篇而为连珠数首。"④由此可见,先秦诸子开始写作连珠这种以譬喻为主、形式上排列偶句而成、篇幅较短又能达到讽谏效果的文体。到了魏晋之后,陆机《演连珠》、葛洪《博喻》《广譬》,显然在骈体的写作上更加成熟,葛洪更是常用历史典故作为论据,在某种程度上丰富了原以譬喻为主的连珠体,但在写作手法与文体功能两方面,依然没有超出傅玄《连珠序》中的评述"其文体辞丽而言约,不指说事情,必假喻以达其旨,而贤者微悟,合于古诗劝兴之义,欲使历历如贯珠,易睹而可悦"⑤。

总体而言,《抱朴子外篇》的"以集为子",实际上是葛洪将赋、史论、设论、连珠等文集中的各体文章,编入子书的结果,可惜由于文献的亡佚,我们今天无法看到其他的两晋子书中有无类似的现象,若陆机的子书完成,诸如《幽人赋》《应嘉赋》之类的隐逸赋、《辩亡论》《五等论》等史论,是否会编入《陆子》,而非见于其别集呢?

三、"意陈而词丽":《刘子》与骈文的论说方式

与《抱朴子外篇》有所不同的是,对于《刘子》而言,"以集为子"确实如刘咸炘所云"意陈而词丽",全书五十五篇皆为用骈体文所撰写的专题论文,主旨皆依傍九流百家,作者本人的志向与情感几乎不见于文字之间,故而无从

---

① 〔唐〕李延寿《北史》卷二十七,北京:中华书局,1974年,第978页。
② 范文澜《文心雕龙注》(北京:人民文学出版社,1958年)卷三《杂文》指出:"今读韩非书,并无'连珠论'之目。而《韩非子》内、外《储说》诸篇合计三十三条,疑《北史》二十二篇为三十三之误。"第259页。
③ 〔清〕章学诚著,叶瑛校注《文史通义校注》,北京:中华书局,1985年,第61页。
④ 氏著《管锥编》第三册,北京:生活·读书·新知三联书店,2007年,第1795页。
⑤ 《艺文类聚》卷五十七"杂文部三",第1035页。

以《刘子》文本作为考证作者身份的内证。从某种意义上讲,《刘子》的撰述就是以骈文重述诸子义理,一方面,骈文适合阐发构成二元对立关系的概念或者事物;另一方面,先秦诸子所记述的用以证明事理的历史故事和民间传说,又以隶事用典的方式在骈文中呈现,在两方面的共同作用下,《刘子》得以成为一部精心撰集、综合九流百家的子书著述。

在《审名》章中,刘子在论述"名"的重要性之前,先在理论上全面而详尽地阐述了"名"与"实"、"言"与"理"这两组互为体用的二元概念:

> 言以绎理,理为言本;名以订实,实为名源。有理无言,则理不可明;有实无名,则实不可辨。理由言明,而言非理也;实由名辨,而名非实也。今信言以弃理,非得理者也;信名而略实,非得实者也。故明者课言以寻理,不遗理而著言;执名以责实,不弃实而存名,然则言理兼通而名实俱正。①

对两组二元概念关系的辨析,从五个层面展开:一是"名"("言")是"实"("理")的表达方式,而"实"("理")是"名"("言")的本源;二是如果没有"名"("言"),则"实"("理")无从辨明;三是"实"("理")由"名"("言")得以辨明,但两者不能等同;四是相信"名"("言")而忽视"实"("理"),无法探究事物的"实"("理");五是明者执"名"("言")以寻求"实"("理"),不遗弃"实"("理")而执着于"名"("言")。

五个层面从不同角度辨析了"实"("理")为"体",而"名"("言")为"用"的关系,骈文在文字形式上的对偶,无疑给论证的层层推进带来了一种动态的平衡,《刘子·审名》的理论依据,无疑来自先秦诸子对"名"的认识,如《尹文子·大道上》:"大道无形,称器有名。名也者,正形者也。形正由名,则名不可差。""有形者必有名,有名者未必有形。形而不名,未必失其方圆白黑之实,名而[无形],不可不寻名以检其差。"②《荀子·正名》:"故王者之制名,名定而实辨,道行而志通,则慎率民而一焉。""故知者为之分别,制名以指实,上以明贵贱,下以辨同异。"③无论是《尹文子》主张"名也者,正形者也",还是《荀子》强调"名定而实辨"与"制名以指实",皆从"名"与"形"或"实"关系的一端而论,并没有更多地从其他角度申说两者之间的关系,比如像《审名》章进一步强调"信名而略实,非得实者也",以此形成对"名""实"

---

① 傅亚庶《刘子校释》卷三,北京:中华书局,1998年,第155页。
② 陈高傭《公孙龙子·邓析子·尹文子今解》,北京:商务印书馆,2017年,第153、157页。
③ 〔清〕王先谦《荀子集解》卷十六,北京:中华书局,1988年,第414、415页。

关系的全面认识。故而《尹文子》和《荀子》虽然也涉及"名"与"形"或"实"的二元关系,但并不追求纯粹理论意义的阐发,行文方式便不拘骈散,二元概念之中也偏向于"名"之一端。

造成这种情况的原因在于,较《刘子》而言,《尹文子》与《荀子》的理论主张更为明确,且有更强烈的现实色彩,如《正名》有意批评先秦名家"用名以乱名"("见侮不辱""圣人不爱己""杀盗非杀人也")、"用实以乱名"("山渊平""情欲寡""刍豢不加甘,大钟不加乐")与"用名以乱实"("非而谒楹有牛,马非马也")。① 在这种情况下,《荀子·正名》没有必要以纯粹的辨析概念为主,而更需要结合所批评的对象来讨论"名",因此对于"名",包括"名"与"实"关系的论述,便不会像《刘子·审名》那样详尽,更不必为了对偶的方便,引入"言"与"理"这一组相似的二元关系进行对照。

由此可见,《刘子》的撰述更倾向于进行纯粹的理论讨论,骈文这种文体形式的优势在于,尽管需要相关概念的引入,有意识地形成二元对立关系,但骈文能以偶对的形式,对概念展开层次分明的论述,类似地,《刘子·遇不遇》章,在主旨上沿袭了王充《论衡·逢遇》篇:

> 贤有常质,遇有常分。贤不贤,性也;遇不遇,命也。性见于人,故贤愚可定;命在于天,则否泰难期。<u>命运应遇,危不必祸,愚不必穷;命运不遇,安不必福,贤不必达</u>。故患齐而死生殊,德同而荣辱异者,遇不遇也。②(《刘子·遇不遇》)
>
> 操行有常贤,仕宦无常遇。贤不贤,才也;遇不遇,时也。才高行洁,不可保以必尊贵;能薄操浊,不可保以必卑贱。<u>或高才洁行,不遇,退在下流</u>;薄能浊操,遇,在众上。世各自有以取士,士亦各自得以进。进在遇,退在不遇。处尊居显,未必贤,遇也;位卑在下,未必愚,不遇也。(《论衡·逢遇》)③

《论衡》并非有意使用偶句,但"贤"与"不贤"、"遇"与"不遇"却为正反关系的二元对立概念,只是在字数上难以平衡,这种不够理想的状况,为《刘子》的骈文写作留下了改进的空间,虽然《遇不遇》是全书唯一的三字标题,但在正文中,刘子以"贤愚"和"否泰"代指"贤不贤"和"遇不遇",因此《逢遇》篇中"不遇,退在下流"与"遇,在众上"这种含义上相反但形式上不

---

① 《荀子集解》卷十六,第420—421页。
② 《刘子校释》卷五,第233页。
③ 黄晖《论衡校释》卷一,北京:中华书局,1990年,第1页。

够平衡的句子,经刘子的改写,就变成了"命运应遇,危不必祸,愚不必穷"与"命运不遇,安不必福,贤不必达"这种形式与内容上更符合骈文要求的句式。

骈文的意义不仅在于二元概念的辨析形成一个理论更加完备、形式更加整齐的文本,《刘子》的作者亦有意识地将先秦诸子叙述民间传说、历史故事作为说理依据的传统,利用骈文长于用典的优势,将长篇的故事浓缩,以事典的形式出现在行文中,大大提高文本的容量,在这一前提下,《刘子》也不可能有意记述属于自己时代和个人生活的种种逸闻趣事,而只能以既有的知识系统与文献史料为取材的对象,从这一点来看,骈文的文体形式与其所要表达的内容有着相互制约的关系。

《审名》章有两个典故源于《尹文子·大道上》,即"楚之凤凰,乃是山鸡"与"黄公美女,乃得丑名"①,《尹文子》完整地讲述了两个民间故事,前者乃楚人以山鸡为凤凰,进献于楚王,楚王以之为凤凰进而赐金之事,为"因名以失实"之例;后者乃黄公有二女皆国色,但黄公自谦,常称其女貌丑,国中无人聘娶,后有鳏夫娶之,乃知国色,此乃"违名以得实"之例②。《刘子》则以典出于《战国策》的"周之玉璞,其实死鼠"与《说苑》的"愚谷智叟,而蒙顽称"两事③,与典出于《尹文子》的两则故事形成对偶,周人谓死鼠为璞,与楚人以山鸡为凤凰之事相似,亦可说明"因名以失实"之理;智叟名愚公,与黄公之女丑名一样,亦佐证了"违名以得实"之理。这些取自前代典籍的故事,浓缩成事典并构成偶对,大大扩展了骈文的容量与论说的广度。④

类似的例子亦见于《遇不遇》章,刘子在《论衡·逢遇》的理论框架内,填充了新的事例,如王充所云"伍员、帛喜,俱事夫差,帛喜尊重,伍员诛死。此异操而同主也。或操同而主异,亦有遇不遇,伊尹、箕子是也。伊尹、箕子,才俱也,伊尹为相,箕子为奴;伊尹遇成汤,箕子遇商纣也"⑤。《刘子》虽没有在行文中区分"异操而同主"和"操同而主异"的情况,但事例的列举与之有所对应,且与《论衡》相比,从数量还是形式上,都有了实质性的拓展,如"鸱堕

---

① 《刘子校释》卷三,第 156 页。
② 详见《公孙龙子·邓析子·尹文子今解》,第 182—186 页。
③ 《刘子校释》卷三,第 156、160 页。诸祖耿编纂《战国策集注汇考》(增订本)卷五《秦策三》,南京:凤凰出版社,2008 年,第 318 页。〔汉〕刘向撰,向宗鲁校证《说苑校证》卷七《政理》,北京:中华书局,1987 年,第 148 页。
④ 赵益《孙德谦"说理散不如骈"申论——兼论骈文的深层表达机制》(《文学评论》2017 年第 4 期)指出骈文"用事"特性,以其"扩展性"和"互文性"的高度融合,进一步加强了骈文说理的能力。
⑤ 《论衡校释》卷一,第 1—2 页。

腐鼠,非虞氏之慢;瓶水沃地,非射姑之秽。事出虑外,固非其罪,侠客大怒,而虞氏见灭;郤君大怒,而射姑获免,遇不遇也"①。两事出自《列子》与《左传》,属于"操同而主异",较《论衡》仅列举伊尹和箕子同有才性而命运不同的事例,《刘子》有意选择了两个具有相似前因的故事,即侠客偶遇腐鼠的坠落与郤君发现庭中的水迹,两个偶然的因素都引起了不满,然而二事的后果不同,郤君惩罚假想的肇事者射姑未果,这就符合了《论衡》"操同而主异"的概况。而"异操而同主"的事例,则是"董仲舒智德冠代,位谨过士;田千秋无他殊操,以一言取相,同遇明主,而贵贱县隔者,遇不遇也"②。较《论衡》仅抽象地评述"伯喜尊重"与"伍员诛死",而省略了两人忠奸贤愚之别,《刘子》以"智德冠代"和"无他殊操"描述了董仲舒与田千秋才能上的巨大差异,又说明两者境遇"位仅过士"和"一言取相"的天壤之别,对偶有力地形成了正反两面的落差,即便读者不太了解相关的历史背景,也能受到一定的感染和冲击,理解《刘子》所论"命运应遇,危不必祸,愚不必穷;命运不遇,安不必福,贤不必达"的观点。

  尽管《刘子》在理论阐发和事例列举方面,均不免"理重事复",然而骈文文体的特性却对已有的文本进行再次创作,整合成理论和事例更为系统而精致的新文本。在骈文文字形式上构成对偶的前提下,理论或概念的辨析往往以二元对立关系为主,层层深入;而以用典的方式列举事例进行论证,取代了先秦诸子记述故事的形式,使历史故事以高度浓缩的形式进入新的文本,也规避了骈文不适合叙事的属性,在这种情况下,作者本人亲历的逸闻亦难以加入,这使作者身份隐藏起来,不再可能具备私人化的因素,如个人经历的记述和自我志向的抒发。总体而言,《刘子》以骈体专题论文综合九流百家的义理与故事,本身是一种"从文本到文本"的写作方式,外在的社会政治与内在的道德修为,似乎未能影响刘子的著述。从这个意义上而言,后世学者关注其长于文辞,指出其"以集为子"的特性,符合《刘子》的实际情况。尽管从表面上看,葛洪与刘昼在著述宗旨上皆有重复前人之处,对"文采粲然"亦有追求,但是葛洪在《抱朴子外篇》中展露自我,与《刘子》作者自我意识的淡漠,则是两书非常不同的地方,如果说葛洪"以集为子"是将属于文集的诸多文类引入子书,并延续属于诗赋的言志与抒情的传统;那么刘昼"以集为子"则是用"丽辞"即骈体的形式,重新整合与改写已有的思想学术文本,以此综

---

① 《刘子校释》卷五,第233—234页。
② 《刘子校释》卷五,第234页。

合九流百家,两种不同的取向之外,以现存的文献我们很难找到汉魏以来连缀专题论文而成的子书,还可能以怎样的方式在六朝继续演变,"文集化"之外,还有一条重要的途径,则是《金楼子》和《颜氏家训》不再以专题论文为主,转而走向笔记的体制。

四、著述观念与子书文体形式的演变

后汉时期的子书已经呈现出"理重事复"的倾向,如王符的《潜夫论》、荀悦的《申鉴》和徐幹的《中论》,都声称祖述圣贤,所讨论的内容亦在时人所接受的价值观念和知识体系以内。尽管如此,在汉魏之际,子书著述依然被视作实现不朽的途径,正如魏文帝曹丕所言:"伟长独怀文抱质,恬淡寡欲,有箕山之志,可谓彬彬君子矣。著《中论》二十余篇,成一家之业,辞义典雅,足传于后,此子为不朽矣。德琏常斐然有述作意,才学足以著书,美志不遂,良可痛惜。"①徐幹与应玚同为"建安七子",而徐氏有子书《中论》流传,而应玚未能著书以传于后,故在曹丕的价值判断中,两者的成就有高下之分。

葛洪的子书著述完成于两晋之交,晚于汉魏之际约一个世纪,《抱朴子外篇·自叙》有如下的剖白:"洪年二十余,乃计作细碎小文,妨弃功日,未若立一家之言,乃草创子书。……凡著《内篇》二十卷,《外篇》五十卷,碑、颂、诗、赋百卷,军书、檄移、章表、笺记三十卷。"②葛洪集不见于《隋志》著录,应当亡佚较早。葛氏不仅将各体文章区别于《抱朴子》内外篇,甚至分述文笔各体。而后葛洪自述其志:"洪少有定志,决不出身。……念精治《五经》,著一部子书,令后世知其为文儒而已。"③仅提及著子书而不谈文笔之体,如《抱朴子》记载陆机去世前曾遗憾自己的子书未能完成,实际从另一面证明了"著一部子书"与所谓"作细碎小文"不同,乃"立一家之言"的重要手段。"穷通,时也;遭遇,命也。古人贵立言,以为不朽。吾所作子书未成,以此为

---

① 《三国志·魏书·王卫二刘傅传》裴松之注,〔晋〕陈寿撰,〔南朝宋〕裴松之注《三国志》卷二一,北京:中华书局,1982年,第608页。
② 《抱朴子外篇校笺》下册卷五十,第697—698页。
③ 《抱朴子外篇校笺》下册卷五十,第710页。

恨耳。"①陆机以诗赋名世,从今天的眼光看,他已经通过文名实现了"不朽"②,正如曹丕在《典论·论文》中所说:"寄身于翰墨,见意于篇籍,不假良史之辞,不托飞驰之势,而声名自传于后。"③但他去世前依旧为一部未成的子书耿耿于怀。这说明对于魏晋士人而言,子书对于"立言"以实现"不朽"的价值,并非一般的诗赋或文章可比。

不仅是作为子书作者的曹丕、葛洪将子书视作高于各体文章的著述④,在汉魏六朝,不少子书作者别有文集传世,《隋书·经籍志》分别在子部与集部将其著录,绝无淆乱之可能,见下表:

《隋书·经籍志》著录汉魏六朝子书及其作者文集一览表

作者	子书	文集
应劭	杂家:《风俗通义》三十一卷。录一卷。应劭撰。	后汉太山太守《应劭集》二卷。梁四卷。
徐幹	儒家:《徐氏中论》六卷魏太子文学徐幹撰,梁目一卷。	魏太子文学《徐幹集》五卷。梁有录一卷,亡。
曹丕	儒家:《典论》五卷魏文帝撰。	《魏文帝集》十卷。梁二十三卷。
刘邵	名家:《人物志》三卷刘邵撰。	(梁)又有光禄勋《刘邵集》二卷,录一卷,亡。
王肃	儒家:《王子正论》十卷王肃撰。	魏卫将军《王肃集》五卷。梁有录一卷。
陆景	儒家:(梁有)《典语》十卷、《典语别》二卷,并吴中夏督陆景撰。亡。	(梁)又有《陆景集》一卷,亡。
傅玄	杂家:《傅子》百二十卷晋司隶校尉傅玄撰。	晋司隶校尉《傅玄集》十五卷。梁五十卷,录一卷,亡。
孙毓	儒家:(梁有)《孙氏成败志》三卷,孙毓撰。	晋汝南太守《孙毓集》六卷。
杨泉	儒家:梁有《杨子物理论》十六卷、《杨子太元经》十四卷,并晋征士杨泉撰。	晋处士《杨泉集》二卷。录一卷。
夏侯湛	儒家:《新论》十卷晋散骑常侍夏侯湛撰。	晋散骑常侍《夏侯湛集》十卷。梁有录一卷。

---

① 《抱朴子外篇校笺》下册附录佚文,第751页。
② 有趣的是,刘咸炘《旧书别录·刘子新论》有着这样的假设:"陆机之子书不传于今,以臆度之,亦必词胜可知也。文士长于记诵衍说而短于独见深识,此杂家之所以渐流为文集也。"《刘咸炘学术论集·子学编》,第459页。
③ 《文选》卷五十二,第2271页。
④ 田晓菲《诸子的黄昏:中国中古时代的子书》(《中国文化》第27期,2008年,第65页)指出:"在公元三、四世纪,写作子书和写作诗赋被有意识地区别开来,写作子书被视作更严肃、更堂皇的事业。……是子书,而不是诗,被视为能够给作者带来不朽声名的,而且也是更加'私人化'的书写形式。"

(续表)

作者	子书	文集
陆云	道家:《陆子》十卷,陆云撰。亡。	晋清河太守陆云集十二卷 梁十卷,录一卷。
梅陶	儒家:(梁有)《梅子新论》一卷,亡。	晋光禄大夫《梅陶集》九卷。梁二十卷,录一卷。
干宝	儒家:(梁有)《干子》十八卷,干宝撰。	晋散骑常侍《干宝集》四卷。梁五卷。
孙绰	道家:《孙子》十二卷孙绰撰。	晋卫尉卿《孙绰集》十五卷梁二十五卷。
萧绎	杂家:《金楼子》十卷梁元帝撰。	《梁元帝集》五十二卷。

由以上两个方面可知,无论在魏晋士人的观念之中,还是后世史志目录的著录之中,汉魏六朝的子书与文集皆是两种性质不同的著述,子书不可能被视作文集。然而无论是著述观念还是目录学观念的区分,都不能遮蔽实际的著述过程之中,文集的写作方式影响了子书产生这一事实。一方面,我们不必为古人讳,将"志在立言,文采粲然"的六朝子书视作典范,有意夸张甚至曲解文集因素的加入对于子书新变的积极作用;另一方面,亦不必以今日学术创新的眼光来苛求古人,以其"理重事复",取消六朝士人以著述子书为重要方式进行"立言"的资格。① 在尊重古人对自己著述进行定位的基础上,正确看待文集的写作方式对子书产生的影响,传统意义上"入道见志"(《文心雕龙·诸子》)的子书,转变为"立言"或"著述"的一种形式。文集的各种文体形式、个人情志抒发的写作目的与骈词俪句的修辞手法"进入"子书,无不是时代风气、个人好尚在有意无意之间的影响。

若以"一代之文学"的观念视之,六朝之于子书,犹如唐之于赋、宋之于诗、元明之于词,不再是名家辈出的鼎盛时代,求新求变而又不免为后人诟病为"变体"甚至"伪体"②,如何评价六朝子书、唐赋、宋诗和元明词的成就,或许是一个见仁见智的问题,但对于这一类文学的研究,关注其中"变"的内在动力及历史进程,似乎是一个更有价值的话题。"以集为子"精准地概况了

---

① 陈平原《现代中国的述学文体》第一章《现代中国的述学文体——以"引经据典"为中心》指出:传统中国的读书人,一般来说并不刻意追求,更不会着意保护自己的"知识产权",反过来,"含英咀华""述而不作"是难能可贵的美德。因为存在着虚拟的共同信仰,读书人要做的只是如何更准确、更出色地表述往圣先贤的思想观念,并用以解决当下的困惑,因而不必刻意突出自己的形象与观点。许多勤奋的文人学者,以笔记形式博采众长,即撷拾隽言妙语,也旁采奇闻逸事,还囊括不少精彩的考辨与推理。抽象的事理分析不必刻意回避前人见解,具体的名物训诂必须有独立的考辨与发现。北京:北京大学出版社,2020年,第17—19页。
② 章学诚《文史通义·诗教下》在"后世专门子术之书绝"句下自注"伪体子书,不足言也",并指出文集"虽有醇驳高下之不同,其究不过自抒其情志"。《文史通义校注》,第78页。

文集的诸多因素,如何渗透以《抱朴子外篇》和《刘子》为代表的六朝子书,从而使子书的面貌在六朝时期以多样化的形式呈现。不仅是文集,笔记的因素亦在《金楼子》与《颜氏家训》中悄然生长,子书由此成为一种包容性极强的著述形式。而文集包括笔记等著述方式的加入六朝子书,亦启发着我们思考这样一个问题:如果子书仅是一个外在形式,其内容已经渐渐为文集或笔记所取代,那么是否有必要保留这一"外壳"?学术史已经告诉我们答案,在初唐刘知幾以子书的体制撰述《史通》之后,子书渐渐退出历史舞台。对于已经知道结果的我们,回溯葛洪与刘昼的著述,就可以认识到"以集为子"之于子书与文集兴替这一学术史转型的意义了。

"以集为子"这一理论命题,概括了以《抱朴子外篇》《刘子》为代表的六朝子书中出现的文集因素,如个人抒情言志的内容、骈俪化的写作特点、赋体等文学文体的编入,这些因素为六朝子书带来新变的同时,亦从内部解构了子书,在一定意义上促使子书与文集这两种个人著述方式在中古时代的兴替。然而《抱朴子外篇》和《刘子》对待传统与自我的方式相反而相成:葛洪在继承既有文学传统的基础上,将子书作为一种寄托个人志向的著述,因而得以确立不同的主旨,或许这是魏晋时代大部分子书作者的选择,只不过文献的亡佚让我们今日无从考察;而《刘子》的作者以骈文为手段整合既有的知识与文献,综合九流百家之言,在纯粹的理论论述中隐匿自我。但从整体印象上看,在追求文采、依附于既有思想体系和价值观念方面,《抱朴子外篇》与《刘子》有其一致性,亦是"以集为子"说成立的理论基础,而《刘子》的作者没有将著述视作一种私人写作,在一定程度上使子书从个人著述回归了战国时代诸子作为家派著述和公共资源的传统。

下编 论子、集关系的学术史建构

第七章　选子入集:论总集采摭子书篇章的方法

一、问题的提出及概念的界定

总集采摭子书篇章的现象,可以追溯至《文选》。尽管萧统在《文选序》中声称:"老庄之作,管孟之流,盖以立意为宗,不以能文为本,今之所撰,又以略诸。"①《文选》卷五十一、五十二却分别选录贾谊《过秦论》与曹丕《典论·论文》,有违《文选序》确立的不录子书的原则。六朝至唐代完整存世的文章总集仅有《文选》,无疑在资料上限制了我们讨论这一时期总集采摭子书篇章的现象。幸运的是,在一定程度上具备总集功能的类书,尤其成书于初唐的《艺文类聚》,事类在前而选文在后,亦可视作《文选》的补充。欧阳询在序中指出其合总集与类书二者之长的编纂意图:"以为前辈缀集,各抒其意,《流别》《文选》,专取其文;《皇览》《遍略》,直书其事,文义既殊,寻检难一。"其书将"事"与"文"区分:"其有事出于文者,便不破之为事。事居其前,文列于后。"②纵观《艺文类聚》全书各大部类,"文"的部分所涉文体众多,除了少数汉魏子书及史论,亦不取自经、史、子三部,与《文选》的体例颇有相通之处。《艺文类聚》采摭汉魏子书与史论的部分,多入"论"体,且为节录:帝王部"总载帝王"节录《过秦论》,人部"绝交"节录徐幹《中论·谴交》篇,人部"鉴诫""诫"体节录三国东吴陆景《典语·诫盈》,治政部"论政"节录崔寔《政论》与王符《潜夫论》(由《务本》与《爱日》两篇的内容拼接而成);杂文部"赋"则选录曹丕《典论·论文》,与《文选》的版本相比,亦有删节。从整体来看,《艺文类聚》采摭的子书虽然较《文选》多出了东汉的《政论》《潜夫论》《中论》与三国的《典语》,但数量与范围依然相对有限。对于类书而言,节录原文成为更加重要的编纂方式,也为子书的存录带来了新的文本形态。

章学诚在《文史通义·诗教上》中对《文选》采摭子书篇章有这样的批

---

① 〔南朝梁〕萧统撰,〔唐〕李善注《文选》,上海:上海古籍出版社,1986年,第2页。
② 〔唐〕欧阳询撰,汪绍楹校《艺文类聚》,上海:上海古籍出版社,1999年,第27页。

评:"因陆机《辨亡》之论,规仿《过秦》,遂援左思'著论准《过秦》'之说,而标体为论矣",将作为贾谊所著子书篇目的《过秦》视作"论"体;同时,曹丕子书《典论》中的《论文》,"今与《六代》《辨亡》诸篇,同次于论……其(《文选》)例不收诸子篇次者;岂以有取斯文,即可裁篇题论,而改子为集乎?"①所谓"改子为集",以及同样被《文选》排除在外的经史之文,在宋代进入了文章选家的视野,并延续至明清②。这种"选子入集"的现象,是否意味着将子书的篇章视作"独行之文"③成为一种普遍的观念,则是需要今人深入探讨的问题。

现存总集"选经"的现象,最早应见于南宋的《文章正宗》与《妙绝古今》采摭《左传》,考虑到《左传》作为编年史,将其纳入"选史"的范畴亦无不可;与"选子"相似的是,采摭史书入集的"裁篇"与"定体",亦是文章选家需要面对的问题:尽管《文选序》提出"至于记事之史,系年之书,所以褒贬是非,纪别异同,方之篇翰,亦已不同",但仍将"赞论之综缉辞采,序述之错比文华,事出于沉思,义归乎翰藻,故与夫篇什,杂而集之"④,设置"史论"与"史述赞"二体,使之独立于史传;而正史的纪传本身,亦可通过设置相应的文体或文类入选,如明代的《文章辨体汇选》立"史传"类,收录《左传》《史记》《汉书》以降史传作品多达四十五卷,清代的《经史百家杂钞》则在"记载门"之下设"传志"类,采摭《史记》本纪、世家、列传与《汉书》《后汉书》《三国志》之传;至于史所所录的其他文章,如诏令、奏疏、论说、诗赋等,严格意义上不能视作"选史"⑤。

而"选子入集"的特殊之处在于,这一现象出现在子书与文集兴替的学术史历程之中,《文选》所选录的贾谊《过秦论》与曹丕《典论·论文》皆隶属"论"体,两者被视作"论"体,乃子书篇章可能成为集部典范的具体表征,亦

---

① 〔清〕章学诚著,叶瑛校注《文史通义校注》卷一,北京:中华书局,1985年,第81页。
② 吴承学在《中国文章学成立与古文之学的兴起》(《中国社会科学》2012年第12期)一文中指出,宋代文章总集把六朝以来一直被排除在集部之外的秦汉时期的经、子、史大量吸纳到文章经典之中,大大拓展了"文章"的内涵。明代文学把经、史、子都置于视野之内,发现和总结出大量文体或"前文体形态",丰富了文体分类的内容,而且更加符合中国古代文章学的实际情况。参见《明代文章总集与文体学——以〈文章辨体〉等三部总集为中心》,吴承学《中国古代文体学研究(增订本)》,北京:中华书局,2022年,第594页。
③ "独行之文"是章太炎在《文学略说》中提出的概念,指的是"一书每篇各自独立,不生关系者也",除文集之外,亦有《诗》《书》等"各人各作,不相系联"者;相对于"一书首尾各篇互有关系者也"的"著作之文","著作之文,以史类为主;而周末诸子,说理者为后起"。文载《章太炎国学讲演录》,北京:中华书局,2013年,第284页。
④ 《文选》,第3页。
⑤ 总集"选史"相关研究,可参何诗海、陈露《明清史传入集的文章学考察》(《文艺理论研究》)2020年第4期)一文。

是汉魏子书有别于先秦诸子的例证①。西晋学者荀勖有意将其与先秦诸子区分:"又因《中经》,更著《新簿》,分为四部,总括群书。……二曰乙部,有古诸子家、近世子家、兵书、兵家、术数。"②"古诸子家"为九流百家之言,而"近世子家"为汉魏以来的个人著述③,多以"论"为名,刘勰在《文心雕龙·诸子》篇中指出两汉以降的子书"虽标论名,归乎诸子"④,依旧将其视作诸子。《文选序》所提及的"老庄之作,管孟之流"或可等同于先秦诸子,而不包括两汉以降的子书,从这个角度看,萧统将《过秦论》与《典论·论文》选入《文选》,并未违背其体例。

对后世总集采摭子书这一现象的讨论,也应该将两汉以降的子书与先秦诸子加以区分。与先秦诸子相比,汉魏子书的著述性质有所不同,一方面,先秦九流百家的派别消解,取而代之的是个人"立言"以实现"不朽"的著述目的,如曹丕盛赞徐幹"著《中论》二十余篇,成一家之言,辞义典雅,足传于后,此子为不朽矣"(《与吴质书》)⑤。然而这种极为个人化的著述意识,却没有带来更多思想层面的创见,正如程千帆对八代子书的批评:"其学既本无专门传受,但欲著书以图不朽,故谈道难穷远致,而行文正其素长",八代子书亦不外于儒杂二流。⑥ 另一方面,就其文体形式而言,汉魏子书多以"论"为名,如以《典论》为代表的诸多以"论"为名的汉魏子书,更易被视作单篇论体文的连缀,这类著述"入集",在"裁篇"与"定体"方面无疑与以文体为分类标准的总集抵牾较小。与之相对的是,先秦诸子的文体形式较为多样,如格言、问答、论辩,亦有论说,后世总集采摭先秦诸子之文的方法,势必与汉魏子书多归入"论"体有着很大的不同。

若以《文心雕龙·诸子》篇所谓"博明万事为子,适辨一理为论"⑦为子书与"论"体文的区别,《过秦论》与《典论·论文》理所应当地被视作一篇

---

① 杨思贤《从诸子到子书:概念变迁与先唐学术演进》(《江苏社会科学》2018 年第 4 期)将"诸子"和"子书"视作各有指称的历时性概念,前者指先秦至汉初《淮南子》,后者指汉魏之后子学。概念变迁的背后体现了学派消失、著作意识觉醒与平民学术等先唐学术演进的特征。
② 〔唐〕魏徵等《隋书》卷三十二,北京:中华书局,1973 年,第 906 页。
③ 吴光兴《"文"与"论":文本位"文章"新概念的一次分化——著述"章章"向修辞"文章"观念的演变》[《中国社会科学院文学研究所学刊(2011)》,北京:中国社会科学出版社,2012 年,第 162—168 页]第三节《"论"书与"子书"——汉魏晋"书论—子书—近世子家"名称的来龙去脉》,强调了"论"书作为个人著述,虽然在谋篇与论述的形式意义上与诸子相近,但绝大多数"论"书没有与儒家立异的目的。
④ 〔南朝梁〕刘勰著,范文澜注《文心雕龙注》卷四,北京:人民文学出版社,1958 年,第 310 页。
⑤ 《文选》卷四十二,第 1897 页。
⑥ 程千帆:《子之余波与论之杰思》,《闲堂文薮》,《程千帆全集》第七卷,石家庄:河北教育出版社,2000 年,第 144、147 页。
⑦ 《文心雕龙注》卷四,第 310 页。

"适辨一理"的"论"体文①,与班彪《王命论》、曹囧《六代论》、陆机《辨亡论》等汉晋"论"体文名篇并列。在题材方面,两者也颇有相通之处,正如刘勰指出的那样:"李康《运命》,同《论衡》而过之;陆机《辨亡》,效《过秦》而不及。"(《文心雕龙·论说》)②东汉朱穆《绝交论》,在主题上与徐幹《中论·谴交》亦是一致的,因而将"论"视作文类功能,其著述形式既可以是"论"体文,与也可以是以"论"为名的汉魏子书③。从这一意义上看,汉魏子书以"论"体的身份进入后世文章总集,说明刘勰的理论认识及萧统的编纂实践得到了后世文章选家的广泛认同。

二、汉魏子书"入集"的文本来源与编纂方法

与《文选》采录贾谊《过秦论》④和曹丕《典论·论文》相似的是,后世总集采撷汉魏子书之文的情况亦广泛存在,或经由史传的引录间接采撷,或从《潜夫论》《政论》《昌言》与《中论》等子书本身直接采撷篇章,宋元的《文章正宗》《文选补遗》,与明代的《广文选》《文苑春秋》《秦汉文脍》《秦汉文钞》等大部分通代或秦汉文章总集,形成了采撷汉魏子书并归入"论"体的惯例,甚至共同确立了一个相对集中的选文范围;亦有总集采用摘句或节录的方式,在体制上更接近书抄类文献,以明代文章选家陈仁锡的《古文奇赏》为代表,成为经典谱系之外的特例。本节将以宋代之后诸多不同体例的文章总集为例,结合其背后的体例及观念,具体讨论总集采撷汉魏子书篇章的编纂方法及文本形态。

(一)《文章正宗》与汉魏子书经典篇章在明代文章总集中的确立

在宋代的文章总集中,吕祖谦《古文关键》仅取唐宋古文,楼昉《崇古文

---

① 明人贺复徵《文章辨体汇选》卷四百二十论二十九"文论"亦选录《典论·论文》;明人张溥辑《汉魏六朝百三家集》卷二十四《魏文帝集》亦将《典论·论文》收入"论"体。
② 《文心雕龙注》卷四,第327页。
③ 刘宁《汉语思想的文体形式》(上海:华东师范大学出版社,2012年)第二章"论"体文的形成与演变"对此现象及其学术背景有所讨论,第64—66页。
④ 关于《过秦论》成为经典文学作品的过程,可以参考吴承学《〈过秦论〉:一个文学经典的形成》(《文学评论》2005年第3期)一文。考虑到《过秦论》早在魏晋时期就成为经典的论说文作品,其作为"子书之文"的色彩早已淡化,几乎所有选两汉文章的总集皆会收录此文,故本节不对《过秦论》的情况加以特别讨论。

诀》、谢枋得《文章轨范》录秦汉文而不涉诸子,汤汉《妙绝古今》兼选四部之文,节录《孙子》《庄子》《列子》等先秦诸子,未涉及汉魏子书,类似《文选》选录《典论·论文》的情况,在宋代文章总集中仅有真德秀《文章正宗》选录徐幹《中论·法象》。《文章正宗》在体例上有别于《文选》,分为辞令、议论、叙事、诗歌四类,议论九卷十二"先汉以后儒者论说之辞"选录徐幹《法象论》,篇末自注则节录《中论》之《治学》《修本》《虚道》《贵验》诸篇。以自注的方式引录文章,是《文章正宗》在体例上的特殊之处,班彪《王命论》篇后自注指出"又后汉王符、仲长统各有论著",并节录《后汉书·王符传》的传文及其引录的《潜夫论》之《贵忠》《实贡》《爱日》《述赦》等篇①,与仲长统《昌言》的《理乱》与《法诫》两篇:前者从开篇节录至"岂非富贵生不仁,沈溺致愚疾邪",后者全录,而省去《后汉书》引录的《损益》篇;最后,真氏引录《后汉书·崔寔传》采摭的崔寔《政论》的部分,并对崔氏主张严刑峻法提出批评,"愚恐其贻来世之祸,故黜而不录,且著其失以示学者云"②。由此可见,文章总集采摭子书篇章有着不同的文本来源,其一是直接从子书中采录,如《典论·论文》和《中论·法象》被选入《文选》和《文章正宗》;其二则是通过正史的引录间接采摭,史传引录子书篇章的传统可以溯源至《史记·老子韩非列传》录《说难》,尽管史传采摭的目的也有史学与政治的,如《史记》和《汉书》采摭贾谊《过秦论》,然而文学家传记选录其代表之作,实乃选本诞生之前存录作品并确立其经典地位的重要方式,并为后世的总集编纂提供了文本来源。

真德秀认为"《法象》一篇专以敬为主,盖秦汉以后儒者论著少有及之者,故录其全文于此云"③,可见,真氏选录《中论·法象》,是由于其文主题的特别意义。从总体上看,《文章正宗》甚少选录汉魏至六朝文章,真氏明确表示过东汉文章远逊于西汉的观点:"二人(王符、仲长统)之论,皆有补当世,然其文**不及西都远甚**,故不全录。"④用篇末自注这种"次文本"的方式节录王符《潜夫论》、仲长统《昌言》和崔寔《政论》,实际不能视作正式选录,尤其是

---

① 之所以认定《文章正宗》自注所录部分来自《后汉书》,是由于其文字与《潜夫论》的版本颇有差异,如《文章正宗》自注中引录本传《贵忠》"王者法天而建官,故明主不敢以私授,忠臣不敢以虚受"(《后汉书》卷四十九,北京:中华书局,1965 年,第 1631 页),《潜夫论》则作《忠贵》篇,文字较本传有所不同:"王者法天而建官,自公卿以下,至于小司,辄非天官也?是故明主不敢以私爱,忠臣不敢以诬能。"(《潜夫论笺校正》,北京:中华书局,1985 年,第 142 页)
② 《文章正宗》卷十二,《景印文渊阁四库全书》第 1355 册,台北:台湾商务印书馆,1986 年,第 369 页。
③ 《文章正宗》卷十二,《景印文渊阁四库全书》第 1355 册,第 350 页。
④ 《文章正宗》卷十二,《景印文渊阁四库全书》第 1355 册,第 368 页。

真西山对崔寔《政论》评价颇低,将崔文"黜而不录",在自注中提及《政论》的目的亦是"著其失以示学者"。

尽管真西山将《潜夫论》《昌言》和《政论》黜落,真正选入《文章正宗》的仅有《中论·法象》篇,然而《文章正宗》之后的分体文章总集,将真氏自注的节录予以扩充,并正式列入"论"体的选目。由宋入元的学者陈仁子编纂的《文选补遗》即其中的代表之作,四库馆臣认为,陈仁子《文选补遗》"盖与刘履《选诗补注》,皆私淑《文章正宗》之说者"①。《文选补遗》卷二十一在选录贾谊《过秦论》、司马谈《六家要指论》、班彪《正前史得失论》②之后,依次采撷《后汉书·王符传》所录《潜夫论》中《贵忠》《浮侈》《实贡》《爱日》《述赦》五篇,包括部分李贤注。陈仁子在《潜夫论》题下注引真西山的批评,甚至将其作为选文的依据。其后则选录《后汉书·崔寔传》所录《政论》,陈仁子在《政论》的题下注中援引了司马光、胡寅与叶适等宋代学者的意见③,从正反两方面加深了读者对《政论》的理解,亦是对真德秀"黜而不落"的回应,增强了选文的思想与学术价值。

《文选补遗》卷二十二采撷《昌言》,而题曰《昌言论》,在形式上与收入此卷的其他汉晋论体文保持一致,《后汉书·仲长统传》所引录的《理乱》《损益》与《法诫》三篇皆全部录入,亦撷取部分李贤注;徐幹《法象论》亦见录于此卷,题下注全袭《文章正宗》,包括曾巩的序文和真氏的评论,以及节录《中论·治学》等篇的内容。陈仁子对《文章正宗》的重视,不仅表现在重视真德秀的批评意见,《文章正宗》在自注中节录的《潜夫论》《政论》与《昌言》,在《文选补遗》中被列入正式选目,亦是陈氏在《文章正宗》的基础上做出的扩展。

在明代的诸多通代或秦汉文章总集中,上述《政论》《潜夫论》《昌言》和《中论》诸篇,包括荀悦《申鉴·政体》、曹丕《典论·论文》,往往与《过秦论》《论六家要旨》《养生论》《辨亡论》《运命论》等汉晋名作同列,共同构成汉魏六朝"论"体文的经典序列。

成书于成化、弘治年间的《文翰类选大成》卷一二二"论"体,采撷《典论·论文》与《法象论》,范围不出《文选》与《文章正宗》。嘉靖年间刘节的《广文选》,卷四十九"论"体,亦选录《潜夫论》《政论》与《昌言》,与《文选补遗》同;卷五十一则录徐幹《中论》五篇,即《治学》《法象》《虚道》《艺纪》和

---

① 〔清〕永瑢等《四库全书总目》一百八十七集部总集类《文选补遗》提要,北京:中华书局,1965年,第1703页。
② 即《后汉书·班彪传》"彪乃继采前史遗事,傍贯异闻,作后传数十篇,因斟酌前史而讥正得失。其略论曰:……"之后的内容,《后汉书》卷四十上,第1324页。
③ 详见《文选补遗》卷二十一,《景印文渊阁四库全书》第1360册,第359—360页。

《历数》,与《文章正宗》和《文选补遗》相比有所拓展。崔铣《文苑春秋》的体例不同于《文选补遗》等总集,是书以时序次,卷二录仲长统《理乱》《法诫》,节录荀悦《申鉴·政体》"先屏四患,乃崇五教"的部分,并以徐幹《法象论》作为汉文之末篇;黄佐《六艺流别》卷十九"春秋艺下·论赞之流其别有六"首为"论"体,亦采摭《过秦论》《爱日论》《政论》与《法象论》,其选篇与定体亦合于《文选补遗》与《广文选》。崇祯年间的张以忠辑《古今文统》为通代文章总集,卷七东汉文的部分亦选录王符《潜夫论·贵忠篇》、崔寔《政论》、仲长统《昌言·法诫篇》与徐幹《中论·法象篇》。虽然在个别篇目的选择上,不同文章总集取舍稍有不同,但可以看到《文选补遗》与之后明代的诸多文章总集,已经形成了相对明确的选文倾向,在采摭汉魏子书这一问题上,明代文章总集尊重既有的学术史与前代选本的意见,其选文的倾向无疑再次确认了这部分汉魏子书篇目的经典地位。

  值得注意的是,在通代文章总集之外,专选秦汉文的总集亦多包括先秦西汉的子史著作及其所引录的文章①,由此可见明代文章选家眼中的典范。如嘉靖年间胡缵综编次的《秦汉文》,虽称"东京以后"之文"气未见其浑也,体未见其雅也"②(王宠《秦汉文序》),但依然选录为《文选》所录的班彪《王命论》与诸葛亮《出师表》。万历之后的三部秦汉文章总集,陈继儒《先秦两汉文脍》、冯有翼《秦汉文钞》与倪元璐《秦汉文尤》,在采摭汉魏子书方面依然以沿袭前代为主,《文脍》卷五选录王符《贵忠篇》与《实贡篇》、崔寔《政论》与曹丕《典论·论文》;《文钞》的东汉部分则选录仲长统《昌言》之《理乱》《损益》《法诫》三篇、王符《潜夫论》之《贵忠篇》与《实贡篇》、崔寔《政论》;而《文尤》卷十二录《昌言》《潜夫论》与《政论》,篇目与《秦汉文钞》相同,此外亦录《申鉴·政体》(同《文苑春秋》)与《法象论》。从专选秦汉文的总集中,我们可以看到,明代推崇先秦两汉文章的复古思潮中③,对"秦汉文"的具体定义则稍有差别,狭义"秦汉文"仅包括先秦西汉古文。但东汉学者所著子书篇章,至少被部分文章选家纳入"秦汉文"的范畴内,这意味着包括汉魏子书在内的东汉以降古文,未必被明代的文章选家一笔抹杀;《文章正宗》和《文选补遗》确立的经典选文,很大程度上被继承而非扬弃,这一现象当有助于今天重新理解明人所推崇的"秦汉文"。

---

  ① "文集"的编纂及其观念的诞生,不早于两汉之际,西汉及此前的诸多各体文章,其存录方式除单篇形式之外,则以"寄生"于子史著作为主。
  ② 《秦汉文》,东京大学东洋文化研究所藏明嘉靖三十四年(1555)序刊本,4b。
  ③ 罗宗强在《明代文学思想史》(北京:中华书局,2013 年)第五章《文学复古思潮的兴起》中讨论了文学复古思潮的崇尚对象,即"文必先秦两汉,诗必汉魏盛唐"的提出在嘉靖初,而且是长时间形成的共识,各人的理解亦不完全相同。第 283—289 页。

(二) 经典谱系之外的《古文奇赏》及其编纂方法

虽然沿袭《文章正宗》及《文选补遗》所确立的传统,在明代文章总集中堪称主流方式,但并非唯一方式。明末总集《古文奇赏》为采摭汉魏子书开辟出一种新的途径。《古文奇赏》的体例颇为庞杂,或以书(如《楚辞》《战国策》)为类,或以人为类,或以事为类①,其书卷十"东汉学者之文"则是以人(书)叙次,选录王充《论衡》、徐幹《中论》、荀悦《申鉴》、王符《潜夫论》、应劭《风俗通义》、班固《白虎通德论》,所涉《中论》和《潜夫论》篇目远多于《文选补遗》及相关明代文章总集。虽然《古文奇赏》涉及的汉魏子书在著作和篇目数量上占优,实际采用节录的方法:同属于一篇的节文之间以空格分隔,并在最后一段之末以小字注出篇名。删削文章本来就是文章选家极有可能采取的做法,其具体方式有二:

一是摘句。在《古文奇赏》的编纂实践中,摘录原作只言片语的情况并不少见,如卷十选录《中论》:"学者如登山焉,动而益高;如寤寐焉,久而愈足。顾所由来,则杳然其远,以其难而懈之,误且非矣。《治学》。""君子之交人也,欢而不媟,和而不同,好而不佞诈,学而不虚行,易亲而难媚,多恕而寡非,故无绝交,无畔朋。《法象》。"②这种摘录在形式上采用对偶或排比句的格言体式的做法,与唐代马总的《意林》颇有相似之处,《意林》从《中论·治学》篇中摘录"倚立而思远,不如速行之必至;矫首而徇飞,不如修翼之必获;孤居而愿智,不如积学之必达"③。所录语句从具体的篇章中抽离,篇幅短小而精练,虽然可以表达完整的意义,但远未能形成对某个观点或事物的论述,又不免割裂原文,使读者无法了解原作的文章体制,假设先秦两汉魏晋的子书全部亡佚,仅存《意林》之作,或许今人会以为历史上的子书全为格言与故事等"丛残小语",从这个角度看,《古文奇赏》虽为文章总集,但选录汉魏子书的部分不免更接近书抄。

二是节选。《古文奇赏》节选《中论》的《谴交》与《亡国》两篇,则采摭了相对完整的段落,篇幅亦较长,在体例上相对接近《群书治要》。尽管各段之

---

① 《四库全书总目》集部总集类存目《古文奇赏》提要指出:"而于汉文中又各分类标题,或以人为类,则分天子、侯王、郡守相、皇太子、藩国、将帅、边塞、学者;或以事为类,则分应制、荐举、弹驳、乞休、理财、议礼、灾异、筹边、议律、颂冤、治河、策士、奏记;其最异者,又别立'一代超绝学者''一代超绝才子'之目。自汉以后,又改此例,仍以时代为序,体例殊为庞杂。"《四库全书总目》卷一百九十三,第1762页。

② 《古文奇赏》卷十,《四库全书存目丛书》第353册,济南:齐鲁书社,1997年,第159页。

③ 〔唐〕马总编纂,王天海、王韧校释《意林校释》卷五,北京:中华书局,2014年,第573页。

间无法连属成篇,但体例上以空格的形式分隔同篇的节文,避免读者产生误解,实际亦是编者尊重原作的表现。节选的段落不同于以摘句的方式所排比的譬喻与格言,可以呈现多个层次的论述,亦更加有效地表达某种治道与相应的劝诫。可以看出,《古文奇赏》采摭汉魏子书的部分更加接近历史上的书抄或子抄类文献,和选录各体文章供读者欣赏与模拟,或有意识地存录文献的总集则相去较远。

陈仁锡在《古文奇赏略纪》中叙其书体例,说明了选择节录的原因:"子史《左》《国》已成全书,不复录。""《越绝书》《新语》《繁露》《新书》《太玄经》《易林》《新论》《白虎通》《风俗通义》《论衡》诸书,或繁或讹,稍有节文,余并全篇。"①"或繁或讹,稍有节文",即根据文本的情况而选择相应的编纂方式,实与"子史之作不复录"②存在矛盾。正如萧统在《文选序》所述:"姬公之籍,孔父之书,与日月俱悬,鬼神争奥,孝敬之准式,人伦之师友,岂可重以芟夷,加之剪截?"③从价值判断而言,汉魏子书的经典价值固然远远不如六经,"或繁或讹"成为陈仁锡加以芟夷剪截的理由;但就著述性质而言,如何删节汉魏子书这种"已成全书"的著作,依旧是摆在文章选家面前的问题。陈仁锡的做法,无疑背离了《文选》及其后的总集确立的传统,即以相对完整的方式选入子书中可以视为某种文体(多为"论"体文)的篇章。

以"古文"之名兼选子史之文,证明明人眼中作为典范的"先秦两汉之文"绝不仅仅包括一般被后世编入文集的各体文章,子史亦在此范畴之内:如果说在《文选》的时代,汉魏子书仅能以其作为"论"体文的特殊性质,在总集中获得立足之地,那么在宋代之后"古文"兴起的背景之下,经、史、子三部著述不再被排除于"文"或"文章"的视野之外,"选子"必然成为一种趋势甚至潮流。在此背景下,思想和文学价值皆高于汉魏子书的先秦诸子,在文章总集中必然占据更加重要的位置,文章总集也必然在体例上做出调整,以适应先秦诸子的特性。

---

① 《古文奇赏》,《四库全书存目丛书》第 352 册,第 598 页。
② 明代学者刘节在《校正广文选凡例》中提出:"子史等书可入选者甚多,第以其**俱有成书不能尽采**,且此选于诸体已备,亦无俟多采为也。其删去各篇,不能一一称举,具有凡例可以类推。若理虽未莹,而文有可观,则仍存之。"《四库全书存目丛书》第 297 册,第 510 页。
③ 《文选》,第 2 页。

三、先秦诸子的"入集"的困境及出路

从汉魏子书的"入集"方式可以看出,从史传与子书采摭的完整篇章可以归入"论"体,相应的总集也多以文体或文章功能分类;而先秦诸子的文体形态更加丰富,如何从先秦诸子中采摭相对独立的篇章,并确定其文体归属,则是后世文章选家将选文视野扩大到集部之外的同时,必须加以考虑的问题。正如吴承学在《宋代文章总集的文体学意义》一文中指出的那样,"宋人总集要收录先秦两汉子、史文章,必须突破观念和技术两个层面的制约",收录子史之中的经典文章,"既是对篇章的重构,也可能是对文体的重造"①。

与汉魏子书之文被视作"论"体文有所不同的是,先秦诸子入选以文体为分类标准的总集,不仅存在着观念上的困难,在"辨体"这一具体的技术操作层面,亦不乏种种桎梏。《荀子·成相》与《赋篇》自然可以被视作诗赋之体,余嘉锡在《古书通例·明体例第二》"秦汉诸子即后世之文集"条下"取子书中诸文体,略依《文选》分类序次,胪举于后",如"上书"体列《韩非子·存韩》篇、《汉志》儒家"《贾山》八篇"又"《贾谊》五十八篇"等②。尽管如此,将大部分先秦两汉诸子篇章归入某种文体,依旧与诸子本身的性质抵牾不合。南宋汤汉所编文章总集《绝妙古今》,节录《孙子》《列子》《庄子》《荀子》《淮南子》的部分篇章,是现存最早的、选录先秦诸子的文章选本。但其书不做分类,仅按时代排列选篇,亦不为各篇专门立名,在一定程度上规避了文章总集采摭"子书之文"在"裁篇"与"定体"上所遇到的障碍。而明人唐顺之《文编》卷二十二至二十六采录《孙子》《庄子》《荀子》《韩非子》等先秦诸子的篇目,并将其归入"论"体,这一做法遭到四库馆臣"以《庄》《韩》《孙子》诸篇入之论中,为强立名目"③的批评。类似《绝妙古今》或《文编》的做法,皆为特殊情况,故本节需要对采摭先秦诸子的总集进行更为详尽而综合的考察。

(一)明代文章总集的体例与先秦诸子"入集"的困境

在以文体为分类标准的总集中,《文体明辨》与《文章辨体汇选》采摭了先秦诸子,然而数量极为有限:前者卷四十六"杂著"、后者卷七百七十三"杂

---

① 氏著《中国古代文体学研究(增订本)》,第543页。
② 详见《目录学发微 古书通例》,北京:中华书局,2009年,第230—240页。
③ 《四库全书总目》卷一百八十九集部总集类《文编》提要,第1716页。

著"皆收录韩非《说难》①而已。所谓"杂著"之体,吴讷以之为"辑诸儒先所著之杂文也。文而谓之杂者何?或评议古今,或详论政教,**随所著立名**,而无一定之体也。文之有体者,既各随体裒集;其所录弗尽者,则总归之杂著也。著虽杂,然必择其理之弗杂者则录焉,盖作文必以理为之主也"②。吴氏指出"杂著"并无一定之体,有体之文各随其体,无法专入一体,则归入"杂著",然而"杂著"之"杂"在于难以归入一定之体,其理则不杂。徐师曾认为:"杂著者,词人所著之杂文也。以其**随事命名**,不落体格,故谓之杂著。……刘勰所云:并归体要之词,各入讨论之域。正谓此也。"③徐氏此论,从《文心雕龙·杂文》寻找理论依据:"详夫汉来杂文,名号多品。……总括其名,并归杂文之区;甄别其义,各入讨论之域。"④若以"随事命名"和"以理为主"来理解"杂文"与"杂著",刘节《广文选》卷五十七到六十最后四卷皆为"杂文",多选先秦西汉子史之文,其中卷五十八较为集中地采撷先秦诸子:

《弟子职》齐管仲夷吾,《撰吏》《汤政》周鬻熊二首,《政道》《君道》《贤道》《农道》亢仓楚四首,《二柱》《三极》一章周尹喜,《天瑞》周列御寇,《杂篇·天下》周庄周,《儒效》《非相》荀况二首,《说难》韩韩非,《遇合》《察微》《观表》《辨士》秦吕不韦四首。⑤

即《管子》《鬻子》《亢仓子》《关尹子》《列子》《庄子》《荀子》《韩非子》与《吕氏春秋》的相应篇目,值得注意的是,被升格为经的《论语》《孟子》等并不在入选之列,入选者皆整篇选入。表面上看,"杂"无一定之体,以"杂著"和"杂文"作为先秦诸子的归属,不免将其地位降低,但与两汉及之后的论说文相区别,未尝没有一定的合理性,何况对于《文体明辨》与《文章辨体汇选》(包括未选入先秦诸子的《文章辨体》)而言,"杂著"类选入的还是以汉代之后"随事命名"的文章为主。

从前文所列举的诸多实例来看,宋代之后文章总集采撷子书,不同体例的总集有着不同的处理方法,"定体"无疑是最值得关注的部分,按照文体叙次的总集,可根据"子书之文"的特性为其分类,如作为"论"体的汉魏子书;

---

① 题下注:"从《史记》本,与原本不同",表明其文献来源为史传,而非《韩非子》;篇末又有按语:"《说难》有两篇,其一见《韩非子》,意足而文烦;其一见《史记》,文省而意阙,今取二本参定于左,使览者得详焉。"以下则为《韩非子·说难》原文。《文体明辨》卷四十六,《四库全书存目丛书》第312册,第71、72页。
② 〔明〕吴讷著,凌郁之疏证《文章辨体序题疏证》,北京:人民文学出版社,2016年,第187页。
③ 《文体明辨》卷四十六,《四库全书存目丛书》第312册,第70—71页。
④ 《文心雕龙注》卷三,第256页。
⑤ 《四库全书存目丛书》第297册,第546页。

"杂著"和"杂文"也可视作一种权宜之计。从整体而言,《文章辨体》等文章总集所收录的严格意义上的"子书之文"依然十分有限,可见,以文体为分标准的总集在采撷子书方面,受到其书体例的限制相对较大,如果文章选家有意将子书以及经史之文作为自编选集的主要对象,便很难以"杂著"或"杂文"之体的设置,来大量"寄存"先秦诸子的篇章,只有突破《文选》类总集以文体作为分类标准的限制,才可能大量选入文集以外经史子三部的文章。

在"定体"之外,"裁篇"亦是总集采撷子书篇章需要解决的问题,明代亦出现专选诸子之文的总集,如钟惺《诸子嫏嬛》。是书序次诸子为纲,不再按文体进行分类;所录篇章亦非全录,盖"读诸子者贵得意于文字外,有文若浅易而意绝精到,有文实诘崛而意若平正,谈吐关世教,文墨超词林,如此之类不能遍举,读者但于节要处求之,各有所指"。"吾党好事每于以感世,毋论其立旨之谬,即文不甚精采,悉删去之。"①如《老子》选录四十八章,《荀子·解蔽》篇后录"散录"七则,包括《赋篇》之"礼""知"二赋,并以眉批的形式点明出处;而选录《韩非子》,则在节录《孤愤》《显学》之外,撷取二十则故事或议论并为其分别设置标题,如"昭侯罪越职"即《二柄》篇的"昔者韩昭侯醉而寝"事、"民必恃法而治"即《显学》篇"夫严家无悍虏,而慈母有败子"至"故有术之君,不随适然之善,而行必然之道"一段议论②,钟氏所拟标题皆是对故事主线情节或议论主旨的概况。以节选段落主旨另设标题,可溯源至《文章正宗》及其后的文章总集节选《左传》《史记》等经史之文,如《文章正宗》"辞命"二"郑烛之武说秦伯"(《左传·僖公三十年》)、叙事二"叙刘项会鸿门"(《史记·项羽本纪》),标题对于题旨的概括在客观上确立了节选段落的相对独立性,亦使得"裁篇"避免书抄式摘句,或无法连属的节文,可惜此种体例多见于总集"选史"而非"选子",《诸子嫏嬛》采撷子书亦大多保持了原作的篇题。

将经、史、子、集四部皆作为选文对象,打破了将经、史、子三部视作已有成书而不复选录的规则,同时依照四部分类法自身进行分类,则是明代"选子"的文章总集在体例上的又一新创,如晚明文章选家陈仁锡《古文汇编》③。作为一部卷帙浩繁的总集,《古文汇编》的"选子"部分有四十六卷,"选经"部

---

① 《诸子嫏嬛凡例》,《刻钟伯敬先生评选诸子嫏嬛》,日本内阁文库藏明天启五年(1625)刻本,第 1a—1b 页。
② 《诸子嫏嬛》卷三,第 22a、26a—26b 页。
③ 不过,陈仁锡对部分著作的归类与传统目录学不同,因而受到四库馆臣的批评:"以经史子集分部,然所配多不当理。如《水经》属地理,当列之史,《太元》当列之子,乃因其以经为名,遂列于经;而左氏《春秋传》,反列诸史。"《四库全书总目》卷一百九十三集部总集类存目《古文汇编》提要,第 1763 页。

分的《太玄》与"选史"部分的《吕氏春秋》和《春秋繁露》亦皆为子书,陈氏几乎完整地收入了两书的全部内容,仅遗漏《春秋繁露·四时之副》一篇。在"选子"部分中,卷八十五全录《老子河上公章句》,卷八十七至八十九录《庄子》,卷八十七全录内篇七篇,外篇仅有《刻意》《缮性》《至乐》三篇未录,《天运》《田子方》《知北游》三篇有节选,杂篇所录最少,仅节录了《庚桑楚》《徐无鬼》《外物》与《天下》四篇的内容。如有节录,《古文汇编》则另起一行,表示与前文内容不相连属;节录段落亦相对符合原著本身的体例或脉络,如《韩非子》内外储说的部分,陈氏完全可以撷取部分"经"与"说",前者以数字标目,后者乃历史故事或民间传说的连缀,显然具备作为篇以下独立单位的特征,采撷这些本身即为一个完整故事的段落,则避免了删繁就简所造成的碎片化。但对于以对问或专题论文为主的子书,其篇之下往往没有明显的分章或分节,节选依然是需要编者的别出心裁。

总体而言,《古文汇编》不仅在"古文"的名义下纳入四部之文,未将经、史、子三部纳入分体或分类总集的相应框架之中,避免了"定体"的困难,在这一点上,陈仁锡无疑大胆突破了传统总集体例的桎梏,毕竟文章选家不是目录学家,经、史、子之文作为"古文",同样具有文章学意义。但在裁篇方面,陈氏全录《老子》《吕氏春秋》《春秋繁露》等子书的做法,固然最大程度地保持了原书的面貌,但这种做法使得作为总集的《古文汇编》具备了丛书的性质,也失去了古文选本由"芟夷剪截"而达到撷取精华的目的,毕竟子书作为独立成书的著作,读者并不需要通过某种总集来了解它们的全貌;节录这种方式也是不尽如人意的,节录具体篇目的做法固然在有限的篇幅中,可以增加入选子书篇章的数量,然而节录的段落即使较为完整也并非全篇,虽然在编纂方式上和类书有相近之处,但没有类书的相应体例,也就不可能发挥出节录省文增事的作用。故而从"裁篇"的方法上看,《古文汇编》兼选四部的做法,固然是文章选家在文章观念上摆脱拘泥于集部一部所限的尝试,但陈仁锡的这种做法,并没有得到之后清代文章总集的效仿,也正是因为在采撷"子书之文"方面,其书依然未能解决"如何从已有成书的著作中剪裁篇章"这一"选子入集"的根本问题。

(二) 清代"兼选四部"的文章总集及其体例

在清代文章总集的编纂实践中,将经、史、子纳入选文范围成为文章选家更为普遍的选择。清代"兼选四部"的文章总集在前代的基础上,形成了更加完善的体例:以时代排列所选著作或作家的文章总集,如《四库全书》收录的《御选古文渊鉴》与《古文雅正》,虽不涉子书,但前者选入《左传》《国语》

《公羊传》《穀梁传》与《战国策》,后者则选入《史记》。过珙《绍闻堂精选古文觉斯定本》(卷三选《庄子》之《逍遥游》与《养生主》)、林云铭《古文析义》、吴楚才与吴调侯《古文观止》、浦起龙《古文眉诠》、余诚《古文释义》等清代前中期的文章总集,在体例和选文范围方面均有类似之处。一方面,清代文章总集在选文观念上继承了宋、明以来的传统,以《左传》《史记》为代表的经史典籍进入文章选家的选文视野,在本质上突破了《文选》类总集不录经、史、子三部的观念。以作者或著作为单位,并按时代排序的体例,亦是必然趋势,实际上也规避了"定体"的困境,晚明的《先秦两汉文脍》《秦汉文钞》《秦汉文尤》,包括《古今文统》,已经采用以时代序次经史典籍或作者的体例。另一方面,清代文章总集重视选录秦汉文与唐宋文,汉魏六朝文选录较少,因而汉魏子书几乎销声匿迹。总体而言,清代文章总集实际上已经从选文对象和编纂体例两方面,突破了仅以文集文章作为选录范围的桎梏,为采撷子书之文预留了空间。

那么,"选子入集"的实现是否意味着文章总集必须以子书(或诸子)为序列,规避以文体形式或文类功能为分类标准,而祖述《文选》或《文章正宗》的文章总集只能选择以设置"杂著"与"杂文"体类,来实现"选子入集"呢?清代两部经典文章总集,即姚鼐《古文辞类纂》与曾国藩《经史百家杂钞》,颇具示范意义。《古文辞类纂》按文类功用分为十三类,每类可能包含多种文体,如《序目》论"辞赋类":"汉世校书,有《辞赋略》,其所列者甚当。昭明太子《文选》,分体碎杂,其立名多可笑者。后之编集者,或不知其陋而仍之。余今编辞赋,一以《汉略》为法。"①《古文辞类纂》"辞赋类"所录文章与《文选》选目颇多相合,然包其数体之作,"赋"体之外,有"骚"(《离骚》《九章》等)、"七"(《七发》)、"对问"(《对楚王问》)、"设论"(《答客难》《解嘲》)、"辞"(《秋风辞》《归去来兮辞》)、"符命"(《封禅文》)。与《文选》为代表的分体总集不同的是,以文类功能为归类标准肇始于《文章正宗》,"分体与归类,是中国古代文体分类学的两种不同路向,前者尽可能详尽地把握所有文体的个性,故重在精细化;后者尽可能归纳出相近文体的共性,故所长在概括性"②。在以归类为特征的文章总集中,经、史、子则有了按文体功能归类的空间,而不必强为某体,虽然姚氏声称"论辨类者,盖原于古之诸子,各以所学著书诏后世。……今悉以子家不录,录自贾生始"③。"传状类"亦不录史传,但曾国藩《经史百家杂钞》相应的类别则采录诸多子史名篇。

---

① 《古文辞类纂》,《续修四库全书》第 1609 册,上海:上海古籍出版社,2002 年,第 318 页。
② 吴承学《宋代文章总集的文体学意义》,《中国古代文体学研究(增订本)》,第 551 页。
③ 《古文辞类纂》,《续修四库全书》第 1609 册,第 311 页。

《经史百家杂钞》在体例上继承了姚鼐《古文辞类纂》的分类方式,以"著述门"(包括论著、词赋、序跋三类)、"告语门"(包括诏令、奏议、书牍、哀祭四类)、"记载门"(包括传志、叙记、典志、杂记四类)三门十一类,统摄诸多文体,确立了门、类、体三级分类法。《经史百家杂钞》采摭《孟子》《庄子》《荀子》《韩非子》等先秦诸子之文,隶属"著述门"的"论著之属",汉魏至唐宋的论说文亦归入此类,如贾谊《过秦论》、班彪《王命论》、陆机《辨亡论》、韩愈《原道》《原性》《原毁》等,欧阳修《本论》《朋党论》。由此可知,曾氏将先秦诸子与后世论说之文同置于"论著之属",虽未将诸子等同论体,然颇有将诸子视作论说文渊源的意味。①

在以"归类"解决"定体"的困境之外,《经史百家杂钞》"裁篇"的方式,也一改明代总集摘句、节录等编纂方式带来的弊端。其中,《孟子》"入集"的基本单位是"章",其分章依照《孟子章句》;而《庄子》《荀子》《韩非子》以"篇"为单位:《齐桓晋文之事章》为《梁惠王上》第七章,《养气章》为《公孙丑上》第二章,《神农之言章》为《滕文公上》第四章,《好辩章》为《滕文公下》第九章,《离娄之明章》为《离娄上》第一章,《鱼我所欲也章》为《告子上》第十章,《舜发于畎亩章》为《告子下》第十五章,《孔子在陈章》为《尽心下》第三十七章;《庄子》则完整地选录内篇的《逍遥游》与《养生主》、外篇《骈拇》《马蹄》《胠箧》《达生》《山木》《秋水》、杂篇《外物》等九篇;《荀子》则录《荣辱》《议兵》二篇,《韩非子》仅录《说难》一篇。《经史百家杂钞》在体例上避免了割裂原文,也因其体例不同于《文选》之后按照文体分类的总集,将先秦诸子归为"著述门"的"论著之属",最大限度地尊重了先秦诸子篇章的相对独立性和原始的著述性质。

曾氏另有《古文四象》一编,分为"太阳气势""太阴识度""少阴情韵"与"少阳趣味"四类,每类亦以经、史、百家之作为序次,其中"太阴识度"的"经"部,选《孟子》七首,亦以"章"为单位;"少阳趣味"的"百家"部则选录《庄子》五首十节与《荀子》一节(即《荣辱》篇"自凡人有所一同至可与如彼也"),其中《养生主》《骈拇》《马蹄》《胠箧》《外物》五首为全篇选入,选目与《经史百家杂钞》重合,所谓十节为节录并非全篇,曾氏在目次中以自注的形式说明起讫,如《齐物论》选"自梦为蝴蝶至此之所谓物化",实则完整叙述"庄周梦

---

① 如刘师培在《论文杂记》中所谓:"诚以古人不立文名,偶有撰著,皆出入《六经》、诸子之中,非《六经》、诸子而外,别有古文一体也。如论说之体,近人列为文体之一者也,然其体实出于儒家。"《中国中古文学史 汉魏六朝专家文研究》附录,北京:商务印书馆,2010 年,第 172 页。

蝶"之事;《大宗师》录"自四人相与语至蘧然觉",亦是一个首尾完整的故事。由此可见,曾氏所编的两部文章总集采摭先秦诸子,在"裁篇"方面大抵尊重原作,如《孟子》篇以下分章,则以"章"为基本单位;若采摭不分章的"篇"中部分文字,则以意思完足的段落为对象。

曾国藩确立的总集体例,又被其弟子黎庶昌《续古文辞类纂》部分继承。是书分为上中下三编,即"经子""《史记》《汉书》《三国志》《五代史》《通鉴》"与"方刘前后之文",接近于四部分类。每编之下论辨、序跋、奏议、书说、诏令、赠序、传状、碑志、杂记、箴铭、颂赞、辞赋、哀祭、叙记、典志等共计十五类,综合了《古文辞类纂》与《经史百家杂钞》的文类。上编"论辨类"选录《孟子》的《养气章》《好辩章》《孔子在陈章》,《庄子》的《逍遥游》《养生主》《骈拇》《马蹄》《胠箧》《秋水》,《荀子·议兵》与《韩非子·说难》,很容易看出对《经史百家杂钞》的继承;"序跋类"则录《孟子》末章与《庄子·天下》,"辞赋类"录《荀子·成相》与《赋篇》,则是黎氏自出机杼了。

无论是以作家或著作序次,还是以文类功能作为归类标准,清代文章总集都为兼选四部之文预留了空间,即避免了大部分子书篇章在"定体"上可能遇到的困难。而曾国藩两部总集采摭先秦诸子篇章,又在"裁篇"方面尊重诸子既有的分章,或选择相对完整的故事与议论,遵循文章自身的意脉。从这个意义上讲,《经史百家杂钞》虽然名为"杂钞",但其采摭先秦诸子篇章的方法,最大程度上使得"子书之文"适应总集的体制与读者学习古文的需求,亦避免了接近书抄类文献的编纂倾向。

总体而言,总集采摭子书篇章的实现,一方面需要在观念上突破文章选本所选对象仅限于集部的桎梏,另一方面则是"裁篇"与"定体"等具体操作问题。子书本身亦非变动不居,《文选》所选的《过秦论》与《典论·论文》,与《文选序》所提及的"老庄之作,管孟之流",分别代表汉魏子书和先秦子书两种著述性质有所不同的著述:汉魏子书多以"论"名书,其篇章多被视作"论"体文,故易于适应以文体为分类标准的文章总集;与之相对的是,先秦诸子多非严格意义上的单篇专题论文,因而在选入总集之时,"裁篇"与"定体"成为观念之外巨大的障碍。在这种情况下,按文体分类的总集难以容纳先秦诸子,只可能少量收录个别篇目,并将其归入"杂文"或"杂著";打破《文选》以来以文体作为分类标准的总集体例,按照作家或著作为分类标准,并以时代序次,或是按照经、史、子集四部分类,或以文章功能为类别,皆为子书乃至经、史、子之文的"入集"预留了空间,解决了子书篇章入选《文选》类总集在"定体"之时遇到的困境。然而如何"选篇"与"裁篇",对文章选家的眼光依旧是重要的考验。毕竟,文章总集的读者阅读包括子书篇章在内的选文,目的是欣赏名作并学习古文写作,而非阅读子书等著述本身。依照子书既有的篇章或意义完足的段落,选取数量适当的"子书之文",应该是打破"子"与"集"著述性质上的严格界限,使得子书亦包括经史,最终能进入文章总集的必然途径。

第八章　章学诚"子史衰而文集之体盛"说发微

章学诚将战国视作学术史及文学史发生重大变化的转折点,《文史通义·诗教上》一开篇就有这样的宏观概括:"周衰文弊,六艺道息,而诸子争鸣。盖至战国而文章之变尽,至战国而著述之事专,至战国而后世之文体备;故论文于战国,而升降盛衰之故可知也。"①章氏在后文具体解释"后世之文,其体皆备于战国"之时,以"子史衰而文集之体盛,著作衰而辞章之学兴"②的说法,概括了战国以降诸子衰退、文集兴盛的学术形态变化,已有专文从章学诚文学史观的角度讨论了此说的价值③。但就章学诚本人的学术旨趣而言,尚有进一步阐发此说的必要。

一、从诸子到文集:立言宗旨的有无

战国时期是私人著述发展的第一阶段,王官之学衰落而诸子百家兴起,"至战国而著述之事专",描述的正是王官之学下移和诸子百家蜂起的过程。作为私人著述发展的第二阶段,战国以降的学术变化,由"子史衰而文集之体盛,著作衰而辞章之学兴"这一论断所揭橥④。此二句互文见义:

---

① 〔清〕章学诚著,叶瑛校注《文史通义校注》卷一,北京:中华书局,1985年,第60页。
② 《文史通义校注》卷一,第61页。
③ 详见钱志熙《论章学诚在文学史学上的贡献》一文,《文学遗产》2011年第1期,第112—122页。钱文认为,章氏论"后世之文"源于战国,"至战国而后世之文体备"的关键点有两个,一是情志,一是个人著述之事专,通过"情志"贯穿起来将"六艺之文""战国之文"和"后世之文",为文学史找到一条最合理的主线。
④ 亦有学者认为,诸子的性质与后代的文集并无不同,详见余嘉锡《古书通例》卷二《秦汉诸子即后世之文集》,《目录学发微　古书通例》,北京:中华书局,2009年,第230—244页;饶宗颐《论战国文学》第四节《散文中诸子书相当于后代的"集"》,载《文辙——文学史论集》,台北:台湾学生书局,1991年,第212页。吴光兴《以"集"名书与汉晋时期文集体制之建构》一文详细的梳理了文集编纂的历程及文集观念的发展,认为文集编辑的历史惯例在两汉以降形成,对学术史上将诸子与文集等同的说法,不无商榷之意,《文学遗产》2016年第1期,第43—52页。

形态为"子史"的"战国之文"实质是著作,而"文集"所指代的"后世之文",在章氏眼中为辞章之学,"子史衰而文集之体盛"实质上说的是私人写作从著述降至辞章的变化,这一过程在《文史通义·文集》篇中亦有详尽描述:

> 集之兴也,其当文章升降之交乎?……自治学分途,百家风起,周、秦诸子之学,不胜纷纷;识者已病道术之裂矣。然专门传家之业,未尝欲以文名,苟足显其业,而可以传授于其徒,则其说亦遂止于是,而未尝有参差庞杂之文也。两汉文章渐富,为著作之始衰。然贾生奏议,编入《新书》;相如词赋,但记篇目:皆成一家之言,与诸子未甚相远,初未尝有汇次诸体,裒焉而为文集者也。①

这一段论述旨趣与"子史衰而文集之体盛"说一致,要特别指出的是,《文集》篇中描述的战国以降的学术变化,仅就诸子降为文集而言,并未言及史学的情况。就形态而言,即使有唐宋之后文集收录传记之体的事实,史学也不可能为文集取代;就功能而言,旨在立言的诸子,和为一时一事而作的诗赋汇集成文集,都是个人表达的某种方式("后世专门子术之书绝,而文集繁,虽有醇驳高下之不同,其究不过自抒其情志"②),与述往事以思来者的史学迥乎不同。在《文史通义》的不同篇章中,章学诚或"子史"并称,或分而论之,考虑到章氏在讨论史学时有不同的侧重,笔者在本章中将诸子和史学分开讨论。

仅从"子史衰而文集之体盛"这一命题的表面,我们还看不到章氏的价值判断和感情色彩,但是著作形态变化的背后却有着学术盛衰的意味,那么我们就要追问,著作形态差异的背后究竟是什么?答案当然要从《文史通义》本身来寻找。先回到《诗教上》一文的篇末:

> 然则著述始专于战国,盖亦出于势之不得不然矣。著述不能不衍为文辞,而文辞不能不生其好尚。后人无前人之不得已,而惟以好尚逐于文辞焉,然犹自命为著述,是以战国为文章之盛,而衰端亦已兆

---

① 《文史通义校注》卷三,第296页。
② 《文史通义校注》卷一,第78页。关于子学的衰落,可以参考田晓菲《诸子的黄昏:中国中古时代的子书》一文,《中国文化》第27期,2008年,第64—75页。

于战国也。①

学在官府的"王官之学"传统衰落,战国始有私学及著述,不得不由私人承担讲学和著书的责任,章氏认为"至战国而著述之事专"乃"出于势之不得不然"。后世追求辞章之学,已经没有诸子得王官之学"道体之一端"而著述立说的"不得已",因此章学诚视战国之后、诸子以降个人撰写的文集为衰落。不过两者的区别不仅限于撰述动机,"子史衰而文集之体盛"背后蕴含的亦是章学诚个人的学术追求,在《诗教下》一篇中可见端倪:

然而赋家者流,犹有诸子之遗意,居然自命一家之言者,其中又各有其宗旨焉。殊非后世诗赋之流,拘于文而无其质,茫然不可辨其流别也。……故论文于战国而下,贵求作者之意指,而不可拘于形貌也。论文拘形貌之弊,至后世文集而极矣。盖编次者之无识,亦缘不知古人之流别,作者之意指,不得不拘貌而论文也。②

《诗教下》的后文以"集人之文,尚未得其意指,而自衷所著为文集者,何纷纷耶"③为由,批评了《文选》的编纂。其中"不可拘于形貌","贵求"作者之意指",都是章氏一再强调的,这些是就后世编集者无识这一消极面而言的,就其积极的一面而言,章氏褒扬赋家尚有诸子遗意,就是因为其"自命一家之言","各有其宗旨",类似的表述在《文史通义》的不同篇目中数见:

魏文论建安诸子,推徐幹著书成一家言;今观伟长《中论》,义理皆人所可喻,文辞亦不出黄初,盖效《法言》《申鉴》诸家而有作者尔;变其书记铭箴颂诔诗赋之规模音节,初无不得已而立言宗旨,遂谓所著足以成一家言,可乎?……盖诸子不难其文,而难于宗旨之卓然有其不可灭;诸史不难其事,而难其有以成一家之言。故诸子仅工文辞,即后世文集

---

① 《文史通义校注》卷一,第63页。从这段论述可以看出,在章学诚眼中,"文集"这种个人写作是不能称之为"著述"或者"著作"的,故而本书尽量避免使用"个人著述""私家著述"之类的语汇来统一指代战国诸子及汉魏六朝文集这两种不同性质的写作形态,《经解上》有"至于官师既分,处士横议,诸子纷纷,著述立说,而文字始有私家之言,不尽出于典章政教也"(《文史通义校注》卷一,第93页)之语,其中"私家之言"或可以用来概括战国诸子之下的写作。
② 《文史通义校注》卷一,第80页。
③ 《文史通义校注》卷一,第82页。

之滥觞;史学惟求事实,即后世类书之缘起。(《杂说》)①

诸子一家之宗旨,文体峻洁,而可参他人之辞。文集,杂撰之统汇,体制兼该,而不敢入他人之笔。其何故耶？盖非文采辞致,不如诸子;而志识卓然,有其离文字而自立于不朽者,不敢望诸子也。(《说林》)②

子史之书,因其实而立之名,盖有不得已焉耳。集则传文之散著者也。篇什散著,则皆因事而发,各有标题,初无不辨宗旨之患也。故集诗集文,因其散而类为一人之言,则即人以名集,足以识矣。上焉者,文虽散而宗旨出于一,是固子史专家之遗范也。(《繁称》)③

《杂说》与《说林》两篇,文如其名,涉及面较广且无统一意旨,叶瑛注认为《说林》所论"多发《原道》《原学》《言公》《辨似》诸篇之义"④,上引两篇的相关论述,亦可与《文史通义》的《诗教》《文集》篇相互发明。诸子之所以区别于文集,正如《杂说》所言"宗旨之卓然有其不可灭",而这一区别,直指其实质,超越了作为著作形态上的诸子和文集的区别。汉代赋家有其宗旨,因此章学诚称赞其"犹有诸子之遗意";他鄙薄徐幹《中论》,只是改变了铭箴诗赋之类文人集中文体的形制,认为其没有诸子"不得已而立言宗旨","遂谓所著足以成一家言,可乎"的质疑,显然是针对曹丕《典论·论文》的评价:"唯幹著论,成一家言。"⑤可见,宗旨的有无超越了"私家之言"在形态上或为诸子、或为文集的区别。这种以实质而非形态作为判断标准的观点,在《立言有本》篇中亦有申发:"文有别集,集亦杂也,杂于体不杂于指,集亦不异于诸子也。故诸子杂家与文集中之具本旨者,皆著述之事,立言之选也。"⑥

上引《繁称》篇,主旨是批评一人多集,离析篇章,求其宗旨而不可得的现象。文集虽为篇什散著汇集而成,以人名集并无不可,若取法乎上,则是散著有统一的宗旨,"固子史专家之遗范"。虽然章学诚没有在《繁称》篇以下展开这个问题,但在《校雠通义·宗刘第二》中,我们可以看到这样一种设想:

---

① 〔清〕章学诚著,仓修良编注《文史通义新编新注》内篇六,杭州:浙江古籍出版社,2005年,第355页。
② 《文史通义校注》卷四,第349页。
③ 《文史通义校注》卷四,第396页。
④ 《文史通义校注》卷四,注释[一],第356页。仓修良《新编新注》袭之。
⑤ 〔南朝梁〕萧统编,〔唐〕李善注《文选》卷五十二,上海:上海古籍出版社,1986年,第2272页。
⑥ 《文史通义新编新注》外篇一,第358页。

> 汉、魏、六朝著述,略有专门之意。至唐宋诗文之集,则浩如烟海矣。今即世俗所谓唐宋大家之集论之,如韩愈之儒家,柳宗元之名家,苏洵之兵家,苏轼之纵横家,王安石之法家,皆以生平所得,见于文字,旨无旁出,即古人之所以自成一子者也。其体既谓之集,自不得强列以诸子部次矣。因集部之目录,而推论其要旨,以见古人所谓言有物而行有恒者,编于叙录之下,则一切无实之华言,牵率之文集,亦可因是而治之。庶几辨章学术之一端矣。①

章学诚不得不尊重诸子和文集在形态上的区别,和既成事实的四部分类法②,然而对于有其立言之旨的唐宋八大家之集,却不妨秉持"辨章学术,考镜源流"的原则,以叙录的方式"推论其要旨"。近人刘师培在《论文杂记》中引申此说,认为"古人学术,各有专门,故发为文章,亦复旨无旁出,成一家言,与诸子同"③。可见,诸子和文集在形态上虽有不同,但若皆为追求一家宗旨之作,在实质上可以沟通,并不会因为目录学意义上的部次甲乙而被划定了不可逾越的鸿沟。④

"子史衰而文集之体盛"说的意义,远不止表面上所见的概括战国降至六朝学术发展过程,其中更是包含着章学诚对"私家之言"有无宗旨的重视。章学诚个人著述《文史通义》,"即是随得随作,然后编入《通义》中。《通义》本身是一个开放的系统,用以涵括他所有的著作。这种以篇为单位,随作随编的作法,可能也是师承战国以前的著述体例"⑤。不仅是体例,在自觉追求"宗旨"这一点,章氏亦远绍诸子,我们现在能看到的《文史通义》编次出于章氏身后他人之手,似乎未能如《文心雕龙》一般"体大而虑周",但将不同篇目相关内容结合起来,我们还是可以窥见章氏治文史校雠之学,亦在与立言有其宗旨,以成一家之言。

---

① 《文史通义校注》附《校雠通义》,第957页。
② 《宗刘第二》开篇一端即是论述"四部之不能返《七略》"的理由,其中与"子史衰而文集之体盛"说相关的是"名墨诸家,后世不复有其支别""文集炽盛,不能定百家九流之名目",《文史通义校注》附《校雠通义》,第956页。
③ 载氏撰《中国中古文学史 汉魏六朝专家文研究》附录,北京:商务印书馆,2010年,第180—181页。参见本书第九章《刘师培"反集为子"说发覆》的论述。
④ 倪德卫指出:"章学诚并不只是做些武断的、令人怀疑的学派划分而已,他试图将这些作者从缺乏特质的状况中拯救出来,根据每一个人的品质分别他的学派归属。""将某个作家或学者置于一个学派之中,对于章学诚而言意味着赋予他个性——一种使他得以区别于其他人、使他成为有特殊理念的专家(像古代的'官师'一样)的'家法'。"见氏撰《章学诚的生平及其思想》,杨立华译,南京:江苏人民出版社,2007年,第65、66页。
⑤ 王汎森《对〈文史通义·言公〉的一个新认识》,载《权力的毛细管作用:清代的思想、学术与心态(修订版)》,北京:北京大学出版社,2015年,第459页。

子书旨在立言，"立言"乃"三不朽"之一（《左传·襄公二十四年》），以著述追求"不朽"的意愿，亦流露于章学诚之笔端："论著者，诸子遗风，所以托于古之立言垂不朽者，其端于是焉在。"①出自《和州文征序例·著作第三》的这句话，暗示着章学诚将区别诸子和文集的意识，付诸编修方志的实践，也在有意无意之间勾连了"立言"之所以"不朽"和有"诸子遗风"的"论著"之间的因果关系；"论著"之体的"诸子遗风"，从《诗教》等篇看，就是诸子立言有其宗旨，最终成一家之言。由此我们可以看到，"子史衰而文集之体盛"说，亦蕴含了"私家之言"追求不朽的关键所在。

二、史学的衰落：专门之学的丧失

　　"子史衰而文集之体盛"说寄予了章学诚立言有宗旨的价值判断标准和学术理想，诸子降而为文集的过程，在他看来，不仅是"私家之言"在形态上的变化，更有个人写作是否追求宗旨的差别。然而我们注意到，在这个命题中，虽"子史"并称，实际上史学的性质与诸子大不相同，史书记言记事，子书为个人著述，很难将史书归入"私家之言"，那么"子史"并称，在此命题中又何以成立？在章氏眼中，史学为何衰落，其过程与诸子衰而文集盛又有何联系？

　　我们先回到此命题在《诗教上》篇的原始出处，所谓"子史衰而文集之体盛，著作衰而辞章之学兴"，两句互文见义，下句中的"著作"和"辞章"所指的是"子史"和"文集"的本质，因而我们可以得见在章氏的论断中，"子史"皆是"著作"，而与"辞章之学"相对立，这一点是"子史"并称得以成立的前提。正如《杂说》篇中所说的那样，表面上看，诸子之"文"、史学之"事"，两种旨趣相异，但诸子的高境在于"宗旨之卓然"，诸史在于"有以成一家之言"，在这一点上皆与工于文辞的文集是相对的。在《史考释例》中，章学诚再次表述了这种对立关系："然自唐以前，子史著述专家，故立言入子与记事入史之文，不入于集，辞章诗赋，所以擅集之称也。"②

　　从同属于"著作"这一层面上讲，"子史"有其内在的一致性，若回归于学

---

① 《文史通义校注》卷六，第697页。章学诚将《和州志》的《文征》部分分为奏议、征述、论著和诗赋四体，"诸子风衰，而文士集中乃有论说辨解诸体，若书牍题跋之类，则又因事立言，亦论著之派别也"。是与诗赋体之别。

② 《文史通义新编新注》外篇一，第440页。

术史本身,我们可以发现与其说这种并称是章学诚的理论建构,不如说"子史"的内在一致性是从事实本身出发而得出的结论,《杂说》一篇言及著述宗旨,文中小注透露出其中关键:

> 古人篇无标题,摘篇首字命篇之类。书无定名,即其人以名书之类。部无专属。子史不分,诸子立言,往往述事;史家命意,亦兼子风。后世流分派别,遂若天经地义之不可兼也,非一日之故矣。先有名而后有书,如何得有立言宗旨哉?①

学术派别的划分,或者目录学的图书整理,皆是后发于既成的学术研究本身,章学诚在这段话中讥讽了以建构代替事实的做法,更重要的是,后世确定题目名称先于写作本身,又如何追求"立言宗旨"? 小注中简述"子史不分",在批评这种明确畛域而实际上画地为牢的做法之余,又揭橥了战国西汉诸子与史传在写作手法和著述精神上的内在一致性,不可轻易放过。

"诸子立言,往往述事"并不难理解,《庄子》"寓言十九,借外论之"②,《韩非子》内外《储说》,皆寓义理于叙事;而章氏所谓"史家命意,亦兼子风",才是解释"子史不分"、理解"子史衰而文集之体盛"说中蕴含的"子史"一致的关键所在,所谓"子风",从《文史通义》的用法来看,指的是"诸子遗风"或"遗意",具体而言,就是立言有其宗旨以成一家之言。在章学诚看来,史学兼具"诸子遗风"的撰述理想,就史学本身而言,有着使之成为"著述",有别于罗列事实的类书之流的重要意义:

> 盖欲为良史者,当慎辨于天人之际,尽其天而不益以人也。尽其天而不益以人,虽未能至,苟允知之,亦足以称著述者之心术矣。……
>
> 史迁百三十篇,《报任安书》,所谓"究天地之际,通古今之变,成一家之言"。自序以谓"绍名世,正《易传》,本《诗》《书》《礼》乐之际",其本旨也。所云发愤著书,不过叙述穷愁,而假以为辞耳。(《史德》)③
>
> 子建厌薄辞赋,欲采史官实录;昌黎鄙弃科举,欲作唐之一经;盖诸子风衰,苟有志于著述,未有不究心于史学者也。……然子建之所愿未遂于前,昌黎之欲作者又虚于后,亦见成一史者不易易也。(《杂说》)④

---

① 《文史通义新编新注》内篇六,第355页。
② 〔清〕郭庆藩《庄子集释》卷九上,北京:中华书局,2004年,第948页。
③ 《文史通义校注》,第220—221页,原文将"究天人之际"误作"究天地之际"。
④ 《文史通义新编新注》,第355页。

司马迁在《史记·太史公自序》与《报任安书》中阐述其论著之旨,其中"成一家之言"亦为章氏用以评价有其宗旨的诸子之作。《史记》为纪传体正史之首,亦有诸子立言的遗意①,故而在章学诚所述的史学史以至学术史中,有着其后史著难以相伴的地位。而《史注》与《申郑》等篇所批评的,正是史学不明宗旨之后的退步,即"子史衰而文集之体盛"中所谓"史"之"衰",从立言宗旨这一点看,史学与诸子是一致的,章学诚所批评的都是私人治学不求宗旨,未能成一家之言的现象。

虽然史学与诸子的衰落都是由于一家之言的丧失,但是诸子衰落、文集代兴这一过程,从写作形态上而言,很难将史学包括进去,因而我们有必要专门讨论章学诚对这段史学史的看法:在章氏眼中,《史记》《汉书》以下史学开始衰落,魏晋南北朝的史学名家,如陈寿、范晔等人,或有可取之处,这是史学衰落的第一阶段;而到了唐人设立监修制度,全无古人专家著述之意,则是史学彻底衰落的标志。②

> 魏、晋以来,著作纷纷,前无师承,后无从学。……旨复浅近,亦无古人隐微难喻之故……惟于文诰案牍之类次,月日记注之先后,不胜扰扰,而文亦繁芜复沓,尽失迁、固之旧也。(《史注》)③
>
> 子长、孟坚氏不作,而专门之史学衰。陈、范而下,或得或失,粗足名家。至唐人开局设监,整齐晋、隋故事,亦名其书为一史;而学者误承流别,不复辨正其体,于是古人著书之旨,晦而不明。(《申郑》)④

唐代对于"子史衰而文集之体盛"这一论断来说,是极为重要的时间点,章学诚在《论修史籍考要略》中明确说道:"唐人文集,间有纪事,盖史学至唐而尽失也。及宋、元以来,文人之集,传记渐多,史学文才,混而为一,于是古人专门之业,不可问矣。"⑤这段话不仅直接点明了"史学至唐而尽失",也说明了在其衰落的过程中究竟失去了什么。从这段批评中我们可以看出,史学

---

① 关于《史记》近于诸子的讨论,可以参考梁启超《要籍解题及其读法》一书《史记》部分之"《史记》著述之旨趣",郑州:中州古籍出版社,2016年,第55—56页;钱穆《太史公考释》一文亦认为《史记》一书为司马迁一家言,文载《中国学术思想史论丛(三)》,北京:生活·读书·新知三联书店,2009年,第30—33页;李纪祥以《〈史记〉之"家言"与"史书"性质论》一文申发钱穆之旨,文载《〈史记〉五论》,台北:文津出版社,2007年,第93—107页。
② 罗炳良在《传统史学理论的终结与嬗变——章学诚史学的理论价值》(济南:泰山出版社,2005年)一书的第五章《章学诚的史家素养理论》第一节《史学家法与通家家风》,从史学家法的角度讨论了章学诚所划分的这三个阶段,第189—196页。
③ 《文史通义校注》卷三,第237页。
④ 《文史通义校注》卷五,第463页。
⑤ 《文史通义新编新注》外篇一,第434页。

的衰落,除了与诸子一样,丧失了追求著述宗旨之外,亦是专门之学不振的标志;专门之学的不振,表现为文人私撰传记并编入文集,我们常常用以说明文集的兴盛,继承或者代替了经、史、子的部分功能的《文史通义》的相关论述①,实际上,应该对子史衰落而形态和实质上皆发生变化重新解读,或许更加接近章学诚的本意:

> 后世之文其体皆备于战国,何谓也? 曰:子史衰而文集之体盛;著作衰而辞章之学兴。文集者,辞章不专家,而萃聚文墨,以为蛇龙之菹也。详见《文集》篇。后贤承而不废者,江河导而其势不容复遏也。经学不专家,而文集有经义;史学不专家,而文集有传记;立言不专家,即诸子书也。而文集有论辨。后世之文,舍经义与传记论辨之三体,其余莫非辞章之属也。(《诗教上》)②

经义、传记和论辨是专门之学衰落后寄生于文集的私人写作形态,而辞章作为文集的实质意义,本非专家之学,似乎与前三者不宜置于同一层面来讨论。这段话是章学诚阐述"子史衰而文集之体盛"说的关键论述,其批评的重点在于专门之学的丧失,子史之学(甚至包括经学)在表达方式上不得不降为具有综合意义的文集的一部分。这种综合,于讲求"辨章学术,考镜源流"的章氏而言,实际上是令人痛心的学术退化,正如《文集》篇所论:"古人有专家之学,而后有专门之书;有专门之书,而后有专门之授受。……自校雠失传,而文集类书之学起,一编之中,先自不胜其庞杂;后之兴者,何从而窥古人之大体哉?"③这种退化不仅仅表现为随着立言宗旨的丧失,诸子降而为文集;早期"子史不分",史学亦兼具子风,在史学丧失了"成一家之言"的追求之后,其唯求事实,因而沦为类书之流。"子史衰而文集之体盛"除了宗旨丧失的意味之外,还有另外一个层面,那就是专门之学的丧失,对于这一点,章学诚同样持批评意见。

虽然后世文集中的论辨之体在某种意义上不妨视作诸子衰变后的衍流,但章学诚对于史学衍流为传记的讨论更多,更为重视。并且从整体看,同样

---

① 如钱志熙在《论章学诚在文学史学上的贡献》(《文学遗产》2011 年第 1 期)一文中认为,"子史衰而文集之体盛,著作衰而辞章之学兴",是说文集代子史而起,并且小部分继承子史的功能,大部则发展为辞章之学。何诗海在《"文体备于战国"说平议》(《文学评论》2010 年第 6 期)一文中认为:"章学诚将后世文集的内容分为经义、传记、论辨、辞章四大类,前三类分别为经、史、子等专门之学衰落的产物,由学术文体衍变而来。"
② 《文史通义校注》卷一,第 61 页。
③ 《文史通义校注》卷三,第 297—298 页。

为"私家之言",从形态上讲,文集在整体上可以被视作诸子而非史学衰变的产物,因而《诗教上》一篇言及的经义、传记、论辨三体,关键只在于传记而已,这一点我们得以从《文史通义·传记》篇中窥见:

> 传记之书,其流已久,盖与六艺先后杂出。……《春秋》三家之传,各记所闻,依经起义,虽谓之记可也。……其后支分派别,至于近代,始以录人物者,区为之传;叙事迹者,区为之记。盖亦以集部繁兴,人自生其分别,不知其然而然,遂若天经地义之不可移易。……后世专门学衰,集体日盛,叙人述事,各有散篇,亦取传记为名,附于古人传记专家之义尔。①

传记原本属于经学范畴,后流衍为记人叙事之文,魏晋以降杂史杂传兴起,在时间上亦与文集之兴相合。六经为政典,和史学一样,而与"私家之言"有别,但从著述宗旨这一点来看,经、史、子可以视作"专门之学"或"专家之学"。而与文集相对,《方志立三书议》在《诗教》的基础上提出:"古无私门之著述,经子诸史,皆本古人之官守……唐、宋以前,文集之中无著述。文之不为义解经学、传记史学、论撰子家诸品者,古人始称之为文。其有义解、传记、论撰诸体者,古人称书,不称文也。"②亦如《永清县志文征序例》所云:"记传志述之体,古人各为专门之书,初无散著文集之内,概可知矣。唐宋以还,文集之风日炽,而专门之学杳然。于是一集之中,诗赋与经解并存,论说与记述同载,而裒然成集之书,始难定其家学之所在矣。"③

章学诚在《传记》篇中指出了寄生于文集的传记,象征着史学等专门之学的衰落,与诸子有其立言宗旨相似的是,专家之学的性质对于子史而言亦十分重要,只是相对诸子而言,章氏在论及史学与传记之时有所偏重罢了,如《史注》篇所言:

> 史迁著百三十篇,乃云:"藏之名山,传之其人。"其后外孙杨恽,始布其书。班固《汉书》,自固卒后,一时学者,未能通晓。马融乃伏阁下,

---

① 《文史通义校注》卷三,第284页。
② 《文史通义校注》卷六,第575页。《和州志艺文书序例》亦指出:"魏晋之间,专门之学渐亡,文章之士,以著作为荣华","魏、晋之间,文集类书,无所统系,专门传授之业微矣"。《文史通义校注》卷六,第650—651页。《和州文征例》:"古人著述,各自名家,未有采辑诸人,裒合为集者也。自专门之学散,而别集之风日繁,其文既非一律,而其言时有所长,则选辑之事兴焉。"《文史通义校注》卷六,第695页。
③ 《文史通义校注》卷七,第790页。

从其女弟受业,然后其学始显。夫马、班之书,今人见之悉矣,而当日传之必以其人,受读必有所自者,古人专门之学,必有法外传心,笔削之功所不及,则口授其徒,而相与传习其业,以垂永久也。①

专门之学有其授受,其"法外传心",暗含着其学有宗旨,故需"传之必以其人";有后学受业,自可"以垂永久"。因而专门之学与著述有其宗旨以期其"不朽",在内涵的层面上有所联系。只有把握住这种于章氏行文之中时隐时见的线索,我们才能挖掘出"子史衰而文集之体盛"说之中蕴含着的数对相关概念的一致与对立。也正是这些深刻而丰富的内涵互相交织,最终章学诚才能通过提出"子史衰而文集之体盛"这一表面上看只是描述学术升降交替过程的论断,实际上以此展示他自己对学术本身所做的价值判断,和以此寄托的学术理想。

三、"子史衰而文集之体盛"说的延展性: 价值判断标准、二元对立思维和"言公"之旨

前文通过勾连《文史通义》诸篇中的相关内容,试图阐发"子史衰而文集之体盛"这一论断所包含的学术内涵。通过前文的分析,我们可以知道,"子史衰而文集之体盛"说,包蕴了章学诚推崇子史之学著述有其宗旨,因以成一家之言的学术思想,以及"辨章学术,考镜源流",明辨学术之畛域、推崇专家之学并推源溯流的学术主张。这一论断的重要性不仅在于其本身内涵的丰富和深刻,亦在于其延展性,即是否在章氏讨论的其他问题中发挥作用,是否与章氏其他学说具有紧密联系,在互动之中使得其学说成为一个充满张力的整体。对这个问题的讨论,我们先从《妇学》和《诗话》篇开始。

《妇学》篇批评的是袁枚,推而广之是清代中期推崇闺阁才女诗文,"以纤佻轻薄为风雅,以造饰标榜为声名"的风气。但章学诚并未鄙薄女子才华,而是认为"才须学也,学贵识也。才而不学,是为小慧。小慧无识,是为不才"。②比"才"更加重要的是"学"与"识",追溯到六艺之学,"妇学之名,见于《天官》内职,德言容功,所该者广,非如后世只以文艺为学也",春秋列国的贵族妇女详于人事天道,"并能称文道故,斐然有章",见载于《春秋》内外

---

① 《文史通义校注》卷三,第237页。
② 《文史通义校注》卷五,第536页。

传,而"率由故事,初不为矜异也"①,而春秋之后,随着学术本身的衰变,妇学的表现形式亦发生了极大变化:

> 春秋以降,官师分职,学不守于职司,文字流为著述。古无私门著述,说详《校雠通义》。丈夫之秀异者,咸以性情所近,撰述名家。此指战国先秦诸子家言,以及西京以还经史专门之业。至于降为辞章,亦以才美所优,标著文采。此指西汉元、成而后,及东京而下诸人诗文集。而妇女之奇慧殊能,钟于间气,亦遂得以文辞偏著,而为今古之所称,则亦时势使然而已。②

其中,章学诚对于妇学沦为"春闺秋怨,花草荣凋,短什小篇,传其高秀"③颇有微词,这与其批评著作流为辞章之学是一致的。虽然妇学不直接涉及立言及其宗旨问题,但章学诚强调"妇人本自有学,学必以礼为本;舍其本业而妄托于诗,而诗又非古人所谓习辞命而善妇言也;是则即以学言,亦如农夫之舍其田,而士失出疆之贽矣"④。其中自寄予了章氏一贯的崇尚专家之学的意味,从这个角度看,班昭续《汉书》,宋氏传《周官》之类,虽有述绝学之意义,但实际上是以妇人身行丈夫事,不宜为后世效法。表面上看,妇学之衍变没有从著述到辞章这种私人写作的性质变化,不过章学诚个人的评价标准却是出于对学有专门的推崇,因而可以说妇学与"子史衰而文集之体盛"说之间有着较为密切的关系。

《诗话》篇亦推究其体源流,在称赞"专门名家,勒为成书之初祖"的《诗品》和《文心雕龙》之后,亦推究了后世诗话家为何未能继承《文心》"笼罩群言"、《诗品》"深从六艺溯流别"的著作意旨:

> 《诗品》《文心》,专门著述,自非学富才优,为之不易,故降而为诗话。沿流忘源,为诗话者,不复知著作之初意矣。犹之训诂与子史专家,子指上章杂家,史指上章传记。为之不易,故降而为说部。沿流忘源,为说部者,不复知专家之初意也。⑤

---

① 《文史通义校注》卷五,第531页。
② 《文史通义校注》卷五,第532页。
③ 《文史通义校注》卷五,第534页。
④ 《文史通义校注》卷五,第537页。
⑤ 《文史通义校注》卷五,第559—560页。此段自注中的"上章",指的是"唐人诗话,初本论诗,自孟棨《本事诗》出,乃使人知国史叙诗之意;而好事者踵而广之,则诗话而通于史部之传记矣。……或泛述闻见,则诗话而通于子部之杂家矣"。《文史通义校注》卷五,第559页。

《诗话》篇所讨论的对象,主要是作为"诗文评"一体的诗话,在目录学归属上隶于集部,而章学诚的讨论却没有局限于这种归类,他将《诗品》与《文心雕龙》视作"著述",有将其视为"子史"的言外之意,两者与后世诗话最大的不同,也在于其"著作之初意"或"专家之初意",虽然在具体表述上略有不同,在此"初意"可作立言有其宗旨解,指的是钟嵘与刘勰撰述之宗旨,当去章实斋本意不远。与《妇学》一样,《诗话》篇以"辨章学术,考镜源流"的精神梳理相关学术史的时候,亦是以"子史衰而文集之体盛"说追求立言的宗旨和推崇专家之学为评价标准,尤其对于《诗话》而言,其家本属集部,章学诚并未一概而论,而是详加辨析了《诗品》《文心》作为专家之学,降而为诗话的原因,可以说又提供了一个"子史衰而文集之体盛"在讨论其他问题时所发挥的重要作用之例证,也就是为专门学术畛域的沿波讨源提供了价值判断的标准。

"子史衰而文集之体盛"说不仅在章氏解决其他问题之时发挥出重要的作用,其本身亦显现出与章氏学说多个层次的关联,故而可以作为理解其思维方式的样板看待。"子史衰而文集之体盛"本身蕴含着多组二元对立的概念,如形态意义上的"子史"与"文集",实质意义上的"著作"(或"专家之学")与"辞章"。正如日本学者山口久和指出的那样:"章学诚在议论中经常把复杂多样的事物、现象作为二项对立进行整理,其中一项被置于优越地位,而对另外一项进行批判评价。"他举出的例子有:"作为人类知性两种类型的'高明'和'沉潜',作为知识作用两种类型的'性灵'和'功力',作为学术风格两种状态的'撰述'和'记注',从类似史学这种具体的领域来说的话,则有作为国家历史的正史和作为地方历史的方志。"[1]虽然山口氏的举例并未涉及"著作"与"辞章"这一"二项对立",作为学术风格的"撰述"和"记注"这对关系与"子史衰而文集之体盛"有所关联,尤其是史学这一方面,其具体论述见于《书教下》:

> 《易》曰:"蓍之德圆而神,卦之德方以智。"间尝窃取其义,以概古今之载籍,撰述欲其圆而神,记注欲其方以智也。夫智以藏往,神以知来,记注欲往事之不忘,撰述欲来者之兴起,故记注藏往似智,而撰述知来拟神也。藏往欲其赅备无遗,故体有一定,而其德为方;知来欲其决择去

---

[1] (日)山口久和《章学诚的知识论——以考证学批判为中心》,王标译,上海:上海古籍出版社,2006年,第180页。此书第五章《恢复学术认识中的主观契机》第三节《学术认识的两种形态》,讨论了章氏学说中"二项对立"的问题,可参,第180—230页。

取,故例不拘常,而其德为圆。①

"撰述"与"记注"这组"二项对立"关系,与"子史衰而文集之体盛"的情况不同,从时间上看,其讨论的是"私家之言"之前的学术状态,即战国之前的三代,与"私家之言"本身的区别,如《书教上》篇所言:

> 三代以上之为史,与三代以下之为史,其同异之故可知也。三代以上,记注有成法,而撰述无定名;三代以下,撰述有定名,而记注无成法。夫记注无成法,则取材也难;撰述有定名,则成书也易。成书易,则文胜质矣。取材难,则伪乱真矣。伪乱真而文胜质,史学不亡而亡矣。②

不仅是讨论的学术发展阶段的不同,"撰述"和"记注"两者都是史学的有机组成部分,这对概念源自刘知幾《史通·史官建置》,"书事记言,出自当时之简;勒成删定,归于后来之笔","当时草创者,资乎博闻实录","后来经始者,贵乎俊识通才"③,"记注"指的是原始史料,"撰述"指的是勒成史著,两者相反而相成,可以融入某一种史著之中。而"著述"和"辞章"处于相对立的关系之中,无法统一到某一种子书或者文集之中。虽然在讨论对象上"撰述"与"记注"的"二项对立",与"子史衰而文集之体盛"说所包含的二元关系是不同的,但其内在的一致性在于:史学如果仅仅追求对事实加以整理,无异于类书之流,不能称之为"撰述"或者"著述"。在《杂说》篇中,这种情况和诸子追求文辞而沦为文集的情况是并列的,何况章氏在《书教》篇中即指出了"成书易,则文胜质矣",暗含了对史著文质关系的意见。正如倪德卫所指出的那样:"章学诚对历史撰述史的观点还与他自己关于纯文学的历史观点紧密相连。历史形式的发展对于历史撰述的恶劣影响,与文学作品在文集中的形式化的分类对文学产生的影响相同。前者导致了依其本身的价值对事实加以汇集和分类、无视整体的意义而只追求细节的完整;后者则导致忽视实质,以风格和美本身为目的。"④可见,虽然讨论的对象有所不同,但《书教》三篇关于"撰述"和"记注"的讨论,与早于其写作十年左右的《诗教》

---

① 《文史通义校注》卷一,第49页。
② 《文史通义校注》卷一,第30页。
③ 〔唐〕刘知幾著,〔清〕浦起龙通释《史通通释》卷十一,上海:上海古籍出版社,2009年,第301页。
④ 《章学诚的生平及其思想》,第200—201页。

篇还是有一致的地方①,《诗教》篇所关注的"至战国而文章之变尽,至战国而著述之事专",不正是《书教》篇中所说的"三代之上"与"三代之下"的区别吗?

与《诗教》上下篇写作时期相近的《言公》三篇,亦论述了文籍形态和著作动机的问题,王汎森认为,"《言公》之旨扩散到他的《文史通义》及《校雠通义》两书,是章氏整个理论建构的基础"②,《言公》篇一再强调的"古人之言,所以为公也,未尝矜于文辞,而私据为己有也"③。即是推崇三代六艺之文,先王政典,从"作者"的角度,讨论了与《诗教》篇相同的问题。虽然战国之后著述成为专门之学,但诸子的著作往往出于学派集体创作,且得道体之一端:

> 周衰文弊,诸子争鸣,盖在夫子既殁,微言绝而大义之已乖也。然而诸子思以其学易天下,固将以其所谓道者,争天下之莫可加,而语言文字,未尝私其所出也。……诸子之奋起,由于道术既裂,而各以聪明才力之所偏,每有得于大道之一端,而遂欲以之易天下。其持之有故,而言之成理者,故将推衍其学术,而传之其徒焉。苟足显其术而立其宗,而援述于前,与附衍于后者,未尝分居立言之功也。④

"私其所出"与"矜于文辞"都是章学诚批评的现象,《说林》篇中提到的诸子可参他人之笔,而文集不敢入他人之言,道理相似,诸子追求立言宗旨,其本身是一个开放的体系,可以容纳后学的言论;而文集追求个人文采的表达,是一个封闭的结构,故而必须出于本人之手。章学诚一再强调的"未尝矜于文辞",实际上揭示了对诸子得道体之一端的重视,换言之,就是其立言宗旨。"世教之衰也,道不足而争于文,则言可得而私矣;实不充而争于名,则文可得而矜矣。"⑤在"道"和"实"沦丧之后,"私家之言"追求的只是以文辞博得名声而已。"子史衰而文集之体盛"这一论断,透露出

---

① 根据叶瑛注,《诗教》上下二篇至晚完成于乾隆四十八年(1783),而《书教》三篇约成于乾隆五十七年(1792)。
② 见氏撰《对〈文史通义·言公〉的一个新认识》,《权力的毛细管作用》,第443—444页。王汎森认为《言公》篇一方面讲古代的文籍,另一方面表达了章学诚主张回到今人看来带有强烈文化专制色彩的"官师合一""同文为治"的理想。
③ 《文史通义校注》卷二,第169页。
④ 《文史通义校注》卷二,第170—171页。
⑤ 《文史通义校注》卷二,第182页。

的对立言宗旨的追求和对文辞的轻视,结合《言公》篇中的批评,隐约透露出的不仅仅是章学诚对学术史的看法,也有他对于自身治学旨归于何处的自我期待吧。

"子史衰而文集之体盛"说的意义,不仅在于其内涵的深刻性,它还具有相当可观的延伸性,提供了价值判断的标准,同时其蕴含的二元思维方式和个人写作动机,与章氏其他学说关系密切。从这种关系之中,我们进一步明确了该命题的理论价值,毕竟章学诚撰述《文史通义》的一个很重要的目的,就是研究文学和史学本身的特质。"子史衰而文集之体盛"说应该得到重视,其理论价值不仅在于对以往学术史的回顾,甚至在某种意义上,对现代学者的学术著述而言,也是不无启发的。

第九章　刘师培"反集为子"说发覆

刘师培《论文杂记》(1905)第十二则论文集与子书之关系:"六朝以前,文集之名未立。及属文之士日多,后之君子,欲观其体势,以见性灵,及汇萃成编,颜曰文集。且古人学术,各有专门,故发为文章,亦复旨无旁出,成一家言,与诸子同。"①提出了文集若能学有专门且旨无旁出,亦可与诸子一样"成一家言"。刘氏继而从唐宋八大家之文、近代文儒、六朝至唐宋诗歌和历代学术等四个层面,论证"虽集部之书,不克与子书齐列,然因集部之目录,以推论其派别源流,知集部出于子部,则后儒有作,必有反集为子者,是亦区别学术之一助也"②。所谓"反集为子",恰可概括刘氏眼中唐宋至近代文集,因其学有专门而可与诸子并为一家之言的现象。本章将梳理此说的内在理据,并将其放置在清人普遍主张唐宋八大家等后世文集归属于诸子家派这一理论背景中进行讨论,并通观类似的学术及文学批评话语,探究其说背后的思维及话语方式。"反集为子"说将唐宋文集视作诸子家派,则是在子书消歇之后的历史阶段,从文集中寻找与子书在义理层面的相通之处,以此追求更为理想的学术著述方式。刘师培以清代考据学为"名家"并将其纳入这一学说,不仅是其学术背景的体现,亦凸显了清代学术之特质,使得"反集为子"说综合了义理、考据与辞章之学。

一、"反集为子"说成立的内在理据

根据刘师培自注:"会稽章氏、仁和谭氏稍知此义,惟语焉未精,择焉未详。故更即二家之言推论之,以明其凡例焉。"③可知"反集为子"说自有渊源,其一乃章学诚《和州志艺文书序例》提出的"文集日繁,不列专部,无所统

---

① 刘师培:《中国中古文学史 汉魏六朝专家文研究》附录,北京:商务印书馆,2010年,第180—181页。
② 《中国中古文学史 汉魏六朝专家文研究》附录,第183页。
③ 《中国中古文学史 汉魏六朝专家文研究》附录,第183页。

摄也"：

> 夫诸子百家，非出官守，而刘氏推为官守之流别；则文集非诸子百家，而著录之书，又何不可治以诸子百家之识职乎？夫集体虽曰繁赜，要当先定作集之人。人之性情必有所近；得其性情本趣，则诗赋之所寄托，论辨之所引喻，纪叙之所宗尚，掇其大旨，略其枝叶，古人所谓一家之言，如儒、墨、名、法之中，必有得其流别者矣。如韩愈之儒家，柳宗元之名家，苏轼之纵横家，王安石之礼家。①

此后章氏进一步指出："存录其文集本名，论次其源流所自，附其目于刘氏部次之后，而别白其至与不至焉，以为后学辨途之津逮；则卮言无所附丽，文集之弊，可以稍歇。"②从此可以看出，章氏所不满的是，对于韩、柳等学有专门而成一家之言的文集作者而言，文集的著录无法判别其学术源流，这一观点《校雠通义·宗刘》亦另有申述：

> 汉、魏、六朝著述，略有专门之意。至唐宋诗文之集，则浩如烟海矣。今即世俗所谓唐宋大家之集论之，如韩愈之儒家，柳宗元之名家，苏洵之兵家，苏轼之纵横家，王安石之法家，皆以生平所得，见于文字，旨无旁出，即古人之所以自成一子者也。其体既谓之集，自不得强列以诸子部次矣。因集部之目录，而推论其要旨，以见古人所谓言有物而行有恒者，编于叙录之下，则一切无实之华言，牵率之文集，亦可因是而治之。③

尽管后世文集兴盛而子书衰落，四部之学势必不能复归于《七略》，有诸子遗意的诸家文集亦不能强列于诸子部次。但以叙录的方式述其要旨，表彰其成就，区别于追求辞章之学的文集，在章学诚眼中，则是非常有意义的工作。

谭献之说见于《明诗》一文，而以六朝诗人比附诸子："夫六艺既散，百家代兴。晚周以来，持之有故，言之成理者，为文章之盛世。有别集蛇龙之菹，名法儒墨，若远若近，若出若入，甚矣其衰也。刘、班叙诗赋，亦复称家，分别部居，言各有当。惜乎今日亡佚殆尽，无能详说作者之旨。后来文士，如阮

---

① 〔清〕章学诚著，叶瑛校注《文史通义校注》卷六，北京：中华书局，1985年，第652页。
② 《文史通义校注》，第652页。
③ 《文史通义校注》附《校雠通义》，第957页。

籍为道家，陶潜为儒家，谢灵运为名家，江淹为纵横家之属。凡夫学有本末，皆有合于微言大义者也。"①刘师培亦以六朝唐宋诗人合于诸家，发挥了谭说。

刘师培所论证的第一个层次，即"以唐宋八大家为诸子"，将章学诚初步提出的论断加以系统化与精密化：

> 试即唐、宋之文言之：韩、李之文，正谊明道，排斥异端，如韩愈《原道》、《原性》及《答李生书》等篇，李翱《复性书》，皆儒家之言；而韩文之中，无一篇不言儒术者。欧、曾继之，以文载道，儒家之文也。南宋诸儒文集，多阐发心性，讨论性天之作，亦儒家之文。子厚之文，善言事物之情，出以形容之词，如永州、柳州诸游记，咸能类万物之情，穷形尽相，而形容宛肖，无异写真。而知人论世，复能探原立论，核覈刻深，如《桐叶封弟辨》、《晋赵盾许世子义》、《晋命赵衰守原论》诸作，皆翻案之文也。宋儒论史，多诛心之论，皆原于此。名家之文也。②

此论韩、柳文为儒家、名家之文，正是印证"古人学术，各有专门，故发为文章，亦复旨无旁出，成一家言，与诸子同"；亦即章学诚所推崇的"立言有宗旨"与"学有专门（本末）"，八大家具体的归属，亦与《校雠通义》所论相同。章氏尚且停留在论断的层面，刘师培所述则多以自注的形式补充论据，同时指明各家流裔。韩退之《原道》等文宣扬周、孔而痛诋佛老，于宗旨上维护儒家之道的权威地位，固为儒家之文；"名者，所以正百物，叙尊卑，列贵贱，各控名而责实，无相僭滥者也"（《隋书·经籍志》子部名家类序）。③ 刘师培所列举的柳子厚辨议之文，符合名家"控名而责实"之旨，如《晋文公问守原议》反对晋文公谋于寺人，"而贼贤失政治端由是滋矣"，"余故著晋君之罪，以附《春秋》许世子止赵盾之义"④；《桐叶封弟辨》则指出"吾意周公辅成王，宜以道"⑤，反对以成王戏言而封其弟，亦是对名分与政治秩序的维护，类似的意旨在附于《柳河东集》的《非国语》中更为显著，兹不赘述。

在著述宗旨之外，"以唐宋八大家为诸子"之论，亦有以风格为据者：

> 明允之文，最喜论兵，如《上韩枢密书》等篇皆是，而论古人之用兵者尤多。

---

① 〔清〕谭献著，罗仲鼎、俞浣萍点校《谭献集》，杭州：浙江古籍出版社，2012年，第8页。
② 《中国中古文学史 汉魏六朝专家文研究》附录，第181页。
③ 〔唐〕魏徵等《隋书》卷二十九，北京：中华书局，1973年，第1104页。
④ 〔唐〕柳宗元《柳河东集》卷四，上海：上海古籍出版社，2008年，第62—63页。
⑤ 《柳河东集》卷四，第66页。

谋深虑远,排兀雄奇,明允最喜阴谋,且能发古人之阴谋,故其为文亦多刻深之论,发人未发。兵家之文也。子瞻之文,以粲花之舌,运捭阖之词,往复卷舒,一如意中所欲出,而属词比事,翻空易奇,子瞻之文,说理多未确,惟工于博辩,层出不穷,皆能自圆其说,于苏、张之学殆有得也。纵横家之文也。陈同甫之文,亦以兵家兼纵横家者也。介甫之文,侈言法制,因时制宜,集中多论新法之文。而文辞奇峭,推阐入深,介甫之文最为峻峭,而短作尤悍厉绝伦,且立论极严,如其为人。法家之文也。若夫邵雍之徒为阴阳家,王伯厚之徒为杂家,而叶水心之徒亦近于法家、兵家。立言不朽,此之谓与。①

所谓"论兵"的宗旨,与"谋深虑远,排兀雄奇"的风格,实质上是合而为一的。章氏所谓"人之性情必有所近",似可兼指立言宗旨与文风。在某种意义上,风格与家派之间亦颇有对应关系,如纵横家之"捭阖",法家之"奇峭"。从风格的意义上来讨论唐宋八大家与诸子之关系,并非刘师培之独见,在清代具有一定的普遍性。如恽敬提出的"修六艺之文,观九家之言,可以通万方之略。后世百家微而文集行,文集蔽而经义起,经义散而文集益漓"(《大云山房文稿二集自序》)②,则在子集兴替的学术史进程以外,致意于"百家之敝,当折之以六艺;文集之衰,当起之以百家",但在实际论述中,则偏重诸子文风对后世文章家的影响:

> 敬观之前世,贾生自名家、纵横家入,故其言浩汗而断制;晁错自法家、兵家入,故其言峭实;董仲舒、刘子政自儒家、道家、阴阳家入,故其言和而多端;韩退之自儒家、法家、名家入,故其言峻而能达;曾子固、苏子由自儒家、杂家入,故其言温而定;柳子厚、欧阳永叔自儒家、杂家、词赋家入,故其言详雅有度;杜牧之、苏明允自兵家、纵横家入,故其言纵厉;苏子瞻自纵横家、道家、小说家入,故其言逍遥而震动。③

相较于章学诚及后来的刘师培二氏,恽敬并未将西汉、唐宋诸多文章家之文,视作取径于九流之某一家,而是多家综合作用,对其风格造成不可轻视的影响。此论虽重于文章风格而非学术宗旨,但就古文批评而言,持论颇为通达,又关切于子集兴替的学术史本身。刘师培在论及近代文儒之时,将恽子居视作"法家之支派":"子居之文,取法半山,亦喜论法制,而文章奇峭峻悍,尤

---

① 《中国中古文学史 汉魏六朝专家文研究》附录,第181页。
② 〔清〕恽敬《恽敬集》,上海:上海古籍出版社,2013年,第277—278页。
③ 《恽敬集》,第278页。

与半山之文相同。"①但刘氏自述其"反集为子"之说的渊源,却未提及恽氏之说,不免遗憾。

沈祥龙则在恽敬的基础上进一步指出九流百家之文的风格,与后世文章家以儒家为指归而以各自性情兼取各家:"九家之言,体诸六艺,后世文章日兴,大旨不越乎九家。如文之峻刻者,法家、名家也;文之纵厉者,兵家、纵横家也;文之温粹者,儒家也。人之立言固由乎性所各近,然必以儒家为指归。韩以名家、法家而归于儒,欧以杂家、词赋家而归于儒,苏以道家、兵家、纵横家而归于儒,盖儒为六艺所统汇,舍儒言文,能不离经叛道乎?"②实际上,此说以诸子所代表的风格立论,在一定程度上消解了将后世诗人与文章家归入九流百家部次的学术史建构。而刘师培晚年的《汉魏六朝专家文研究》"论各家文章与经子之关系"一节中,亦调整了《论文杂记》中将某家文章对应为九流某家的做法:

> 约而论之,西汉初年,儒家与道、法、纵横并立。其时文学,儒家而外,如邹阳、朱买臣、严助之雄辩,则纵横家之流也;贾谊《新书》取法韩非,则法家之流也;《史记》之文,**兼取三家**,其气厚含蓄之处,固与董仲舒《春秋繁露》为近,而其深入之笔法则得之法家,采《国策》之文,则为纵横家,故与纯粹儒家之文不同。③

此论则从西汉文章家取法于诸子的角度,讨论诸子与后世文章的关系,相较于"反集为子"说"以唐宋八大家为诸子"这一层面的立论,实际更能从文章学本身的意义上把握诸子对后世文章家的影响。

刘师培论近代文儒(即清人)之文与诸子家派,其理据亦以宗旨及风格相近为主,兹不赘述。而第三个层次"惟诗亦然"几以风格为据,毕竟诗歌不同于文章,"言志"而非说理,在宗旨上与讨论治道的诸子颇有距离。在六朝诗人中,"子建之诗,温柔敦厚"而"近于儒家",刘氏自注指出:"子建之诗,颇得风人之旨,故渊雅之音,非七子所能及。孔子之论《关雎》曰:'哀而不伤。'子夏之序《诗》亦曰:'发乎情,止乎礼义。'子建之诗有焉。"④余者如:"渊明之诗,澹雅冲泊,近于道家。""康乐之诗,琢磨研炼,近于名家。""太冲之诗,

---

① 《中国中古文学史 汉魏六朝专家文研究》附录,第 182 页。
② 王葆心评曰:"此言文家资子而必归于儒,是又资于子者进退之方也。其说则发之恽子居,而沈袭之者也。"《古文辞通义》卷十六,王水照编《历代文话》第八册,上海:复旦大学出版社,2007 年,第 7875 页。
③ 《中国中古文学史 汉魏六朝专家文研究》,第 140 页。
④ 《中国中古文学史 汉魏六朝专家文研究》附录,第 182 页。

雄健英奇,近于纵横家。"与谭献之立论在具体归属上有别(陶渊明或属儒家,或属道家),但以六朝诗人"分别部居",则又有相通之处。

在刘师培"反集为子"说的四个层面中,以历代学术为九流百家的建构色彩最强,同时也去古人真相最远:

> 要而论之,西汉之诗,治学之士,侈言灾异五行,故西汉之文,多阴阳家言。东汉之末,法学盛昌,故汉、魏之文,多法家言。六朝之士,崇尚老、庄,故六朝之文,多道家言。隋、唐以来,以诗赋为取士之具,故唐代之文,多小说家言。宋代之儒,以讲学相矜,故宋代之文,多儒家言。明末之时,学士大夫多抱雄才伟略,故明末之文,多纵横家言。近代之儒,溺于笺注训故之学,故近代之文,多名家言。①

如果说六朝玄风大炽,以六朝之文为道家之文或无不可,但两汉之文完全归为阴阳家与法家之言,则又忽略了两汉经学昌明的事实,颇有以偏概全的嫌疑,而以唐代之文为小说家言殊为难解。从本质上来说,一代学术自有其复杂性,学术史本身的发展不与朝代兴替完全同步,将之类比为诸子九流中的某家,便更有可能走向以偏概全乃至穿凿附会。从学术史事实而言,在西汉中期以后,尽管有玄学和佛教的兴盛,儒学一直占据着主流与权威地位,而名家、墨家、阴阳家、纵横家等家派则风流云散,部分学说为儒家吸取。故而刘师培"反集为子"说在以历代学术为诸子百家这一层面上,已经彻底成为一种学术批评话语,而非基于唐宋八大家在学有专门及著述风格两方面与诸子九流有其相通之处这一事实。毕竟,"反集为子"说应该是刘师培在系统论述的基础上进行合理的建构,以此表达对理想的文集形态的追求。

二、作为一种学术批评话语的"反集为子"说及其思维方式

尽管刘师培自述"反集为子"之说来自章学诚及谭献,但要全面理解将唐宋之后诸家文集与九流百家一一对应,并以此观照子书与文集关系的做法,则必须将"反集为子"说放置到更广阔的学术史背景中加以审视。在追

---

① 《中国中古文学史 汉魏六朝专家文研究》附录,第183页。

溯诸子、文章甚至史学之渊薮,并构建作为不同知识类别的四部之学之间的关系等方面,类似"反集为子"的学术批评话语是十分常见的,最早可以追溯到《汉书·艺文志·诸子略》"诸子出于王官之学"说:儒家出于司徒之官,道家出于史官,阴阳家出于羲和之官,法家出于理官,名家出于礼官,墨家出于清庙之守,纵横家出于行人之官,杂家出于议官,农家出于农稷之官,小说家出于稗官。"诸子出于王官之学"说,将作为私家之学的战国诸子溯源至王官之学,同时奠定了中国古典学术重视学术源流的传统。

  类似地,将诸子溯源至六经,亦是这种推源溯流的学术批评方法的体现,章学诚在《文史通义·诗教上》中提出了"战国之文,其源皆出于六艺":"诸子之为书,其持之有故而言之成理者,必有得于道体之一端,而后乃能恣肆其说,以成一家之言也。……《老子》说本阴阳,《庄》《列》寓言假象,《易》教也。邹衍侈言天地,关尹推衍五行,《书》教也。管、商法制,义存政典,《礼》教也。申、韩刑名,旨归赏罚,《春秋》教也。其他杨、墨、尹文之言,苏、张、孙、吴之术,辨其源委,挹其旨趣,九流之所分部,《七录》之所叙论,皆于物曲人官,得其一致,而不自知为六典之遗也。"①恽敬《大云山房文稿二集自序》亦提及诸子与六经之关系:"儒家体备于《礼》及《论语》、《孝经》,墨家变而离其宗,道家、阴阳家支骈于《易》,法家、名家疏源于《春秋》,纵横家、小说家适用于《诗》、《书》。……农家、兵家、术数家、方技家,圣人未尝专语之,然其体亦六艺之所孕也。是故六艺要其中,百家明其际会;六艺举其大,百家尽其条流。"②二氏之说虽未将九流一一与六艺相应,然而指出其旨趣的相通之处,亦避免了一一坐实而来的穿凿附会。考虑到章学诚在《诗教上》中亦论及"后世之文其体皆备于战国",则又将"后世之文"(文集)与"战国之文"(诸子)的学术史发展线索建立起来;近人来裕恂则综合《汉书·艺文志·诸子略》"诸子出于王官之学"与后世文集为诸子家派等说,述"儒家之文"等九类文章源流:"儒家者流,出于司徒之官,经义纷纶,纯粹以精,儒家之文也。汉之董仲舒,唐之韩愈,宋之欧阳修,其文为儒家言。""法家者流,出于理官,于今为法律学。辨析精深,论断明决,法家之文也。汉之晁错,宋之王安石,其文为法家言。""名家者流,出于礼官,于今为辨学。界名以理,界词以意,断制明显,不惑两歧,名家之文也。唐之柳宗元,其文为名家言。"③以诸子九流为中心,将相关的命题加以结合,显示出丰富的理论层次及批评话语。

---

  ① 《文史通义校注》,第 60 页。
  ② 《恽敬集》,第 277 页。
  ③ 《汉文典·文章典》《文论》第四"种类篇"第三章《属于学术之种类》,《历代文话》第九册,第 8678、8679 页。

除了诸子之文作为六经与后世文章的连接点之外,文学批评史上将文章直接溯源至六经的说法亦不罕见,《文心雕龙·宗经》所谓"论说辞序,则《易》统其首;诏策章奏,则《书》发其源;赋颂歌赞,则《诗》立其本;铭诔箴祝,则《礼》总其端;纪传铭檄,则《春秋》为根"①。《颜氏家训·文章》:"夫文章者,原出《五经》:诏命策檄,生于《书》者也;序述论议,生于《易》者也;歌咏赋颂,生于《诗》者也;祭祀哀诔,生于《礼》者也;书奏箴铭,生于《春秋》者也。"②尽管具体文体的溯源有所不同,如铭与箴二体,刘勰以为源于《礼》而颜氏以为源于《春秋》,但二氏"文原五经"的主张,以及相应的批评话语是非常一致的。如张伯伟在《中国古代文学批评方法研究》的第二章《推源溯流论》所论述的那样,"推源溯流法"代表了中国古代学术重视学术源流的传统,这是一种史学眼光;而将源流本末的关系上升到哲学层面,并在本体论的意义上建立"举本统末"的方法论,则由魏晋玄学家王弼完成。③ 对于诸多建构四部之学关系的命题,如"文原五经"中,五经为"本"而诸文体为"末",文体为五经统摄而构成体系。有趣的是,同样是诸子,但不同的命题中,其"本"与"末"的身份是可以转化的,在"诸子出于王官之学"或"战国之文,其源皆出于六艺"等说中,诸子为"末";而在"反集为子"说中,诸子则占据了"本"的地位,以相对有限的家派(至多九流十家),统摄唐宋至清代的十数家乃至数十家文集。无论是推源溯流所代表的历史眼光,还是"举本统末"所代表的哲学思维,在构建六艺、诸子与后世文集之间关系的相应命题上,业已形成一种学术批评话语。一方面,源流与本末的关系总是相对的,相对于诸子与文集,六艺具有"源"与"本"的特征,而在诸子与文集之间,无论从学术史本身还是作为"一家之言"的价值判断,诸子无疑又成为"源"与"本";另一方面,"源"与"本"对于"流"与"末"的统摄具有总体性和宏观性,章学诚和恽敬都承认,诸子未必能与六艺一一对应,然而并不影响从整体上讨论诸子得道体之一端。我们可以看到,"反集为子"说到了刘师培手上已经趋于精密与全面,但阴阳家、墨家、农家、杂家、小说家较少受到关注,也与其家派的学术特色和文集本身的性质相关,勉强为之一一建立联系,则不免失之穿凿。

在章学诚等学者建立了"六经—诸子—文集"的学术史序列之外,史学与诸子的关系亦在近代学术史上备受关注,刘师培的《古学出于史官论》(1906)即以六艺、九流和术数、方技之学出于史官,所谓"九流出于史官",

---

① 〔南朝梁〕刘勰著,范文澜注《文心雕龙注》卷一,北京:人民文学出版社,1958年,第22页。
② 王利器《颜氏家训集解(增补本)》卷四,北京:中华书局,2013年,第286页。
③ 详见《中国古代文学批评方法研究》,北京:中华书局,2002年,第108—110、142—148页。

即谓:

> 儒家出于司徒,然《周史六弢》,以及《周制》、《周法》,皆入儒家,又按:《晏子春秋》、《虞氏春秋》、陆贾《新语》,皆史编之列入儒家者,亦儒家有史学之证。则儒家出于史官。阴阳家出于羲和,然羲和苗裔,为司马氏作史于周,见《太史公自序》。则阴阳家出于史官。又按:子韦为史于宋,张苍掌书于秦,其书皆列阴阳家。又《五曹官制》及于长《忠臣传》,皆以史类而入阴阳家。墨家出于清庙之守,然考之《周官》之制,太史掌祭祀,小史辨昭穆,见《周礼·春官》。有事于庙,非史即巫,按《左传》多以巫史、祝史并书。……亦墨学出于史之证。则墨家出于史官。①

儒、阴阳、墨三家出于史官之理据,一方面在于《汉书·艺文志·诸子略》著录之作,多有名义接近于史书者;另一方面则在于血统与职守,即司马迁父子为羲和苗裔,史官亦有事于清庙等,又如"纵横家出于行人,然会同朝觐,以书协礼事,亦太史之职,见《周礼·春官·太史》。则纵横家出于史官。又按《战国策》为纵横家书,而班《志》列之《春秋》家,亦其证也"②。

类似的说法,亦见于江瑔《读子卮言》第四章《论诸子之渊源》所谓"九流之学,皆渊源于史官"之说,其理据大体基于"诸子出于王官之学"说,而王官或掌古人之史,即"儒家出于司徒之官,盖指保氏而言也。……按保氏之职掌教国子之道,为司徒之属,……保氏亦掌以六艺教国子。然'六艺'者,古人之史也。……是六艺为史氏之所掌,则保氏亦出于史官者矣。"③或为史官之职守,如"羲和之官职掌天文……然天文之事,古人本以史掌之","理官古为司寇,而司寇之职古人亦以史为之","礼尤为史之专职",等等。④ 在二氏的论述中,以史官及其职守统摄九流之学,从而将诸子溯源至史官,颇有预设某一理论,然后寻找证据论证的嫌疑;史官及职守作为"源"与"本"是单一的,其内涵与外延也难以如同六经和诸子那样丰富,或许正是此论较为偏颇的根本原因。

将史学归为诸子之流派者,即陆绍明《论史学分二十家为诸子之流派》的主张,所谓二十家乃辞章家、经学家、理学家(三家为儒家)、理想家(道家)、褒贬家、评论家(两家为法家)、议论家(纵横家)、文字家、训诂家、考订

---

① 《古学出于史官论》,邬国义、吴修艺编校《刘师培史学论著选集》,上海:上海古籍出版社,2006年,第11页。
② 《刘师培史学论著选集》,第11页。
③ 〔清〕江瑔《读子卮言》,上海:华东师范大学出版社,2012年,第25页。
④ 详见《读子卮言》,第25—27页。

家(三家为名家)、权谋家(兵家)、数学家、五行家(两家为阴阳家)、纂修家、叙述、考据、文献(四家为杂家)、地理家(农家)、曲笔家(墨家)、音律家(小说家)。在儒家之流派中,辞章家之史如班固《汉书》、欧阳修《新唐书》,而欧阳修《五代史》则为经学家之史,理学家之史的代表则为司马光《资治通鉴》与元修《宋史》。① 且不论诸家正史或史考之作的划分是否合理,二十家自身的逻辑关系就有诸多层次,如经学、理学者就其思想倾向而言,文字、训诂、考订等,又就其研究方法而言,至于褒贬、评论,则应为史家通例,别为一家似有不妥。与江瑔之说不同的是,陆氏所划分的诸子流派过于细碎,九流之中又分二十家,在"本"的数量过多的情况下,无论是"推源溯流"的眼光,还是"举本统末"的思维方式,都极难发挥其厘清学术脉络的效力。

实际上,无论是强调诸子源于史,抑或是史学类于诸子,"子"与"史"的相通之处在于精神内涵,正如章学诚在《文史通义·杂说》中所述:

> 盖诸子不难其文,而难于宗旨之卓然有其不可灭;诸史不难其事,而难其有以成一家之言。故诸子仅工文辞,即后世文集之滥觞;史学惟求事实,即后世类书之缘起。古人篇无标题,摘篇首字命篇之类。书无定名,即其人以名书之类。部无专属。子史不分,诸子立言,往往述事;史家命意,亦兼子风。后世流分派别,遂若天经地义之不可兼也,非一日之故矣。②

表面上看,史学的职能在于实录其事,但史学仅仅追求记述事实,又难免沦为按一定分类罗列文献史料的类书。章学诚所谓的"宗旨之卓然有其不可灭"与"成一家之言",即史学与诸子共有的著述追求,亦是诸子或子书的本质,如果诸史与文集具备这一特征,那么同样具备"子"的内涵,正如《诗教下》所言:"赋家者流,犹有诸子之遗意,居然自命一家之言者,其中又各有其宗旨焉。殊非后世诗赋之流,拘于文而无其质,茫然不可辨其流别也。"③章益国在讨论章学诚"六经皆史"的说法时提出应该将此说作为隐喻用法来理解,若以此来理解四部关系,无论是后世文集出于诸子,还是子史相通,"子"都应该理解为"一家之言",理想的文集形态也应该是"一家之言"。④ 如果说

---

① 《国粹学报》第18期,1906年7月11日。
② 〔清〕章学诚著,仓修良编注《文史通义新编新注》内篇六,杭州:浙江古籍出版社,2005年,第355页。
③ 《文史通义校注》卷一,第80页。
④ 详见氏著《道公学私:章学诚思想研究》(北京:北京大学出版社,2020年)第八章《知识分类:从"六经皆史"到"四部皆通"》,第211—224、252—263页。

"推源溯流"和"举本统末"以史学眼光和哲学思维来看待诸多四部关系的命题,是一种求真求实的研究方法,而"史"或"子"的隐喻作用更像是以文学修辞来理解学术命题及其话语方式。① 毕竟,无论诸子之文源出于六艺、文原五经或者本章所重点讨论的"反集为子",都很难算作完全客观意义的学术史研究,其中隐喻的是推崇五经,或者以诸子"成一家之言"为著述宗旨的意味,则是我们今天重新评价这些命题时所必须加以关注的。

三、作为名家的清代考据学

尽管刘师培以唐宋八大家之文、近代文儒、六朝至唐宋诗歌和历代学术等四个层面,丰富与发展了章学诚与谭献之说,但举例的增加不代表理论内涵的拓展,尤其是章学诚对于文集何以取法诸子并实现学有宗旨的理想状态,有着十分深刻的认识。章氏在《与朱少白书》中提出"以诸子家数行于文集之中",主张文集效法诸子"以文徇学",尽管诸子与文集在战国之后有兴替与升降,文集势不能反诸子,然而在内在精神上依旧可以实现子书"成一家之言"的著述目的。② 对于清人而言,以文集的形式"立言",是他们不得不面对的现实,但文集所代表的"辞章"之学,又往往引起他们的不满,如章学诚《和州志艺文书序例》中的批评:"魏晋之间,**专门之学渐亡**,文章之士,以著作为荣华;诗赋、章表、铭箴、颂诔,因事结构,命意各殊;其旨非儒非墨,其言时离时合,衰而次之,谓之文集。"③文集中的各体文章不过是"因事结构"的应酬之作,没有一定的宗旨与专家之学的意味。章氏则在《立言有本》篇提出了理想的文集形态:"子有杂家,杂于众不杂于己,杂而犹成其家者也;文有别集,集亦杂也,杂于体不杂于指,集亦不异于诸子也。故诸子杂家与文集中之具本旨者,皆著述之事,立言之选也。"④

所谓"诸子家数",与"以文徇学"之"学",和"诸子杂家与文集中具本旨"之"旨"相通,即子书与理想文集所应当具备的"专门之学"与"成一家之

---

① 章益国强调从"字面意义"或"隐喻用法"去评价某句话,所持的标准并不一样,前者是"对不对""真或假",是否逻辑上融洽、客观上符合事实,而后者的价值和魅力不在于精确和清楚,在于其蕴含的丰富联想,拿"逻辑"来判断"修辞",以"因果"来框限隐喻,是错位的做法。《道公学私:章学诚思想研究》,第217页。
② 详见林锋《章学诚的文集论与清代学人文集编纂》(《文学遗产》2020年第6期)一文对章学诚主张理想的文集形态必须体现"专家之学",与清代学人文集的体例、内容的论述。
③ 《文史通义校注》卷六,第650页。
④ 《文史通义新编新注》外篇一,第358页。

言"之"旨",这无疑是从义理层面上做出的要求,反对仅仅将文集作为辞章之学的载体。就唐宋八大家(亦包括刘师培等人提及的西汉文章家)与诸子九流的相通之处而言,亦以义理为主,风格次之,从这一意义上而言,"反集为子"说兼备义理与辞章之学的双重意义。然而刘师培在讨论清代文儒之时,并未完全取法论述唐宋八大家为诸子九流的思路,而是以清代考据学为名家,拓展与深化了"反集为子"说的内涵:

> 慎修、辅之,综核礼制,章疑别微,近儒治三礼者,如秦蕙田、凌廷堪、程瑶田之流,咸有文集,集中亦多论礼之作。考《汉志》言名家出于礼官,则言礼学者,必名家之支派也。若膺、伯申,考订六书,正名辨物,近儒喜治考据,分戴、惠两大派,皆从《尔雅》《说文》入手。而诸家文集,亦以说经考字之作为多。古人以字为名,名家综核名实,必以正名析词为首,故考据之文亦出名家。皆名家之支派也。①

刘师培将清代考据学视作名家之流,其理据有二:其一,三礼之学为江永、金榜等诸儒的专门之学,而《汉书·艺文志》主张名家出于礼官,故礼学出于名家;其二,近儒治考据学,以小学为根基,而古人以字为名,名家必以正名析词为首,故考据之文出于名家。实际上,刘师培所谓"名家"的内涵与历史上的先秦名家和汉魏名家大相径庭,无论是以"诸子出于王官之学"为据,为礼学寻找名家这一远源,还是以小学为名家的根基,皆出于刘师培的自我建构。兹简述历史上名家学派的特色,并结合刘氏自身的认识,以探明刘师培理论建构的依据及其意图。

刘咸炘曾指出:"周末名家有二流,其一为刑名,循名核实,责任臣下,此申不害、韩非之说也。一为名辩,广辨名实而不专治道,惠施、桓团、公孙龙之徒是也。……施、龙之辩,后世已无,必求其流则南朝玄言尚有其遗,若刑名之家则自汉以来多有之,此书(《人物志》)循名核实,乃刑名之流也。"②惠施名辩之学的相关辩题,见于《庄子·天下》篇的记载③,《荀子·正名》篇也以

---

① 《中国中古文学史 汉魏六朝专家文研究》附录,第181页。
② 《旧书别录·人物志》,黄曙辉编校《刘咸炘学术论集·子学编》,桂林:广西师范大学出版社,2007年,第452页。
③ 即"至大无外,谓之大一;至小无内,谓之小一。无厚,不可积也,其大千里。天与地卑,山与泽平。日方中方睨,物方生方死"等,与"卵有毛,鸡三足,郢有天下,犬可以为羊,马有卵"等。〔清〕郭庆藩《庄子集释》卷十下,北京:中华书局,2004年,第1102、1105—1106页。

批判的视角提及名辩之学的部分辩题。①《正名》所主张的"故王者之制名，名定而实辨，道行而志通，则慎率民而一焉"，反对"析辞擅作名以乱正名，使民疑惑，人多辨讼"②，荀子之说显然为刑名所谓"循名核实"一路提供了依据，关注现实政治的名分，充满了现实与理智的色彩，亦为法家"循名以责实"提供了理论依据，而与惠施、公孙龙等沉溺于语言与逻辑的游戏甚至走向诡辩的思路完全不同③。《汉书·艺文志·诸子略》名家著录了《公孙龙子》十四篇、《惠子》一篇，然而其小序的倾向大体与《荀子·正名》一致："名家者流，盖出于礼官。古者名位不同，礼亦异数。孔子曰：'必也正名乎！名不正则言不顺，言不顺则事不成。'此其所长也。及警者为之，则苟钩析乱而已。"④一方面肯定了儒家所主张"正名"的政治意义，而另一方面则讥刺名辩之学造成的混乱。

到了汉魏之际，刘劭《人物志》、姚信《士纬新书》、卢毓《九州人士论》等著作出现，被《隋书·经籍志》著录于子部名家类⑤。人物品评既是汉魏之际的新学与显学，在学理上亦踵武荀子"正名"一路，与先秦名辩之学截然不同。《人物志》"其书主于论辩人才，以外见之符，验内藏之器。分别流品，研析疑似，故《隋志》以下皆著录于名家。然所言究悉物情，而精核近理，视尹文之说兼陈黄、老、申、韩、公孙龙之说惟析坚白同异者，迥乎不同，盖其学虽近乎名家，其理则弗乖于儒者也"（《四库全书总目》子部杂家类《人物志》提要）⑥。从整体而言，汉魏名家在学理上继承荀子"正名"一路，而主于人物品评，适应了汉魏之际的时代需要。

厘清了名家在先秦与汉魏的主要内涵，可以发现刘师培在论述柳子厚之

---

① 即"'见侮不辱'，'圣人不爱己'，'杀盗非杀人也'，此惑于用名以乱名者也。……'山渊平'，'情欲寡'，'刍豢不加甘，大钟不加乐'，此惑于用实以乱名者也。……'非而谒楹有牛，马非马也'，此惑于用名以乱实者也。"〔清〕王先谦《荀子集解》卷十六，北京：中华书局，1988年，第420—421页。

② 《荀子集解》卷十六，第414页。

③ 正如葛兆光《中国思想史》第一卷第二编第十节《语言与世界：战国时代的名辩之学》指出的那样："荀子的思路渐成了主流社会的意识，在这种意识形态下，被后世称为'名家'的战国辩者就渐渐消失，而纯粹语言思辨与分析也逐渐退出思想史，直到唐代的佛教唯识的著述与禅宗的公案中，才再一次短暂地浮出水面，但也只是昙花一现而已。执着社会关怀的中国人似乎并不习惯这种在现世中毫无用处的纯粹语言思辨，追求心灵超越的中国人也不愿意沉湎于这种繁琐而细致的语言游戏，在后世，'名家'渐渐演变成了人的品行与名分的鉴定之学，从儒者的'正名'开始，名辩之学经过了战国惠施、公孙龙、墨子后学之手，又回到儒者的'正名'。"上海：复旦大学出版社，2015年，第190页。

④ 〔汉〕班固撰，〔唐〕颜师古注《汉书》卷三十，北京：中华书局，1962年，第1737页。

⑤ 《隋志》子部儒家类序赓续《汉志》的评价，一方面肯定"正名"的意义，另一方面批评"拘者为之，则苟察缴绕，滞于析辞而失大体"。《隋书》卷二十九，第1004页。

⑥ 〔清〕永瑢等《四库全书总目》卷一百十七，北京：中华书局，1965年，第1009页。

文乃名家之文时,应当借鉴了荀子的"正名"思想①,从循名责实的角度,发挥经义或礼学与名家的联系,成为刘师培持论的理据;但乾嘉考据学所重视并擅长的小学,则与名家的隔阂更深,名家"综核名实",为何"必以正名析词"为首呢? 与《论文杂记》同年所作的《周末学术史序》或许为回答这一问题提供了一些思路,刘师培在《论理学史序》(题下注:即名学②)一节中,将小学视为名家之基础:

> 尝考《说文》一书,训"名"为"命",而刘熙《释名》亦曰:"名,明也。名实使分明,是则名也者,人治之大者也。人不可别,别之以名字所以别万物万事也,故亦谓之名。"古人**名起于言**,发志为言,发言为名,故《左氏传》曰:"名以制义。"《庄子》曰:"名者,实之宾也。"名附于实,而即以见义。六书之例,首重指事、象形。形者,统乎物者也。事物不可辨,则即物穷理,指以定名,而复缘名以造文。故尹文子曰:"形以定名,名以定事,事以验名。"此言事物之不可无别也。盖就其别者言之曰文,就其所以别者言之则曰名,名与文相辅而行,而统之者为书。《周礼·外史》言"达书名",《中庸》言"书同文",其义一也。③

此段论述首先引《释名》,以指出"名"对于区别万事万物的意义,并论及名实关系,亦即名学的意义所在;在此基础上,才指出创制文字与定名的关系,"缘名以造文","文""名"之间实际上又构成了一层体与用的关系,故"名"的确立实则依赖"文"。刘师培在《正名隅论》(1906)一文中,亦提及小学与名家之关系:"今观古今小学书,析为三类:一曰训诂之学,二曰文字偏旁之学,三曰音韵之学,而名学家言,则另为一家之学。周代以降,浸失其传,惟字义、字形、字声,则赖小学之书而不坠。夫论事物之起源,既有此形,乃有此义;既有此义,然后象其形义而立名,是义由形生,声又由形义而生也。论文字之起源,则先有此名然后援字音以造字,既有此字乃有注释之文。是字形

---

① 刘师培《国文杂记》(1903)曾从论理学(即逻辑学)的角度,提及《荀子·正名》的重要性:"吾中国之儒但有兴论理学之思想,未有用论理学之实际,观孔子言名也正名,又言名不正则言不顺,盖知论理学之益矣。……《荀子·正名篇》则又能解明论理学之用及用论理学之规则,然中国上古之著其能纯用论理学之规则者有几人哉! 若夫我国古时之名家在公孙龙、尹文之流亦颇合于论理,然近于希腊诡辩学派……而儒家又多屏弃之,此论理学所以消亡也。"《左盦外集》卷十三,宁武南氏刻《刘申叔先生遗书》第五十三册,1936 年,第 4a—4b 页。
② 刘师培以先秦诸子对"名"的讨论,作为周末的"论理学",即现代通称的逻辑学,实际上在一定程度上混淆了"名学"与"名家"两个概念,前者是晚近用来对译西方逻辑学的概念,后者是诸子百家之一,有刑名和名辩二途,刑名对中国传统思想影响较大,而公孙龙、惠施与墨辩的观点,则成为中国"名学"(逻辑学)的研究对象。
③ 《刘师培史学论著选集》,第 63 页。

后于字音,而字义又起于字形既造之后也。"①《正名隅论》指出依照事物形义而立名,并以此将文字的起源细化为字音、字形、字义依次而生的三个阶段,补充了《论理学史序》对"文"与"名"关系的表述。

在《论理学史序》文末,刘师培在批评先秦名辩之学的基础上,指出"若名家者流,则有托恢诞,以饰诡词,不明解字析词之用……今欲诠明论理,其惟研覃小学,解字析词,以求古圣正名之旨,庶名理精谊,赖以维持"②。按照刘师培的论述,小学为名家之基础,那么将近儒"说经考字之作"视为名家支派,便无不可。尽管如此,我们今天亦不难看出刘氏此说颇有勉强为之的痕迹,毕竟在先秦诸子九流百家中寻找考据学或小学的源头,并不符合学术史既有的事实。即便《四库全书总目》将考证经义之书溯源于东汉的《白虎通义》与《独断》,以"其说大抵兼论经、史、子、集,不可限以一类,是真出于议官之杂家也",并名之为"杂考"③,但与秦汉杂家在义理上兼备众家之长亦有相当大的距离,不得不说,无论是四库馆臣确立考证类著作的部属,还是刘师培以考据学为诸子九流家派,在理论上都有一定的难度,也暗示着考据学本身与先秦诸子截然不同的性质。

四、刘师培"反集为子"说的突破

尽管从理论论述上弥合考据学与诸子九流中的名家之学,存在着相当大的困难,刘师培的论述亦不免有权宜之计的色彩,但我们今天必须从清代学术的特征、学者文集的形态与刘氏自身的学术背景等角度,更全面地审视刘师培将清代考据学纳入"反集为子"说的意义。刘师培自述"反集为子"说乃根据章学诚、谭献二氏"语焉未精,择焉未详"之说"推论"而来,但刘师培并非仅仅在二氏的基础上以具体的例证加以详论,毕竟,将清代考据学作为名家,不仅在"近代文儒"出于诸子九流的一组事例中,突破了章学诚以唐宋八大家为诸子的思路,亦从整体上为刘师培综论有清一代之学的家派归属,即"近代之儒,溺于笺注训故之学,故近代之文,多名家言。此特举说经之文言之"奠定了相应的基础。无疑,将考据学作为名家,纳入"反集为子"说,乃刘师培突破前人成说,尤其是章学诚之处。若要全面理解这一点,我们还需将刘

---

① 《国粹学报》第22期,1906年11月6日。
② 《刘师培史学论著选集》,第65页。
③ 《四库全书总目》卷一百二十子部杂家类,第1032页。

师培立论的基础,与章学诚的相关学说做出比较,并由此理解"反集为子"说兼备义理、考据、辞章之学的理据及其意义。

一方面,刘师培视小学为名学的基础,以此将考据学视作名家,然而章学诚反对将精通小学视作把握义理的途径:

> 今之攻小学者,以为六书不明,则言语尚不可通,况乎义理!然韩子曰:"凡为文辞,宜略识字。"略识云者,未如今之辗转攻取,毕生莫能殚也。以其毕生莫殚,故终其身而无可属辞之日,然不应妨他人之属辞也。韩子立言,如《五原》《禹问》诸篇,昔人谓与孟、扬相表里者,其中仁义道德诸名,修齐治平诸目,不知于六书音画,有何隐奥未宣究也!读《易》而知寡过,读《书》而得知人安民,读《诗》而知好善恶恶,读《春秋》而论其谨严名分,不待穷《说文》之偏旁,辨《广韵》之音释,与夫诸子之纷纷攻辨,而六经大义,昭如日月,虽使许慎复生,康成再出,卒莫能有加重于此也。(《朱先生墓志书后》)①

章氏认为,为文辞与读六经,皆"略识字"足矣②,于六书小学并不精通,亦不妨碍探究其中的仁义道德、修齐治平之道。从这个角度看,若章学诚有机会读到刘师培以考据学为诸子之名家的有关论述,或难免哂之。③

虽然,章学诚本人并不承认专精的考据学对于理解六经的根本意义,但并不意味着章氏对考据学持完全否定的态度。从《答沈枫墀论学》一文中,我们可以看出,章学诚批评"今之学者"盲从追随考据学风气:"不问天质之所近,不求心性之所安,惟逐风气所趋而徇当世之所尚,勉强为之,固不若人矣。"在此前提下,章学诚亦反对"毁誉随之"的论学风气:"辞章之习既盛,辄诋马、郑为章句;性理之焰方张,则嗤韩、欧为文人。"在章氏看来,与其说义理、考据、辞章之学有高下之分,不如说反映了学者不同的质性:"由风尚之所成言之,则曰考订、词章、义理;由吾人之所具言之,则才、学、识也……考订主

---

① 《文史通义新编新注》外篇二,第 577 页。
② 刘师培在《文说·析字篇第一》提出:"自古词章,导源小学。盖文章之体,奇偶相参,则俟色揣称,研句炼词,使非析字之精,奚得立言之旨? 故训诂名物,乃文字之始基也。"《历代文话》第十册,第 9524 页。
③ 关于章学诚对考据学与理解经书之间关系的看法,可以参考日本学者山口久和《章学诚的知识论——以考证学的批判为中心》(王标译,上海:上海古籍出版社,2006 年)第五章《恢复学术认识中的主观契机》第四节的相关论述,第 230—249 页。

于学,辞章主于才,义理主于识,人当自辨其所长矣。"①而在《与陈鉴亭论学》一文中,章氏亦批评"而近人所谓学问,则以《尔雅》名物,六书训故,谓足尽经世之大业,虽以周、程义理,韩、欧文辞,不难一映置之",在此基础上引出"其稍通方者,则分考订、义理、文辞为三家,而谓各有其所长。不知此皆道中之一事耳,著述纷纷,出奴入主,正坐此也"。② 批评力主三家之一端者的门户之见③。

另一方面,考据学作为"专门之学"当无问题,但是否意味着一定具备立言宗旨,可以将其视作一家之学,这一点在章学诚看来亦可能存在疑问,如汪中《述学》,在章氏眼中不免"博学能文而不知宗本":

> 今观汪氏之书矣,所为内篇者,首解参辰之义,天文耶? 时令耶?《说文》耶? 据《说文》解之。次明三九之说,文心耶? 算术耶? 考古耶? 言三与九之字义不可泥。其言有得有失,其考有是有非。别有辨论。大约杂举经传小学,辨别名诂义训,时尚是趋。**初无类例,亦无次序**。苟使全书果有立言之宗,恐其孤立而鲜助也。杂引经传以证其义,博采旁搜以畅其旨,则此纷然丛出者,亦当列于杂篇,不但不可为内,亦并不可谓之外也,而**况本无著书之旨**乎! 彼谓经传小学,其品尊严,宜次为内篇乎? 呜呼! 古人著书,各有立言之宗,内外分篇,盖有经纬,非如艺文著录,必甲经传而乙丙子史也。汪氏之书,不过说部杂考之流,亦田氏之中驷,何以为内篇哉! 古人著书,凡内篇必立其言要旨,外杂诸篇,取与内篇之旨相为经纬,一书只如一篇,无泛分内外之例。观其外篇,则序记杂文,泛应辞章,代毕制府《黄鹤楼记》等亦泛入。斯乃与"述学"标题如风马牛,列为外篇以拟诸子,可为貌同而心异矣。(《文史通义》外篇《立言有本》)④

汪中以"述学"为自己的学术文集命名,其书仿先秦诸子分内外篇,内篇为考据之作,外篇为辞章之作。章学诚指出其内篇的考据之文"初无类例,亦无

---

① 《文史通义新编新注》外篇三,第 713 页。
② 《文史通义新编新注》外篇二,第 717 页。
③ 漆永祥论及乾嘉时期义理、考据、辞章关系的争论时,提及袁枚、惠栋、汪中、焦循、凌廷堪、章学诚、姚鼐、方东树等多位学术立场不同的学者,并指出诸家相近的观点,如基本上主张义理、考据、辞章兼备一身是必备或理想的条件,由考据以求义理的追求,以及在三者不能兼具的情况下,依据学者个人才识和性情选择自己所从事的学术。详见《乾嘉考据学研究》(北京:中国社会科学出版社,1998 年)第八章《乾嘉考据学思想》,第 221—229 页。
④ 《文史通义新编新注》外篇一,第 359 页。

次序",不可谓有"立言之宗",与诸子之内篇相去甚远。尽管清代学者的学术文集,以其多录"说经考字"之作,在体例上与诗赋铭箴等文学文体依次排列的传统文集有着较大的差距,改变了文集作为辞章之作载体的面貌。① 然而学术之文进入学者别集,在改变文集面貌的基础上,是否意味着"反集为子"的实现,在章学诚眼中,显然存在疑问。刘师培所列举的致力于三礼、小学等诸多清代考据学家的文集,虽在体例上未效仿诸子分内外篇,亦多兼收"说经考字"与"序记杂文",如凌廷堪《校礼堂文集》遵循以辞章为主的传统文集进行分体,兼收赋、骚、七、表、启、檄、露布、颂、赞、箴、铭、论、连珠等辞章之作,亦有杂著、考、辨、解、释、说、序、跋等论学之文;段玉裁《经韵楼集》并未分体,前七卷多为考订经传之作,后五卷为序、跋、书、记、寿序、墓志铭、传、论、碑等"序记杂文",其中亦不乏考证论学之作,如第十一卷所收《二名不徧讳说》《周人卒哭而致事经注考》《享饗二字释例》《乡饮酒礼与养老之礼名实异同考》等,第十二卷《与顾千里书论学制备忘之记》七通、《与诸同志书论校书之难》等作。严格意义上讲,这些学者文集亦是章氏所谓"初无类例,亦无次序"之编,然而考据学家的文集,本就是由多篇精研具体问题如经义、训诂、名物之作连缀而成,从这些解决具体问题的考证文字中寻求宏观的宗旨,或者企图以特殊的编纂方式体现出某种义理,未免苛求太过。

由此可见,尽管章学诚没有简单地否定考据学,但对于经由考据理解六经义理,以及考据家文集有其立言宗旨以成一家之言,基本上持否定态度。而刘师培作为"扬州学派"殿军,"扬州学派"诸多学者在学术渊源上与皖派关系密切,刘氏本人以小学为名学(包括辞章学)之基础,但自有其继承乾嘉考据学学术背景的作用,虽然未必有意针对章学诚反对将小学作为理解六经基石的说法,但在客观上恢复了"正名析词"的"说经考字"之作对于名家"综核名实"的意义,在一定程度上亦符合戴震所主张的经由考据而入义理②。

本章写到这里,我们不得不注意刘师培对章学诚本人的总体评价,如《近儒学术统系论》(1907)一文述及章学诚:"会稽章学诚亦熟于文献,既乃杂治史例,上追刘子玄、郑樵之传,区别古籍,因流溯源,以穷其派别,虽游朱

---

① 关于清代学人文集"以学为文"的现象,可以参考何诗海、胡中丽《从别集编纂看"文""学"关系的嬗变》(《华南师范大学学报》2020年第3期)一文的论述,该文指出到了清代,已不再严格区别"文"和"学",辞章和著述,别集的学术化倾向更加突出;论、议、说、解、辨、书、问、释等文体都成为论学文体。
② 余英时《论戴震与章学诚》(北京:生活·读书·新知三联书店,2012年)内篇六《戴东原与清代考证学风》论证了戴震训诂明而后义理明的观点,以及章学诚对戴震学术特点的认识,和戴震面对时代风气的态度。

珪之门,然所学则与戴震立异。"①在客观指出章氏治学的特色与成就之外,论及章氏之学与戴震相异,但并未因此贬低章氏。②《清儒得失论》(1907)提及章学诚的内容更少:"游其(朱珪)门者,有邵晋涵、武亿、章学诚、任大椿。章氏达于史例,武氏精于考核,邵氏杂治经史,任氏出戴震门,尤精三礼。"③在论述"反集为子"之时,刘师培虽未直接驳斥章氏对考据作为理解六经基础的否定,但以考据学为名家,被纳入以章学诚之说为基础加以拓展的学说,本身亦是一种相对温和的论辩方式,从中亦不难看出刘师培对以戴震为代表的清代考据学家的维护与推崇。

此外,以清代考据学作为名家纳入"反集为子"说,在一定程度上亦有将考据学作为专门的学科类别的意味,刘师培述及近儒之文为诸子时,以桐城派治宋学,为儒家之支派;而魏禧、王源"洞明兵法,推论古今之成败,叠陈九土之险夷",为兵家之支派;包世臣"洞陈时弊,兵农刑政,酌古准今,不讳功利之谈,爰立后王之法",为法家之支派;而"王锡阐、梅文鼎之集,亦多论天文历谱之文,然皆实用之学,与阴阳家不同。古人治历,所以授时也。王、梅之文,殆亦农家之支派欤"。④ 较之唐宋八大家为诸子流派的相关论述,除了宗旨与文风,颇能体现专门之学尤其是接近近代以来西方的学科分类意识,如果说"宋儒之学"与考据学尚在中国传统的学术范畴之内,而"兵农刑政""天文历谱"等"实用之学",就颇有以西方学科界定中国古典学术的倾向。同样作于1905年的《周末学术史序》,即以西方的学科概念来划分诸子学说,如心理学、伦理学、论理学(即名学)、社会学、宗教学、政法学、计学、兵学、教育学、理科学、哲学、术数学、文字学、工艺学、法律学、文章学等十六个学科,突破了传统学术史以通论或学案为主的述学方式。⑤ "反集为子"说虽以诸子九流为统绪,但引入学科意义上的考据学,尤其是在科学精神上可

---

① 《刘师培史学论著选集》,第401页。
② 《清儒得失论》对方苞为代表的桐城派颇多诋毁之词:"桐城方苞,善为归氏古文,明于呼应顿挫之法,又杂治宋学以为名高,然行伪而坚,色厉内荏。"《刘师培史学论著选集》,第419页。
③ 《刘师培史学论著选集》,第422页。
④ 《中国中古文学史 汉魏六朝专家文研究》附录,第181—182页。刘师培在《清儒得失论》中即以"经济之学"与"天算地舆"的分科,对相关学者加以讨论,《刘师培史学论著选集》,第424页。
⑤ 详见李帆《刘师培与中西学术》第三章《刘师培的中国学术史研究》第四节《刘师培学术史研究之地位与特色》"以西学评估中国古典学术"的部分,北京:北京师范大学出版社,2014年,第154—156页。

与西方学术相接的考据学①,亦是一大突破。而学科以其相对独立性被构建成为一"子",则又在传统学术及学术著述的价值评价体系中获得了相应的地位。从这个角度看,刘师培"反集为子"说的构建,在有意无意之间突破了章学诚设置的评判考据学价值的藩篱,在实现对旧说的超越的同时,灌注了个人对学术史尤其是清学史的独特理解。

---

① 详见李帆《章太炎、刘师培、梁启超清学史著述之研究(修订版)》第五章《考据之学:章、刘、梁对戴震及皖派学术的评析》第二节《考据学风与科学精神》,北京:商务印书馆,2016年,第162—171页。

附录　论《史通》的文体拓展：
以自注与外篇为中心

一、《史通》的自注与刘知幾的史注观
——兼与六朝自注比较

自注是一种特殊的注释形式，今见于谢灵运《山居赋》、张渊《观象赋》和颜之推《观我生赋》，以及杨衒之《洛阳伽蓝记》；《史通》亦是现存较早附有作者自注的学术著作之一，然而尚未得到学术界的特别关注。① 本节尝试从《史通》的文体形式与刘知幾本人的史注观念出发，并将其与六朝自注进行比较，从而理解《史通》自注产生的合理性及其独特价值。

（一）"委曲叙事存于细书"：作为引述文本补充的自注

刘知幾的自注在清代学者浦起龙所作的《史通通释》中以"原注"的形式标明。② 检全书可知，刘氏自注今存一百四十五条，内篇三十六篇共五十五条，外篇十三篇则有九十条，全书平均每篇仅有不到三条自注，从数量上看，注释密度不高。《史通》引述的是历史文本，而非历史事件本身，刘知幾重视的是历史文本如何被书写出来的，以及书写所反映的政治秩序与历史解释，文本背后历史真相固然是极为重要的参照，却并非最根本的因素。从《史

---

① 笔者所见，仅许冠三与乔治忠在讨论《史通》编纂问题之时，曾提及《史通》自注。许先生将《史通》的自注密度和文章长短精粗等作为推断其书诸篇成书次序的形式依据："'原注'愈多者，撰成之年份愈早；反之，则愈晚。其次，文章愈长者，则愈有可能为早年之作；反之，撰于晚年之机会较多。"可见，自注较多有文章本身不成熟的可能性。见氏撰《刘知幾的实录史学》之八《余论：〈史通〉之牴牾及其他》，香港：香港中文大学出版社，1983 年，第 210 页。乔先生《〈史通〉编纂问题辨正》一文指出，"《史通》正文采用骈文形式，在追求文章的对偶和声律及句式整齐之际，很难完整表达语意和叙述史事，这就有必要借助于散文体的自注加以补充和解释"。文载氏著《中国官方史学与私家史学》，北京：北京图书馆出版社，2008 年，第 379 页。

② 蔡焯《史通通释举例》云："原注者，刘自注也。"〔唐〕刘知幾著，〔清〕浦起龙通释《史通通释》，上海：上海古籍出版社，2009 年，第 3 页。

通》引证的历史文本来看，自注无疑在相当程度上辅助了正文的引述，甚至直接为读者呈现了正文难以直接呈现的原始文本，《书志》篇引述《汉书·五行志》是一个极为典型的例子：

若乃采前文而改易其说，谓王札子之作乱，在彼成年；原注：《春秋》成公元年二月，无冰。董仲舒以为其时王札子杀召伯、毛伯。案今《春秋经》，札子杀毛伯事在宣十五年，非成公时。夏征舒之构逆，当夫昭代；原注：《春秋》昭九年，陈灾。董仲舒以为楚严王为陈讨夏征舒，因灭陈，陈之臣子毒恨，故致火灾。案楚严王之灭陈，在宣十一年，如昭公九年所灭者，乃楚灵王时。且庄王卒，恭王立；恭王卒，康王立；康王卒，夹敖立；夹敖卒，灵王立。相去凡五世。①

无疑，这段引文涉及的两例极不完整，仅有人事而毫不涉及灾异，刘知幾或许出于反对董仲舒和刘向父子等人以政治动乱解释灾异的原因，在正文中省略了灾异现象及"天人感应"的历史解释模式。但是，正文的简略不仅没有呈现所要引证的历史文本，甚至在一定程度上带来了歧义——不了解《汉书·五行志》的读者，或许会将"王札子之作乱，在彼成年"的意思误解为"王札子在鲁成公年间作乱"，言下之意则是否定其事发生于鲁宣公十五年（前594）；"当夫昭代"则因"当"有应验之意，或许不至于产生如此的误读，然而也因为省略"陈灾"及董仲舒的解释，使读者不明所以。

就《史通》全书自注与正文的关系而言，《书志》篇的情况较为特殊，刘氏对《汉书·五行志》的引述确乎语焉不详，与其将这种情况归结为刘氏否定西汉学者天人感应之说，不如说维持骈文本身在形式上的平衡并非易事。类似的例子在《浮词》篇中亦有所体现：

盖古之记事也，或先张经本，或后传终言，分布虽疏，错综逾密。今之记事也则不然。或隔卷异篇，遽相矛盾；或连行接句，顿成乖角。是以《齐史》之论魏收，良直邪曲，三说各异；原注：李百药《齐书序》论魏收云：若使子孙有灵，窃恐未抱高论。至《收传论》又云：足以入相如之室，游尼父之门。但志存实录，好抵阴私。于《尔朱畅传》又云：收受畅财贿，故为荣传多灭其恶。是谓三说各异。《周书》之评太祖，宽仁好杀，二理不同。原注：令狐德棻《周书·元伟传》称文帝不害诸元，则云："太祖天纵宽仁，性罕猜忌。"于《本纪论》又云："渚官制胜，阖城孥戮；茹茹归命，尽种诛夷。虽事出权道，而用乖于德教。"是谓二理

---

① 《史通通释》卷三，第59页。

不同。①

刘知幾指出的是中古史书书写的一种现象,即在不同纪传中对同一历史人物不同甚至相反的评价,正文以魏收与宇文泰为例,而《北齐书》涉及的评价有三处,《周书》则有两处。考虑到《北齐书》的残佚情况,《齐书序》与《魏收传》论今已不存,自注所引《北齐书》前两则事例不见于今本。浦起龙指出了所谓《尔朱畅传》记载的贿赂事,实为"畅双名文畅,受金语在其弟文略传,文亦不同"②。今本《北齐书·外戚传·尔朱文略传》云:"文略尝大遗魏收金,请为其父作佳传,收论尔朱荣比韦、彭、伊、霍,盖由是也。"③此事亦见《北齐书·魏收传》:"收以高氏出自尔朱,且纳荣子金,故灭其恶而增其善,论云:'若修德义之风,则韦、彭、伊、霍夫何足数。'"④《北史·魏收传》则多出"尔朱荣于魏为贼"⑤的议论。从今本的情况看,刘氏自注似乎更接近《北齐书·魏收传》的原文("灭其恶"),其引用很可能凭借大体印象而为之。若无此自注提示"三说各异",读者与后世的注家,恐怕要遍寻《北齐书》以印证,即使其书并未残佚,亦不为易事。《周书·文帝纪》与《元伟传》今存,浦起龙据此补齐传写错乱的自注⑥,《本纪论》仅存"归命"以下文字,篇目亦遗失,尽管翻检必然从《文帝纪》开始,但若没有一开始从论赞部分着手,恐怕亦要费一番功夫。若此段论述刘氏不以自注的方式加以说明,而仅述《北齐书》论魏收而三说各异,与《周书》评太祖则二理不同的结论,在缺少具体论据的情况下,这些结论就没有足够的说服力,"三说"与"二理"或被视作虚数而非实指。

《浮词》此例的正文更像是根据自注援引的原始材料归纳的结论,外篇《汉书五行志错误》论及有灾异而无应事的情况,亦是如此:

> 又案斯志之作也,本欲明吉凶,释休咎,惩恶劝善,以戒将来。至如春秋已还,汉代而往,其间日蚀、地震、石陨、山崩、雨雹、雨鱼、大旱、大

---

① 《史通通释》卷六,第147—148页。浦起龙的按语说明"本注句复字脱,多不成语,今据《周书》改正"。
② 《史通通释》卷六,第148页。
③ [唐]李百药《北齐书》卷四十八,北京:中华书局,1972年,第667页。《北史·尔朱荣传》附《尔朱文略传》文字大致相同,"尔朱荣"作"荣",[唐]李延寿《北史》卷四十八,北京:中华书局,1974年,第1764页。
④ 《北齐书》卷三十七,第488页。
⑤ 《北史》卷五十六,第2031页。
⑥ 根据《文渊阁四库全书》的《史通》抄本,原缺《元伟传》"性罕猜忌"四字,及《文帝纪》论"渚宫制胜,阖城弩戮;茹茹"十字,"归命"前有"世故如"三字,稍有错乱。但仍然提示了两篇的部分原文。《景印文渊阁四库全书》第685册,台北:台湾商务印书馆,1986年,第47页。

水,犬豕为祸,桃李冬花,多直叙其灾,而不言其应。①

正文实际上列举了日食等十余种灾异的情况,而自注中则详细归纳了"不言其应"的详细数字,或者直接列举"不言其应"的灾异本身,支撑了正文的论述:

> 载《春秋》时日蚀三十六,而二不言其应。汉时日蚀五十三,而四十不言其应。并下下。
> 又惠帝二年、武帝征和二年、宣帝本始四年、元帝永光三年、绥和二年,皆地震。下上。
> 陨石。下下。凡十一。总不言其应。
> 又高后二年,武都山崩。下上。
> 成帝河平二年,楚国雨雹,大如斧,蜚鸟死。中下。
> 成帝鸿嘉四年,雨鱼于信都。中下。
> 孝景之时,大旱者二。中上。
> 昭、成二代,大雨水三。中上。
> 河平元年,长安有如人状,被甲持兵弩,击之,皆狗也。中上。
> 又鸿嘉中,狗与豕交。中上。
> 惠帝五年十月,桃李花,枣实。中下。皆不言其应也。②

"下下"指的是《汉书·五行志》下卷之下,"下上""中上""中上"等同于此例。笔者将十一事分段引用,便于与正文对应。浦起龙《史通通释》指出日蚀、陨石、大旱等四处与今本《汉书·五行志》稍异③,然就整体情况而言,并不影响整体结论。以自注中穷举《五行志》汉代不书应事的具体例证,涉及卷中与卷下各自上下篇四篇共六十六事,其中日蚀、陨石因数量太多又非常集中,不便详列,而其他诸事则或简如"昭、成二代",或繁如"惠帝二年、武帝征和二年"等,明确指代了《五行志》原文中所指之事,便于读者核查。"成

---

① 《史通通释》卷十九,第517—518页。
② 《史通通释》卷十九,第518页。其事分别见于《汉书》卷二十七下之下,第1479—1506页;卷二十七下之上,第1454—1455页;卷二十七下之下,第1520—1522页;卷二十七下之上,第1457页;卷二十七中之下,第1428页;卷二十七中之下,第1431页;卷二十七中之上,第1392—1393页;卷二十七中之上,第1364页;卷二十七中之上,第1399页;卷二十七中之上,第1399页;卷二十七中之下,第1412页。
③ 分别为《春秋》时日蚀共三十七次,每次皆言其应;汉时日蚀共五十四次;陨石,原作"十四",据《汉书》改;记大旱而不言其应事者有二,一为景帝中三年,一为成帝永始三年、四年,当作"景、成二代"。《史通通释》卷十九,第535页。

帝河平二年,楚国雨雹""鸿嘉中,狗与彘交"与"惠帝五年十月,桃李华,枣实"等较短的记述,则几乎是直接引用。此条注释基本符合现代学术规范的引用要求,可见刘知幾绝非停留在阅读印象与感受,他是有意识地收集并整理相关的例证,并用自注这种相对独立于正文的方式加以展现。

由此可见,《史通》自注在补充引述的史书文本之时,不仅顾及作为骈文的正文所需,而且避免了正文因为过度引述而烦冗枝蔓,《史通·补注》提及某些史传注释曾有这样的评论:

> 既而史传小书,人物杂记,若挚虞之《三辅决录》,陈寿之《季汉辅臣》,周处之《阳羡风土》,常璩之《华阳士女》,文言美辞列于章句,委曲叙事存于细书。此之注释,异夫儒士者也。①

浦起龙引《三国志·蜀书·杨戏传》:"戏以延熙四年著《季汉辅臣赞》,其所颂述,今多载于《蜀书》……其戏之所赞而今不作传者,余皆注疏本末于其辞下。"②可知陈寿不仅引录了杨戏的《季汉辅臣赞》,而且为其中没有在《蜀书》里立传的辅臣做了注疏。挚虞注东汉赵岐《三辅决录》,亦非自注。浦起龙指出周、常二书无考,或许二书与陈寿注杨赞和挚虞注赵作的情况不同,皆有自注。四书的共同特点则是以注释("细书")的方式保存"委曲叙事",配合正文的"文言美辞",不同于传统儒家经典以章句训诂为主的注疏形式。

刘知幾本人对文字本身可能受到文体的局限深有体会,正如他在《称谓》篇所批评的"意好奇而辄为,文逐韵而便作","班述之叙圣卿也,而曰董公惟亮",根据刘氏自注,《汉书·哀帝纪》述曰"宛娈董公,惟亮天功"③。被刘氏目为"淫乱之臣"的董贤,之所以获得班氏"董公"的尊称,实属"逐韵而便作"的需要,为此牺牲书法义例,乃"用舍之道,其例无恒"④。《史通》虽然不是史传,但刘知幾选择以自注的形式拓展了主导文体的容量,避免某些形式上的枝节破坏了骈文偶句的平衡感,堪称维护形式整齐与内容完整两方面的折中之法。

(二)"毕载则言有所妨":作为引证方式的自注

从积极的一面看,自注可以作为正文的一种补充形式,两者之间相对独

---

① 《史通通释》卷五,第122页。
② 〔晋〕陈寿撰,〔南朝宋〕裴松之注《三国志》卷四十五,北京:中华书局,1982年,第1079页。
③ 《史通通释》卷四,第102页。
④ 《史通通释》卷四,第102页。

立,正所谓"文言美辞列于章句,委曲叙事存于细书"是也。尽管如此,刘知幾在《补注》篇中对史注亦不乏批评之词:

> 亦有躬为史臣,手自刊补,虽志存该博,而才阙伦叙,除烦则意有所吝,毕载则言有所妨,遂乃定彼榛楛,列为子注。若萧大圜《淮海乱离志》,羊衒之《洛阳伽蓝记》,宋孝王《关东风俗传》,王劭《齐志》之类是也。①

刘知幾承认自注在客观上有存录更多史料的作用,"列为子注"②的做法是作者组织材料不力的表现。前述自注对正文的补充意义,仅就注释补充正文中的例证而言。《史通》自注亦可作为一种引证方式,佐证正文所述的现象。与"委曲叙事存于细书"有所不同的是,作为引证方式的自注与正文并不存在唯一的对应关系,两者的本质区别即在于此。将例证置于自注,实际上是作者对于正文的"让步",所谓"毕载则言有所妨",正是从消极的一面来看待自注。

《言语》篇云:"然自咸、洛不守,龟鼎南迁,江左为礼乐之乡,金陵实图书之府,故其俗犹能语存规检,言喜风流,颠沛造次,不忘经籍。而史臣修饰,无所费功。"③从整体上描述东晋南渡之后在礼乐文明方面留存华夏正朔,但此后若完全不以任何形式举例的话,这段描述近乎泛论。《言语》篇的主旨在于彰显"随时"之义,批评魏晋以下史书记载人物口语,偏好模仿与继承六经或《史》《汉》:"后来作者,通无远识,记其当世口语,罕能从实而书,方复追效昔人,示其稽古。"④对于文化水平较高的江左南朝诸代而言,谈吐间引经据典当非难事,刘知幾自注列举两例以证"不忘经籍":

> 若《梁史》载高祖在围中,见萧正德而谓之曰:"啜其泣矣,何嗟及矣。"湘东王闻世子方等见杀,谓其次子方规曰:"不有其废,君何以兴?"皆其类也。⑤

---

① 《史通通释》卷五,第122页。
② 从今存的《洛阳伽蓝记》来看,《补注》篇所谓的"子注",实际上亦是作者杨衒之的"自注"。关于"子注"和"自注"的区别与联系,赵宏祥《自注与子注——兼论六朝赋的自注》(《文学遗产》2016年第2期)认为子注是佛经翻译产生不同的子本,与正文母本的关系是同本异译,与刘知幾所谓"手自刊补"的"子注"不同,但子注采用小字夹于大字正文母本中的体式,对史书的自注产生了较为重要的影响。
③ 《史通通释》卷六,第140页。
④ 《史通通释》卷六,第139—140页。
⑤ 《史通通释》卷六,第140页。

前事见于《南史·梁宗室传上·萧正德传》:"正德入问讯,拜且泣。武帝曰:'愍其泣矣,何嗟及矣。'正德知为贼所卖,深自咎悔"。① 武帝所对,出自《诗经·王风·中谷有蓷》第三章:"中谷有蓷,暵其湿矣。有女仳离,啜其泣矣。啜其泣矣,何嗟及矣。"②小序以为:"《中谷有蓷》,闵周也。夫妇日以衰薄,凶年饥馑,室家相弃尔。"③《王风·中谷有蓷》表达的情感被毛传认为与悯周室之衰有关,诗中啜泣的女性为君子抛弃④,梁武帝遭遇侯景之乱,自己的侄子萧正德乃其帮凶,赋此诗以痛国家丧乱,以伤骨肉相残。

后一事则见于《梁书·世祖二子传·萧方诸传》:"及方等败没,世祖谓之曰:'不有所废,其何以兴。'"⑤其语出自《左传·僖公十年》里克被晋惠公所杀之前的个人辩白:"不有废也,君何以兴?欲加之罪,其无辞乎?臣闻命矣。"⑥里克在僖公九年(前651)晋献公去世后,杀死献公指定的继承人公子奚齐、顾命大臣荀息,与荀息在奚齐死后拥立的公子卓。里克死前,新君惠公使人告其曰:"微子,则不及此。杀二君与一大夫,为子君者,不亦难乎?"⑦表面上看,梁元帝所要表达的意思是作为世子的嫡长子萧方等去世,次子得以继立为嗣。然而萧方等之死与元帝本身有直接关系,据《梁书》本传,方等因其母徐妃失宠而"意不自安",后遇侯景之乱,以晋献公长子申生自比,向其父表达"岂顾其生"的意愿,驰援京都,"贼每来攻,方等必身当矢石",建康陷落后方等归于荆州,后在讨伐河东王萧誉(昭明太子萧统次子)军中兵败溺死。⑧ 在这件事上,元帝扮演了类似晋献公的角色,《左传》中记载的里克之语,虽然所废之人乃替换太子申生的幼子奚齐等,所兴之人乃申生死后被迫出奔的他子夷吾(即惠公),但此语用以形容被迫自尽的申生与因而得立为太子的奚齐依然是合适的,《史通》自注引用此例,所彰显的不仅是梁元帝个人"不忘经籍"的博学多识,更是包含着深刻的政治意味,如果这是史臣修饰之语,那么此语虽为"稽古",但表达了元帝的残忍与阴险,即便不是如实记录,史官通过引经据典,生动地还原了元帝的心态与性格。

由此可见,以自注的方式举例,将其作为"亚正文"或"次正文",补充了

---

① 〔唐〕李延寿《南史》卷五十一,北京:中华书局,1975年,第1282页。
② 〔汉〕郑玄笺,〔唐〕孔颖达疏《毛诗正义》卷四,〔清〕阮元校刻《十三经注疏》,北京:中华书局,1980年,第332页。
③ 《毛诗正义》卷四,《十三经注疏》,第331—332页。
④ 郑笺云:"有女遇凶年而见弃,与其君子别离,慨然而叹,伤己见弃,其恩薄。"《毛诗正义》卷四,《十三经注疏》,第332页。
⑤ 〔唐〕姚思廉《梁书》卷四十四,北京:中华书局,1973年,第620页。
⑥ 杨伯峻编著《春秋左传注》,北京:中华书局,2009年,第333页。
⑦ 《春秋左传注》,第333页。
⑧ 《梁书》卷四十四,第619—620页。

正文所描述的历史叙事。这种写作手段,实际上与今日的学术论文写作方法有相通之处:作者基于各种考虑,诸如文章的流畅和主旨的集中,选择将相对不处于核心地位而又有一定价值、不能忽视的证据置于注释。虽然于正文有所妨碍,然而完全忽视则又放弃了相应的材料,使得正文的内容偏于空泛,从这个角度来看,"毕载则言有所妨",正是概括了自注保存史料作为证据的功能。

类似的情况亦见于《叙事》篇论及"简要"原则的部分,刘知幾批评"然则才行、事迹、言语、赞论,凡此四者,皆不相须。若兼而毕书,则其费尤广。但自古经史,通多此类。能获免者,盖十无一二"①。刘氏所批评的具体例证,皆置于自注而非正文:

> 近史纪传欲言人居哀毁损,则先云至性纯孝;欲言人尽夜观书,则先云笃志好学;欲言人赴敌不顾,则先云武艺绝伦;欲言人下笔成篇,则先云文章敏速。此则既述才行,又彰事迹也。如《穀梁传》云:骊姬以酖为酒,药脯以毒。献公田来,骊姬曰:"世子已祀,故致福于君。"君将食,骊姬跪曰:"食自外来者,不可不试也。"覆酒于地,而地坟;以脯与犬,犬毙。骊姬下堂而啼呼曰:"天乎!天乎!国,子之国也,子何迟乎为君!"又《礼记》云:阳门之介夫死,司城子罕入而哭之哀。晋人之觇宋者反报于晋侯曰:"阳门之介夫死,而子罕哭之哀,而民说,殆不可伐也。"此则既书事迹,又载言语也。又近代诸史,人有行事,美恶皆已具其纪传中,续以赞论,重述前事。此则才行事迹,纪传已书,赞论又载也。②

此段长注以具体的例证批评"叙事四体"中两者并用的重复现象。其中,《穀梁传》与《礼记·檀弓下》两个言语与事迹重复的例子,刘氏选择以直引原文的方式,尤其是《檀弓下》之例,"阳门之介夫死,司城子罕入而哭之哀",直书其事迹,然而晋国觇者向晋侯报告之时的言语与之几乎重复,刘知幾在外篇《点烦》亦举此例,兹不赘。至于纪传中已经详载其事,又于赞论中重出,更为刘氏所不屑,《史通》各篇不再以赞论概括正文中所论事理,正是基于此种原因。才行与事迹的重复之例,刘氏没有采取具体而直接的引证,而是泛论近代史书描写孝子、勤学、勇武和捷才出现的"直纪其才行"和"唯书其事迹"的重复现象;最后又批评了赞论重复纪传中的事迹,与《论赞》篇的意见相合。

---

① 《史通通释》卷六,第157页。
② 《史通通释》卷六,第157页。

从《言语》篇和《叙事》篇的两段自注中我们可以看出，作为引证方式的自注在形式上不拘骈散，又能很好地避免例证过多的烦冗，毕竟负面事例大量在正文中列举，稍有喧宾夺主之嫌。《史通》自注突破了正文骈体形式上的限制，拓展了骈文的表达空间，使得相应的例证或者结论完整而充分，无论作为一种补充例证的手段，还是引证方式，自注与正文都是相互独立而又密不可分的。同时，被正文的形式与篇幅所限制的论据以自注的形式表现，支持结论的证据不再是海水之下的冰山，需要读者根据自己的知识储备来领悟和发掘，这也正是刘知幾的学术规范意识的体现。在骈文事类的修辞之外，自注成为《史通》的引证方式或是这种方式的补充形式，也正是形式与内容的平衡的体现，完全将其看作骈文的附庸或者"权宜之计"，不免对《史通》自注的学术价值有所贬低。

（三）"异体"与"言事"：论六朝的自注

就整体特点而言，《史通》自注无论是补充正文，还是作为一种引证方式，其内容与功用都重于言事而非训诂名物或者阐发义理。其形式上的"异体"和内容上的"言事"在文史著述的自注中是否具有某种共性，为了了解这个问题，我们必须追溯到《史通》之前的六朝自注。

总体而言，六朝自注存世的数量很少，主要见于以下两类著述：其一是六朝赋中的自注，今存谢灵运《山居赋》、张渊《观象赋》和颜之推《观我生赋》，三赋及其自注分别见于《宋书》《魏书》和《北齐书》的作者本传，刘氏对三部史书颇多批评，结合《载言》《载文》等篇对于史传引用文章现象的注意①，刘知幾很有可能阅读并注意到此三赋。其二是《史通·补注》篇提及的"躬为史臣，手自刊补""列为子注"的"杂述"类作品，其中《洛阳伽蓝记》完整地保存至今，虽然在传写过程中，自注一度混入正文，但晚近学者经过重新整理，努力还原此书旧观，今参考周祖谟《洛阳伽蓝记校释》提出的区分标准："以予考之，此书凡记伽蓝者为正文，涉及官署者为注文。其所载时人之事迹与民间故事，及有衔之案语者，亦为注文。"②

先看六朝赋的自注，谢灵运《山居赋》最为早出，其自注以"异体"的形式

---

① 可参马铁浩《〈史通〉引书考》所集录的《史通》对《宋书》《魏书》及《北齐书》的相关评论，北京：学苑出版社，2011年，第152—156、168—174、177—180页。《载言》篇指出《汉书》"《贾谊》、《晁错》、《董仲舒》、《东方朔》等传，唯上录言，罕逢载事"的现象。《载文》篇批评"若马卿之《子虚》、《上林》，扬雄之《甘泉》、《羽猎》，班固《两都》，马融《广成》，喻过其体，词没其义，繁华而失实，流宕而忘返，无裨劝奖，有长奸诈，而前后《史》、《汉》皆书诸列传，不其谬乎！"《史通通释》卷二、卷五，第30—31、114—115页。

② 〔魏〕杨衒之撰，周祖谟校释《洛阳伽蓝记校释·叙例》，北京：中华书局，2010年，第16页。

重复了正文骈赋的内容,无论本事还是典故,皆一一详注,几乎以注释的方式重复了正文的内容,近于佛经的"合本子注"①,颇有烦冗的感觉:

> 仰前哲之遗训,俯性情之所便。奉微躯以宴息,保自事以乘闲。愧班生之凤悟,惭尚子之晚研。年与疾而偕来,志乘拙而俱旋。谢平生于知游,栖清旷于山川。谓经始此山,遗训于后也。性情各有所便,山居是其宜也。《易》云:"向晦入宴息。"庄周云:"自事其心。"此二是其所处。班嗣本不染世,故曰凤悟;尚平未能去累,故曰晚研。想迟二人,更以年衰疾至。志寡求拙曰乘,并可山居。曰与知游别,故曰谢平生;就山川,故曰栖清旷。②

《山居赋》自注不仅注明典故出处,如"宴息"和"自事",亦解释行文中的措辞与典故的关系,"班嗣本不染世,故曰凤悟;尚平未能取累,故曰晚研"。其余抒情兼叙事的部分,在自注中亦以散体叙之,稍有注解的措辞成分,以"谓""曰"等提示语领起,如"谓经始此山,遗训于后也""曰与知游别"等。钱锺书批评《山居赋》:"时时标示使事用语出处,而太半皆笺阐意理,大似本文拳曲未申,端赖补笔以宣达衷曲,或几类后世词曲之衬字者。"③

类似《山居赋》这种自注密度极高的作品,亦有"句句疏释"(《管锥编》语)的《观象赋》和时代更晚的颜之推《观我生赋》。《观我生赋》自注偏于"本事"而非典故,钱锺书如此评价:

> 颜之推《观我生赋》。按之推自注此《赋》,谨严不苟,仅明本事,不阑入典故。盖本事无自注,是使读者昧而不知;典故有自注,是疑读者陋而不学。之推《家训》论文甚精,观此篇自注,亦征其深解著作义法,非若谢灵运、张渊徒能命笔,不识体要也。④

钱锺书对《观我生赋》自注的推重,在于"仅明本事,不阑入典故",而这一点恰与《观我生赋》的题材有关,同时注明本事对于后人正确理解文意本身具有极重要的意义:"又本事非本人莫明,如颜之推《观我生赋》自注专释身世,不及其他,谨严堪式,读庾信《哀江南赋》,正憾其乏此类自注。"⑤

---

① 参见赵宏祥《自注与子注——兼论六朝赋的自注》(《文学遗产》2016 年第 2 期)一文。
② 〔南朝梁〕沈约《宋书》卷六十七,北京:中华书局,2018 年,第 1921 页。
③ 见氏撰《管锥编》第四册,《全上古三代秦汉三国六朝文》第一六八则,北京:生活·读书·新知三联书店,2008 年,第 2015 页。
④ 《管锥编》,《全上古三代秦汉三国六朝文》之第二七一则,第 2403 页。亦可参照第一六八则论谢灵运《山居赋》和第二三八则论张渊《观象赋》,第 2314 页。
⑤ 《管锥编》,第 2016 页。

六朝赋的自注虽在内容和功能上有偏重典故和本事的不同,毕竟都有重于"言事"的倾向;形式上又独立于骈体所作的赋之正文,可谓"异体"。《山居赋》和《观我生赋》皆有记事的因素,钱锺书曾指出:"记事之文应条贯始终,读而了然,无劳补苴,诗赋拘牵声律,勿能尽事,加注出于不得已。"①此种看法,恰与刘知幾在《补注》中所谓"文言美辞列于章句,委曲叙事存于细书"相通,只不过倾向于批评,而刘氏则对此做法采取较为通达的态度。

由此可见,《史通》与六朝赋的自注在形式上颇具相似之处,尤其是作为正文的骈文无法详述的典故与本事,必须以自注的方式交代。然而,《山居赋》与《观象赋》几乎句句出注,密度极高;仅注"本事"的《观我生赋》自注的密度相对较低,但也多达六十一条,超过《史通》内篇三十六篇自注的数量。毕竟,《史通》的著述性质与六朝赋不同,并非体物与记事之作,而是评述古今史传的学术著作,熟悉史学与史著这一学术素质,不仅刘知幾具备,《史通》的读者同样需要具备,很难想象没有阅读过《尚书》《左传》《史记》《汉书》等经史著作的读者,可以理解《史通》的精义。从这一点来看,刘氏作自注的动机与六朝诸赋的作者非常不同,尽管都受到了正文文体形式的限制,《模拟》篇"貌同而心异",或许可以用来形容这种情况吧。

再看《洛阳伽蓝记》,杨衒之以"列为子注"的方式,补充了正文记述的北魏洛阳佛寺所提及人物与事件,大大拓展了正文的内容,又不干扰描述佛寺本身兴衰的主线。②《洛阳伽蓝记》自注的内容十分丰富,首先是与寺庙本身有关的世俗人物及其事迹,如卷一《城内·永宁寺》记载了常景("诏中书舍人常景为寺碑文")、尔朱荣("建义元年,太原王尔朱荣总士马于此寺")、元颢("永安二年五月,北海王元颢复入洛,在此寺聚兵")等人③,与"永安三年,逆贼尔朱兆囚庄帝于寺"④一事。其次则是发生在佛寺有关空间的神异之事,如卷二《城东·景兴尼寺》记载的自称晋武帝时人,知中朝及十六国旧

---

① 《管锥编》,第2016页。钱锺书的意见源于欧阳修《集古录跋尾》:"其文以四言为韵语,既牵声韵,有述事不能详者,则自为注以解之,为文自注,非作者之法。"
② 前人多从佛经"合本子注"的角度对《洛阳伽蓝记》的体式进行了研究,陈寅恪《读〈洛阳伽蓝记〉书后》堪称首出之作,他以为《史通·补注》篇所谓"列为子注",指的是《洛阳伽蓝记》第五卷"惠生宋云道荣等西行求法一节","杨氏之纪此事,乃合《惠生行纪》《道荣传》及《宋云家传》三书为一本,即僧徒'合本'之体"。《金明馆丛稿二编》,北京:生活·读书·新知三联书店,2009年,第178—179页。陈先生另有《支愍度学说考》一文详述"合本"之意,《金明馆丛稿初编》,北京:生活·读书·新知三联书店,2009年,第181—186页。范子烨《〈洛阳伽蓝记〉的文体特征与中古佛学》(《文学遗产》1998年第6期)一文则强调了我国史官文化和经学训诂对于"合本子注"体式的影响;唐燮军《〈洛阳伽蓝记〉三题》(《史学史研究》2005年第1期)一文则认为,《洛阳伽蓝记》的体例直接取法于"合本子注"体经史书籍的可能性大于佛经。
③ 《洛阳伽蓝记校释》卷一,第9—11、13—19、19—24页。
④ 《洛阳伽蓝记校释》卷一,第25—31页。

事的隐士赵逸,《平等寺》所记"佛汗"与洛阳遭遇的数次劫难;卷三《城东·秦太上公二寺》记载其地毗邻洛水,洛水神化为虎贲骆子渊戍守彭城,委托同营樊元宝传书于其家事,《菩提寺》记载发冢得人之事;卷四《城西》记载洛阳大市市北二里,挽歌孙岩娶妻为狐魅之事①。另外,自注亦有"载言"之功能,《城东·正始》记载司农张伦造景阳山,天水人姜质造《庭山赋》行于世,《城南·龙华寺》自注则录常景《汭颂》②。最后,作者杨衒之本人的按语亦附在自注之内,多凭借文献考证和亲身经历对地理方位做出进一步说明。

《洛阳伽蓝记》以自注的形式,大量记录了与洛阳佛寺有关的人与事,同时又避免打乱正文按照一定的空间顺序记载佛寺的结构,这一点恰好符合《补注》篇所谓的"除烦则意有所吝,毕载则言有所妨",以自注这种"异体"的形式,容纳与正文不兼容的记事,避免其杂乱枝蔓,正是《史通》自注在精神上与其相通的地方,尤其是将自注作为一种引证方式,将某些分论点的例证置于自注,避免分散读者注意力的同时,维持行文本身的集中紧凑,尽管两书自注的内容完全不同,自注与正文的关系也有差异:《史通》的自注或作为正文例证的补充,或作为正文所述结论的依据,而《洛阳伽蓝记》的自注则以与佛寺这一活动空间有关的人和事为主,但以《模拟》篇"貌异而心同"论之,亦不为过。

综上所述,《史通》自注所呈现的特色,实际上是由刘知幾在《补注》篇评价六朝史注所述的两种"言事"的注释方式综合而来,"文言美辞列于章句,委曲叙事存于细书",正是辅弼辞赋、骈文等文辞形式要求较高的正文的一种手段,如陈寿为《季汉辅臣赞》所作散体之注释,同时,《史通》未能提及的《山居赋》等辞赋类作品的自注,亦属此种类型。"除烦则意有所吝,毕载则言有所妨",则是将有一定价值的材料或者例证以自注的方式呈现,避免正文走向烦琐枝蔓,《洛阳伽蓝记》正是此类之代表。虽然《史通》以"志存该博,才阙伦叙"之语,质疑了作者组织材料的能力,这种形式之所以在《史通》中出现的密度并不高,正与刘氏《补注》篇"大抵撰史加注者,或因人成事,或自我作故,记录无限,规检不存,难以成一家之格言,千载之楷则"③的整体评价有关。在总结六朝史注包括赋注的形式与功能之后,刘氏秉持着相当克制而严谨的态度作注,以规避烦冗与枝蔓之弊。或许正是这种态度,使得《史

---

① 《洛阳伽蓝记校释》卷二,第64—67、80—87页,卷三,第104—106、119—121页,卷四,第144—145页。
② 《洛阳伽蓝记校释》卷二,第74—79页,卷三,第113—114页。
③ 《史通通释》卷五,第123页。

通》全书一百四十余条自注没有如《山居赋》以"异体"述"同义"那样,而是具有极为鲜明的特色。本节尝试析之,正是提供一个更为典范的例证,以此审视刘知幾史学注释的观念,同时加深对《史通》拓展文体形式这一实践的理解。

二、论《史通》外篇的成立及其撰述方式

《史通》外篇给人最深的印象,在于体制上以札记为主,内容上多与内篇有所关联。《四库全书总目》史部史评类《〈史通〉提要》的意见,应该是较早且最具有代表性的:"内篇皆论史家体例,辨别是非。外篇则述史籍源流,及杂评古人得失,文或与内篇重出,又或抵牾。观开卷《六家》篇,首称'自古帝王文籍,外篇言之备矣。'是先有外篇,乃撷其精华以成内篇,故删除有所未尽也。"①

许多晚近的《史通》研究者或多或少接受了这个意见,并在此基础上加以补充和修正,并提出《史通》外篇是刘知幾读书札记的说法。如吕思勉《史通评》论外篇《杂说》三篇:"杂说三篇,议论皆已见他篇中。此盖其初时札记之稿,正论成后,仍未删除;或刘氏已删之,而后人缀拾存之也。"②傅振伦《刘知幾年谱》亦继承了《提要》的意见:"知幾读书,深得札记之效。……《史通》外篇,本皆知幾之读书札记。札记既成,始撷其精华,以成内篇。内外诸篇多重复之文,是其征也。"③然而诸家的讨论有一个明显的缺陷,即很可能依据阅读印象做出论断,缺乏必要的举例与论证,且对《史通》体例有一定的误解。窃以为,刘知幾将《史通》区分内外篇,表面上继承了前代子书如《庄子》《淮南子》和《抱朴子》的做法,实际上,外篇有其独特的学术渊源,在一定程度上拓展了内篇所无法容纳的内容,完全是一个自足的、独立于内篇的体系。本节将以从《史通》理论体系及学术渊源的角度,探讨《史通》外篇成立的原因,并由此揭橥其表达机制的重要价值。

(一)外篇《杂说》"重出""抵牾"之说释

重新探讨《史通》外篇成立的理由及其价值,首先不能回避的便是其"杂

---

① 〔清〕永瑢等《四库全书总目》卷八八,北京:中华书局,1965年,第751页。
② 吕思勉《史学与史籍七种》,上海:上海古籍出版社,2009年,第217页。
③ 傅振伦《刘知幾年谱》,北京:中华书局,1963年,第42—43页。

评古人得失"中有不少所谓与内篇"重出"或"抵牾"之处。总体而言,"重出"无非引事和论断两方面,"事"或者"理"有相同之处;"抵牾"则是矛盾之处,而前者远多于后者。

就"重出"的情况而言,引事的重复在《杂说》三篇中并不鲜见,比如:

> 马卿为《自叙传》,具在其集中。子长因录斯篇,即为列传,班氏仍旧,曾无改夺。寻固于马、扬传末,皆云迁、雄之自叙如此。至于《相如》篇下,独无此言。盖止凭太史之书,未见文园之集,故使言无画一,其例不纯。
>
> 《汉书·东方朔传》委琐烦碎,不类诸篇。且不述其亡殁岁时及子孙继嗣,正与司马相如、司马迁、扬雄传相类。寻其传体,必曼倩之自叙也。但班氏脱略,故世莫之知。(《杂说上》)①

《杂说》此两则,其一论《汉书》因袭《史记·司马相如列传》,与同样取材于自叙的《司马迁传》和《扬雄传》有所不同,班固未在篇末指出其为自叙;其二则指出《汉书·东方朔传》与司马相如等传类似,亦为自传,而班固未尝言明。《史》《汉》录司马相如等人自传之事,又见于内篇《序传》的相关内容:

> 降及司马相如,始以自叙为传。然其所叙者,但记自少及长,立身行事而已。逮于祖先所出,则蔑尔无闻。至马迁,又征三闾之故事,放文园之近作,模楷二家,勒成一卷。于是扬雄遵其旧辙,班固酌其余波,自叙之篇,实烦于代。虽属辞有异,而兹体无易。②

《杂说上》与《序传》确有"重出"之处:前者的重点在于《汉书》的司马相如和东方朔本传以其自叙为基础而班固未能指出,并缺乏一般史书列传叙及传主去世与子孙后嗣生平的特点;而后者则在此基础上梳理自叙或自传的文体源流,总结"其首章上陈氏族,下列祖考"③的特点,以此为标准来讨论《史记》《汉书》诸篇自叙。从这个角度看,《杂说》两则较为直观具体的杂论,在内篇《序传》的相应部分则梳理了自叙的源流和体制特点,"撷其精华,以成内篇"之说,或许正是由此而来。

类似的例子亦见于《杂说》论"诸晋史"的部分:

---

① 《史通通释》卷十六,第440—441页。
② 《史通通释》卷九,第238页。
③ 《史通通释》卷九,第238页。

> 夫学未该博,鉴非详正,凡所修撰,多聚异闻,其为踳驳,难以觉悟。案应劭《风俗通》载楚有叶君祠,即叶公诸梁庙也。而俗云孝明帝时有河东王乔为叶令,尝飞舃入朝。及干宝《搜神记》,乃隐应氏所通,而收流俗怪说。①

> 马迁持论,称尧世无许由;应劭著录,云汉代无王乔,其言谠矣。至士安撰《高士传》,具说箕山之迹;令升作《搜神记》,深信叶县之灵。此并向声背实,舍真从伪,知而故为,罪之甚者。②

此条述"王乔为叶令,尝飞舃入朝"事,亦见于《采撰》篇"至范晔增损东汉一代,自谓无愧良直,而王乔舃履,出于《风俗通》,左慈羊鸣,传于《抱朴子》。朱紫不别,秽莫大焉"③。《书事》篇亦批评范晔"博采众书,裁成汉典……至于《方术》篇及诸蛮夷传,乃录王乔、左慈、廪君、槃瓠,言唯迂诞,事多诡越"④。多次提及此例,可见刘氏态度。今检《风俗通义·正失》篇,应劭述叶令王乔"飞舃入朝"等神异之事,并辩证流俗以为百姓为之立叶君祠之事,实乃为春秋楚国叶公所立⑤。刘知幾批评干宝《搜神记》与范晔《后汉书·方术传》,依然延续"百姓乃为立庙,号叶君祠"⑥之说,未能采纳应劭的辩证。《采撰》篇或许限于骈偶的体制,不宜将"王乔舃履"事加以详述,因为加之以叶君祠的部分,在内容和形式上皆打破与"左慈羊鸣"一事的平衡。但是不妨将《采撰》篇视作一个重新组织并撰写的过程,毕竟同时列举的其他例子有所不同,"王乔舃履"事本身的表述也相当精简。

《杂说中》亦有一则对唐修《晋书》批评,亦与内篇《书事》有着事例上的重复:"近者皇家撰《晋书》,著刘伶、毕卓传。其叙事也,直载其嗜酒沉湎,悖礼乱德,若斯而已。为传如此,复何所取者哉?"⑦《书事》篇同样批评"自魏、晋已降,著述多门,《语林》、《笑林》、《世说》、《俗说》,皆喜载调谑小辩,嗤鄙异闻,虽为有识所讥,颇为无知所说。而斯风一扇,国史多同。至如王思狂躁,起驱蝇而践笔,毕卓沉湎,左持螯而右杯,刘邕榜吏以膳痂,龄石戏舅而伤赘,其事芜秽,其辞猥杂"⑧两者针对的是《晋书》等多采小说异闻的做法,录一代名士行止,而非关乎治道,但《书事》的举例仅采毕卓之例,毕卓与

---

① 《史通通释》卷十七,第448—449页。
② 《史通通释》卷十七,第450页。
③ 《史通通释》卷五,第107页。
④ 《史通通释》卷八,第214页。
⑤ 〔汉〕应劭撰,王利器校注《风俗通义校注》,北京:中华书局,2010年,第85—86页。
⑥ 〔南朝宋〕范晔撰,〔唐〕李贤等注《后汉书》卷八十二上,北京:中华书局,1965年,第2712页。
⑦ 《史通通释》卷十七,第452页。
⑧ 《史通通释》卷八,第214页。

刘伶本传见于《晋书》同一卷,此卷为阮籍嵇康等正始名士和谢鲲等中朝名士的合传,两者皆采用有所重复,故与王思等不同类型性格的事例同列,可见其论述更加精心,这种过程不仅是撷取外篇精华,更是一种重新撰述的过程,内外篇的事例及其相关分析在文字上的重合度都是极为有限的。

另外,刘知幾批评沈约"好诬先代",氏撰《晋书》称元帝为牛金之子,此说为魏收采入《魏书》,亦两见于《采撰》与《杂说中》①;刘氏赞赏王劭《齐志》记当时鄙言,与其他北朝史家不同,"彦鸾、伯起,务存隐讳;重规、德棻,志在文饰"②,亦见于《言语》篇③,《杂说下》论诸史之第三条,亦从用典的角度立论,再次涉及④,此不赘述。

通过比较内外篇的相关内容,可以发现内篇往往增加了相关的事例,有条理地梳理了相关的史学史序列,大大拓展了信息量而又以骈偶的形式精简了文字。若以此解释《四库全书总目》所提出的"文或与内篇重出","乃撷其精华以成内篇",或许不为无当。

"重出"不仅体现在内外篇因体制不同而详略有别,亦可能是"同理异事",如《杂说上》论诸汉史首条:

> 《汉书·孝成纪》赞曰:"成帝善修容仪,升车正立,不内顾,不疾言,不亲指。临朝渊嘿,尊严若神,可谓穆穆天子之容貌矣。"又《五行志》曰:成帝好微行,选期门郎及私奴客十余人,皆白衣袒帻,自称富平侯家。或乘小车,御者在茵上,或皆一骑,出入远至旁县。故谷永谏曰:……观孟坚《纪》、《志》所言,前后自相矛盾者矣。⑤

《汉书·孝成帝纪》和《五行志》对成帝本人言行及评价的矛盾,或可从"互见法"的角度理解,在刘知幾看来,却有损于"实录"的根本原则,这种同书不同篇章对某一历史人物的评价出现矛盾的现象,刘氏在《浮词》篇中有详论,"或隔卷异篇,遽相矛盾;或连行接句,顿成乖角。是以《齐史》之论魏收,良直邪曲,三说各异;《周书》之评太祖,宽仁好杀,二理不同"⑥。《汉书》之评论成帝,同样有庄严和轻薄的两说,《浮词》中以自注的方式详述"三说各异"

---

① 见《史通通释》卷五,第107页,卷十七,第458—459页。
② 《史通通释》卷十七,第463页。
③ 刘知幾在《言语》篇的自注中指出《周史》"以为其事非雅,略而不载。赖君懋编录,故得传闻于后"。君懋乃王劭字,《史通通释》卷六,第141页。
④ 《史通通释》卷十八,第475—476页。
⑤ 《史通通释》卷十六,第436页。
⑥ 《史通通释》卷六,第148页。

和"二理不同",避免原始文本直接引用破坏了骈文专题论文的平衡;《杂说上》的例子在与之相通,以札记的形式概述原文关键之处,使得读者对史书中这种"隔卷相异"的现象有更加直观的理解,与《浮词》篇合而观之,可以视作外篇对内篇的一种有力补充。

类似这种"同理异事"的现象,在《史通》内外篇中并不鲜见,虽然外篇《杂说》的诸条札记与内篇不相连属,但互相发明之意确实存在。《杂说上》论《史记》"兼书其事"的弊病,以《扁鹊仓公传》为例,既书其事迹,又记其言语,这与内篇《叙事》批评的"兼而毕书"有"重出"之处①,《杂说上》的例证,是以札记的形式为《叙事》的自注又增一事例。《杂说中》论《魏书》"刘氏献女请和,太武以师婚不许"的记载,实与"江左皇族,水乡庶姓,若司马、刘、萧、韩、王,或出于亡命,或起自俘囚,一诣桑乾,皆成禁脔"的历史事实相悖②,刘知幾意在解构北朝的自我华夏化,揭露北朝史臣在史书中加以粉饰之笔,如《曲笔》篇所言:"逮乎近古,无闻至公,国自称为我长,家相谓为彼短。而魏收以元氏出于边裔,见侮诸华,遂高自标举,比桑乾于姬、汉之国;曲加排抑,同建邺于蛮貊之邦。"③《杂说中》为其添一例证;《杂说下》论诸史之札记,涉及南北朝禅书之虚设,"梁武之居江陵,齐宣之在晋阳,或文出荆州,假称宣德之令;或书成并部,虚云孝靖之敕。凡此文诰,本不施行,必也载之起居,编之国史,岂所谓撮其机要,翦截浮辞者哉?"④此则为《载文》篇所谓"自曹、马已降,其取之也则不然。若乃上出禅书,下陈让表,其间劝进殷勤,敦谕重沓,迹实同于莽、卓,言乃类于虞、夏。且始自纳陛,迄于登坛。彤弓庐矢,新君膺九命之锡;白马侯服,旧主蒙三恪之礼。徒有其文,竟无其事"⑤提供了一个具体的例证,不仅《宣德皇后令》等文书的内容不符合政权交替的史实本身,并且撰述行为本身亦是伪托。

以上分析并非解释《史通》外篇为何"重出",而是在某种程度上"还原"《四库全书总目》以下诸家何以认为外篇"重出"。此外,纵观《杂说》三篇乃至整个外篇,与《史通》所谓"抵牾"之处,若不论细节上的疏忽,则大致有论《汉书》之二则:

---

① "又《仓公传》称其'传皇帝、扁鹊之脉书,五色诊病,知人生死,决嫌疑,定可治。'诏召问其所长,对曰:'传黄帝、扁鹊之脉书。'以下他文,尽同上说。夫上既有其事,下又载其言,言事虽殊,委曲何别?"《史通通释》卷十六,第428—429页。
② 《史通通释》卷十七,第456页。
③ 《史通通释》卷七,第184页。
④ 《史通通释》卷十八,第480页。
⑤ 《史通通释》卷十六,第115页。

观太史公之创表也,于帝王则叙其子孙,于公侯则纪其年月,列行萦纡以相属,编字戢霠而相排。虽燕、越万里,而于径寸之内犬牙可接;虽昭穆九代,而于方尺之中雁行有叙。使读者阅文便睹,举目可详,此其所以为快也。①

其后论及《汉书·古今人表》,故以《史记》诸表发端,然内篇《表历》如此批评《史记》诸表:"天子有本纪,诸侯有世家,公卿以下有列传,至于祖孙昭穆,年月职官,各在其篇,句有其说,用相考核,居然可知。而重列之以表,成其烦费,岂非谬乎?且表次在篇第,编诸卷轴,得之不为益,失之不为损。用使读者莫不先看本纪,越至世家,表在其间,缄而不视,语其无用,可胜道哉!"②则是从表与本纪、世家、列传诸体记事有重复,编次于本纪与世家之间,读者往往视而不见。但《杂说上》所指出表在较短的篇幅内以极简的方式罗列数代、诸国之事,使读者便于观览,亦是纪传本身无可取代的优长之处,《表历》篇仅仅在与《汉书》《东观汉记》的对比中稍有提及,肯定了《十二诸侯年表》《六国年表》的作用:"必曲为铨择,强加引进,则列国年表或可存焉。何者? 当春秋、战国之时,天下无主,群雄错峙,各自年世。若申之于表以统其时,则诸国分年,一时尽见。如两汉御历,四海成家,公卿既为臣子,王侯才比郡县,何用表其年数以别于天子者哉!"③从刘氏的行文来看,《表历》篇尽管承认了《史记》春秋战国二表的作用,但"或可存焉"与"一时尽见"的措辞与《杂说上》的赞扬之语,在感情色彩上差别较大,故而将其视为与内篇有所抵牾之例。④

此外,《杂说上》对晋人张辅论班马优劣亦有引述,与内篇《烦省》持论有所不同:

又张世伟著《班马优劣论》,云:"迁叙三千年事,五十万言,固叙二百四十年事,八十万言。是班不如马也。"然则自古论史之烦省者,咸以左氏为得,史公为次,孟坚为甚。自魏、晋已还,年祚转促,而为其国史亦不减班《书》。此则后来逾烦,其失弥甚者矣。(《烦省》)⑤

或问:张辅著《班马优劣论》云:……斯言为是乎? 答曰:不然也。

---

① 《史通通释》卷十六,第437页。
② 《史通通释》卷三,第48—49页。
③ 《史通通释》卷三,第49页。
④ 许冠三则指出刘知幾对表之肯定和否定各有三点,并无矛盾之处,详见《刘知幾的实录史学》之八《余论:〈史通〉之牴牾及其他》,第203页。
⑤ 《史通通释》卷九,第244页。

案《太史公书》上起黄帝,下尽宗周,年代虽存,事迹殊略。至于战国已下,始有可观。然迁虽叙三千年事,其间详备者,唯汉兴七十余载而已。其省也则如彼,其烦也则如此,求诸折中,未见其宜。班氏《汉书》全取《史记》,仍去其《日者》《仓公》等传,以为其事烦芜,不足编次故也。若使马迁易地而处,撰成《汉书》,将恐多言费辞,有逾班氏,安得以此而定其优劣邪?(《杂说上》)①

《烦省》篇开头所引"远略近详",即《荀子·非相》篇所谓"传者久则论略,近则论详"②之说,由此可知张辅以《史记》《汉书》详略论其优劣,有其偏颇之处;而在《烦省》篇中,刘知幾并未详细辩证此说,继而论史料如何增多而造成"近史芜累"。《杂说上》乃详细论述《史记》所谓"三千年事",春秋以上简略,战国以后有可观之处,而汉兴七十年才堪称详备,从这个角度来看,司马迁和班固面对各自的"近代史"之时,皆不可能以"远略"目之,详尽记述是必然选择,《烦省》未及说明,似认同张辅之论,作为"史书逾后则逾烦"之论据。

许冠三倾向以外篇为刘知幾早期之作这一角度来解释这种现象,"《杂说》中《宋略》一条之议论,亦表明该篇为早年之笔……《宋略》条云,为明曹操之恶,陈琳为袁绍所撰之讨曹檄文,宜具录于青史。其说非但与多半成于中期之《载文》《曲笔》有所抵牾,甚至与信为初入史馆所成之《疑古》篇异趣。"③从写作时间来解释这种现象,将其视作作者自身对一个问题的理解有所深入,同时早期相对不成熟的观点依旧保留下来,或许是对此类问题的通解,但并不能成为《史通》外篇成立的理由。

从《史通》的成书过程看,内外篇的"重出"甚至"抵牾",是刘知幾在撰述的过程中,对史料不同的利用和解读,以及例证安排所带来的结果。根据《史通原序》,其书始作于武后长安二年(702),编次于中宗景龙四年(710)。全书确定作于景龙四年之后的文字,仅有《忤时》篇篇末所记萧至忠伏诛之时,发生于玄宗开元元年(713)。④《史通》在编次后没有再进行全书的统一和修订,程千帆指出:"盖诸篇之成,艾历年载,先后所见,不无异同,而勒成一

---

① 《史通通释》卷十六,第443页。
② 〔清〕王先谦《荀子集解》,北京:中华书局,1988年,第82页。
③ 《刘知幾的实录史学》,第211页。
④ 《刘知幾年谱》,第81页。

书,或乏整齐划一之功也。"①以数年之力撰成一部长达四十九篇的著作,厘为二十卷,若成书后不加以修订的话,以唐初的书写条件,很难做到没有任何重复或矛盾之处,刘知幾在八年间及其后若干年中,有可能数次阅读并翻检《史通》所论及的"古今正史"及"杂述",有些例证或许不是在同一时间段积累起来的,内外诸篇亦不成于一时。②

正是因为缺少编次后删去"重出"与"抵牾"之处这一过程,我们今天才可能读到以《杂说》三篇为代表的札记,并且通过文本的对读,发现在承认《杂说》三篇为早期之作的前提下,后来居上的内篇诸论是另起炉灶之作。一方面,"重出"中引事及结论相类的部分,与"抵牾"之处一样,保留了刘知幾撰写《史通》的思考过程;另一方面,"重出"中"同理异事"的部分,在客观上为内篇相应的理论论述补足了例证,且引述更为详细,将早期以札记形式记录的例证较为完整地纳入内篇并非易事,选择骈文体式实际上也为札记的连缀、拼接或扩展造成一定的困难。写作过程只能作为"重出"等现象的解释,并未触及外篇成立的本质原因。既然已经注意到"撷其精华以成内篇"有着文体体制以至于撰述方式的不同,那么我们便可以从这一角度,对《史通》外篇成立的原因进行探讨。

(二)《论衡》的后继:"专书的专题研究"与札记体

宏观地看,《史通》内篇以三十六篇专题论文组成,用骈体撰写,从文体形式上看,继承了《文心雕龙》的体式,无法容纳在外篇占据主体地位的札记体。只有解释外篇本身的合理性及相对于内篇的自足性,才可能回答本文提出的核心问题:《史通》的外篇何以成立? 这一问题的解决,不仅要考虑内外篇的文体体制,亦要考虑全书整体的学术渊源和理论体系。

众所周知,《史通》内篇皆为专题论文,论述史传体式、书法义例、史料来源及史书编纂等问题,与《文心雕龙》在理论体系上有一定的对应关系,如《六家》《二体》与"枢纽论"的《宗经》《正纬》《辨骚》对应,《载言》等诸篇"史

---

① 程千帆《〈史通〉笺记》,武汉:武汉大学出版社,2008 年,第 13 页。乔治忠在《〈史通〉编纂问题辨正》一文在此基础上展开详论,指出"许多被人指摘的相牴之处,多属于刘知幾发论施议的角度不同,缺点仅在于忽视使用一些必要的词语以限制其范围和程度。这种情况,是由刘知幾思想方法的绝对化倾向所决定的,即使他本人对《史通》有所修改也未必能够'整齐画一'",并以刘氏失检造成的各种错误为例,证明《史通》未经过反复修改。见《中国官方史学与私家史学》,第 377 页。

② 根据许冠三的推测,《杂说》三篇是刘知幾早期之作(写于 702—704 年,或更早),而本文总结的与此三篇相关内容联系较为密切的《采撰》《载文》《言语》《浮词》《叙事》《曲笔》《书事》等篇皆撰于中期(705—708 年),见氏撰《刘知幾的实录史学》之八《余论:〈史通〉之牴牾及其他》,第 209—221 页。

体论"与"论文叙笔"对应,《叙事》等篇可与《情采》等"剖情析采"对应。但《文心雕龙》的理论体系未能为"专书的专题研究"留下空间,这种空白恰好为外篇以札记体的形式所弥补。我们知道,《文心雕龙》诸篇基本上不以专书为讨论对象,"文之枢纽"中的《宗经》和《辨骚》实际上和"论文叙笔"部分的史传与诸子一样,亦是某一种著作的总称,将其视作专书并不妥当。《史通》内篇继承了《文心雕龙》不作专论研究专书的做法,而史学的情况又与文学不同,对于齐梁乃至唐代以前,文学并不存在有一定系统的专书,而是以"集"的形式汇集某一家或某一类的作品,这与史学代有其书的著作形态截然不同。而史学专著是否有以专论形式进行讨论的必要,还是内篇诸多专题可以包含,从《史通》外篇《疑古》《惑经》《申左》的情况来看,为《尚书》《春秋》《左传》这三部兼具经史性质的名著单独立篇,是具有一定合理性的。

  从学术渊源上看,我们很容易将其与王充《论衡》中《问孔》《刺孟》《非韩》等论联系起来,毕竟刘知幾在《史通·自叙》述及六家汉魏子书对己作的影响时提到:"流俗鄙夫,贵远贱近,传兹牴牾,自相欺惑,故王充《论衡》生焉。"①《惑经》篇末更是直接指出了《论衡》的影响:"昔王充设论,有《问孔》之篇,虽《论语》群言,多见指摘,而《春秋》杂义,曾未发明。是用广彼旧疑,增其新觉,将来学者,幸为详之。"②《论衡》中的《书虚》等"九虚"与《语增》等"三增"亦是以诸子传说的记事和书写为研究对象,从体式上看,"九虚三增"与《问孔》等三篇都是某一主题下,诸多事例的连缀,每个例子亦可以视作单篇札记。从《论衡》的相关篇章和《史通》外篇来看,在某种意义上,骈体专题论文虽长于类事用典,但在细致的文本解读与分析方面,并不具有优势,而自由灵活、格式化程度较低的札记,却可以弥补这一不足。

  外篇《疑古》等专书的专题研究的成立,则是理论体系的需要、学术渊源的影响和文体体制的特点综合影响的结果。我们首先可以从撰述方式上分析其成立的原因,札记作为一种自由灵活的体式,在引述原始文本与论证方面,较之骈体文所作专论,有着极为明显的优势。以《疑古》篇为例,其篇开端虽花费相当笔墨论述古史"记言""记事"的传统,与《六家》《载言》等篇有所重复,但其旨趣在于指出《尚书》"美者因其美而美之,虽有其恶,不加毁也;恶者因其恶而恶之,虽有其美,不加誉也"③的弊端,在某种程度上,与《春秋》"外为贤者,内为本国,事糜洪纤,动皆隐讳"④的情况相通。《疑古》篇罗

---

① 《史通通释》卷十,第270页。
② 《史通通释》卷十四,第387页。
③ 《史通通释》卷十三,第353页。
④ 《史通通释》卷十三,第354页。

列十条"疑事",而《惑经》篇条陈"未谕"者十二,与"虚美"者五,每一则札记均由引述和按语两部分组成:

> 《尧典序》又云:"将逊于位,让于虞舜。"孔氏《注》曰:"尧知子丹朱不肖,故有禅位之志。"案《汲冢琐语》云:"舜放尧于平阳。"而书云某地有城,以"囚尧"为号①。识者凭斯异说,颇以禅授为疑。然则观此二书,已足为证者矣,而犹有所未睹也。何者?据《山海经》,谓放勋之子为帝丹朱,而列君于帝者,得非舜虽废尧,仍立尧子,俄又夺其帝者乎?观近古有奸雄奋发,自号勤王,或废父而立其子,或黜兄而奉其弟,始则示相推戴,终亦成其篡夺。求诸历代,往往而有。必以古方今,千载一揆。斯则尧之授舜,其事难明,谓之让国,徒虚语耳。其疑二也。
>
> 《虞书·舜典》又云:"五十载,陟方乃死。"《注》云:"死苍梧之野,因葬焉。"案苍梧者,于楚则川号汨罗,在汉则邑称零、桂。地总百越,山连五岭。大风嫘剡,地气歊瘴。虽使百金之子,犹惮经履其途;况以万乘之君,而堪巡幸其国?且舜必以精华既竭,形神告劳,舍兹宝位,如释重负。何得以垂殁之年,更践不毛之地?兼复二妃不从,怨旷生离,万里无依,孤魂溘尽,让王高蹈,岂其若是者乎?历观自古人君废逐,若夏桀放于南巢,赵嘉迁于房陵,周王流彘,楚帝徙郴,语其艰棘,未有如斯之甚者一也。斯则陟方之死,其殆文命之志乎?其疑三也。②

刘知幾对尧舜禅让之事产生怀疑,其证据有以下三个方面:其一是其他文献中的古史记载,如《汲冢琐语》《山海经》;其二是政治规则,舜死于苍梧这种偏远蛮荒之地,必未善终,将其与上古秦汉黜位而流放的帝王相比,其实一也;其三则是与近古,即魏晋南北朝禅让的情况对比,舜废黜尧后立其子丹朱,继而篡位,这种情况在后代不绝于史书,所谓"黜兄而奉其弟者",如齐明帝萧鸾废黜郁林王而立其弟海陵王。③ 就直引他书作为旁证而言,札记较为便于罗列和排比原始材料;而其他两者不拘用散用骈,《疑古》述苍梧之荒凉,帝舜之栖皇,与诸多人君放逐之例,用骈而不用散,考虑到内篇亦有直接引用经典而不避散体之处,刘知幾选择札记体并非完全出于回避骈文引述原文不便的考虑。

---

① 彭仲铎《史通增释》引卢文弨说:"案《水经·瓠子河注》:小成阳在成阳西北半里许,实中俗嗲以以为囚尧城。"载《史通通释》,第746页。
② 《史通通释》卷十三,第357、358页。
③ 陈汉章在《史通补释》中"——以唐事证之,可见刘氏之疑非古事矣"。虽有过于穿凿的嫌疑,但作为近代之事亦可与之参照。《史通通释》,第640—643页。

究其学术渊源,王充《论衡》在考据方法和撰述方式两方面,为刘知幾提供了先例,如《书虚》篇:

> 传书言:延陵季子出游,见路有遗金。当夏五月,有披裘而薪者。季子呼薪者曰:"取彼地金来。"薪者投镰于地,瞋目拂手而言曰:"何子居之高,视之下,仪貌之壮,语言之野也? 吾当夏五月,披裘而薪,岂取金者哉?"季子谢之,请问姓字。薪者曰:"子皮相之士也! 何足语姓字?"遂去不顾。
>
> 世以为然,殆虚言也。
>
> 夫季子耻吴之乱,吴欲共立以为主,终不肯受,去之延陵,终身不还,廉让之行,终始若一。许由让天下,不嫌贪封侯;伯夷委国饥死,不嫌贪刀钩。廉让之行,大可以况小,小难以况大,季子能让吴位,何嫌贪地遗金?
>
> 季子使于上国,道过徐,徐君好其宝剑,未之即予。还而徐君死,解剑带冢树而去,廉让之心,耻负其前志也。季子不负死者,弃其宝剑,何嫌一叱生人取金于地?
>
> 季子未去吴乎? 公子也;已去吴乎? 延陵君也。公子与君,出有前后,车有附从,不能空行于途,明矣。既不耻取金,何难使左右? 而烦披裘者?
>
> 世称柳下惠之行,言其能以幽冥自修洁也。贤者同操,故千岁交志。置季子于冥昧之处,尚不取金,况以白日,前后备具,取金于路,非季子之操也。
>
> 或时季子实见遗金,怜披裘薪者,欲以益之;或时言取彼地金,欲以予薪者,不自取也。世俗传言,则言季子取遗金也。①

对于季子呼披裘取薪者取金的传说,王充的辩证是首先是根据《史记·吴世家》记载季子的"廉让之行",不肯受吴主之位,并列举同样有让国之行的许由(不贪封侯)和伯夷(不贪刀钩之利②)作为参照,以"大可以况小"的逻辑,辩证季子必不贪取遗金;其次,季子不负徐君,在徐君死后依然以宝剑相赠,更加有力地证明其廉让不贪;再者,以季子的地位("公子与君"),必定

---

① 黄晖《论衡校释》卷四,北京:中华书局,1990 年,第 167—170 页。此事亦见《韩诗外传》卷十,〔汉〕韩婴撰,许维遹校释《韩诗外传集释》卷十,北京:中华书局,1980 年,第 357 页。

② 吴承仕《论衡校录》:"《左氏传》:'锥刀之末,尽争之矣。'杜注:'锥刀,喻小事也。'刀钩犹云锥刀矣。"转引自《论衡校释》卷四,第 168 页。

有随从可以驱使,无须劳烦生人;高洁如柳下惠者,处于幽冥之中尚可独善自身,季子之操守不亚于柳下惠,怎么会白日取金于路呢?最后,王充还试着推断真实的情况:季子出于同情使薪者取金于地,讹传为使薪者为己取金。在历史事实(季子让国)的基础上,按照情理("廉让之行,大可以况小")与经验("公子与君,出有前后,车有附从")进行推断,并与同类人物(许由、伯夷、柳下惠)进行比较,从而得出令人信服的结论。王充的证据主要是来源于季子等人"廉让"德行的可靠记载,以此否定不可靠的传说。

《书虚》篇还辩证了"颜渊与孔子俱上鲁太山,孔子东南望,吴阊门外有系白马"①之事,与季子故事不同的是,这个传说涉及超自然力量,王充的依据,不仅有经验与情理层面的"盖人目之所见,不过十里;过此不见,非所明察,远也"②。亦有追究文献来源的意识:"案《论语》之文,不见此言;考《六经》之传,亦无此语。夫颜渊能见千里之外,与圣人同,孔子、诸子,何讳不言?"③此处的诘问,也暗示了王充对《论语》等经典文本的认同与维护。此外,王充亦充分运用了比较的论证方式:"秦武王与孟说举鼎不任,绝脉而死。举鼎用力,力由筋脉,筋脉不堪,绝伤而死,道理宜也。今颜渊用目望远,望远目睛不任,宜盲眇,发白齿落,非其致也。"④

由此可见,《书虚》篇在论证中以其他更加可靠的历史记载为依据,并参照同类人物及其事迹、生活经验与人之常情,对诸子传说中的虚设之事进行辩证,《史通·疑古》无疑在研究方法上继承了《论衡》,如果说《书虚》等篇批评的对象是"世间传书诸子之语,多欲立奇造异,作惊目之论,以骇世俗之人;为谲诡之书,以著殊异之名",以此纠正"世信虚妄之书,以为载于竹帛上者,皆贤圣所传,无不然之事,故信而是之,讽而读之"的风气⑤,针对的并非六经正史等权威性文本,但《语增》篇涉及与《尚书》相关的内容,与《疑古》篇的关系更加直接:

> 传语又称:"纣力能索铁伸钩,抚梁易柱。"言其多力也。"蜚廉、恶来之徒,并幸受宠。"言好伎力之主,致伎力之士也。
> 或言:"武王伐纣,兵不血刃。"

---

① 《论衡校释》卷四,第170页。
② 《论衡校释》卷四,第171页。刘宁认为:"务实而经验化的特点,在专论式子书中有广泛的体现,东汉王充《论衡》之'疾虚妄'的犀利见解,亦多从经验化的反思入手,对附会虚妄之言,大量以日常经验来进行裁断。"见《汉语思想的文体形式》,上海:华东师范大学出版社,2012年,第42页。
③ 《论衡校释》卷四,第171页。
④ 《论衡校释》卷四,第172页。
⑤ 《论衡校释》卷四,第167页。

夫以索铁伸钩之力，辅以蜚廉、恶来之徒，与周军相当，武王德虽盛，不能夺纣素所厚之心；纣虽恶，亦不失所与同行之意。虽为武王所擒，时亦宜杀伤十百人。今言"不血刃"，非纣多力之效，蜚廉、恶来助纣之验也。①

之后王充在按语中引《尚书·武成》"血流浮杵"之说，指出其与"兵不血刃"的矛盾，进一步证明此乃"语增"现象，《疑古》篇亦云："夫《五经》立言，千载犹仰，而求其前后，理甚相乖。何者？称周之盛也，则云三分有二，商纣为独夫；语殷之败也，又云纣有臣亿万人，其亡流血漂杵。斯则是非无准，向背不同者焉。"②

在此基础上，王充从符瑞、实力、异相、形势等方面，将周武王与后世的汉高祖做一比较，指出"高祖伐秦，还破项羽，战场流血，暴尸万数，失军亡众，几死一再，然后得天下，用兵苦，诛乱剧。独云周兵不血刃，非其实也"③。这种以后世尤其是近代史事与上古相比的论说方式，刘知幾在《疑古》篇中亦有继承，前引第二则"观近古有奸雄奋发"，第四则"若启之诛益，亦由晋之杀玄乎？若舜、禹相代，事业皆成，唯益覆车，伏辜夏后，亦犹桓效曹、马，而独致元兴之祸者乎"④，不一而足。

刘知幾在《自叙》篇自述其学术渊源，故《论衡》对《史通》的影响为学术界所重视，但大多针对《论衡》"疾虚妄"的主旨对刘氏的影响⑤，相对忽视文本研究方法和撰述方式层面上的重要影响。通过对读，我们发现，《史通》外篇《疑古》等篇条列某一专题的例证而成篇，每一例证由引述和按语两部分构成，注重不同文献来源、经验与常理、同类人物及其形式的比较方面，均继承了《论衡》的论述方式。

（三）《史通》外篇成立之原因蠡测

再次回到《史通》内外篇关系这个问题上，从旨趣上来看，《疑古》篇对《尚书》所记载诸多古史的疑问，与内篇《采撰》《书事》有相关之处，两篇却未

---

① 《论衡校释》卷七，第342—343页。
② 《史通通释》卷十三，第361页。
③ 《论衡校释》卷七，第343页。
④ 《史通通释》卷十三，第359页。
⑤ 如许冠三《刘知幾的实录史学》之二《探源：〈左传〉、〈论衡〉、〈文心〉与〈齐志〉》认为，《史通》一书"考辨之精神与方术本于《论衡》……合《论衡》之崇实疾虚与《左传》之真伪尽露，而后乃有善恶毕彰之实录史义"，并从词语套用和意念因习两方面对此进行了具体分析。第27,37—60页。

将《疑古》的任何内容纳入。《采撰》篇的核心在于讨论史料的可靠性,"百家诸子,私存撰录,寸有所长,实广闻见。其失之者,则有苟出异端,虚益新事"①。其篇从四个方面总结魏晋南北朝史学在取材方面的缺失:其一是取材于志人志怪小说,如《语林》《世说新语》《幽明录》《搜神记》等"或诙谐小辩,或神鬼怪物"的内容;其二是取材于郡书及家谱等"矜其州里,夸其氏族"之作,有失真实;其三是讹言与传闻;其四是流俗因为地域和时间的阻碍,难以获知真相。②《书事》篇从编纂的角度讨论史书取材,亦对玄虚及琐碎之事入史颇有不满,其篇亦指出"近代史笔,叙事为烦"的四大缺失,分别是祥瑞、入觐、虚衔和世官。③

值得注意的是,内篇有意偏重论述"近代之史",即魏晋南北朝史书,而对于上古三代之书,常以原则和典范目之,"以经论史"是刘知幾的一大准则。④ 有论者认为内篇尊崇经术,而外篇"反经合义"⑤,笔者认为,这一分界乃刘氏隐藏在其书之内的"断限",虽然《六家》《二体》至于《序例》等篇,在溯源之时,必然会较多地涉及《尚书》与《春秋》经传,但之后的篇章,溯源于此亦是常见的,更重要的是将其作为准则批评汉代之后的史学著作,如《编次》论"《尚书》记言,《春秋》记事,以日月为远近,年世为前后,用使阅之者雁行鱼贯,皎然可寻"⑥。按照时间顺序编排事件,是以《春秋》为代表的编年史的做法,刘知幾以此为准则批评《汉书·楚元王传》将刘向、歆父子纳入其篇,"但交封汉始,地启列藩;向居刘末,职才卿士。昭穆既疏,家国又别。适使分楚王子孙于高、惠之世,与荆、代并编;析刘向父子于元、成之间,与王、京共列。方于诸传,不亦类乎?"⑦这种古今对比的意识在很多篇章中得到强调,《称谓》"至于近古则不然",以下论三国史书贬"吴、蜀号谥,呼权、备姓名"⑧;《载文》篇指出汉代文章虽然辞赋有虚矫之处,其他大抵犹实,"至于

---

① 《史通通释》卷五,第 107 页。
② 《史通通释》卷五,第 108—109 页。
③ 《史通通释》卷八,第 215—216 页。
④ 马铁浩《〈史通〉与先唐典籍》第二章《以史论经与以经论史》第三节《以"例"论史及其学术渊源》以《惑经》篇为例,指出在"以史论经"的基本批评方法之外,《春秋》义例如何同时产生影响。并且举例说明刘氏如何以"史例"观念,批评《尚书》《史记》《汉书》《后汉书》《晋书》《魏书》等著作。北京:人民出版社,2010 年,第 128—132、140—149 页。周文玖在《经学与刘知幾的史学批评》一文第三节《以经为衡准的史学批评》论述了《史通》以经为衡准的史学批评表现在史义、史书编次、史文简要与历史撰述因时而变等四个方面,《史学理论与史学史刊》2016 年上卷,北京:社会科学文献出版社,2016 年,第 92—93 页。
⑤ 详见乔治忠《〈史通〉编纂问题辨正》,《中国官方史学与私家史学》,第 387 页。
⑥ 《史通通释》卷四,第 94 页。
⑦ 《史通通释》卷四,第 95 页。
⑧ 《史通通释》卷四,第 99 页。

魏、晋已下,则讹谬雷同",并总结虚设等五失①;至于《邑里》篇所论以郡望代替籍贯的做法,本为典午南渡后风气,五经与先秦诸子原不涉及此类问题。

从著述目的的角度来理解,刘知幾"私撰《史通》"有其现实针对性,魏晋南北朝史学作为"近代之史",许多风气对唐初依然有很深的影响,故而内篇针对"近代"立论,实则刘氏为己作设置"断限"。而另外一个原因在于,内篇的专题论文,实际上缺乏对于某个历史文本的细致分析,骈文虽然适合事例的列举,但详尽地说明与分析却非其所长。在内篇中,类似《疑古》其三的例证分析即便可以用骈文撰写,但连续十例连缀成篇,必然从根本上打破专题论文本身的体式,若不详论与尽量穷尽相关事例,则又不足以服人。无论从内容还是形式上看,《疑古》乃至外篇的成立都具有必然性。

《惑经》篇论《春秋》之义,"未谕"者有十二,后人褒美《春秋》,而"虚美"者有五,亦需要有一种条列论据的方式述之。与《疑古》篇有所不同的是,《惑经》的关注点多在《春秋》具体记事未能遵循其书法义例之处,如果说《疑古》篇质疑《尚书》中的古史记载,多用其他文献和历史经验作为判断的依据,那么《惑经》篇则是用《春秋》本身的规范来重新审视《春秋》,如"未谕"者十二中,其一批评襄公七年、昭公元年、哀公十年,郑、楚、齐"国有弑君,各以疾赴,遂皆书卒?夫臣弑其君,子弑其父,凡在含识,皆知耻惧"②。其七在指出义例本身的同时,又列举了相关实例:"凡在人伦不得其死者,邦君以上皆谓之弑,卿士已上通谓之杀。此又《春秋》之例也。案桓二年,书曰:'宋督弑其君与夷及其大夫孔父。'僖十年,又曰:'晋里克弑其君卓及其大夫荀息。'夫臣当为杀,而称及,与君弑同科。苟弑、杀不分,则君臣靡别矣。"③《左传·宣公十八年》曰:"凡自内虐其君曰弑。"④故而《春秋》弑君书"卒",杀臣称"弑",不合义例。其四指出,"哀八年及十三年,公再与吴盟,而皆不书。桓二年,公及戎盟则书之。戎实豺狼,非我族类。夫非所讳而仍讳,谓当耻而无耻,求之折衷,未见其宜"⑤。刘知幾自注补充哀公八年及十三年杜预注"不书盟,耻吴夷也","盟不书,诸侯耻之,故不录也"。⑥《春秋·桓公二年》则记"公及戎盟于唐"⑦,刘知幾批评《春秋》与非我族类之戎结盟则书,而与

---

① 详见《史通通释》卷五,第 115—117 页。
② 《史通通释》卷十四,第 371 页。
③ 《史通通释》卷十四,第 376 页。
④ 《春秋左传注》,第 777 页。
⑤ 《史通通释》卷十四,第 374 页。
⑥ 《史通通释》卷十四,第 374 页。
⑦ 《春秋左传注》,第 84 页。

吴盟则讳,指出其中的双重标准。类似的例子亦有其五批评《春秋》书阳虎之叛,"弓玉中亡,犹获显记;城邑失守,反不沾书。略大存小,理乖惩劝"①。同样,未成君而不避讳为《春秋》之例,"何为般、野之殁,皆以名书;而恶、视之殂,直云'子卒'"②。

这种"以《春秋》证《春秋》"的方法,或许受到《论衡·问孔》篇提出"以《论语》证《论语》"之启发:"案贤圣之言,上下多相违;其文,前后多相伐者,世之学者,不能知也。"③刘知幾在《惑经》篇首所谓"尺有所短,寸有所长,其间切磋酬对,颇亦互闻得失"④,并列举"子见南子"和"杀鸡焉用牛刀"等王充在《问孔》篇中辩证过的事例,"互文得失"之语暗示了《惑经》篇对《问孔》所谓"上下相违"和"前后相伐"的继承。王充论宰我因昼寝而孔子责之以"朽木不可雕也"(《论语·公冶长》),然而王充指出以"朽木、粪土、败毁而不可复成之物"的大恶,来责备昼寝这样的小过,实在难以服人;更何况,宰我位列孔门四科之"言语"一科(《论语·先进》)。⑤ 同样,孔子以九夷为"君子居之,何陋之有?"(《论语·子罕》)亦与"夷狄之有君,不如诸夏之亡"(《论语·八佾》)矛盾。⑥《史通》的表达在整体上较《论衡》为简洁,许多口语化的、从正反两方面申说的设问却不为刘知幾所采用,这应当是在继承王充《论衡》撰述方式的基础上,于写作方面的改进。

《史通》外篇诸作如《疑古》《惑经》《申左》乃至《汉书五行志错误》与《五行志杂驳》,无疑皆属于专书之论,但又不是有关某一书某一篇零散议论的连缀之作,无疑具有极强的专题倾向。《申左》甚至改变了前两篇以札记连缀而罗列例证的方式,采用专论体的形式,分析"《左氏》之义有三长,而二传之义有五短"⑦。《点烦》虽为事例的连缀,实则以"画地成图,山川之形势易悉"⑧,辅助内篇《叙事》的理论论述,以实例展示史文何以简要,从这个角度看亦有集中的主题。《汉书五行志错误》则"条其错缪,定为四科",其中第二科"叙事乖理者"分为"徒发首端,不副征验"等五流⑨,第三科"释灾多滥者"更是分为"商榷前世,全违故实"等八流⑩,第四科"古学不精者"亦分为"博

---

① 《史通通释》卷十四,第 375 页。
② 《史通通释》卷十四,第 376 页。
③ 《论衡校释》卷九,第 395 页。
④ 《史通通释》卷十四,第 369 页。
⑤ 《论衡校释》卷九,第 405 页。
⑥ 《论衡校释》卷九,第 416 页。
⑦ 《史通通释》卷十四,第 390 页。
⑧ 《史通通释》卷十五,第 404 页。
⑨ 《史通通释》卷十九,第 501—502 页。
⑩ 《史通通释》卷十九,第 506 页。

引前书,网罗不尽"等三流①,虽然分类有过细和重合之处,但其证明了刘氏对《汉书·五行志》及董仲舒和刘向等学者的解释有着相当深入的探究。分类本身是处理原始材料的结果,同时也是作者试图寻找规律和建立一个新体系的结果。

即便《杂说》三篇的主题相对没有特别集中,刘氏依然按照所讨论的专书简单分类,《杂说下》则论"诸史""别传",另有"杂识"十条。"别传"以杂史杂传为批评对象,在主题上多强调"实录",比如刘向《列女传》失实,汉人辞赋之夸饰与"伪立客主",嵇康《高士传》取材《庄子》寓言等;而"杂识"则强调破除门户之见,反对以私心偏袒撰史,以札记为主却形散神聚。②

因此,《史通》自身提供了充足的文本证据,来证明外篇是一个相对独立于内篇的体系,特色在于"专书的专题研究",简单将其视作刘知幾随写随编的读书札记并不可取。就四部著作分内外篇的传统来看,余嘉锡在《古书通例·论编次第三·古书之分内外篇》中指出"凡以内外分为二书者,必其同为一家之学,而体例不同者也",并列举《韩诗》内外传、《左传》与《国语》(《春秋》外传)、《淮南子》内外篇、《抱朴子》内外篇等例证明。③ 窃以为《史通》内外篇体例与内容的差别,与葛洪《抱朴子》相似:"其《内篇》言神仙、方药、鬼怪、变化、养生、延年、禳邪、却祸之事,属道家;其《外篇》言人间得失,世事臧否,属儒家。"(《抱朴子外篇·自叙》)④《史通》继承了不同的学术著作及其撰述方式,因而建立了两个密切关联但又相对独立的理论体系。在认识到这一点之后,大多以札记形式撰成《史通》外篇,其成立不仅是合理的,对于《史通》整体的理论体系而言,亦是极为必要的。

总体而言,从撰述方式的角度看待《史通》的文体形式,一方面,我们看到了刘知幾在继承汉魏子书传统的专题论文形式之外的突破与拓展,另一方面,重新认识《史通》的理论体系、学术渊源和撰述方式之间的关系,以此作为理解《史通》编纂与成书的重要基础,所谓"重出"或"抵牾"仅仅是写作本身表现出的疵病,绝非认识外篇学术性质及撰写目的的关键。《史通》外篇之所以成立,是由全书的理论体系和史学批评的特点所决定的。将外篇视作刘知幾的读书札记或者内篇的初稿,则未能认识到刘氏撰述的用意。

---

① 《史通通释》卷十九,第513—514页。
② 乔治忠《〈史通〉编纂问题辨正》一文认为:"外篇尽管各篇的文章结构粗细不齐,但与内篇一样,都是从原先积累的刊正众史的资料中取材,而不是原材料的简单堆砌。其中《杂说》、《点烦》、《暗惑》、《五行志杂驳》等篇,较多地保留了原材料的面目,但仍然是经过有目的的筛选,并穿插作者精辟的按语和评论,对史学理论问题进行了阐发。"《中国官方史学与私家史学》,第383页。
③ 余嘉锡《目录学发微 古书通例》,北京:中华书局,2009年,第279—280页。
④ 杨明照《抱朴子外篇校笺》下册,北京:中华书局,1997年,第698页。

参考文献

一、基本典籍

〔汉〕班固撰,〔唐〕颜师古注《汉书》,北京:中华书局,1962年版。

陈高傭《公孙龙子·邓析子·尹文子今解》,北京:商务印书馆,2017年版。

〔明〕陈仁锡《古文奇赏》,《四库全书存目丛书》第353册,济南:齐鲁社,1997年版。

〔元〕陈仁子《文选补遗》,《景印文渊阁四库全书》第1360册,台北:台湾商务印书馆,1986年版。

〔晋〕陈寿撰,〔南朝宋〕裴松之注《三国志》,北京:中华书局,1982年版。

〔南朝宋〕范晔撰,〔唐〕李贤等注《后汉书》,北京:中华书局,1965年版。

〔唐〕房玄龄等《晋书》,北京:中华书局,1974年版。

〔晋〕傅玄《傅子》,王云五主编《丛书集成初编》,长沙:商务印书馆,1940年版。

傅亚庶《刘子校释》,北京:中华书局,1998年版。

顾实《汉书艺文志讲疏》,上海:上海古籍出版社,2009年版。

〔清〕顾炎武著,〔清〕黄汝成集释《日知录集释(全校本)》,上海:上海古籍出版社,2013年版。

〔清〕郭庆藩《庄子集释》,北京:中华书局,2004年版。

〔汉〕韩婴撰,许维遹校释《韩诗外传集释》,北京:中华书局,1980年版。

〔宋〕洪兴祖撰《楚辞补注》,北京:中华书局,1983年版。

〔明〕胡缵宗《秦汉文》,东京大学东洋文化研究所藏明嘉靖三十四年(1555)序刊本。

黄晖《论衡校释》,北京:中华书局,1990年版。

〔三国魏〕嵇康著,戴明扬校注《嵇康集校注》,北京:中华书局,2014年版。

〔清〕江琼《省誉斋文话》,黄霖主编《现代(1912—1949)话体文学批评文献丛刊·文话卷》一,南京:凤凰出版社,2020年版。

来裕恂《汉文典》,王水照编《历代文话》第9册,上海:复旦大学出版社,2007年版。

〔唐〕李百药《北齐书》,北京:中华书局,1972年版。

李金松校笺《述学校笺》,北京:中华书局,2014年版。

〔唐〕李延寿《北史》,北京:中华书局,1974年版。

〔唐〕李延寿《南史》,北京:中华书局,1975年版。

〔清〕梁启超《汉志诸子略考释》,《二十五史艺文经籍志考补萃编》第五卷,北京:清华大学出版社,2012年版。

〔明〕刘节《广文选》,《四库全书存目丛书》第297册,济南:齐鲁书社,1997年版。

刘师培《文说》,王水照编《历代文话》第10册,上海:复旦大学出版社,2007年版。

刘师培《左盦外集》,宁武南氏刻《刘申叔先生遗书》,1936年版。

刘文典《淮南鸿烈集解》,北京:中华书局,1989年版。

〔南朝梁〕刘勰著,范文澜注《文心雕龙注》,北京:人民文学出版社,1958年版。

〔南朝宋〕刘义庆著,〔南朝梁〕刘孝标注,余嘉锡笺疏《世说新语笺疏》,北京:中华书局,2015年版。

〔唐〕柳宗元《柳河东集》,上海:上海古籍出版社,2008年版。

〔清〕马国翰辑《玉函山房辑佚书》,上海:上海古籍出版社,1990年版。

〔唐〕马总编纂,王天海、王韧校释《意林校释》,北京:中华书局,2014年版。

〔唐〕欧阳询撰,汪绍楹校《艺文类聚》,上海:上海古籍出版社,1999年版。

〔清〕浦起龙《史通通释》,上海:上海古籍出版社,2009年版。

〔南朝梁〕僧祐撰,李小荣校笺《弘明集校笺》,上海:上海古籍出版社,2013年版。

〔南朝梁〕沈约《宋书》,北京:中华书局,2018年版。

〔唐〕释道宣《宋思溪藏本广弘明集》,北京:国家图书馆出版社,2018年版。

〔南朝梁〕释僧祐《出三藏记集》,北京:中华书局,1995年版。

〔汉〕司马迁撰,(日)泷川资言会注考证《史记会注考证》,北京:新世界出版社,2009年版。

〔清〕苏舆《春秋繁露义证》,北京:中华书局,1992年版。

〔清〕孙希旦撰《礼记集解》,北京:中华书局,1989年版。

〔清〕谭献著,范旭仑等整理《复堂日记》,石家庄:河北教育出版社,2001年版。

〔清〕谭献著,罗仲鼎、俞浣萍点校《谭献集》,杭州:浙江古籍出版社,2012年版。

汪荣宝《法言义疏》,北京:中华书局,1987年版。

王葆心《古文辞通义》,王水照编《历代文话》第8册,上海:复旦大学出版社,2007年版。

〔汉〕王符著,〔清〕汪继培笺,彭铎校正《潜夫论笺校正》,北京:中华书局,2014年版。

王利器《颜氏家训集解》,北京:中华书局,2013年版。

〔清〕王先谦《汉书补注》,北京:中华书局,1983年版。

〔清〕王先谦《荀子集解》,北京:中华书局,1988年版。

〔南朝宋〕魏庆之《诗人玉屑》卷七,北京:中华书局,2007年版。

〔唐〕魏徵等《隋书》,北京:中华书局,1973年版。

〔明〕吴讷著,凌郁之疏证《文章辨体序题疏证》,北京:人民文学出版社,2016年版。

〔南朝梁〕萧统撰,〔唐〕李善注《文选》,上海:上海古籍出版社,1986年版。

〔南朝梁〕萧绎撰,许逸民校笺《金楼子校笺》,北京:中华书局,2011年。

〔三国魏〕徐幹撰,孙启治解诂《中论解诂》,北京:中华书局,2014年版。

〔明〕徐师曾《文体明辨》,《四库全书存目丛书》第312册,济南:齐鲁书社,1997

许维遹《吕氏春秋集释》，北京：中华书局，2009年版。

〔汉〕荀悦撰，〔明〕黄省曾注，孙启治校补《申鉴注校补》，北京：中华书局，2012年版。

〔清〕严可均《铁桥漫稿》，《清代诗文集汇编》第470册，影印清道光十八年（1838）四录堂刻本，上海：上海古籍出版社，2011年版。

〔清〕严可均校辑《全上古三代秦汉三国六朝文》，北京：中华书局，1958年版。

杨伯峻编著《春秋左传注》，北京：中华书局，2009年版。

杨明《陆机集校笺》，上海：上海古籍出版社，2016年版。

杨明照《抱朴子外篇校笺》，北京：中华书局，1997年版。

〔魏〕杨衒之撰，周祖谟校释《洛阳伽蓝记校释》，北京：中华书局，2010年版。

〔清〕姚鼐《古文辞类纂》，《续修四库全书》第1609册，上海：上海古籍出版社，2002年版。

〔唐〕姚思廉《梁书》，北京：中华书局，1973年版。

〔清〕姚振宗《汉书艺文志拾补》，《二十五史补编》第2册，上海：开明书店，1937年版。

〔清〕姚振宗《汉书艺文志条理》，《二十五史补编》第2册，上海：开明书店，1937年版。

〔清〕姚振宗《隋书经籍志考证》，《二十五史补编》第4册，上海：开明书店，1936年版。

〔汉〕应劭撰，王利器校注《风俗通义校注》，北京：中华书局，2010年版。

永瑢等《四库全书总目》，北京：中华书局，1965年版。

〔清〕恽敬《恽敬集》，上海：上海古籍出版社，2013年版。

张舜徽《广校雠略　汉书艺文志通释》，武汉：华中师范大学出版社，2004年版。

〔清〕章学诚著，仓修良编注《文史通义新编新注》，杭州：浙江古籍出版社，2005年版。

〔清〕章学诚著，叶瑛校注《文史通义校注》，北京：中华书局，1985年版。

〔宋〕真德秀《文章正宗》，《景印文渊阁四库全书》第1355册，台北：台湾商务印书馆，1986年版。

〔汉〕郑玄笺，〔唐〕孔颖达疏《毛诗正义》，〔清〕阮元校刻《十三经注疏》，北京：中华书局，1980年版。

〔明〕钟惺《刻钟伯敬先生评选诸子嫏嬛》，日本内阁文库藏明天启五年（1625）刻本。

朱谦之辑校《新辑本桓谭新论》，北京：中华书局，2009年版。

〔三国〕诸葛亮著，段熙仲、闻旭初编校《诸葛亮集》，北京：中华书局，2014年版。

二、研究论著

陈宏怡《六朝子学之变质——以〈金楼子〉为探讨主轴》，新北：花木兰出版社，2012年版。

陈平原《现代中国的述学文体》,北京:北京大学出版社,2020年版。
陈寅恪《金明馆丛稿初编》,北京:生活·读书·新知三联书店,2009年版。
陈寅恪《金明馆丛稿二编》,北京:生活·读书·新知三联书店,2009年版。
陈寅恪《元白诗笺证稿》,北京:生活·读书·新知三联书店,2009年版。
陈志平《魏晋南北朝诸子学研究》,武汉:武汉大学出版社,2017年版。
程千帆《闲堂文薮》,《程千帆全集》第七卷,石家庄:河北教育出版社,2000年版。
程章灿《魏晋南北朝赋史》,南京:江苏古籍出版社,2001年版。
(日)川胜义雄著,李济沧、徐谷芃译《六朝贵族制研究》,上海:上海古籍出版社,2007年版。
傅振伦《刘知幾年谱》,北京:中华书局,1963年版。
葛兆光《中国思想史(第一卷)》,上海:复旦大学出版社,2015年版。
郭英德《中国古代文体学论稿》,北京:北京大学出版社,2005年版。
胡宝国《将无同——中古史研究论文集》,北京:中华书局,2020年版。
黄曙辉编校《刘咸炘学术论集·子学编》,桂林:广西师范大学出版社,2007年版。
黄永年《黄永年文史论文集》,北京:中华书局,2015年版。
(日)吉川忠夫著,王启发译《六朝精神史研究》,南京:江苏人民出版社,2012年版。
江瑔《读子卮言》,上海:华东师范大学出版社,2012年版。
蒋伯潜《诸子通考》,长沙:岳麓书社,2010年版。
李帆《刘师培与中西学术》,北京:北京师范大学出版社,2014年版。
李帆《章太炎、刘师培、梁启超清学史著述之研究(修订版)》,北京:商务印书馆,2016年版。
李零《兰台万卷:读〈汉书·艺文志〉》,北京:生活·读书·新知三联书店,2011年版。
刘立夫《弘道与明教——〈弘明集〉研究》,北京:中国社会科学出版社,2004年版。
刘林魁《〈广弘明集〉研究》,北京:中国社会科学出版社,2011年版。
刘明《汉魏六朝别集研究》,北京:国家图书馆出版社,2021年版。
刘宁《汉语思想的文体形式》,上海:华东师范大学出版社,2012年版。
刘师培《中国中古文学史 汉魏六朝专家文研究》,北京:商务印书馆,2010年版。
逯耀东《魏晋史学的思想与社会基础》,北京:中华书局,2006年版。
吕思勉《经子解题》,上海:华东师范大学出版社,1996年版。
吕思勉《史学与史籍七种》,上海:上海古籍出版社,2009年。
罗炳良《传统史学理论的终结与嬗变——章学诚史学的理论价值》,济南:泰山出版社,2005年版。
罗宗强《明代文学思想史》,北京:中华书局,2013年版。
马铁浩《〈史通〉引书考》,北京:学苑出版社,2011年版。
马铁浩《〈史通〉与先唐典籍》,北京:人民出版社,2010年版。
(美)倪德卫著,杨立华译《章学诚的生平及其思想》,南京:江苏人民出版社,2007

年版。

彭玉平《诗文评的体性》,北京:北京大学出版社,2012年版。

漆永祥《乾嘉考据学研究》,北京:中国社会科学出版社,1998年版。

钱穆《中国学术思想史论丛(三)》,北京:生活·读书·新知三联书店,2009年版。

钱锺书《管锥编》,北京:生活·读书·新知三联书店,2007年版。

乔治忠《中国官方史学与私家史学》,北京:北京图书馆出版社,2008年版。

(日)山口久和著,王标译《章学诚的知识论——以考证学的批判为中心》,上海:上海古籍出版社,2006年版。

(日)守屋美都雄著,钱杭、杨晓芬译《中国古代的家族与国家》,上海:上海古籍出版社,2010年版。

汤用彤《魏晋玄学论稿》,北京:生活·读书·新知三联书店,2009年版。

王汎森《权力的毛细管作用:清代的思想、学术与心态(修订版)》,北京:北京大学出版社,2015年版。

王京州《魏晋南北朝论说文研究》,上海:上海古籍出版社,2014年版。

王琳《魏晋子书研究》,北京:商务印书馆,2019年版。

邬国义、吴修艺编校《刘师培史学论著选集》,上海:上海古籍出版社,2006年版。

吴承学《中国古代文体学研究(增订本)》,北京:中华书局,2022年版。

吴福助《汉书采录西汉文章探讨》,台北:文津出版社,1988年版。

(日)兴膳宏著,戴燕选译《异域之眼——兴膳宏中国古典论集》,上海:复旦大学出版社,2006年版。

邢义田《治国安邦:法制、行政与军事》,北京:中华书局,2011年版。

徐冲《中古时代的历史书写与皇帝权力起源》,上海:上海古籍出版社,2017年版。

徐复观《两汉思想史》,上海:华东师范大学出版社,2001年版。

徐建委《文本革命:刘向、〈汉书·艺文志〉与早期文本研究》,北京:中国社会科学出版社,2017年版。

许冠三《刘知幾的实录史学》,香港:香港中文大学出版社,1983年版。

尹玉珊《汉魏子书研究》,北京:中国社会科学出版社,2018年版。

余嘉锡《目录学发微 古书通例》,北京:中华书局,2009年版。

余嘉锡《四库提要辨证》,北京:中华书局,2007年版。

余英时《论戴震与章学诚》,北京:生活·读书·新知三联书店,2012年版。

张伯伟《中国古代文学批评方法研究》,北京:中华书局,2002年版。

章太炎《章太炎国学讲演录》,北京:中华书局,2013年版。

章太炎撰,庞俊、郭诚永疏证《国故论衡疏证》,北京:中华书局,2018年版。

章益国《道公学私:章学诚思想研究》,北京:北京大学出版社,2020年版。

周勋初《〈韩非子〉札记》,南京:凤凰出版社,2021年版。

三、研究论文

(日)冈田和一郎《"汉魏故事"考》,王璐译,《中国中古史集刊》第5辑,北京:商务印书馆,2018年版。

何诗海、陈露《明清史传入集的文章学考察》,《文艺理论研究》2020年第4期。

何诗海、胡中丽《从别集编纂看"文""学"关系的嬗变》,《华南师范大学学报》2020年第3期。

蒋寅《中国古代文体互参中"以高行卑"的体位定势》,《中国社会科学》2008年第5期。

李大明《陈寿编辑〈诸葛亮集〉述考》,《四川师范大学学报》2014年第3期。

李乃龙《论〈文选〉"设论"类的文体特征》,《长江学术》2008年第4期。

李晓明《傅玄〈魏书〉蠡考》,《文献》2007年第3期。

廖兰欣《裴松之〈三国志注〉所见〈傅子〉佚文探讨》,《华人文化研究》2017年第2期。

林锋《章学诚的文集论与清代学人文集编纂》,《文学遗产》2020年第6期。

刘师培《正名隅论》,《国粹学报》第22期,1906年11月6日。

陆绍明《论史学分二十家为诸子之流派》,《国粹学报》第18期,1906年7月11日。

吕丽《汉魏晋"故事"辨析》,《法学研究》2002年第6期。

钱志熙《论章学诚在文学史学上的贡献》,《文学遗产》2011年第1期。

饶宗颐《论战国文学》,载《文辙——文学史论集》,台北:台湾学生书局,1991年版。

石雅梅《〈后汉书〉文章著录方式与东汉别集编纂理念》,《文艺理论研究》2020年第1期。

田晓菲《诸子的黄昏:中国中古时代的子书》,《中国文化》第27期,2008年。

吴承学《〈过秦论〉:一个文学经典的形成》,《文学评论》2005年第3期。

吴承学《中国文章学成立与古文之学的兴起》,《中国社会科学》2012年第12期。

吴光兴《"文"与"论":文本位"文章"新概念的一次分化——著述"文章"向修辞"文章"观念的演变》,《中国社会科学院文学研究所学刊(2011)》,北京:中国社会科学出版社,2012年版。

吴光兴《以"集"名书与汉晋时期文集体制之建构》,《文学遗产》2016年第1期。

吴祥军《融汇众体与博明万事:〈抱朴子〉的文体形态及其典范意义》,《江苏社会科学》2020年第6期。

吴沂澐《从〈文选〉设论三篇论文人著述观念的产生》,《江苏师范大学学报》2017年第3期。

谢伟杰《何谓"中古"?——"中古"一词及其指涉时段在中国史学中的模塑》,张达志主编:《中国中古史集刊》第2辑,北京:商务印书馆,2016年版。

阎晓君《两汉"故事"论考》,《中国史研究》2000年第1期。

杨明《〈典论·论文〉"书论宜理"解》,文载《汉唐文学辨思录》,上海:上海古籍出版社,2005年版。

杨思贤《从诸子到子书:概念变迁与先唐学术演进》,《江苏社会科学》2018年第4期。

余建平《贾谊奏议的文本形态与文献意义——兼论〈新书〉〈汉书·贾谊传〉与〈贾谊集〉的材料来源》,《文学遗产》2018 年第 3 期。

俞志慧《〈荀子·大略〉为荀子读书笔记说》,《文学遗产》2012 年第 1 期。

张蓓蓓《〈傅子〉探颐》,《台大中文学报》第 12 期,2000 年。

赵益《孙德谦"说理散不如骈"申论——兼论骈文的深层表达机制》,《文学评论》2017 年第 4 期。

后　记

　　如果把一本书比作一部电影的话，那么"后记"两个字则类似电影结束、荧幕上打出的"全剧终"，此后则是伴随着片尾曲开始放映的演职人员名单，或许会出现一两个"彩蛋"，但是性急的观众可能已经起身准备离场。对于一部学术著作而言，可能到了后记，作者才有空间发挥一下自己的才性，回忆写作过程中的甘苦，并且照例感谢为自己提供过帮助的师友。正是后记作为"记"以叙事为本位，又在实际写作中允许议论和抒情的成分加入，形成"变体"，故而无数读其书，"想见其为人"（《史记·孔子世家》）的读者，并不会错过这一"彩蛋"。虽然此时早已没有三年前完成初稿，并准备申报国家社科基金后期资助项目时的焦虑不安，也没有写作过程中无数次产生的、与诸位前贤一样实现立言不朽的踌躇满志，甚至当初类似"扶卷涟洏，泪尽而继之以血"（《史通·自叙》）的感慨，也随着时间流逝而淡去，毕竟，本书最早的一章即第八章《章学诚"子史衰而文集之体盛"说发微》的写作，已经是2015年年底的事情，距今已过去了八年半。虽然时间冲淡了一些情感，但过后能留存下来的经历与体会，还有值得言说的部分。

　　当年博士论文的选题，也希望能回溯"子史衰而文集之体盛"对应的中古学术史继续深入。二十六七岁的我有着很大的学术野心，希望以此解决两个问题：其一是子书和文集在中古时代的兴替；其二是《文心雕龙》《史通》与汉魏六朝子书的关系。前者在本书的写作过程中至少部分得到了解决，后者则是一个"未完待续"的问题，也许会一直"待续"。可对于七八年前的我来说，这两个问题皆无从入手，现在想来，那个时候刚刚学会"杀鸡"，若能"宰牛"已经是了不起的成就，学会"屠龙之术"未免不切实际。最终，在找到工作必须尽快毕业的现实压力之下，我选择了一个取巧的办法，以汉魏六朝子书与具备子书性质的《文心雕龙》《史通》为研究对象，围绕其表达方式设计了若干专题研究，最后写就《中古中国学术撰述方式研究》一文，研究的旨趣也相应地调整为探究特定的学术撰述方式与思想表达之间的关系。虽然提交答辩、申请博士学位的过程没有遇到什么困难，但我深知沿着这个方向发展，似乎对解决最初提出的问题作用有限，而且我的专业也从中国古代文学的先唐文学方向，转到了文艺学的中国文学批评史方向，坚守之前以先唐典籍专书研究为主的路子，会存在很多现实的困难。毕业后经过一年的彷徨，我一边尝试修改原作中讨论《文心雕龙》《颜氏家训》《史通》等专书的章节，一边重新考虑如何回到子书与文集关系这一问题上。幸运的是，2019年暑假我写出了本书第四章《"秦汉诸子即后世之文集"说平议》的初稿，当初研究子书和文集在中古时代的升降兴替的设想，逐渐变为可能。

  2020年初暴发的"新冠"疫情给每个人的生活都带来了很大的影响，但对于我来说，却是一个相对封闭却能集中精力进行研究与写作的阶段。回过头看，投入到具体问题的解决中，是我回应那个时期焦虑不安的具体方式。疫情最初暴发的春节期间，我完成了第七章《选子入集：论总集采摭子书篇章的方法》；春节后回到济南，我一边克服特应性皮炎给我带来的困扰，一边完成第一、二章《傅子》与《金楼子》两部六朝子书的专题研究；到了暑假，我一度因病情加重入院治疗，出院以后剩下的假期，又写出了第九章《刘师培"反集为子"说发覆》的初稿。虽然论著的主体已经成型，但直接讨论并解决子书与文集兴替的学术史进程的内容，还显得不足，到了2021年元旦以后，我又重新考虑"论"体文与汉魏子书的关系，以及《隋书·经籍志》中著录的诸多"论集"与两《弘明集》在著述体制上的关系，最终写就第五章关于"论"体文存录方式的初稿。此后则以《抱朴子外篇》和《刘子》两部词章化特征明显的子书为中心，完成了第六章对"以集为子"这一问题的讨论，到了这个时候，以"子集兴替"概括中古学术著述方式转型这一学术史历程，也呼之欲出了。

  以上便是我在博士学位论文答辩后的最初三年所做的主要工作，因而本书也呈现出与博士学位论文截然不同的面貌，曾有朋友问过我两者之间的关系，我戏言应该是《风月宝鉴》与《红楼梦》的关系，两者的内容固然有一些相通之处，但已经是旨趣完全不同的两部书了。博士论文有关汉魏六朝子书与《史通》的研究，被本书完整继承下来的只有第三章和附录；第二、五、六诸章有关六朝子书的内容，因为之前打下了基础，在另起炉灶的过程中得以顺利展开。本书完稿以后，我一边感叹没有弯路是白走的，我不成功的博士学位论文也并非毫无可取之处；一边暗自庆幸自己部分实现了当年的抱负，前人所谓博士学位论文是一个人学术生涯的巅峰，其实是"骗人"的，至少在毕业后有决心、有精力去推进，我们理应超过若干年前的自己。除了绪论和第五、六两章，本书的其他内容都完成于我三十周岁之前，能在学术生涯的开始阶段，遇到"子集兴替"这样一个被诸多名家关注过但又没能系统化、理论化讨论的大题目，无疑是此生之幸，我虽然相信自己未来会有超越这部少作的著述，但私心希望这本书能传之久远，对未来的学术史产生影响。作为学者面临的评价体系是双重的,在现实的量化评价体系之上,还有未来的同行和学术史。至于本书尚未解决的某些问题,如唐代以后的文集何以兼具学术著述的性质,源于经、史、子三部著述的文体何以进入文集,则留待下一本书继续讨论。

写作过程之外,后记的另一个主题则是致谢。首先要感谢的是我的导师张伯伟教授。2012年秋天,我在读完《中国古代文学批评方法研究》一书后,决心去南京大学读研之后跟随张老师学习。大约是2013年3月初,我写了一封邮件简述了自己在本科阶段的学习经历和学术兴趣,表达了这一意愿,后又呈上了本科毕业论文《〈史记〉"以事见义"论》。到了9月初入学以后,伯伟师同意破例接收我作为硕博连读的学生,按照南大的规定,可以免除入学考试和硕士论文答辩,在完成前两年的硕士阶段学习之后,直接进入博士阶段的学习。多年以后,我自己已经成为硕士研究生导师,也在教学和工作中接触过不少有学术志趣的学生,才渐渐明白当年的决定实际上具有很大的风险,毕竟"不写硕士论文直接写博士论文"违背正常规律,而且没有硕士学位也意味着没有退路,老师的决定无疑包含着很大的信任和期许。

当年选择"著述方式"这一话题,也是受到伯伟师"批评方法"的影响,尝试总结出一点中古时代学术著述在文体形式上的特色,以此回应当下的学术语境:在现代的学术规范确立之前,我们的古人以何种方式表达思想。可惜限于种种主客观原因,这个题目以一种很不成熟的形式,伴随着我几乎按时毕业的读博生涯草草结束。也感谢伯伟师的宽容,允许我进行这种风险极大的试验。在博士论文答辩的时候老师说过,这个时代似乎在当上教授之前不允许失败。我对这句话的理解是,老师认为尝试本身也是有意义的。学生时代,老师无数的教诲之中,对我影响最大的一句应该是,博士毕业若干年之内,如果不能拿出读博时的劲头继续冲,很快就会平庸下去(大意)。而这个"若干年",则从我第一次听到时的"五六年",一路变成"五年""三五年""三年""两三年"甚至是我毕业前夕的"两年",这道"紧箍咒"在我离开南大后一直发挥着作用。直到今年,我毕业时间已经超过了五年,这句话的"魔力"才渐渐消退,而我早就开始了下一本著作的写作,算是开始了新的阶段。与伯伟师的聪明刻苦相比,我深知自己的资质与努力程度只是稍高于平均水平,或许是足够幸运,在老师言传身教的影响下,顺利完成了学业,又能在毕业后有一段相对集中的时间完成了自己想做的研究。记得三年前带着书稿去老师家拜访,并请求老师联系出版社的时候,老师对我提出两个学术方法上的期许,一是尽可能借鉴西方学术,二是坚持做有理想的学术。这两点我也不知道未来能够在多大程度上实现,但应当终身勉之。

在博士论文开题和答辩的阶段，南京大学文学院的程章灿、巩本栋、徐兴无、苗怀明等诸位老师都提出了具有启发性的意见，参与曹虹、武秀成、俞士玲、卞东波、童岭等诸位老师的课程学习，也使我受益匪浅；我的本科母校中山大学中文系的吴承学、彭玉平、李南晖、何诗海、刘湘兰等诸位老师，多年来一直关心我的学业和生活，在此也感谢他们对我的教诲与帮助。大学以来的诸位学友，周游、刘洋、刘雅萌、付佳奥、徐巧越、林锋，一直耐心倾听我各种不成熟的意见以及一地鸡毛的琐碎日常，他们在学术研究上的热情与专注，还有为人处事上的周到与真诚，也是值得我学习并感念的。

2018年秋，承程相占教授好意，我正式入职山东大学文艺美学研究中心，开始了人生的新阶段。山东大学文学院和文艺美学研究中心的诸位领导和同事，对我多有帮助与体谅，让我作为青年教师拥有一个相对宽松的环境，能够在教学和其他工作以外，有充足的时间和精力完成本书的写作。

本书的章节曾以单篇论文的形式发表于《文学评论》《文学遗产》《文艺理论研究》《中山大学学报》《史学史研究》《华中学术》《励耘学刊》《史学理论与史学史学刊》《国学学刊》《南京师范大学文学院学报》等学术期刊与集刊，刊物的责任编辑和审稿专家为文章提出了许多宝贵的修订意见，亦为拙作的发表付出了辛劳的工作，在此也感谢他们。限于刊物的篇幅，文章发表的时候多经过删减，本书一仍未删之旧。北京大学出版社的张文礼老师，为本书从申报立项到签约结项，做了大量细致而琐碎的工作，在此一并致谢。

还要感谢的是我的父母，三十多年的人生中他们不仅给我精神与物质的双重支持，而且尊重我选择自己喜欢的事业和生活方式，教我诚实认真地为人处事。三年疫情的前半段，也正是本书主要章节的写作阶段，我罹患特应性皮炎，而当时又面临现实的考评压力，父母不辞辛劳地带我求医问药，多次专程来济南照顾我，纾解我的焦虑情绪。直到2021年秋季以后，病情才得到了缓解，正常生活得以恢复，项目申报和论文发表也终于有了理想的结果。虽然我的成绩不足回报万一，但小书也献给他们！

最后，向三年疫情期间所有奋战在抗疫一线的医护人员，和努力保证我们正常生活的、各行各业的劳动者致敬！

伏　煦

2024年"五一国际劳动节"记于济南历城寓所